平安高地

社会治理的"江苏样本"

王志高 编著

江苏人民出版社

图书在版编目(CIP)数据

平安高地:社会治理的"江苏样本"/王志高编著.
—南京:江苏人民出版社,2019.9
ISBN 978-7-214-23644-9

Ⅰ.①平… Ⅱ.①王… Ⅲ.①报告文学—中国—当代 Ⅳ.①I25

中国版本图书馆 CIP 数据核字(2019)第 123511 号

书　　名	平安高地:社会治理的"江苏样本"
编　　著	王志高
责任编辑	杨　健
出版发行	江苏人民出版社
出版社地址	南京市湖南路 1 号 A 楼,邮编:210009
出版社网址	http://www.jspph.com
照　　排	江苏凤凰制版有限公司
印　　刷	江苏凤凰通达印刷有限公司
开　　本	718 毫米×1000 毫米　1/16
印　　张	22.75　插页 2
字　　数	284 千字
版　　次	2019 年 9 月第 1 版　2019 年 9 月第 1 次印刷
标准书号	ISBN 978-7-214-23644-9
定　　价	58.00 元

(江苏人民出版社图书凡印装错误可向承印厂调换)

编委会

主　任　朱光远
副主任　顾　俊
成　员　周和林　张　锋　史啸强
　　　　　赵国华　王　淳　马黎萍
　　　　　宋长健　郁　文　王志高

要善于把党的领导和我国社会主义制度优势转化为社会治理效能,完善党委领导、政府负责、社会协同、公众参与、法治保障的社会治理体制,打造共建共治共享的社会治理格局。

——习近平

前 言

在中国的经济版图上,江苏无疑是最具活力的地区之一。

2018年,江苏地区生产总值超9万亿元,以全国1.1%的国土、5.8%的人口,创造了10%的经济总量。

江苏这片土地承载着党中央的殷切期望。从"两个率先"到建设"强富美高"新江苏,都是党中央根据时代方位和发展阶段变化,对江苏发展赋予的使命。党的十九大后,习近平总书记到江苏考察,强调要走一条由高速增长转向高质量发展的道路。这是对江苏工作的极大鼓舞,对江苏人民的亲切关怀。

稳定是发展之基,平安是民生之需。

对老百姓而言,"心安"意味着有安宁的居所、安康的生活、安全的环境、安定的社会。对江苏政法战线而言,百姓心中有平安,才是高水平的平安江苏。

作为改革开放前沿阵地,江苏经济社会发展快,遇到的新情况、新问题也比较早、比较多。按照中央领导同志的要求,2003年8月,中共江苏省委、江苏省政府坚持发展与稳定并重、富民与安民共进,作出了建设平安江苏的决定。

2006年,按照科学发展观的要求,江苏部署开展新一轮平安江苏建设,明确了巩固提高平安建设成效的目标任务和具体措施。

2011年,按照加强和创新社会管理的要求,江苏部署推进第三轮平安江苏建设,提出实现社会矛盾化解、社会治安打防控、公共安全监管、维护国家安全、基层基础建设、平安建设创新能力、政法综治队伍建设、组织保障水平等"八个全国领先",努力建设一个基础更牢、水平更高、人民群众更加满意的平安江苏。

党的十八大后,中共江苏省委提出要勇于把平安江苏建设"成绩归零",按照中央对平安建设提出的新要求,在新的起点、从更高层次上推进平安建设。

党的十九大以来,江苏深入学习领会习近平新时代中国特色社会主义思想,全面贯彻落实习近平总书记视察江苏工作时的一系列重要讲话精神和党中央决策部署,勇于担当、敢于创新,砥砺奋进、攻坚克难,经济发展和平安建设都取得了新的成绩。

从顶层设计到基层试点,从"天网工程"到"智慧警务",从群众被动响应到主动共建共治,从"一站式"流转到"不见面"审批,从"群众跑腿"到"上门服务"……一系列举措让人民群众见证着平安江苏的与时俱进,感受着平安江苏的底气,享受着平安江苏的成果!

十六年来,江苏各级党委、政府及政法机关坚持一张蓝图绘到底,持之以恒抓落实,高质量建设平安江苏。尤其是党的十八大以来,江苏各级政法机关坚决贯彻落实习近平总书记关于政法工作的一系列重要指示精神,深入推进平安江苏、法治江苏和过硬队伍、智能化建设,着力提高社会治理系统化、科学化、智能化、法治化水平,努力适应人民群众对美好生活的新期待、新要求。2018年,人民群众公众安全感提升到97.6%,对政法机关和政法队伍满意率提高到92.7%,均创历史新高。江苏成为中央充分肯定、各界普遍认可、百姓引以为豪的全国最安全地区之一。

居家更安心、出行更放心、生活更舒心。平安江苏不仅是平安中国闪亮的金色招牌,而且也是"强富美高"新江苏建设的有力保障。

当前,加快推进社会治理现代化是习近平总书记提出的新命题,也是国家治理体系和治理能力现代化的应有之义。平安江苏的生动实践为加快推进社会治理现代化和推动建设更高水平的平安中国提供了鲜活样本。

时代是出卷人,我们是答卷人,人民是阅卷人。

奋斗者的脚步永不停歇。站在新时代,肩负新使命,中共江苏省委、江苏省政府及各级政法机关对标航向、阔步远行,必将在全力推进平安江苏、法治江苏建设新航路上行得更稳、走得更远,江苏群众孜孜以求的平安法治社会,也正从梦想走进现实。

目 录

引言 能不忆江南 /001

第一篇 坚持源头预防

调解,被誉为化解社会矛盾冲突的"东方经验"。调解作为和谐这一传统文化的重要载体,在中华大地上实践和延续了数千年。

江苏"大调解"机制2003年在南通等地初步建立后,历经16年风雨历程,各级党委政府因地制宜地激发"大调解"机制新活力,努力实现从被动应对处置向主动预测预警预防转变,及时有效地化解了一大批矛盾纠纷,为保障和促进高质量发展走在全国前列创造了和谐稳定的社会环境。

第一章 天下和为贵

1. "大调解"的发源地 /009
2. 多元化解走在前 /018
3. 把非诉纠纷解决机制挺在前面 /020

第二章 "金牌"调解

1. "何芬法官工作室" /024
2. "金牌调解员" /030
3. "金牌和事佬" /038

4. "鸡汤调解法" / 040

5. "和阿姨" / 043

第三章 "老兵"调解

1. "五有"调解法 / 047

2. "1号接待员" / 049

第四章 "应评尽评"

1. "淮安模式"全省推广 / 064

2. 从"邻避"到"迎臂" / 069

第二篇 构筑"铜墙铁壁"

稳定是发展之基,平安是民生之需。中共江苏省委、江苏省政府坚持发展与稳定并重,富民与安民共进,把平安建设作为"民心工程"。

2003年8月,江苏省部署开展平安创建,建设治安防控体系,积极构建了集打、防、控为一体的"大防控"体系。一旦发生重大警情,城市5分钟内警力能够赶到现场处警控制,15分钟内有人支援策应,全市半小时内形成包围,全省两小时内联动设防堵截,让犯罪分子不敢来,来了就逃不掉。

第五章 布下天罗地网

1. 群众的安全感高于一切 / 075

2. 110警情一网掌控 / 078

第六章 打造"民安工程"

1. "雪亮工程"护平安 / 083

2. 向黑恶势力"亮剑" / 086

目　录

第三篇　夯实基层基础

基础不牢,地动山摇。深化平安建设,重点在基层,难点在基层,希望也在基层,其自身特点决定抓平安建设必须眼往基层看,劲往基层使,钱往基层用,人往基层走。

在浙江,基层社会治理的"枫桥经验"跨越半个多世纪,历久弥新。如今,江苏学习借鉴新时代"枫桥经验",以基层为重心、以问题为导向、以实效为目标,全力打造基层社会治理"一张网",打通网上网下"双向道",线上反映问题,线下快速解决,形成"网络+网格"基层社会治理新模式,起到了促基层和谐、保一方平安的好效果。

第七章　万丈高楼平地起
1. 做强基层"一号工程"　/ 097
2. 严格落实综治领导责任制　/ 101
3. 系列平安创建亮点纷呈　/ 107
4. 400 万平安志愿者在行动　/ 113

第八章　新时代"枫桥经验"
1. "小网格"铸就"大平安"　/ 119
2. 党组织建在网格上　/ 125
3. 下足信息化精细化"绣花功夫"　/ 130
4. 当好网格化社会治理"五大员"　/ 137

第四篇　共建共治共享

党的十九大报告提出,打造共建共治共享的社会治理格局。这是时代发展的客观要求,也是历史经验的提升总结。

江苏坚持把平安建设和法治建设统一部署,善于用法治思维和法治方式深化平安建设,将依法管理贯穿于平安建设全过程,形成平安与法治相互融合、共同进步的良好局面。如今,党委领导、政府主导、社会协同、公众参与、法治保障的社会治理格局正在建立健全,"政社互动""三治合一""四位一体"等社会治理体系家喻户晓,成为江苏基层社会治理的一道亮丽风景线。

第九章 我们都是一家人
1. 让心在这里泊岸 / 143
2. 寓管理于服务中 / 146
3. 让"特殊人"回归 / 148

第十章 社区多元善治
1. "三治合一":乡村治理新模式 / 153
2. "四位一体":城市社区建设新体系 / 160
3. "政社互动":社区治理迈进3.0版 / 166

第十一章 法治成为平安基石
1. "民告官"期待"官见民" / 172
2. 以良法保障善治 / 179
3. 法治文化融入基层治理 / 191
4. 法治江苏进程"有尺可量" / 196

第五篇 打通"最后一公里"

紧扣群众所思所想所盼,提供普惠均等、便捷高效、智能精准的公共服务,是百姓的期待,更是政法机关的职责所在。

利民之事,丝发必兴。江苏各级政法机关不断疏通"堵点""痛点",以更具诚意、更有温度的改革,打通为民服务"最后一公里"。从以往多次排队、多次往返的"公章跋涉、审批苦旅"到"最多跑一次",以及"就近办""马上办""网上办"相继落地、渐次开花,让广大人民群众有了更多、更直接、更实在的获得感、幸福感。

第十二章　民意直通车

1. 网络平台良性互动　/ 205
2. 网络问政听民声　/ 208
3. "民意110"直通民意　/ 211

第十三章　我们的任务清单

1. 用脚步丈量民情　/ 215
2. 20本"为民服务簿"　/ 220
3. 利企服务日日新　/ 225

第十四章　从指尖到心间

1. "放管服"改革按下"快进键"　/ 229
2. 有难事，找"明霞窗口"　/ 235
3. 覆盖城乡的公共法律服务体系　/ 242

第六篇　建设政法铁军

政法工作是党和国家工作的重要组成部分，政法队伍是平安建设、法治建设的主力军。

建设过硬政法队伍，是不断谱写政法事业发展新篇章的重要基础。江苏有15.6万政法队伍，占全省公务员队伍近二分之一，一举一动都代表着司法机关的形象。江苏准确把握政法工作所处的历史方位，坚持革命化、正规化、专业化、职业化方向，大力推进政法队伍思想政治建设、履职能力建设、纪律作风建设、职业保障建设，努力打造一支忠诚干净、担当作为的政法铁军。

第十五章　砺剑之路

1. 誓言里的忠诚　/ 257
2. 筑梦者的练兵场　/ 260

3. 榜样的力量 / 263

4. 把纪律和规矩挺在前面 / 274

第十六章 担当的"宽肩膀"

1. 倒下去是一座山 / 277

2. 接过英雄的旗帜 / 310

尾声 追梦征程再出发 / 317

附录 平安江苏建设大事记 / 321

后记 / 347

引 言

能不忆江南

钟山叠翠,太湖扬波。绿水似诗,青山皆画,人杰地灵。

金陵的云锦,广陵的琴,惠山的泥人,宜兴的壶,徐州的香包,镇江的醋,她用巧思匠心,装点了精致的生活。

春天的芦蒿,夏天的鱼,秋天的河蟹,冬天的笋,她用时令美食,慰藉了游子的乡愁。

这里是江苏,简称"苏",辖江临海,扼淮控湖,经济繁荣,教育发达,文化昌盛。江苏地跨长江、淮河南北,京杭大运河从中穿过,拥有中原、江淮、金陵、吴四大文化,是中国古代文明的发祥地之一,与上海、浙江、安徽共同构成的长江三角洲城市群成为六大世界级城市群之一。2018年,江苏人均GDP、地区发展与民生指数(DLI)均居全国省域第一,已步入中上等发达国家水平,是中国经济最活跃的省份之一。

江苏是诗意的江苏

江苏自古盛产诗词歌赋。不仅有江南情调,也有楚风汉韵。南京,既有"旧时王谢堂前燕,飞入寻常百姓家"的岁月,也有"三山半落青天外,二水中分白鹭洲"的悠远。苏州,既有"姑苏城外寒山寺,夜半钟声到客船"的意境,也有"万籁此皆寂,惟闻钟磬音"的空灵。如果说

"天下三分明月夜,二分无赖是扬州"写尽了扬州的韵味,"何处望神州?满眼风光北固楼"则点出了镇江的豪情。"流光容易把人抛,红了樱桃,绿了芭蕉。""试问闲愁都几许?一川烟草,满城风絮,梅子黄时雨。""日出江花红胜火,春来江水绿如蓝,能不忆江南?"……生在江苏,总有一首诗一阕词,刻画你最深的乡愁,唤起你最浓的乡情。

江苏是文化的江苏

"六朝四大国画家"之一的顾恺之、中国古典四大名著之首的《红楼梦》作者曹雪芹、"千古词帝"李煜、"吴中四士"之一的张若虚、"草圣"张旭、清学"开山始祖"顾炎武、"扬州八怪"之一的郑板桥等个个名垂千古、家喻户晓;范仲淹、唐伯虎、施耐庵、刘鹗、吴承恩、冯梦龙、徐霞客、李可染、朱自清、梅兰芳、汪曾祺等青史留名、无人不知。近年来,著名工笔画大家喻继高,中国书法最高奖"兰亭奖"获得者孙晓云,茅盾文学奖获得者毕飞宇、苏童,鲁迅文学奖获得者范小青、鲁敏,引发收视热潮的电视剧《人民的名义》原著作者周梅森等等文化名人,又给文化江苏增添一道道亮色。还有诸多艺术、教育、科技、体育成果闻名于世,形成十分鲜明的江苏符号。

江苏是平安的江苏

平安社区、平安企业、平安校园、平安医院……平安建设中,江苏坚持以基层系列平安创建活动为载体,深入推进平安市县乡村四级区域平安创建以及 40 多项行业平安创建,使平安建设有效覆盖所有社会单元,一个积小安为大安、以基层平安保全省平安的格局业已形成。2018 年,各地各部门参与平安建设活动的覆盖率达到 100%,达标率达到 95% 以上。

江苏一系列举措让人民群众见证着平安江苏、法治江苏的与时俱进,享受着平安江苏、法治江苏建设的成果:八类主要刑事案件逐年下降,公众安全感连续 15 年保持全国领先,社会治安综合治理绩效一直位居全国前列。

江苏的发展吸引了大批外来者,他们来到这片热土打工、经商、创业,和所有江苏人一样平安生活,享受着和谐,体会着幸福,实现着自己的梦想。

江苏人是低调的,江苏人"以不张扬的方式作出不平凡的成就",使江苏成为经济高峰、文化高原、平安高地。

江苏人又是不低调的。

江苏人敢于率先——

2003年4月,南通市在全国率先尝试建立起"大调解"机制,与浙江诸暨的"枫桥经验"并列为全国综治工作的重大创新之举。

2003年8月,江苏部署实施平安建设,确立了创建全国最安全地区之一的奋斗目标。

2004年7月,江苏颁布《法治江苏建设纲要》,提出建设法治省份目标,自此法治建设已成为江苏这艘经济大船最有力的护航保障。

2011年,江苏率先出台关于法治文化建设的省级纲领性文件,标志着江苏法治文化建设进入全面推进阶段。

2015年10月,全国首部省级《人民调解条例》由江苏颁布实施,从立法层面有效解决了影响人民调解工作发展的制约因素和"瓶颈"问题。

2018年5月,《江苏法治社会建设指标体系(试行)》推出,填补了国内法治社会评价体系的空白,在全国尚属首创。

平安建设与法治建设互为基础、互相促进。历经16个春秋的激荡,如今,"平安江苏"已成为百姓满意的"江苏名片",法治成为江苏发展核心竞争力的重要标志。

江苏人敢于领先——

淮安市是社会稳定风险评估工作的发源地。2007年,江苏省下发《关于积极开展社会稳定风险评估试点工作的意见》,成为全国最早实行社会矛盾排查、社会稳定风险评估的省份之一。

针对"执行难",江苏省高级人民法院在全国率先开启24小时全媒体直播"抓老赖",超过700万网友关注。

当好国家形象的代言人和公共利益的代表者,江苏省办理了全国首例提起的民事公益诉讼案件、全国首例提起的英烈保护民事公益诉讼案件,江苏检察机关提起公益诉讼位居全国第一。

"江苏微警务"是国内首个以省为单位的警务服务微平台,也是"互联网+"政府公共服务的一个新标杆。

江苏人敢于争先——

"法官妈妈"陈燕萍、"模范法官"姚月梅、"最美法官"姜霜菊、"反贪先锋"刘文胜、"公诉达人"王勇、"爱民模范"徐兆华、"公安楷模"李树干、"拼命三郎"王志刚、"筑基先锋"薛国强、"1号接待员"张云泉、"金牌和事佬"葛永军等名字,"民意110""明霞窗口""彭城和事佬""老兵调解室"等品牌叫响全国。

江苏人敢试——

升级版技防城建设、"网络+网格"基层社会治理新模式、南通市寄送物流安全监管、张家港市新市民同城待遇、如皋市领导干部述职述法述廉、南京市江宁区"全要素网格"、苏州市吴中区"综合治理大联动",以及城市版"枫桥经验"的"仙林模式"、乡村治理的"金山样本"等一批试点经验和特色做法引来全国各地学习借鉴。

江苏人敢闯——

110警情秒级感应"一网打尽",一旦发生重大警情,城市5分钟内警力能够赶到现场处警控制,15分钟内有人支援策应,全市半小时内形成包围,全省两小时内联动设防堵截。

"扫黑除恶"专项斗争、"清水蓝天"行动、食药打假"利剑"行动、"净网2018"行动、"猎狐"行动、"黄海"行动……让犯罪分子不敢来,来了就逃不掉。

江苏人敢创——

海安"行政机关负责人出庭应诉"、公共法律服务"太仓经验"被写进党的十八届四中全会决定;太仓"政社互动"工作被写进全国村务公开协调小组1号文件,被专家学者誉为我国行政改革的"第二次革命"、基层民主建设的"第二个里程碑"。

经济活,社会和。

踏上这片热土,人们感受到的不只是速度与激情,更是对创新与品质的追求。平安江苏故事的前言,就已精彩纷呈。

曾有人问意大利诗人但丁:"一生中你最渴望追求的是什么?"他回答:"我追求人人所追求的——平安。"

平安是民生之需,稳定是发展之基。从古至今,百姓最大的愿望有两个:一个是富裕,一个是平安。随着经济社会快速发展,富起来的百姓更加盼望平安。

平安,既是治国者的宏大理想,也是老百姓的朴素追求。没有平安,就难有人民富足,更难有社会发展进步。

平安不仅仅是保障其他目的实现的基础,平安本身也是一种目的,正所谓"平安是福"。

平安是福,这样一句朴实而简单的话语,却是千百年来人民群众心底最直接而真切的愿望。在实现中华民族伟大复兴的中国梦中,平安梦是重要保障。时代在变,平安的梦想不变。

8 000万江苏人、15.6万政法干警正携手共进、持续发力,守护好诗意栖居的鱼米之乡和活力四射的"强富美高"新江苏。

感悟着江苏,我们为自己生于斯长于斯而庆幸。

岁月不居,时节如流。

能不忆江南?

第一篇
坚持源头预防

调解,被誉为化解社会矛盾冲突的"东方经验"。调解作为和谐这一传统文化的重要载体,在中华大地上实践和延续了数千年。

江苏"大调解"机制2003年在南通等地初步建立后,历经16年风雨历程,各级党委政府因地制宜地激发"大调解"机制新活力,努力实现从被动应对处置向主动预测预警预防转变,及时有效地化解了一大批矛盾纠纷,为保障和促进高质量发展走在全国前列创造了和谐稳定的社会环境。

第一章　天下和为贵

1. "大调解"的发源地

在我国"大调解"工作的发源地南通市,清澈的濠河如同盛开的荷花,与整洁干净的居民区紧密相连,构成一幅美丽、富裕、平安的画卷。

2002 年最后一天上午,一声惊天的巨响打破了南通启东这个江滨小城的宁静。物毁、房损、人伤,一起突如其来的变故使得 44 户人家原本平静的生活被瞬间打乱。

是怎样的原因导致这场事故的发生?又是怎样的处理抚平了受伤民众心中的伤痕?

走过时光追溯的长廊,可以看见谁的身影、听见谁的声音在平安建设、和谐共建的舞台上演绎了怎样动人的篇章?

家住启东市珠新村 42 号楼的倪老伯踏着轻巧的步子回到了家中。还未来得及推开房门就扯着大嗓门喊开了:"瞧瞧我的任务完成了吧?"

老伴陆阿姨闻声走出来,一边走一边擦着手里的水,用嗔怪的口气说:"干嘛呀,惊天动地的!"

倪老伯晃晃手中的马甲袋,得意扬扬:"早上孙子飞飞说今天也算是年关,要吃面饼。我说有,你说冬天哪有,这不,我买回来了吧!"

陆阿姨望着老伴如顽童般的神情不禁笑了……

门前的南护城河清波微漾,阳光从明净的窗棂懒懒泻进,这本该是怎样的一个温情暖冬!

也许是命运之神的玩笑,也许是上天的捉弄。墙上的时针指到了 10 时 27 分,老夫妻俩看时间差不多了,如往常一般,把那口跟随他们多年仍然铮亮的小铁锅支在了煤气灶上,陆阿姨脸上还带着微笑,脑子里还想象着孙子飞飞看见面饼时可爱的馋样,当她把手放在灶具旋钮上的一刹那,随着"砰"的一声巨响,她的微笑定格,幸福被残忍地终止……

这声巨响犹如一颗威力强大的炸弹,不但使这间由汽车库改装的厨房变成了一片火海,还令该幢楼房、周围楼房,甚至一河之隔的部分房屋受到不同程度的冲击,不少居民家玻璃被震碎,门框、地板变形,墙、地砖开裂……

瞬间,嘈杂人声、电话铃声、医疗急救车声、消防救火车声……响成一片。

这一切的纷杂不但映入了受伤、受损户的眼帘,也映入了启东市委、市政府所有领导的心中。他们指示调处中心立即派人前往了解及处理有关事宜。

虽然已是上午下班时分,但调处中心主任陈张贤马上召开了紧急会议,将该事件的情况简要作了介绍,指派陈庄副主任及陆洪祥、成剑彬科长作为"先遣部队",立即奔赴现场了解具体情况和发展状况。接到任务的调解员们顾不得饥肠辘辘,在第一时间赶到了出事地点。

南护城河此时就像一方被揉皱后丢弃的手绢,失去了原有的光泽。

虽然伤者已送达医院抢救治疗,燃烧的火焰也已熄灭,现场的人却是有增无减。惊魂未定的住户、瞧热闹的闲民、受损户的抱怨、对未来处理的揣测……不同的话语映照着不一样的心境。

"我们损失这么大,市政府不会不管我们吧?"

"到底是什么原因,总得让市政府派人来查查吧?"

"这房子还能住人吗?我看危险!"

"我们大家下午一起到市政府去,看看领导怎么说。"

"就是,这房子我是不敢住了,要开发公司退房。"

……

一声声,一句句,让所有人的情绪都激动了起来。这时,调解员们主动和人群中的熟悉朋友打招呼,于是"市里来人处理"的信息就如风吹过般散了开去。陈庄副主任等调解员们知道他们现在的首要任务是先稳住群众的情绪,防止因矛盾激化而引发群体性事件发生。因此,趁此时机走到人群之中,对住户的难处及焦虑心境表示理解,从熟悉的任何有威信的人开始,进行疏导说服,让受损户稍安毋躁,先把家里情况处理好,相信政府一定会把这件事情处理妥当。调解员及时赶到的身影和恳切的话语,使群众感受到了诚意。人群渐渐散去。

接到"先遣部队"传来的消息,陈张贤主任立刻向市领导作了汇报,并根据领导指示由调处中心统一迅速牵头组成了由质监、物价、公安、消防、街道办等职能部门负责人参加的特别调处小组。一方面要求医院积极做好伤者的抢救、治疗工作,一方面要求质监、建设、物价等部门对房屋受损情况进行检测、评估,由消防、安监等部门进行责任认定。现场勘测认定,该事故是由于启东市煤气公司职工未按规范进行施工,使得管道脱落煤气泄漏、遇明火爆炸所致,煤气公司负直接责任,物价部门为44家损失户进行了财产损失评估。

由于政府的直接和及时介入,事件的处理一步步走向圆满。历经四个半月的数次调解,44户受损人家终于拿到了赔偿款。受伤老人倪老伯的儿子对着陈张贤主任感激地说:"虽然我的父母现在还在医院,但就冲着你们中心这份工作态度,我们就对政府放心,对共产党放心!"

南通地处江苏省东部,面积8 001平方千米,常住人口764.8万,其中市区人口214万,全市外来人口超过110万。现辖4市(启东、海门、如皋、海安)1县(如东)3区(崇川区、港闸区、通州区),以及1个综合保税区和4个国家级经济技术开发区。从区域地理位置来看,南通市东濒黄海,南临长江,隔江与上海相望。海岸带面积1.32万平方千米,其中海岸线206千米,江岸线长166千米,所以南通市有"靠江、靠海、靠上海"之说。从经济发展位置来看,南通市是1984年国家首批

14个沿海对外开放城市之一,改革开放和经济发展起步较早。进入新世纪以来,南通市又适逢长三角一体化战略、江苏沿海开发战略和"一带一路"倡议等机遇叠加,成为长三角经济带最具优势和活力的城市之一。

经济的快速发展难免带来大量的社会矛盾,各种社会矛盾凸显这个"成长的烦恼"在南通同样不可避免。特别是进入新世纪以来,社会转型、经济转轨,大量的社会矛盾纠纷愈来愈呈现出多元性、复杂性、群体性和以利益诉求为主的特征,严重制约着南通经济社会的健康有序发展,如果不及时有效化解,就有可能使"小事拖大,大事拖炸",衍生出一些更为复杂更深层次的社会矛盾,甚至成为影响社会稳定的大问题。

时任中共南通市委常委、政法委书记陈斌既是"大调解"机制的设计者,又是推行者。在他走马上任政法委书记的2002年,南通市发生矛盾纠纷近6万件,由此引发的群体性事件比上年攀升60%以上。"现实促使我们寻求'大调解'的途径来化解矛盾、维护稳定。"陈斌说。

2003年4月,中共南通市委、南通市政府直面社会转型期阶段性发展特点和社会矛盾纠纷现实,以勇于改革的锐气和善于探索的智慧,把构建"大调解"机制作为事关全局的大事来定位、来谋划、来推进。南通市委政法委首先在启东市及海安县双楼镇、如皋市如城镇、如东县掘港镇、通州市张芝镇、海门市刘浩镇、崇川区钟秀街道、港闸区闸东乡等1个县(市)、8个乡镇(街道)开展"大调解"试点,为全市探路。

"整合资源,整体联动"是"大调解"机制的核心所在。即在党委政府的统一领导下,整合多方资源,构建内在联动,在纵向上搭建县乡综合性"大调解"平台——社会矛盾纠纷调处中心,横向上依托部门、行业组建各类专业调处机制和对接机制,形成"一综多专"的工作格局,如同一张纵横交错的水网,对发生在最基层、最前沿的社会矛盾纠纷进行过滤调处,化解了一大批影响社会和谐稳定的隐患。

全市构建了市大调解指导委、县调处中心、乡调处中心、村(社区)调处站、十户调解小组和基层调解信息员的"大调解"工作六级网络,重点强化县、镇和村(社区)三级实体功能。全市9个县(市、区)调处中心全部按正科级事业单位设置,由县(市、区)党委常委、政法委书记担任主任,配备专职副主任2—3名,常务副主任按正科职配备,明确为政府组成人员、政法委委员、综治委委员。各县(市、区)核定专项编制8—10名,最多的县达到26名,最少的也在7名以上,人员调配纳入政法队伍体系统一管理。经费纳入同级财政预算,人头经费按其他部门2倍标准核拨。

在职能上,党委政府赋予县调处中心矛盾纠纷交办转办、督查考核、指导协调、情况通报、一票否决建议等"六大权力",着力强化矛盾纠纷排查、重大纠纷调处、组织听证对话、社会舆情研判、稳定风险评估、对下管理考核、专业调处指导、队伍教育培训等综合功能,与职能部门建立联动联调和工作对接机制,推动人民调解、行政调解、司法调解有机衔接。在出现跨区域、跨行业矛盾纠纷时,充分发挥党的领导作用,协调各方,最大限度地整合各方力量,形成化解矛盾纠纷的合力。乡镇(街道)大调解中心与乡镇社会治理服务中心整体联动,有效整合辖区内公安、司法、信访、民政、国土等部门的调解资源,完善联动机制,切实履行好矛盾纠纷联动调解、分流指派、调度督办等职能。村居(社区)调处站配齐配好不少于2名专职调解员,均有专门的调解工作室和办公室,负责日常矛盾纠纷排查和信息上报,专职调解员按每人每年5 000—8 000元补贴,纳入县镇两级财政统筹。

随着改革的不断深入和经济利益格局的不断调整,与全国其他地区一样,南通社会矛盾由民间类向以利益诉求为主体的民生类转变,征地拆迁、劳资矛盾、环保问题等新型社会矛盾纠纷呈上升之势。针对这一实际,南通市一方面从完善运行机制、强化力量配备、加强硬件建设等方面入手,狠抓"大调解"综合平台的功能拓展;另一方面狠抓专业调处机制的深化发展,向涉及民生领域和矛盾纠纷多发高发领域、重点行业不断延伸。2008年,市综治委下发《关于深入推进专业调解机制建设的指导意见》,真正做到哪里有矛盾、哪里就有调解工作。

近年来,在全国范围内,由医患纠纷引发的突发性、群体性事件急剧上升,因其尖锐性、复杂性,使得医患纠纷"调解难"成为继"看病难""看病贵"之后又一棘手难题。早在2008年2月,南通市就成立了全省首家政府主导管理下的独立第三方医患纠纷专门性调处机构,将市区二级以上医院发生的医患纠纷纳入调解范围,探索构建"多方联动的资源整合机制、客观公正的事故鉴定机制、规范有序的调处预防机制和科学合理的保险理赔补偿机制"的四大工作机制,打开了化解医患纠纷的又一道门。

"医患纠纷一头连着社会,一头连着政府,我们必须直面这一特殊的人民内部矛盾。"陈斌说,"只有政府出资买服务,进行不带有任何利益色彩的调处,才会让医患双方放心。"陈斌介绍,"大调解"就是在充分尊重当事人意愿的基础上,依法、依理、依情,进行平等交流、协商,推动双方相互谅解、达成共识。"大调解"从一开始就确立"三免"原则,即:免费咨询、免费服务、免费调解,并承诺"有案必受、有受必理、有理必果、有果必公"。这让普通百姓不走远路、不打官司、不花本钱,就能解决问题。

南通"大调解"的创新之处就在于:正确把握新形势下人民内部矛盾交叉性、复合性、相关性不断增强的特点和规律,突破了传统人民调解的局限,把人民调解、行政调解、司法调解有机结合,形成了一个综合性强、权威性高、公信力大的多元化矛盾纠纷调处机制,使大量社会矛盾通过非诉讼手段得到化解,有效减少了社会对抗。

如今,社会矛盾纠纷"大调解"体系已融入南通经济社会发展的各个层面,成为有效化解新时期人民内部矛盾的有力保障,成为南通市具有鲜明时代特征、社会公众认可度高的综治平安建设新品牌,极大地促进了社会的和谐与稳定。

南通市委常委、政法委书记姜永华介绍,"大调解"机制建立16年来,已累计化解各类矛盾纠纷140余万件,其中包括1万多件因征地拆迁、环境污染、企业改制、劳动保障、医患冲突等引发的涉及民生大局的疑难复杂矛盾纠纷,全市1/3以上乡镇实现无民转刑案件、无越级上访、无群体性事件的"三无"目标。2004年至今,有近400批次的全国各地乃至国外考察团来南通参观考察"大调解"。

南通"大调解"的不懈探索,在带来整个城市长治久安的同时,也赢得了各方赞誉。

南通市社会公众安全感始终位居全省前列,连续多年被评为省社会治安综合治理先进市,先后荣获"长安杯"城市、首届全国"最安全城市"地级市之首、全国文明城市、全国"十佳和谐发展城市"等荣誉。

美国研究区域冲突的专家、诺贝尔和平奖提名者伊万斯在南通考察"大调解"后,认为南通"大调解"富有创造性和实效性,适用于不同意识形态的国家,"是全人类的共同财富"。

南通社会矛盾纠纷"大调解"体系自推行以来,人民日报、求是杂志、新华社、央视等媒体多次到南通,对南通在化解社会矛盾纠纷方面积累的做法和经验进行深度报道。

《求是》刊文指出,南通"大调解"的实践经验,凸显了"大调解"的实践价值,体现了中国特色民主法制建设的基本要求,为化解新时期社会矛盾提供了有效途径。多年来,南通在推进经济社会跨越式发展方面,有了一系列创新,实现了经济转型和社会转型同步协调,堪称全国典范。

南通带了好头。"大调解"机制在南通等地初步建立后,中共江苏省委、江苏省政府及时对其经验进行了总结推广。江苏"大调解"伴随着南通"大调解"的发展,经历了四个阶段。

2003年,为"大调解"机制萌芽阶段。南通等地在部分县(市、区)探索建立了社会矛盾纠纷调处服务中心,对矛盾纠纷实行统一受理、集中梳理、归口管理、依法办理和限期处理,形成了"大调解"工作的基础和雏形。

2004至2006年,为"大调解"机制基础建设阶段。2004年4月,中共江苏省委、江苏省政府召开会议,对全省开展"大调解"工作进行全面部署。会后,省委办公厅、省政府办公厅转发了省委政法委《关于进一步加强社会矛盾纠纷调解工作的意见》,推动了"大调解"机制在全省各地的全面建立。"大调解"的基础作用、基本功能得到初步显现,在全社会初步形成了"有困难找110、有纠纷找调处中心"的普遍共识。

2007年至2014年,为"大调解"机制的巩固发展阶段。2007年9月,中共江苏省委办公厅、江苏省政府办公厅制定了《关于在新一轮平安江苏建设中深入推进"三大建设"的意见》,对理顺"大调解"领导管理关系、加强"大调解"组织网络建设、拓宽"大调解"对接渠道、规范"大调解"运行机制等进行了部署。2009年9月初,中共江苏省委、江苏省政府召开全省深入推进社会矛盾"大调解"工作会议。会后,中共江苏省委办公厅、江苏省政府办公厅转发了省综治委《关于深入推进社会矛盾纠纷大调解工作的意见》,明确了深入推进社会矛盾纠纷"大调解"工作的指导思想、目标任务和主要措施,提出在全领域引入调解理念、全方位建立调解机制、构筑全封闭的维护社会稳定第一道防线的要求。"大调解"的社会功能和地位得到有效提升,在社会上形成了"有疑难纠纷找大调解专家"的新理念。

2015年至今,是新时代"大调解"机制创新发展阶段。2014年12月,江苏省综治委制定出台了《关于创新发展社会矛盾纠纷大调解机制的指导意见》,指出全省各地各有关部门要"紧紧围绕建设平安中国示范区的目标,坚持运用法治思维和法治方式防范化解社会矛盾,理顺大调解工作体制,完善人民调解、行政调解、司法调解联动工作体系,健全动态排查、分析研判、预防化解等工作机制,着力推动各类调解组织全面覆盖、有机衔接、优势互补、协调联动,不断提升大调解工作专业化、社会化和信息化水平,努力把矛盾纠纷化解在基层和萌芽状态,为'迈上新台阶、建设新江苏',谱写好中国梦江苏篇章创造更加和谐稳定的社会环境",并提出经过3年左右的努力,全省县乡两级社会矛盾纠纷调处服务中心全部实现实体化、规范化运作,专业调解组织实现全覆盖,各类调解组织有效对接,矛盾纠纷化解实效明显增强的目标任务。2016年9月,中共江苏省委办公厅、江苏省政府办公厅制定下发了《关于完善矛盾纠纷多元化解机制的实施意见》,2016年11月,省综治委制定下发了《关于建立健全社会矛盾纠纷分析研判机制的意见》,对在矛盾纠纷多元化解体系下创新发展"大调解"机制提出了新要求。

"大调解"机制是相对于人民调解而言的。新时代社会矛盾纠纷"大调解"机制是指由党委政府统一领导、政法部门各负其责、调处中心具体运作、各有关部门和社会各界广泛参与,集人民调解、行政调解和司法调解于一体,整合资源、整体联动,及时发现、控制、调处婚姻、家庭、邻里等民间纠纷,经济社会活动中各类主体之间的经济纠纷以及涉及征地拆迁、企业改制、安置补偿等改革发展中的矛盾纠纷的工作机制。

历经16年风雨历程,江苏各级党委政府因地制宜地激发"大调解"机制新活力,努力实现从被动应对处置向主动预测预警预防转变,及时有效地化解了一大批矛盾纠纷,为保障和促进高质量发展走在前列创造了和谐稳定的社会环境。截至2018年,全省各类调解组织共调解矛盾纠纷130.6万余件,调解成功率达99.35%,95%以上的矛盾纠纷在乡镇以下得到化解,进京至非接待场所上访同比下降30.7%,在全国处于低位。

随着平安江苏、法治江苏建设持续深入,乡贤会、百姓议事堂、村民议事会等基层矛盾化解组织不断涌现,"老娘舅"调解室、"金牌"调解员工作室全面建立,苏州"和阿姨"、徐州"彭城和事佬"、淮安"老兵调解室"等个人品牌调解室得到群众广泛认可。

2. 多元化解走在前

近年来,随着地方各级法院"诉讼爆炸"衍生诸多社会治理难题,很多有识之士将目光聚焦到了博大精深的"和为贵""无讼""祥和"等中华传统文化理念上,对探索和创新矛盾纠纷多元化解机制给予了更多关注。

面对人案矛盾和社会关注,江苏法院坚持把加强多元化解和诉讼服务工作,作为践行以人民为中心发展思想的重要举措,作为推进社会治理现代化的有效渠道,作为缓解人案矛盾的治本之策,全力打造"集聚、集约、集成"驱动模式,努力开辟多元化解和诉讼服务新境界。

把资源集聚到一起,从源头上统筹治理

江苏法院坚持和发展新时代"枫桥经验",整合多元化解资源力量,依靠党委领导治讼、依托政府负责滤讼、借助社会协同减讼,从源头上减少诉讼增量。

依靠党委领导治讼,淮安法院走在前面。淮安市洪泽区法院主导和参与"无讼村居"建设,推动将"万人民事案件起诉率"纳入地方平安法治考核,新收民事一审案件数量连续五年下降。省委政法委总结推广这项创建经验,把"民事行政案件万人起诉率"纳入全省社会稳定风险监测预警指标体系。

依托政府负责滤讼,连云港有最新动作。2019年5月29日,在总结与有关行政机关建立健全诉调对接机制经验基础上,省法院与省司法厅,在连云港市成立江苏首个"非诉讼服务中心"和"诉讼与非诉讼对接中心",整合人民调解、行政调解、律师调解、仲裁、公证、行政裁决、行政复议等七种非诉解纷方式,搭建起新型多元化解"府院联动"工作平台,初步形成了"诉讼"与"非诉讼"纠纷解决机制二元格局。

借助社会协同减讼,省法院和基层法院各有妙招。近年来,省法院会同省工商联(商会)、消协、侨联、保险行业协会等20多个社会组

织、行业协会,建立起 30 多项诉调对接机制,基本实现民商事纠纷类型全覆盖。淮安中院联合市工商联成立非公企业人民调解委员会,2018 年调处纠纷涉及金额 1.6 亿元。截至目前,全省共有保险调解机构 39 家,调解员 169 人,2018 年以来成功调处纠纷 21 667 件,司法确认 4 296 件。

把创新集约作为关键,一体化解决纠纷

诉讼服务中心作为"门诊部"。江苏法院通过"分调裁审"改革,让诉讼服务中心成为法院化解纠纷第一道防线。2018 年 6 月,中央政法委有关领导对南京市鼓楼区法院近 60%民商事纠纷化解在中心予以充分肯定。

诉前评估疏导。2018 年以来,全面推广应用诉讼风险智能评估系统,引导来院起诉当事人进行诉讼风险评估,促进当事人理性选择纠纷解决方式,切实减少纠纷成讼。2019 年 4 月,苏州市姑苏区法院建立商事纠纷中立评估机制,聘请 43 名律师轮流担任中立评估员,约 50%的商事纠纷导入非诉渠道解决。

调解前置分流。省法院与省司法厅出台诉前调解前置程序工作规则,对家事纠纷、相邻关系、小额诉讼、交通事故、物业服务、消费者权益纠纷、劳动争议、20 万元以下的债务纠纷等八类纠纷,在尊重当事人意愿前提下,引导通过人民调解工作室和律师工作站先行调解。全省三级法院诉讼服务中心全部设立"一站一室"。2018 年,人民调解工作室先行调解矛盾纠纷 94 503 件,调解成功 39 823 件,调解成功率 42.14%。

案件速裁止争。在中、基层法院诉讼服务中心设置速裁速执团队,实现简案快审快执。2018 年,无锡法院约 71%的民事案件通过速裁结案,上诉率 3%,低于其他民事案件 3 个百分点。对物业服务、劳动争议等批量纠纷开展示范式诉讼,诉中快审一个、诉前化解一片。2018 年,全省法院这两类案件分别减少 5.71%和 7.41%。

把系统集成作为手段,一站式优化服务

以智慧法院建设为支撑,整合集成诉讼服务资源,精心打造线下、网上、掌上同步运行的立体式诉讼服务平台,全流程提供30余项诉讼服务。

现场办理更贴心。最近,辽宁大连律师罗东宇寄来感谢信,夸赞徐州市鼓楼区法院诉讼服务中心接待法官"始终面带微笑,全程非常专注和耐心","充满爱心,办事高效"。目前,全省三级法院诉讼服务中心全部实现标准化、集约化、智能化,诉讼服务品质得到全面提升。

一网通办全天候。截至2019年5月底,南京市高淳区法院网上立案率93%,网上立案成功率91%,立案时间缩减75%,被誉为"24小时不打烊"法院。目前,网上立案、跨域立案在全省法院已实现常态化、全覆盖。2018年以来,全省法院民事、行政一审网上立案近44万件,占新收民事、行政一审案件的48%。

材料递交无障碍。苏州中院运用互联网、物联网等技术,在全国首创诉讼材料人机交互"云柜系统",当事人通过云柜递交材料,流转信息即时通知,流转过程动态跟踪、全程留痕。包括云柜系统在内的"智慧审判苏州模式"得到最高人民法院院长周强批示肯定,已在全省得到全面推广。

3. 把非诉纠纷解决机制挺在前面

江苏首推非诉讼纠纷化解综合平台建设

为认真贯彻落实习近平总书记关于"把非诉讼纠纷解决机制挺在前面"的要求,适应重组后的司法行政"一个统筹、四大职能"的工作布局,有力维护群众合法权益,2019年5月,江苏省司法厅率先出台了《关于建立非诉讼纠纷化解综合平台的实施方案》,推动建立非诉讼纠纷化解综合平台。据悉,此方案在全国尚属首家。

近年来,随着我国社会经济快速发展、经济体制改革不断深化、社会利益格局不断调整,社会矛盾纠纷处于高发时期,且呈现出纠纷主体多元化、利益诉求复杂化、纠纷类型多样化等特点。仅 2018 年,全省法院就累计受理案件 2 165 962 件,同比增长 6.31%。虽然近几年全省司法事业得到了长足发展,但社会矛盾纠纷大量涌现,有限的司法资源远远不能满足人民群众日益增长的化解矛盾解决纠纷的需求,急需构建一整套完整的、多元化的矛盾纠纷解决机制,以最大限度地化解潜在的各类矛盾,解决发生的多种纠纷。

方案提出,通过整合人民调解、行政调解、律师调解、公证、行政裁决、行政复议、仲裁等资源,探索构建党委领导、司法推动、社会参与、多元并举、法治保障的现代非诉讼纠纷化解格局,有效解决各类非诉化解方式发展不平衡、衔接不规范、群众认可程度不高等问题,形成功能互补、程序衔接的非诉讼纠纷化解体系,进一步提升司法行政预防化解矛盾纠纷的整体合力和综合效应,推动司法行政工作高质量发展,打造共建共治共享的社会治理格局。

方案强调,建设"三个中心"。主动对接人民法院,统筹行政机关、专门机构、社会组织、民间人士等各方面力量,以建设"线下+线上"非诉分流中心、"分调+联调"非诉办理中心、"共建+共享"非诉数据中心"三大中心"为抓手,打造以"多元导入、一体受理、分类化解、联动处置、跟踪监测"为运行模式的非诉讼纠纷化解实体、网络、热线平台,建立健全非诉讼纠纷化解组织网络,构建起多主体参与、多领域汇集、多链条驱动的非诉讼纠纷调处工作体系。打造"四大平台"。树立一体导向、需求导向、效果导向,做到分散和集中相结合、刚性和柔性相结合、治标和治本相结合,针对不同类型纠纷、不同化解方式的各自特性,按照分类而治、分类而建的基本思路,打造家事、商事、行政、民事纠纷化解"四大平台",实现对矛盾纠纷化解的全面覆盖。建立"四项机制"。聚焦解决"衔接不畅"问题,以提升纠纷化解效能为落脚点,坚持协同治理,建立"接案、研判、流转"为一体的案件分流、以"联动和补强"为核心的协同化解、诉与非诉的衔接融通、双向评价的督促考核等"四项机制",支持和促进非诉讼多元化解综合体系协调高效运行。

江苏首个非诉讼服务中心、对接中心成立

2019年5月29日上午,江苏高院、江苏省司法厅在连云港市召开非诉讼纠纷解决机制建设试点工作启动会议。江苏首个市非诉讼服务中心、市中级人民法院诉讼与非诉讼对接中心在连云港市揭牌成立。

连云港市非诉讼服务中心整合司法行政系统非诉讼纠纷化解的职能和资源,综合运用人民调解、行政调解、律师调解、公证、行政裁决、行政复议、仲裁等多种方式,旨在多元化解民事、商事、家事、行政等领域纠纷。目前,设有导引岗、受理登记岗、调解处置岗、协调督办岗、综合岗和研判评估岗以及人民调解、律师调解、心理咨询等功能室。市法院诉讼与非诉讼对接中心设立了非诉对接、人民调解、律师、公证和仲裁、在线调解、谈话、庭审公开观看等办公室。

江苏高院院长夏道虎说,截至2019年,全省各级法院已在诉讼服务中心和人民法庭成立人民调解工作室311个、律师工作站122个,司法行政机关、律师协会分别派驻人民调解员871名、律师3 282名。2018年,全省法院人民调解工作室共调解矛盾纠纷94 503件,调解成功39 823件,调解成功率达42.14%。

江苏省司法厅厅长柳玉祥表示,要"把非诉讼纠纷解决机制挺在前面"。各试点单位在推进过程中,要坚持发展"枫桥经验",构建基层纠纷化解防控体系。以开放性架构吸纳各方力量参与非诉讼纠纷化解,通过创建"无讼村居、无讼社区"等载体,引导广大人民群众、更多民间力量主动参与矛盾纠纷的预警、导引、化解,努力把各类矛盾纠纷化解在基层、解决在当地。

连云港市司法局局长张晓红说,非诉讼纠纷解决机制建设的工作

架构一是建立"线下＋线上"的非诉讼分流中心；二是建立"分调＋联调"的非诉讼办理中心；三是建立"共建＋共享"的非诉讼数据中心。下一步将在运行试点基础上，逐步推开。同时，依托市、县人民法院诉讼服务中心和在矛盾纠纷高发、多发领域的行政管理部门建立"非诉讼服务中心分中心"，由所在地司法行政机关派驻人员管理。

南京网上诉讼服务中心升级版正式上线

2019年6月上旬，升级版的南京法院网上诉讼服务中心正式上线。这款融"两种智能服务、三个不见面、四大公开平台、五组通道"功能特点的诉讼服务平台，是南京法院在落实党组提出的"智慧法院建设全面深化年"中精心打造的产品。

把非诉纠纷解决机制挺在前面是升级版的诉讼服务中心平台最显著的创新。据介绍，该平台设置智能服务，其中包括"智能纠纷预诊"和"智能法律咨询"子项目。智能纠纷预诊，提供15种常见纠纷的诉讼风险评估，包括法律意见、行动意见、预判模型、法律法规、类案参考等自助服务，可帮助有司法需求的群众自主评估时间成本、金钱成本及其他诉讼风险，形成合理诉讼预期，并引导其选择非诉途径解决纠纷。

该平台设计了"三个不见面"模块，包括不见面立案、不见面证据交换、不见面庭审，实现从让群众"少跑腿"向群众"不跑腿"的转变。其中不见面庭审可让当事人通过互联网庭审平台，在线参加开庭审理，不见面庭审的当事人享有的诉讼权利不受影响，参加的庭审程序不受影响，庭审的法律效力不受影响。

"五组通道"实现从盘活网上数据堵点走向全面提速增效，如律师通道集合了网上立案、案件查询、卷宗浏览、证据交换、文书送达、预约法官、排期冲突避让、延期开庭审理等功能，让律师参与诉讼更为便捷、更加高效。

第二章　"金牌"调解

1. "何芬法官工作室"

20年来,何芬坚守办案一线,牢记使命,不忘初心,把青春和热血献给了基层审判事业;2016年至2018年,每年审理的案件数均超过300件,排名江苏省泰州市高港区人民法院之首;创设"何芬法官工作室",为群众提供诉讼指引、就地立案、就地调解等便民服务,工作经验在泰州全市法院推广……

多年来,何芬秉公执法,严格司法,先后荣获"全国优秀法官""全国法院十大亮点人物""全省优秀法官""全省涉诉矛盾纠纷化解工作先进个人""泰州市百姓喜爱的好法官""泰州市最美人物"等荣誉称号,荣立个人一等功1次、二等功1次、三等功3次。

这些荣誉是辛勤和智慧的结晶。

高港,是泰州市下辖区,濒临长江,有江岸线24.2千米,有国家一类开放港口——泰州港,是中国人民解放军海军诞生地。高港区下辖4个乡镇、3个街道办事处和1个省级高新技术产业园。

在泰州市高港区人民法院,法官何芬的"何芬法官工作室",已经成为当地社会矛盾纠纷化解的一个窗口……

遇上群体性案件,她敢于站到前头

"记得那是2016年11月底,当时我兼任何法官的书记员。某房地产公司因延期交房,导致上百人集聚在区政府门口,要求领导出面解决问题。有的与政府人员发生了口角和推搡,还有的声称要进省城上访。"助理审判员程华国回忆起那段经历,仍然清楚地记得当时的情景。

程华国说,当时领导既高度重视又心急如焚。群众上访确是无奈之举,3年前与开发商签订了商品房买卖合同,可开发商一再推迟交房。但开发商也有难处,工程缺资金,加上由于延迟交房产生的数百万元违约金,让他们不堪重负。怎么办?信访局调解无果,这事很快闹到了法院。

案情十万火急!原告110户、赔偿金数百万元。何芬在立案窗口接待了他们。

"处理群体事件,一天一小时也不能等!这案子我来办!"何芬主动接了这个烫手山芋。

为了稳定和安抚买房户,接手案子的当天,何芬就带着程华国大走访。一个多星期,走访了50多户,白天没时间或找不到人,就利用晚上。

程华国还记得,在一间不足20平方米的平房内,住着一对进城打工的夫妇和他们两个正上小学的孩子,因为房子实在太小,小男孩只能在过道昏暗的灯光下写作业。小男孩从父母亲的口中得知何芬是法官,并且是来解决他们住房的,怯怯地问了声:"阿姨,我们什么时候能搬进新家啊?"小男孩这么一问,何芬的眼泪都快掉下来了。

大走访结束后,何芬连夜找到开发商,反映了买房者的真实情况,有10多户人家想在乔迁后办婚事,无奈婚事一推再推;有30多户长期租房。开发商表示房子可以抓紧建,但几百万元的赔偿金实在拿不出。

"买房者早已是满腹怨气,若得不到违约金,还不火山爆发?"为了防止矛盾再度激化,何芬多次组织开发商与买房者代表沟通对话,前两次场面差点失控打起来,何芬通过耐心说理与说法,促使双方冷静下来。最终何芬找到突破口,开发商同意以买房户入住后的车位租金抵算迟延交付的违约金。由于车位在地下室,地下室又属人防工程,还涉及车位定价。为此,何芬又多次到市区人防办和物价局协调,促成人防办和物价局联合到楼盘工地办公。

110户联名上访的案件,何芬用了半个月的时间就化解了,购房户和开发商都满意。交房那天,双方都邀请何芬参加他们的交房仪式,何芬却因一个案子开庭没能参加。

何芬处理了多起群体性纠纷。金港装饰城法人代表与承租户纠纷、龙冉服装厂法人代表与员工纠纷,开始都闹得沸沸扬扬,在何芬的牵头下,那些纠纷又都圆满化解。

遇上"邪头",她绝不低头

说起何芬帮9名外来务工人员讨薪的经过,副院长孙乃清记忆犹新。

当地有个姓公的包工头,2015年初夏带9名农民到外省承包河道清淤,承诺每人每天发120元。工程结束了,发包方与公某也结算了,可公某不肯把钱发给员工。无奈之下,9名农民返乡前,要求公某出具欠条。每人本应领1万多元工钱,可公某只给每人写了张8 000元的欠条。

辛辛苦苦干了一年,本指望领了工钱好好过个年,没想到公某打了欠条后再不露面,9名农民找到法院诉讼服务中心,何芬随即帮他们请来法律援助站人员,当天把案子立好。

如果是公告送达,至少还得再等两个月。可打电话,公某不接,发短信,公某不回。何芬为了当面送达,几次冒着雨踏着泥泞,寻找公某下落。先是到公某家去找,几次都见不到人,何芬又找到公某的一些亲友做思想工作。在亲友的劝说和派出所的压力下,公某终于露了面。

让何芬没有料到的是,公某拿出某派出所两名警员手书的证明,理直气壮地说,9名农民的报酬早已在施工地派出所民警的见证下结清。

对定案有重大影响的证据,即使是权威机关出具的,何芬也从不放过一丝一毫的疑点。何芬决定到远在千里之外的某派出所一查究竟。那几天,何芬感冒发低烧,路上头痛得厉害。书记员让她中途回来,改日再去,可她却不肯。当万家灯火的时候,何芬走进给公某出证明的派出所,经过核实,公某提供的证明系伪造。

在铁的证据面前,公某并未认输,而是气急败坏地扬言:这个官司要是他输了,何芬也不得太平。接下来的几个晚上,何芬又接到公某打来的威胁电话。一向平和文静的何芬被激怒了,责令公某深刻反省,写下悔过书;同时,依法快速判决。

判决当天,何芬又找到公某的家人,向他们动之以情,晓之以理,明之以法。慑于法律的威严,感化于亲情的规劝,公某履行了法院的判决。

农民们领到工钱后,执意要请何芬在餐馆小聚,被何芬谢绝了。

在一起买卖合同案中,原告孙某系外地人,被告王某欠其货款数十万元。诉讼保全时,王某唆使数十名员工阻挠。"我看谁敢过来!"何芬一声大喝,往货物边上一站。或许是被何芬的威严震慑住了,数十名身材魁梧的员工面面相觑,何芬带领人员迅速将货物装上车。

原告栾某诉被告陆某、陈某民间借贷纠纷一案,适用简易程序由何芬审理。原告申请对陆某的一处房产进行市场价值评估。可到陆某家进行现场勘验时,陆某不但不开门,还唆使母亲大哭大闹。何芬果断决定,全程录像,见证人到场,请锁匠强行开门。

老百姓的难事,成了她放不下的心事

"那天上午院里正在开大会,办公楼门前突然响起了锣鼓声。开始以为是哪家办喜事,后来才知道是老百姓给何芬送锦旗。"高港法院院长陈富贵说,锦旗背后有个感人的故事。

送锦旗的人叫陈文官,是毗邻高港的姜堰区的农民,因交通事故双腿致残。陈文官雇了一个乐队,租了一辆面包车,躺在车上从百里之外来到高港送锦旗。

2015年夏天,陈文官骑摩托车到高港办事,与苏某驾驶的轿车相

撞,陈文官双腿及头部受伤,住院治疗两个月,定为八级伤残。经交警部门认定,苏某负主要责任。

陈文官家境贫困,自己不能走路,又请不起律师,也不懂怎么才能得到赔偿。哥哥陈文宽到高港法院诉讼服务中心诉说案情,何芬听后成了放不下的心事。当天下午下班前,她又回想起陈文宽那哀求的神情,觉得不到陈文官家去看看,怎么也放心不下。她给家里人打了个电话后,绕道一百多里,找到了陈文官的家。陈文官家三间低矮的平房与周围邻居的楼房很不协调。

何芬把陈文官一家人当作亲人似的,嘘寒问暖,查看治疗的所有单据。陈文官将两个裤角拉起,一条腿的肌肉已萎缩,何芬看到眼前的惨状,心里很不是滋味。那天晚上回到家已是10点多,何芬又忙着整理陈文官提供的单据。

第二天一上班,何芬就去找苏某和保险公司,介绍陈文官的家庭现状。苏某和保险公司人员被何芬的真诚打动,不但对陈文官提出的赔偿要求全部满足,还多给了陈文官3万多元的补偿金。

钱款全部到位后,何芬仍惦记着这家人。有一次外出办案途中,何芬顺道到陈家回访,还塞给陈文官母亲200元钱。

送锦旗那天,躺在面包车上的陈文官哽咽了:"原以为到外地打赢官司很难,即使赢了也很难执行,没想到何法官把我这穷老百姓的事当作大事,遇上这样的好法官,不送锦旗表表心意,心里不安啊!"

"那天,那场景,全院的人都为之动容。"陈富贵满是骄傲地回忆道。

说起群众对何芬的信任,还有件趣事:2017年6月,毗邻高港区的泰兴市,有一位60多岁的老人,拿着一份报纸到高港法院门口找何芬。老人因为儿子不孝要对簿公堂,他看到《百姓最喜爱的好法官何芬》的报道后,认定打官司找何芬准行。何芬热情接待了老人,但由于案子不属于高港法院管辖,她帮老人联系了泰兴市的一位公益律师,又和书记员一起将老人送上车。车子开远了,老人还从车窗探出头,向何芬不停地挥手。老人挥手的那一幕,定格在何芬心里,也成了书记员的美好回忆。

如今,何芬的责任与担当在当地产生了示范效应。

在高港区交警二大队办公楼里,记者见到"何芬法官工作室"值班法官冀小燕。面对情绪化的当事人,面对出言不逊者,冀小燕耐心地给他们讲相关法律,讲类似案例。一起事故赔偿刚调解好,冀小燕拿起杯子正准备出门去倒水,又来了一起交通事故的当事人。冀小燕放下杯子,在吵吵闹闹中又开始了第二拨调解。交警二大队事故中队中队长蒋爱兵拿出厚厚的一摞"何芬法官工作室"的调解材料给记者看,这里面是群众的一份份信任,更是法官们辛勤付出的凝聚。

陈富贵说,"人人学何芬,个个争先进"的热潮正在全院掀起,"何芬法官工作室"已成为面向社会的一个品牌窗口,全院依托"何芬法官工作室"平台,不断深化"基层法官百村行""六访六助"等专项行动,干警精气神大幅提振。近年来,该院先后获得江苏省"优秀法院""调解工作先进集体""党建工作先进集体""执行工作先进集体"等荣誉。

"热心接待群众、耐心倾听诉求、细心审判案件、诚心解决问题、真心排忧解难",这是何芬总结出来的"五心"群众工作法。何芬知道,身为人民法官,就要时时把人民群众放在心尖上。为此,她积极创新,多方探索社会管理新模式,开设田间、院落法庭,打通服务群众"最后一公里"。组建"群众评议团",吸纳群众意见,形成"百姓说事、群众说理、法官说法"工作合力。创新"彩虹行动"品牌,做优涉少审判工作。

如今,何芬创设的"何芬法官工作室"已成为面向社会、面向群众的品牌窗口,"人人学何芬,个个争先进"的热潮在全市法院系统全面兴起。2015年4月以来,高港区法院先后在街道、社区及重点企业设立了8家"何芬法官工作室",选派16名法官担任工作室小组成员。近两年,工作室共为群众答疑解惑853人次,就地立案45件,调处纠纷78起,巡回审理560余次,普法宣传12场,受众达3600余人次。

2016年5月,高港区法院被确定为全省首批家事审判改革试点法院,何芬扎实推动各项改革落实落细,相关工作成效明显。她所在的少年及家事案件审判庭获评省、市"敬老文明号",省、市"青少年维权示范岗",全省法院家事审判工作先进集体,市级"妇女维权示范岗"。

真心实意为百姓谋福利、做实事的人不会被遗忘,何芬的先进事迹被《人民法院报》《新华日报》《江苏法制报》《泰州日报》等广泛报道。

2. "金牌调解员"

看起来朴实敦厚的李海青,说起话来语重心长。虽然是一口并不标准的普通话,他却以100%的调解满意率获得涉案当事人的认可。

"这个李海青,调解的功夫比街道大妈还厉害!"南京市秦淮区检察院检察长朱赫说。

2014年1月10日,李海青赴北京参加全国检察机关"最美检察官"颁奖礼,受到了最高人民检察院曹建明检察长的亲切接见。座谈会上,他掏出稿子紧张地念着,毕竟在这样的大场合,心里有些忐忑。说实话,为了准备这一千多字的发言,他已熬了两个晚上。

"我的普通话不好,越想讲好却越紧张,急得头上冒汗。"李海青自嘲地说。

秦淮河畔一个普通的检察干警,没有什么轰轰烈烈的业绩,为什么引得这么多人交口称赞?为什么能评上全国检察机关"最美检察官"?他到底美在哪里?

《检察日报》副主编赵信写了一首词叫《如梦令》,道出了其中的原委:细语轻声说法,五句三言温雅,化解百家难,咱去劝人一把。声哑,声哑,是为和谐添瓦。

李海青,做得比说得更好。

2004年,李海青转业后被分进了南京市秦淮区检察院。这个曾在空军雷达兵部队服过役的年轻军官这下子有点"抓瞎"。因为检察机关业务要求高,要完成从一名军官到一名检察官的转型,难度不小。

"法律专业的大学生分进去,半年时间就可以适应岗位了,可是对于转业军人来说,很可能一两年都难以进入状态。"一开始,李海青心里有过这样的担心。然而,犹豫退缩不是军人的作风,李海青暗下决心,一切从头开始。

进入检察院后,李海青先是在反渎职侵权局工作,跟着局长和老检察官们一起跑线索,办案子。后来,又调到案件监督管理中心,从事检察院内部案件的督察和管理。2009年,随着秦淮区经济社会发展步伐加快,涉及拆迁纠纷的案件不时出现,李海青于是被抽调到区里,参与拆迁工作,一是监督拆迁行为,二是化解矛盾纠纷。

"你们给我们派来了个好干部!"区领导高兴地对检察长说。

"不让被拆迁的人窝心,不让区里闹心,不让社会有负担。"三年里,李海青经手的拆迁户没有一家再到区里反映过问题,没有一个人再回头来找过他。

"院里觉得要给他个平台,发挥他的特长。"秦淮区检察院专职委员李和生说。

秦淮区地处老城南,低收入者多,外来人员多,矛盾纠纷多。2013年,原白下区和秦淮区合并,成立了新的秦淮区,化解涉法涉检信访任务更加繁重。于是,李海青被推上了控申接访和矛盾化解的前台。

2011年1月,南京市检察机关首家以干警名字命名的工作室——"海青工作室",在秦淮区检察院正式挂牌成立。工作室整合了各部门中的轻微刑事和解、民事申诉案件调解及涉检信访息诉化解、刑事被害人救助等项工作,专职化解执法办案环节的各类信访矛盾,使矛盾化解工作、服务群众工作更加规范化、专业化。

"一是考虑到我有一些群众工作经验,二是考虑到我长相朴实,比较亲民。"李海青调侃说。

海青工作室刚开张,就遇到了安徽农民袁秋林纠纷案。

老袁的儿子在南京打工,和老乡发生纠纷,把人家打成了轻伤,被公安机关刑事拘留。62岁的老袁急得在南京的街头痛哭失声。李海青了解情况后,拉着当事双方讲道理、讲法律、讲感情,只用了半天时间,双方互相赔礼道歉。

2011年8月,老袁冒着酷暑赶到了秦淮区检察院,一见到李海青,立刻把一面鲜红的锦旗捧了过来,上面写着:"一心为民,执法为公。"老袁说,这是他请门牌店定做的,人家说这句话最好。

"我们已经成了好朋友,那孩子把我当长辈一样看待。"老袁别有感慨地说。

李海青拉着老袁的手,请他坐下喝水。老袁坚决不坐,"我要亲手给你挂起来!"他在工作室里到处寻找,听说没有钉子和锤子,二话不说,放下锦旗就跑了出去。李海青正在纳闷,功夫不大,老袁又回来了。原来他跑到了街对面,买了一把锤子和一盒钉子。

锦旗端端正正挂好了,老袁满意地左右打量。临走,他高兴地说:"李检察官,锤子和钉子都送给你了,方便以后你们多多挂锦旗!"

"我们只做了这么一点事,老百姓就把你举得那么高。"看着老人家年纪大,还站得那么高敲钉子,李海青不由得感动和惭愧。

李海青没有辜负这位普通农民的期望。工作室刚成立7个月,就接访了315人。26件各级部门啃了几年都啃不动的信访"老案",到了他手里,一年就化解掉了16件。短短两年里,他调结了137件各类案件和纠纷,没有一个当事人再来"秋后算账"。

到今天,在海青工作室的两面墙上,已经挂上了23面鲜艳的锦旗。每一面锦旗的背后,都有一段曲折感人的故事。

李海青成了化解矛盾的一把好手。他在做好本职工作的同时,还被当地的街道和企业、社区聘为工作站站长,工作内容基本是"有话好好说"。2011年,《检察日报》头版头条把他"曝光"后,"海青工作室"在检察系统内外的影响力越来越大。

2012年3月16日,南京夫子庙发生了一起外地乘客争坐出租车被打事件。事主各执一词,最后被打者提出要找海青工作室来调解。

"吓了我一跳!"李海青没想到他和海青工作室的知名度竟这

么高。

如今,上级检察院也会把"疑难杂症"放在海青工作室来处理。"如果好处理,就不会到我这里来了。"不难想象,刑事调解不比一般矛盾纠纷的解决,在"刑事"这个特定的称谓下,调解是一个艰难的过程,需要百倍的耐心。

说到刑事调解,李海青举出这项工作的一个关键点:"我们许多案件结掉了,但涉案人心里还是疙疙瘩瘩,这可不行!"

"那怎么办?"

"案子结掉,事要了掉,人也和了。"

2009年11月11日,在网民们俗称的"光棍节"那天,爆发了一起单身族聚众斗殴案件。7名被告,2名原告,30名涉案人员,大部分是在校学生,涉及6所学校。

事发源于"争女友"。某中学在校生王某和李某同时喜欢上了一个女孩,双方约定到学校操场上"比武招亲"。

其间,王某暗暗约了帮手张某和侯某等三名学生,张某从某校约来了陶某、杨某等三名学生,陶某又邀集了郭某、余某等学生。队伍越拉越大,一场斗殴不可避免地发生了。

当天下午,这群人赶到了该中学门口,混进学校后,正巧发现李某和同学刘某站在操场上。双方开始谈判,言语不和之后,一哄而上,用拳头和钢管把李某和刘某打翻在地,随后四散而逃。经法医鉴定,李某构成了轻伤,刘某构成了轻微伤。

事件在社会上产生较大反响,舆论纷纷要求严惩打人者。公安部门迅速组织抓捕,随后将已达刑事责任年龄的犯罪嫌疑人移送审查起诉。

涉案人数众多,家庭背景各异,参与程度不同,诉求复杂多变。鉴于本案的涉案人均是未成年人和在校学生,检察院公诉科本着宽严相济的原则,将案件转到了海青工作室。

"接手这个案子后,我就知道有难度。法律关系虽然简单,但是案情比较复杂。30多人中大部分是未成年的在校生。需要承担经济赔偿责任的家长有7位，而被害人家长一开口就是30多万。"李海青说。

此前，公安民警已经进行了三轮调解。但是，因为当事人"赌气"，调解工作长期陷入僵局。

李某和刘某是受害方，李海青首先去询问家长的意见。

李某的父亲说："我儿子被他们打得昏迷过去，头部缝了13针，一针1万，先掏13万再说。"刘某的父亲也说："我们家小孩缝了8针，一针2万，必须赔我16万！"

李海青走访了解到，主要加害人有9位学生，其中2位因为不满14周岁被免予追究刑事责任，其他7位孩子的家庭也都不宽裕。尤其是学生张某的父亲有慢性肺结核，长期在家养病，奶奶患上了癌症，全家只靠做环卫工的母亲每个月2000元的工资度日。

当李海青把30余万索赔要求告诉他们时，7位家长吵的吵、哭的哭，乱成了一锅粥。有的家长认为是双方斗殴，坚决不答应赔偿；有的家长愿意赔偿，可是不服对方提出的数额；还有的家长对孩子放弃不管，声称让检察院把惹祸的孩子送进监狱去。

其中赔偿态度最积极的是张某的父母。张某的母亲是一名老实的环卫工人，她起早贪黑地扫马路，用微薄的收入支撑着这个家，好不容易把张某送进了一所职业学校。眼看张某就要毕业了，可以接过家庭重担了，偏偏又参与了这场斗殴。

事发后，她主动到医院去探望受伤的学生，却被人家给赶了出来。她到学校里求情，请派出所转交医药费。李海青组织第一次家长见面会，当听到那巨额的赔偿费用时，这位六神无主的母亲一下子跪在了受害方刘某的父亲面前，哭着说："我愿意代我儿子给你们赔礼，但我们真的赔不起！"

那几天，海青工作室里里外外围满了家长，民警着急，公诉科的同事也着急，连一向沉着的院领导也坐不住了。这么错综复杂的纠纷，李海青能应对得了吗？市里区里领导都关注着这件事，希望能早点调解矛盾,让校园回复平静。

送走家长,同事们看见李海青悄悄关上门,在里面捣鼓着什么东西。

周一开碰头会,院里相关科室负责人都来了,大家集体会诊这起"疑难杂症"。李海青拿出了他的"作品":一张脉络清晰、线条曲折的人物关系图。

"事情看起来复杂,按照各方态度和诉求画张图,分分类,一家家沟通,一件件落实,先易后难,总会打通关节,找到办法。"李海青说。

其实,在绝大多数的纠纷中,钱并不是决定性的问题。症结往往在气上。李海青认为,你"赌气",我"和气",以案说法、以理服人、以真情打动人……如果有一个家长"赌气"不配合的话,案子就无法了结。

在公诉、控申等部门的帮助下,李海青加强案件审查,向承办人了解案件的处理细节,双方当事人前期提出的意见和异议,积极评估和预防可能产生的涉检矛盾,在接待案件双方未成年人及其家长时,耐心听取各方意见,找每个学生家长"一对一"约谈,从法律角度帮助分析得失,缓和当事人之间的对立情绪,磨合、统一各方的意见。

"我不偏不倚,尽量用通俗的语言解释清楚法律关系、各方需要承担的法律责任,尽最大努力抚平被害方的怒气,理顺加害方的抵触情绪。在这个过程中,也让每一个参与的孩子懂得责任,懂得法律,也懂得忏悔。"

就这样,经过10个多月的调解,100多次的约谈,功夫不负有心人,"坚冰"终于被融化了。经过反复协调、沟通,根据涉案未成年人在该起共同犯罪中参与程度的不同、家庭经济条件的不同,最终确定了7名加害方的赔偿数额。

2011年11月3日,有家长、人大代表、政协委员、街道办主任、学校代表、社区民警参加的检调对接调解现场会在秦淮区检察院召开,检察长朱赫主持会议,社会广泛关注的这起聚众斗殴案终于达成了和解协议。

受害方体谅到张家的困难程度,同意张某单方赔偿5 000元,其余8位家长共同赔偿98 000元。张某的母亲代表所有加害方家长向受害方鞠躬道歉,受害方家长表示谅解。她不由得痛哭失声,这一次,不仅因为内疚而哭,还因为检察官的关心、社会的扶助和法律的温度而流泪。

一个月后,家长李某手捧着锦旗,再次来到海青工作室。她赠送的这面旗子没有留下姓名,李某说:"我不知道用什么来表示感谢,就做了这面旗子。我不留名字,只请大家记住海青,记住他的工作室。"

李海青,这么多年来千调万解,千言万语,其实只为一句话:促进社会和谐,维护法律公正。

在李海青调解的很多案子中,有些人是在一时冲动下酿成苦果的。当事人判刑,不光影响自己一生,还会连累家人,尤其影响孩子的成长。

"如果这个人的本质不坏,事情又有回旋余地,我们为什么不拉人家一把?"说这话时,李海青特别在乎"拉人一把"的社会意义。

2013年6月22日,一起"城管被瓜贩打伤"案件又到了海青工作室。这起刑事案可谓棘手——打人者年轻冲动,属于弱势群体,被打者城管队员执行公务,却受了伤。此事发生前后,正值陕西、湖南相继发生城管致伤、致死当事人事件,网络热炒,舆情正旺。

连续三天,李海青捂着卷宗苦思,感到芒刺在背。"警方都立案了,说明肯定不是好事,但我们怎样把不好的事最大可能地朝着好的结果发展?"

或许,每一个案件都有起因、经过、结果。对于起因,李海青没办法控制,但他最在乎结果。

经过不懈地调解,瓜农终于接受了劝导,进行了经济赔偿并作出了真诚道歉,而城管队员亦检讨自己在工作方法上的不当之处。最终,双方握手言和。

随着海青工作室影响力的提升,在规范化、品牌化和专业化的前行道路上,李海青逐渐以刑事调解为轴心,向法律救助、经济援助、社会救助和心理救助等多个领域全方位开展工作。

2013年,在救助一起交通肇事案中被害人的10岁孩子时,李海青对于他所从事的这份工作多了一份深度思考。谈到救助话题,他认为,检察机关提供的经济救助只能是象征性质,实质意义在于嫁接司法机关、民政慈善等机构和组织。

当年,海青工作室在一周内就完成了对那个受援儿童的救助审批,李海青还自费给孩子购买衣物,并指导孩子家属向当地的民政、教育等部门申请相关帮助。

如今,"海青工作室"的服务内容也早超出了预想范围。自成立以来,先后接访当事人1 491人次,化解各类涉法涉诉矛盾153件,救助刑事被害人25人,得到群众的广泛认可。

这些年,围绕着海青工作室,发生过很多的事。有人给李海青下过跪,李海青也曾被当事人莫名其妙地埋怨过,也曾因拒收礼品礼金而为人所不理解,但这些都不能改变李海青那忠厚的性格和从事调解工作的热情。

李海青真诚的笑容和他那充满热情的大嗓门,成了"海青工作室"最瞩目的标志。

近年来,李海青先后被评为南京市"优秀政法干警"、全省检察机关"涉检信访工作先进个人";2013年11月,被授予全国首届"最美检察官"称号;2014年以来,又获得"中国好人""江苏好人""南京好市民"等荣誉。新华社、中央电视台、《人民日报》《检察日报》《新华日报》《江苏法制报》《南京日报》等40多家媒体先后采访、报道,人民网、正义网、中国广播网、凤凰网等多家网站转载。党的十八大期间,南京电视台特别栏目"我和你"专题报道了"海青工作室"的全面事迹,称李海青为"金牌调解员"。

3. "金牌和事佬"

都说清官难断家务事,但在宜兴却有一位调解高手,小到家庭矛盾邻里纠纷,大到群体性事件,他都能一一化解。当地群众只要遇到法律问题,总会在第一时间想到他。多年来,他秉持"不要怕百姓,不要烦百姓,不要嫌百姓,要为百姓多做事"的理念,凭着过硬的专业素养与个人魅力,成为宜兴的"金牌和事佬"。

他是宜兴市司法局宜城司法所所长葛永军,先后获评无锡市"十佳政法干警"、江苏省"十佳司法所长""杰出政法干警",全国模范人民调解员,荣立三等功7次、二等功和一等功各1次。

2018年10月,保洁员马大姐上班路上摔伤,住院治疗花了4万多元。马大姐认为自己应该属于工伤,但社区负责人并不认同。双方各执一词,争执不下,于是找到了宜兴市司法局宜城司法所。

详细了解情况后,葛永军首先为他们解读了《工伤保险条例》关于工伤认定的具体规定,然后分别做双方的思想工作,在让马大姐明白自己不能算工伤的法律规定的同时,从人性化角度劝说社区给予马大姐适度补偿。在他的多次调解与引导下,双方最终握手言和。

一起受伤纠纷,调解起来已经很难,如果涉及生命,调解的难度可想而知。2017年盛夏时节,都某在为莫某家安装空调时坠落身亡。噩耗传来,都某家人的情绪十分激动,要求莫某承担全部责任。可莫某却认为,自己与都某是承揽合同关系,不该承担责任。双方互不相让,一时间陷入僵持状态。

葛永军分析后认为,在这起死亡事故中,死者都某应该承担主要责任,莫某承担次要责任。但如果这样直接告知,死者家属肯定无法接受。于是他先从情理入手,稳定死者家属的情绪,同时积极做好莫某的思想工作。待双方情绪都稳定下来,再逐渐渗透到法律层面,定性定责,理性分析清楚。并根据死者的家庭实际困难,在法定补偿标的的基础上上浮10%,促使矛盾得到了圆满化解。

20年来，葛永军先后成功调处各类矛盾纠纷2 600余起，未发生一起民转刑、民转非和其他投诉案件。"这些矛盾纠纷成功调处，与葛永军善于总结、妙用'巧劲'是分不开的。"宜兴市司法局长周贤告诉笔者，葛永军总结创新不少调解方法，比如"三导三心"调解法、统筹兼顾调解法等，都很实用，也很管用。

"在人生的低谷，我碰到了葛所长。他不仅帮我维权，还扶持我创业。我真的很感谢他！"说这话的老黄是宜兴某劳务公司老板，同时也是一个刑满释放人员。回忆起当初葛永军对他的帮助，老黄至今仍唏嘘不已。

2009年，老黄刑满释放走出监狱。但高兴没多久，没钱没房没工作的现实，又让他的情绪低落下来，甚至陷入绝望境地。入狱前，老黄曾经有个600多平方米的厂房，后来被拆迁盖成了住宅，而他却一直没拿到补偿款。葛永军在找老黄谈心时得知此事，随即进行调查取证，前后用了3个多月时间，帮助老黄达成和解协议，拿到补偿款12万元。

而葛永军并没有就此"打住"，继续像朋友一样帮助老黄，引导他自主创业，东奔西跑地帮他办营业执照，成立劳务公司。通过几年的努力，公司如今已走上正常运行轨道，不仅解决了老黄的生活问题，还上交30万元税金。

"他(老黄)之前走过一段弯路，现在能改过自新，浪子回头，无论是对他个人还是对整个社会都是一件好事。"葛永军对笔者说，"帮助刑释人员做好安置帮教工作，也是基层司法所的分内事。只要他们真心回归正途，做一个对社会有用的人，我们多说几句话、多跑几趟路，这都不算什么！"

"最近楼上老是往下渗水，把我家里搞得一塌糊涂，请问我该怎么办？"正在采访时，葛永军的手机微信提醒声响了，有群众在群里发帖询问。葛永军随即回复："先拍照固定证据，然后到社区调委会反映并请求处理。如果还需要其他帮助，可以随时联系我……"

在葛永军的倡导和组织下,宜城街道的35个社区全部建立了"法润民生"微信群。除了推送普法故事、法治信息、典型案例,社区群众遇到法律问题也可随时发帖提问,葛永军和社区法律顾问都在群里,会在第一时间予以解答,并提供法律帮助,赢得百姓一致好评。据了解,他还建立一个法律顾问微信群,为法律工作者打造业务交流学习平台。35个社区的法律顾问都在群里,有律师,有基层法律服务者,还有社会工作者。葛永军经常在群内分享法律知识,发布社区服务和工作动态,探讨法律问题。

除了运用好线上新媒体,线下普法宣传也是葛永军的关注点。他不仅经常深入各社区给群众讲法治课,为街道和社区工作人员举行法律讲座,为领导干部开展法律知识培训,还组织法律顾问在"法润民生"微信群里答疑解惑,到社区窗口值班坐诊,给社区群众提供面对面的法律咨询与服务,引导群众知法学法懂法守法,筑牢维护社会稳定的"第一道防线"。

采访结束了,笔者却一直在回想着采访中的点点滴滴。司法所的工作是平凡的,但葛永军却在平凡的工作中作出了不平凡的业绩。正如中共江苏省委宣传部在《关于授予葛永军同志江苏"最美法治人物"荣誉称号的决定》中所说的:"(他)心系群众、履职尽责,维护社会稳定,是百姓心中的模范调解员。他坚持在服务群众中传播法治理念,在履职实践中弘扬社会主义法治精神,凝聚了推进法治江苏建设的正能量,是忠实践行社会主义核心价值观的模范。"

4. "鸡汤调解法"

常州市公安局武进分局新城派出所联调室民警陈静,专门负责派出所调解工作,曾获全国优秀人民警察、全国公安机关爱民模范、全国维护妇女儿童权益先进个人等荣誉称号。

相比于"陈警官",当地群众更喜欢喊陈静叫"陈大妈"。很多群众谈及陈静,都会喜滋滋地夸奖说:"就没有陈大妈解不开的结。"面对家长里短、事故纷争、恩怨情仇,陈静见招拆招,无招胜有招,一个个"疑难杂症"在她那里化为了"绕指柔"。自2007年成立陈静联调室以来,她累计受理涉及治安、劳资、婚姻等方面矛盾纠纷11 300余起,调解成功率达99.7%。

"用真诚打动人,用真心感化人,用真情取信人,用真话教育人,用威严震慑人",这是同事们为陈静总结的调解"法宝",并美其名曰"鸡汤调解法"。

2007年,武进分局在新城派出所试点警民联调室,身患脑垂体肿瘤、刚经历了丈夫离世悲痛的陈静成为联调室负责人。联调室试行一年,一直在社区"摸爬滚打",积累了丰富的化解民间矛盾经验的陈静,便总结了"移交、登记、告知、调解、达成协议、制作协议"的调解工作程序"六步法"。从事调解工作两年后,陈静又在实践中提炼出"单独沟通法、借力用力法、部门联动法、判例警示法、回访建议法"等"调解工作六法",为"警察劝架"这一创新工作模式迅速在全局推广打下了基础。

"只有花开的季节,才能映衬您的美丽;只有高空的明月,才能喻为您的温柔;星光为您点头,大地为您摄影,那路边的野花,也为您展露美丽的笑容……"这是一名曾在常州打工的河南郸城的陈先生寄来的《歌颂陈静》的感谢诗,字里行间都是赞叹与感激。

陈静的调解,时时刻刻触摸着人性的温度。

"调解工作只有深深扎根在老百姓信任的土壤上,把他们的事当作自己的事来做,才能永葆活力有效。"这是陈静从事调解工作多年感触最多的。再过两年,她就要退休了,但是工作中,陈静时刻不忘记自己的身份,不丢掉做人的本分,始终把老百姓的事放在第一位,想为老百姓所想,急为老百姓所急,这是她调解工作中一如既往的坚持。

陈静在调解时,总能从细节中找到调解的突破口,让当事人心悦诚服,在她看来,没有打不开的心结,也没有化解不了的矛盾。

冬天的楼道中，一名84岁的老太太裹着被褥在寒风中瑟瑟发抖。正对楼道的门口，老人的儿媳妇手拿菜刀横在胸前，嘴里喊道："让她回家，我就死！""干嘛，学烈士啊？"陈静一句话，让这位儿媳妇平静下来，难题最终在笑声中化解。"钱不给我，我就不活了！"一场打架斗殴，看似打人的不占理，但背后是因为朋友欠了96万元不还。"你命都不要了，还要钱有什么用？"透过打人者的暴力、歇斯底里，陈静却看到了他的无助。"头都撞出血了，我帮你包扎一下吧。"轻轻一声关怀，让当事人的心顿时温暖起来，最终与朋友冰释前嫌。

临场发挥，一句话奏效，是陈静调解的一大特色，但不是她调解手段的全部。刚开始接触调解，陈静觉得自己是强者，矛盾双方是接受她帮助的，这样的一种心境，无法将调解变成一种心平气和的享受。她感到，被纠纷当事人信任，被他们指定作为调解人，内心无上的快乐。

一位生活不能自理、下身瘫痪的80岁老人被儿子安排住在一间没有灯光、堆满杂物的地下车库里，一日两餐、食不果腹。前往处警的陈静黯然泪下，立即赶回家中拿来被子、衣裤为老人驱寒。老人的儿子们深感惭愧，愿意让陈静当中间人调解，最终将老人接出了车库。

残疾人的妻子闯红灯遭遇不测，想让事故的次要责任方出"人道主义的精神抚慰金"，将80多岁的老母拉到对方家中吃喝拉撒。"你要人家人道主义，你把老母放在别人家你人道吗？"自觉理亏的当事人随后主动将老母接回，接受了陈静的调解。

"调解不是一成不变的，在所有的矛盾纠纷中，所有的当事人都只会站在自己的立场上看问题。"在陈静联调室，经常可以看到这样的场景：当事双方剑拔弩张，滔滔不绝地互相指责，陈静丝毫没有叫停的意思。

"这事儿就不能追求速成，都有情绪时，什么话都听不进去，有必要让双方先宣泄一下。"陈静说，要想调解成功，必须要有耐心，用真心真话真情去感染人，让自己成为当事人的情绪的"泄洪池"，学会"望闻问切",学会观察、揣摩当事人的心事,学会用眼睛说话,懂得当事人的心理,学会与当事人交流,及时掌握当事人的真实想法和诉求,从而达到调解的目的。

一个妻子因丈夫晚回家闹得不可开交。陈静对她说:"有丈夫可以等待多幸福呀,你做好饭,热了凉、凉了热,就是等待的幸福。我一年一年地等,丈夫再也等不回来,你一个晚上就等不及了?"说着陈静哭了,夫妻俩最终和好如初。

陈静经常利用休息时间钻研法律,将法律作为调解工作的依据,并综合运用倾听、共情等心理疏导技巧,形成了一套富有特色的"调解秘笈",在因时、因地、因人的环境中灵活运用,发挥作用,让群众真正体会到"人民警察是为人民服务"的真谛,努力为群众做好每一件事。

5. "和阿姨"

在常熟市沙家浜镇,妇女姐妹们一旦有矛盾,首先想到的是"和阿姨"。其实"和阿姨"不但是一个人,更是一个组织,全称是沙家浜镇人民调解委员会"和阿姨"调解工作室。

"和阿姨"调解工作室于2011年11月成立,起初由9位热爱妇联工作、通晓法律知识的巾帼志愿者组成。现在队伍壮大,各村(社区)妇女主任也加入"和阿姨"调解工作室大家庭中。

"和阿姨"调解工作室的负责人不姓"和",而是姓"何",叫何凤英,72岁,退休前是镇里的宣传委员、妇联主席。因为"和"与"何"谐音,工作室就起名"和阿姨",不仅听起来亲切,而且内涵更深广。

"和阿姨"调解工作室主要侧重婚姻家庭纠纷调解,兼顾辖区内其他矛盾纠纷的排查、化解。新时期人民内部矛盾纷繁复杂,各类婚姻家庭纠纷、邻里纠纷成为影响家庭幸福、农村社会和谐的主要矛盾,"和阿姨"调解工作室运作七年多,在促进小家庭和大家庭的和谐进程中,以何凤英为代表的志愿者们当好宣传员、调解员,发挥了积极作用。

"和阿姨"调解工作室就设在沙家浜镇红石社区,走进"和阿姨"调解工作室,顿感一种家的温馨。工作室内整体格局以家为主题,以礼之用、和为贵为基调,营造出了一种宽容礼让的氛围,突出依法调解、以德协商,用妇女的柔软、细腻,帮助双方当事人解开症结、化解纠纷。

为了方便群众,镇调委会专门印制了便民联系卡,联系卡对工作室的工作宗旨、工作范围、地址、联系方式作了明确,并规定每周三为接待日。事实上,说是周三"门诊",其实一接手,随时有操不完的心思,不管是工作日非工作日,都能接到当事人的咨询和求助,有时候半夜也会接到来电。顺利的话经过几次调解,纠纷就能解决,一般的矛盾纠纷都要持续几个月才能协调好。

来访者中,有人是来诉苦的,有人是来咨询的,涉及各方面的业务知识。虽然担任过镇妇联主席、党委宣传委员,对调解农村民间矛盾纠纷有丰富经验,但新时代、新农村产生的新矛盾错综复杂,何阿姨倍感自己对法律知识、专业知识、国家政策了解的不足。

她一方面加强自学,还经常参加镇里方方面面的培训,千方百计地提高自己的调解水平。吃不准的,跑到镇里向司法所的工作人员和法律顾问及时请教。在与群众面对面的接触中,她不失时机地当好宣传员,宣传各种法律法规知识,倡导大家学法、知法、守法,特别是引导妇女同胞自尊、自立、自强。

她在调解工作中总结出了"三心一强"调解工作法,被当地群众普遍认同,受到各级党委、政府和社会各界的广泛赞誉。"三心一强"就是帮助矛盾纠纷当事人解决问题要真心,倾听当事人意见要耐心,分析当事人之间矛盾产生的原因要细心,制定解决方案针对性要强。

碰到情绪激动甚至不讲理的当事人,何阿姨总是耐心地听,从不轻易打断,安抚当事人,感同身受地劝解当事人。事后,及时联系所在村或者社区,从各方面了解当事人的情况,避免听信一面之词,为之后进一步调解劝说奠定基础。

何阿姨说,理思路,寻对策,出点子,有时夜里也在考虑问题。一旦有点进展,就得抓紧,趁热打铁。

一位住在城里的沙家浜人慕名找到了何阿姨,因为房产等经济上的矛盾,引发小夫妻与老夫妻间的不和,小夫妻为此已分居一年,婚姻岌岌可危。

何阿姨接手此事后,深入了解双方产生矛盾的原因所在,通过打电话聊天、找双方当事人谈心等方式,晓之以理、动之以情,真心实意地进行调解。原来,小夫妻的感情尚未完全破裂,引发两人关系不和的主要原因是生活中鸡毛蒜皮的小事不断积累起来的埋怨和摩擦,这次房产纠纷只是导火索。两人如果能够互相谅解、退让一步的话,完全存在和好的可能。另外,长辈对于小夫妻之间的矛盾,不但没有积极做通工作,反而因偏袒而深化了两人之间的误会。何阿姨感觉到,本次调解做好双方父母的工作和做好小夫妻的工作同样重要,必须同时进行。何阿姨分别上门做工作,夫妻之间要互敬互爱,多换位思考,多体谅宽容,作为妻子要做好贤内助,作为丈夫要有大气量,并嘱咐既然要和好,就要作出改变,要努力以全新的面貌对待对方和接下去的生活,调解只是一时的,以后的日子还长。对于双方父母,何阿姨也恳切地解释道,作为父母,护子心切可以理解,但是如果过分偏袒,互不让步就是在为难子女了,现在的年轻人工作压力也挺大,作为父母在家务上能够分担就分担一点,不要太和子女计较。通过多次交流和组织双方碰面,何阿姨给了双方发泄的渠道和和好的平台,鼓励原本关系僵持的双方勇敢地迈出第一步。

几个月后,小夫妻之间的感情升温,长辈和小辈之间的关系慢慢地缓和。中秋节前,她像家人一样,又打电话给这对小夫妻,提醒他们给长辈送点礼品,原本关系紧张的老少两代人也逐渐和好。

在调解一起因婚外情引起的婚姻家庭纠纷时,因纠纷较复杂,调解前,何阿姨做了大量的调查摸底工作,在了解真实情况后,与所在村的妇女主任一起商量对策,尽量不把矛盾恶化,积极协调当事人的朋友、家属,宣传与妇女权益相关的法律法规,教育引导当事人学会正确处理家庭矛盾和家庭纠纷,营造温馨和谐的家庭环境。经过多方努力,成功调处了矛盾,维护了两个家庭的幸福和谐。

平时,"和阿姨"调解工作室定期召开例会,对辖区内的婚姻家庭纠纷进行定期排查,深入剖析、商讨调处方案,及时调解,将调解工作触角延伸到社区每家每户,最大限度地将矛盾纠纷化解在萌芽状态。

"和阿姨"调解工作室注重情法并融,坚持以和为贵,耐心做好当事人的思想工作,使大量民间纠纷及时化解在基层,工作室成立至今共接待1 000多人次,受理矛盾纠纷200余件,调解成功率达98%以上。"和阿姨"调解工作室因此获得常熟妇女工作创新奖、苏州市十佳巾帼维权团队等荣誉称号,何阿姨个人也获得了江苏省婚姻家庭纠纷优秀调解员等多项省级、苏州市级、常熟市级的荣誉。

如今,"和""何"更加不分了,"和阿姨"已成了一个响当当的调解品牌。

每当看到一张张当事人由阴转晴的笑脸,一个个家庭破镜重圆,何凤英说,群众的满意就是对她最大的肯定。

第三章 "老兵"调解

1. "五有"调解法

调解工作处于解决社会矛盾纠纷的最前沿,连云港市赣榆区社会矛盾纠纷调处服务中心副主任卢干景一干就是18年,足迹遍及全区726个自然村,成功调解矛盾纠纷1 512件,为当事人挽回经济损失3 000多万元。

卢干景嗓门洪亮,走起路来腰杆笔直,虎虎生风。1981年10月,他参军入伍,成长为一名副团职军官。2000年10月,卢干景转业回到家乡,在赣榆区司法局从事社会矛盾纠纷调解工作。"要想做好调解工作,就要用心做事待人,把当事人当成自己的亲人,设身处地为他们着想。"这是他的工作体会。

2016年6月17日上午,现役军人赵凌云的父亲参加赣榆村电灌站工程施工,在吊装PE管过程中,因吊钩滑落被砸伤,经抢救无效身亡。小赵悲痛欲绝,立即请假回家。由于善后事宜涉及有关赔偿,处理时间较长,小赵的一些亲友赶到政府门口要讨个说法。

"人死不能复生。如果你父亲在世,肯定希望你在部队为父母争光而不是毁了前途。"卢干景拉住小赵的手劝说,"假期快结束了,你马上回部队,我以老兵的名义承诺,依法为你父亲解决善后事宜。"经过卢干景的一番思想工作,小赵第二天便赶回了部队。卢干景对当事人摆事实讲道理,又与施工单位负责人沟通,最终双方达成赔偿协议,历时20多天的伤亡事故处理画上圆满句号。

在无数次调解过程中,卢干景始终做到不偏不倚,用他自己的话说:"一碗水端平,群众才买你的账。"

2016年3月中旬,赣榆农民王老汉不慎摔倒,右侧胸部疼痛剧烈,到赣榆区一家民营医院就诊。医生全面检查后,诊断为软组织受伤收治入院。谁知出院回家后,王老汉仍感到右肋疼痛,家人又带他到赣榆区人民医院复诊,经 CT 检查,诊断为左侧第 9、第 10 肋骨骨折,第 11 肋骨不排除骨折可疑。王老汉的家人气愤不已,到这家民营医院讨要说法,一言不合,双方便争吵起来。

卢干景和同事徐德部、吕志达闻讯介入调查,三人专门找到医学专家咨询,对王老汉的前后诊治过程、方案以及用药等进行详细的分析和研究,最终认定过错在该民营医院,医院应负全部责任。可医院负责人就是不接受调解。卢干景郑重向院方指出:"如此严重的损伤,医院在长达 9 天的治疗中没有发现,说句掏心窝子的话,如果患者到医院哭闹,会对医院声誉造成什么样的影响?"这句话有力击中院方代表,他们很快就答应了患者的赔偿要求。

调解过上千件案件,卢干景总结出一套"五有"调解工作法,即心中有数、手中有本、调解有方、言行有情、效果有成。这套方法目前已在赣榆全区推行。

卢干景是一个勤于思考、善于动脑的人。他发现,赣榆北临山东日照,西靠山东临沂,受地理环境、文化习俗、资源竞争等影响,跨界矛盾纠纷预防难、排查难、化解难、协调难。"有一年年底,5 个山东农民工来上访,说赣榆一家乡镇民营企业拖欠他们 20 多万元工资。我了解情况后,发现问题很复杂,乡镇把工程整体发包给一家济南公司,公司老板找这 5 个人干活,完工以后却不给钱。更棘手的是,他们既没跟公司签合同,也不能证明公司和他们之间存在雇佣关系。"

5 个民工大冷天凑钱坐车赶到赣榆,在寒风中冻得瑟瑟发抖。卢干景在冰天雪地中一趟又一趟跑工地,动员所有知情工友出面证明,和公司代表交谈多次,终于在春节前把钱交到他们手中。

这件事给了卢干景很大的启发。他着手调研分析省界地区矛盾纠纷的特点规律,坚持"平等协商、相互协作、积极防控、联调互动"原则,提出"省际邻边地区矛盾纠纷联防联调、社区矫正协防联管、普法宣传资源共享、法律服务共同协作、法律援助相互支援、队伍建设相互促进"等工作机制,跨省搭建市、县、乡、村四级联动平台,从源头上预防、减少矛盾,圆满解决170多起跨界民事纠纷。

在卢干景的调解下,反目的夫妻破镜重圆,成仇的冤家握手言和,极易引发民转刑案件的纠纷得到及时化解。"每当调解成功,看到当事人心平气和离开时,我总觉得心底有说不出的高兴和满足。我只想尽自己所能,通过化解一件件大大小小的纠纷,为社会和谐作出最大努力。"卢干景宽慰地笑言。

2. "1号接待员"

这个人的心似乎是用两种材料做成的,一半是水,一半是钢。他善良重情,不知曾为多少百姓的疾苦流下热泪;然而他又坚韧强硬,遇不平之事,会怒发冲冠,拍案而起,置生死于不顾。

这是一个富于挑战性的人,他每天面对的都是一张张怒气冲冲的脸,听到的是骂声、哭声和埋怨声,碰到的是一个个令人头疼的问题,做不尽的是烦事、难事和窝囊事。然而,正是在这个号称"机关第一难"的岗位上,他以22年的春秋让生命最炽烈地燃烧,他用一身的志气、骨气和血气证明了一个共产党人的存在。

这是一个为了信仰和理想而战的人,他付出了一生,不求人们记住他一个字,只愿人们懂得一个理:共产党好。

原泰州市"1号接待员"、泰州市人民政府副秘书长、市信访局局长张云泉已经退休多年,但依然是国家信访局特聘信访工作研究员。"信访局长",是人们对他的称呼,是他此生的符号和荣誉。

他把病重的老人视为父亲,把流浪的小姑娘认作女儿

1996年秋季的一天,泰州市政府门口跌跌撞撞走来了一位面色枯黄的老人,他跪倒在地上,身上沾满了呕吐物,散发着一股股难闻的酸

臭味。他叫孙玉宝,是里下河贫困村的一个孤寡老人。前不久,他身患胰腺癌,无钱做手术,绝望中来到这里,只求死后政府能为他买一身寿衣。

张云泉望着老人哀伤的眼睛,喉头发哽,一把将老人从地上抱起来,一直走进信访局的接待室。他用湿毛巾为老人擦干净脸和身上的污秽,又端来一杯热茶,送到老人的嘴边,看着他一口一口地喝下去。随后,他叫来一辆三轮车,把老人揽在怀里,坐上车,送进了医院,接着他四处奔走,为老人筹集医疗费。

终于要手术了,老人红着眼圈对前来看望的张云泉说:"医生要求直系亲属签字,我没成家,无儿无女,咋办?"张云泉握着老人的手轻轻地说:"共产党的干部都是人民的儿子,我就是你的儿子。这个字我来签!"老人泪如雨下。

手术做了5个小时,张云泉在手术室外等候了5个小时。随后的日子里,他和同事们每天给老人送去可口的饭菜,帮他洗头洗澡。那年中秋节的晚上,张云泉没有回家吃团圆饭,下班后匆匆上街买了月饼,赶到病房。老人望着月饼,张了张嘴,失声痛哭……

出院那天,张云泉领着信访局的干部到医院为老人送行。老人拽着张云泉的手久久不肯松开,含着泪反复地念叨着:"你让我实实在在地看到了还是共产党的干部好啊!我要把这些告诉全村的人。"

像孙玉宝这样的百姓,在张云泉的牵挂中成百上千。他有一个活页记事本,每一个需要帮助的人和事他都记在上面,解决一个,扯掉一页,22年里,不知扯掉了多少页。然而这扯掉的,却成为老百姓情感中永久的珍藏。

2004年农历腊月二十,张云泉的"女儿"方小娟出嫁了。婚礼上,新娘依偎在张云泉夫妇身边,甜美地笑着,一双大眼睛里却闪动着抑制不住的泪水。从乡下赶来的方小娟的亲友们简直惊呆了,他们怎么也不敢相信,眼前这位身着婚纱、亭亭玉立的新娘,就是8年前跟着患有精神疾病的母亲上访11年、被遣返150多次的"野丫头"。

是的,小娟曾是一个不幸的小姑娘,她4岁时,父亲突发脑溢血去世,母亲戚华英不堪打击,得了偏执性精神病,一口咬定丈夫是被人谋害的。从1986年起,她带着年幼的女儿走上了一条注定没有结果的上访路。艰辛的上访生活,让年幼的方小娟落下了一身病,也养成了她叛逆、倔强、冷漠的性格,她不相信任何人。

张云泉知道了这个小姑娘的事,下决心要救下她。1997年的一天,得知方小娟回乡的消息,他立刻驱车上百里,赶到她的家。谁知,车子在门口一停,就有人叫起来:"上面来抓人了!"一个头发蓬乱、眼神茫然冷漠的少女倚在门框上,斜着大大的眼珠敌意地盯着张云泉。凭直觉,他判断出她就是方小娟。他亲切地朝她走去,突然,一条黑狗从门后扑了过来……那一瞬间,张云泉没有恼怒,他有的只是更深的心痛。他记起曾经读过的一则有关印度狼孩的报道,他想:方小娟即使是个狼孩,我也要把她感化过来,让她过上本该属于她的幸福生活。

他喝住黑狗,走进了这个破败的家,不声不响地收拾起散落满地的锅碗瓢盆、坛坛罐罐。方小娟愣愣地看着这位不速之客,怎么也不敢相信,这就是上面来的信访局长!

张云泉成了戚家的常客。每一次来,他都会带来日常生活用品。得知小娟有胃病,他便带她求医购药;了解到小娟有上学的愿望,他又立刻联系学校,让她直接插班上了5年级,书费、学费、书包、文具,张云泉一一为她备齐。

15岁的方小娟第一次感受到人间的温暖,心中的冰山在慢慢融化,她开始主动做母亲的工作,让她住进了精神病医院。一次,在陪小娟去医院看望母亲的路上,张云泉认下了这个干女儿。那一天,方小娟笑了,笑得天真烂漫,这个小姑娘已经记不得自己有多少年没有这样笑过了。

不久,张云泉把小娟接到了自己家中,夫妇俩像对待亲女儿一样地关爱她、教导她。昔日那个衣衫破烂、蓬头垢面的流浪儿变成了一个衣着整洁、漂亮的小姑娘。她不仅学会了写字、算账,还完成了电脑初级、中级的学习,后来又去学插花,成了泰州一家鲜花店的插花师。

张云泉操心了整整8年的方小娟终于长大成人,她以美丽、善良、聪慧迎来了自己的爱情。张云泉夫妇喜得合不拢嘴,为"女儿"准备了全套嫁妆,依泰州风俗该有的全有了。眼下,在这个隆重的婚礼上,小娟最感激的人就是张云泉,她流着泪说:"我从小没有父亲,是干爸让我体会到了前所未有的父爱。我真的很开心!"

"信访干部的工作要像甘露一样一滴一滴流进群众的心田。群众高兴了,我就高兴!"这句朴实的话语,流露出张云泉对人民群众的一腔赤子之情。他曾常年资助一位叫沐苏鹏的孤儿上学,一直到这个男孩当上了一名解放军战士;他曾为一个身患尿毒症需要换肾的女工四处化缘筹钱,让她获得了第二次生命;他还曾多次资助一位叫王晖的家境困难的大学生,使这位因穷困而对社会产生冷漠感的年轻人重新焕发出热情,他在给张云泉的一封信中写道:"当今,人与人之间的利益关系越来越复杂,想让一个素不相识的人关心你,是不可能的,更说不上帮助你。而您张局长却做到了,这不正是课本上学到的人民公仆的形象吗?"

文字在这里是苍白的,它根本无力记下张云泉留在群众心里的一桩桩、一件件事。22年来,他平均每天工作12个小时以上,每年批阅落实人民来信2 000多封,接待群众2 000多人次;义务帮扶过200多户特困家庭,为上百名群众求过医、购过药,先后从自己的工资里挤出4万多元救济困难群众。许许多多原本素昧平生的人,把这位信访局长当作自己的家人。

爱是一种心贴着心的情感。张云泉对人民群众的爱,就是这样一种心贴着心的爱。他痛苦着他们的痛苦,欢乐着他们的欢乐。他说:"有困难,就找我张云泉。即使我不能彻底解决问题,也要奉献我的一腔真情!"

他为失明的老人洗脚,帮绝望的老夫妇新生

1983年秋天,35岁的张云泉被调入泰州信访办工作。当时,他对

这份许多人不愿来的"冷门岗位"还不甚了解。

一天早晨,他还没有走进办公室,就被一位面容憔悴的中年人截住了。来人叫王德元,是20世纪60年代的大学生,由于当时所处时代的种种原因,他失去了公职,先是下过煤矿,后经人帮助找了一份代课教师的工作,还经历了妻子失踪、儿子饿死的悲惨遭遇。旧伤未平,眼下又添新痛,他面临着即将被精简的可能。

王德元一腔悲苦讲得泪流满面,张云泉同情万分听得满面泪流。"我来帮助你!"他为王德元填好来访登记,给了他回程的路费。随后,他调查情况,按照政策协调此事,在当地政府的配合下,最终为王德元解决了公职身份和工资待遇。

感动不已的王德元给张云泉写来了一封长长的感谢信,不久,又专程登门送来锦旗。他拉着张云泉的手说:"我把自己的经历讲给了学生听,并让他们写一篇作文《党恩》。"

这件事给了张云泉很大的震动,他从中看到了信访工作的价值。他说:"我能用自己的行动,让群众更加热爱我们的党,热爱我们的政府,我付出,值得!"他给自己立下誓言:"群众把我们看作希望,我们绝不能让群众失望!"

泰州市某百货公司职工朱兰,上世纪60年代被错误下放,全家5口人仅靠丈夫胡克明微薄的工资生活,一直过得非常艰难。1986年,他们夫妇开始到泰州市政府上访,可他们的问题总是被这个部门踢到那个部门。一天,他们走进了信访办,他们再也没有被"踢"出去,整整18年,张云泉数百次地走进他们的家,先后帮助他们解决了全家的户口、孩子的上学等问题。后来,胡克明双目失明,又患上心脏病,不禁再次陷入对痛苦往事的回忆,情绪很不稳定。有一次,老伴在医院给他洗脚,去拿袜子的空,他因为看不见,踩翻了脚盆,床上地上到处都是水。他的火一下子被点燃了,非要家人拉着他到市政府讨说法。

张云泉闻讯赶到医院,用墩布把地上的水拖干净,又重新打来一盆水,双手托起老人的脚放进盆里,轻轻地给他搓洗。那一刻,老人哭了,眼泪像断了线的珠子滴落在张云泉的头上,他颤巍巍地摸着张云泉的头说:"这一辈子,我的儿女都没给我洗过脚,虽然我以前受了很多冤枉气,但今天一个共产党的局长为我洗脚,我死也瞑目了!"

老人弥留之际,张云泉一直守候在他床边。老人拉着张云泉的双手轻声说:"感谢共产党,感谢人民政府……"他嘱咐老伴和子女:"我死以后,谁也不准再去政府上访!"

有人曾问过张云泉:你每天接触到的大多是社会中负面的东西,它们会动摇你的人生信念吗?他回答:"正是这些负面的东西让我更坚定了为党工作的信念。一个理想的社会不是从天上掉下来的,不然,要我们这些党员做什么?"

2001年五一劳动节,农民李庆余的独生子打工时不幸因煤气泄漏事件中毒身亡。晚年丧子的巨大悲痛使他一夜之间白了头。老两口终日以泪洗面,不知多少回,他们相依在阳台上,眼巴巴地望着儿子单位下班时涌出的人流,幻想着那个熟悉的身影。有一次,李庆余的老伴因悲伤过度,昏倒在阳台上,跌断了手臂。

一直协调处理这个事故的张云泉看在眼里,痛在心中。他决心把老两口从悲痛中解脱出来。他走进了老夫妇的家,对他们说:"请你们放心,只要共产党存在一天,就保证你们有饭吃,有衣穿,有人管,让你们享受人世间的温暖!"

这一天,老两口悄悄扔掉了前两天买来的一瓶敌敌畏。张云泉让他们重新看到了生活的希望。

为了让这对老夫妇能安度晚年,张云泉取得市委领导同志支持,把他们的户口从偏远的农村迁入了市区,并办了最低生活保障。老两口的心平静了,想着活下去就应该做点事,便考虑开个小售货亭。张云泉一听,连声说:"好!我帮你们想办法。"他又开始一趟趟跑邮政局、城管局、税务局等部门,办妥了一切手续。听说建棚子还差点钱,他连夜送来1000元。老两口知道这位局长养家糊口不富裕,说什么也不肯收他的钱。张云泉急得眼泪都快流出来了,他说:"我小你两岁,咱们算是兄弟,你现在有困难,我这个做弟弟的能不管吗?"老夫妇含泪收下了钱。

2002年7月1日,售货亭开张了。这之前,有人曾建议李庆余一定要给小铺子起个时尚的名字,他笑笑:"到时候你们会看见的。"谁也不知道,他已经悄悄地花50元钱请人打制了五个字。开张这天,这五个金色的大字方方正正地镶在了售货亭的上方——"共产党万岁"。从此,这个小售货亭成为泰州市街道上的一道风景。李庆余说:"我的小铺子就叫这个名字。我要感谢张局长,更要感谢共产党,只有共产党才能培养出这样的好干部!"

爱因情而生,爱更因信仰而坚定。因为自己的付出而让人民群众有发自内心的对共产党的感情,让张云泉享受了最幸福的回报。他说:"信访工作,说到底就是党的群众工作,就是要在党和政府与人民群众之间架起'连心桥'。我作为信访局的领班人,就要当好'连心桥'上的一块砖。我最大的满足,就是让人民群众从我们身上看到共产党好!"

他用三鞠躬化解千人上访,以敏锐的眼光发现事件背后的问题

1998年中秋节前的一个晚上,泰州某镇发生恶性交通事故,一位村民在公路上被汽车撞死,肇事司机的强辩激怒了死者的家属,于是第二天他们聚集了全村近千人准备徒步到市里上访。

此时张云泉正在医院治疗被打伤的眼睛,听到消息,他躺不住了。妻子对他说:"你已经残了左眼,再到这些闹事的场合,万一右眼也被打残了,今后的日子怎么过?"他说:"今天我去了,风险在我个人;不去,就是关系一方的稳定。"他拔下正在输液的针头,赶到了出事现场。

张云泉立刻被愤怒的人群团团围住,哭的,骂的,推搡的,吐唾沫的都有,个别人还煽动掀翻他的汽车,说"给他点颜色看看"。张云泉竭力克制着,一步一步走进死者家中,在死者的遗像前,他恭恭敬敬鞠了三个躬。霎时,喧嚣的场面静了下来。张云泉从怀里掏出600元钱,用一张白纸包好,放到遗像前,转过身来大声说:"我鞠三个躬,第一个躬是我本人代表信访局全体同志向死者致哀,向家属和亲友们表示慰问;第二个躬是代表肇事者及其全家向死者和各位请罪;第三个躬是代表政府向你们承诺,一定会合情、合理、合法地处理好这件事。"

他的一番话使紧张的气氛顿时缓和下来,可坐下说事的时候,现场人多嘴杂,你一言我一语,一下子又把秩序搞乱了。见此情景,张云泉高声问:"谁是死者的老娘舅?老娘舅(辈分)最大,他说话最算数,请他跟我谈。"受到尊重的老娘舅立刻喝住众人,和张云泉谈起事情的处理。

张云泉的声音嘶哑着,伤残的左眼不断地流泪,曾被打伤过的鼻子也因为过于紧张不停地流血。他从上午9点一直谈到下午3点,终于感化了群众,把一场即将发生的大规模的集体上访事件提前化解了。

张云泉常对信访局的同事们说,做好信访,要有"四种能力":贴近群众的亲和力、良好的语言表达能力、临场处置问题的能力、驾驭复杂局面的能力。还要有"五心":为民服务的真心、换位思考的同情心、高度负责的责任心、解决难题的决心、长期作战的恒心。除此之外,长年的信访工作还练就了张云泉一身常人无法想象的"憋功、忍功和站功",在比较严重的事发现场,为了尽快平息事态,他可以一天不喝水,不去厕所,几天不睡觉,可以连续站立8个小时以上,可以苦口婆心与上访群众连续谈话5个多小时。张云泉正是靠了"四力""五心"和自身的硬功夫,在信访局长这个处于矛盾漩涡中心的岗位上,上百次上千次地化危机为安宁。

2003年9月14日,是泰州市信访局许多人记忆深刻的日子。那天下午,大雨如注,信访局的院子里突然涌进了某食品厂的一群工人,他们手中高举着横幅"还我工厂,还我工人主权"。原来,这个工厂的工人们刚刚听说,已经3年领不到一分钱的厂子又未经职代会商议而被卖掉了。全厂工人哗然,他们推举了36名工人代表冒雨前来上访。

有人耳闻张云泉能为百姓说话,所以他们指定要见张云泉。

张云泉很快出来了,看到工人们在雨水里淋着,他心疼地劝大家到信访大厅里谈。但工人们情绪激烈,表示不给个说法,哪儿也不去。同时,不顾张云泉的劝阻,硬是把两块横幅挂了起来。这时,信访局的一位工作人员给张云泉递来一把伞,他没接。他说:"这么多群众都能被雨淋,我张云泉为什么不能?"就这样,他站在大雨中,同工人们谈了近一个小时。

工人们感动了,主动撤下了横幅,跟着张云泉进到了信访大厅。凭借多年对复杂问题的判断力,张云泉意识到这件事非同寻常,背后一定有问题。他对工人们说:"我张云泉一定负责任地向市纪委汇报,请大家相信党和政府,我们不会放过一个腐败分子,也保证不会把大家丢下!"

工人们回去了。张云泉连夜起草"信访摘要",直报市委领导,市委第二天就向这家食品厂派出了由多家部门组成的联合调查组。事情很快有了进展,一个瞒着工人卖掉工厂中饱私囊的腐败分子被揪出,这年春节,工人们第一次拿到了政府给的解困资金,工厂下一步的改制问题也开始有序地进行。带头上访的工人丁秀琴逢人便讲:"我们找张云泉找对了!"

有人说,张云泉是天生的信访局长。他自己说,他的能力来自于实践。

他交友甚广,了解底层。他常去公共大浴池洗澡,有机会就坐坐三轮车、出租车,那些搓澡工、三轮车夫、的哥、的姐里面都有他的朋友,再加上长期干信访,他算得上是泰州城里"第一消息灵通人士"。

他注重学习,在他办公室的书橱里堆放着各种各样的书籍,有思想理论、政策法规、领导必修、心理学研究、《资治通鉴》等等,他称这些是他的内功。

他善于研究和总结信访工作的规律,先后制定和完善了20多项信访工作制度,其中,律师坐堂信访局、市级机关年轻干部到信访局锻炼等制度在全国都走在前列,现在有许多信访部门效仿。

他还有一条更深的感触,即中共泰州市委、泰州市政府对信访工作的高度重视和全力支持。"如果没有来自领导的力量,我一个信访局长再有本事能折腾到哪儿去?"这是他由衷的感慨。

"信访工作是一门永远探索不完的艺术,这里面的学问大着呢……"20多年来,张云泉一直用这句话鞭策自己。他的确就像一个艺术家,在信访工作这个大舞台上,以他的激情、才华与智慧,上演了一出又一出精彩的好戏。在他的内心深处,是献身这一事业的虽九死而不悔的痴情!

他曾被误认为是冒牌局长,他的妻子也曾是上访者

张云泉有句名言:"做人必须像人,当官不可像官。"这是他的自画像,很真实。

因为工作需要,泰州信访局的干部每年都要到北京出几次差。在北京市区住个像样一点的旅馆,一般每天要花费几百元,加上吃饭等开支,一趟下来要上万元。张云泉心疼。

他是一个在苦水里泡大的人。1948年6月,他出生在江苏省如东县一个贫穷的小渔村,10岁以前没有穿过像样的衣服,很少吃上几顿热乎饭,人家扔的残汤余羹、烂菜叶子都是他的食物。乃至今天,他的胃口还有着过去的适应性,爱吃生东西,包括生茄子、生地瓜。后来他成家,依然很穷。那年他和妻子坐着一只小木船沿长江支流而下,落户泰州。船到码头,16元钱的船费他搜遍全身还差1.6元,实在无奈,只得从脚上脱下两只半新的袜子给了船老大。他常说,这是他的本,不能忘。

20多年的信访工作,张云泉不但一直记着自己的本,而且更多地了解了老百姓的疾苦,他能掂得出1块钱、10块钱、100块钱在老百姓手中的分量。他常说:"群众的疾苦,教育我永远甘守清贫。"

因此,每次到北京出差,张云泉总是自带一个小电饭煲,选便宜的

小旅馆住。2001年春天,张云泉和一位同事又一次来到北京,住进了一家房费每天70元的小旅馆,没有卫生间,没有电视,自己用电饭煲煮饭。旅馆的工作人员看到登记的是地市级政府副秘书长、信访局局长,可吃住竟如此寒酸,便起了疑心:会不会是骗子?他们悄悄报了警。警察闻讯赶来,细细查证了张云泉等人出示的所有证件,才真的相信了。警察临走给他恭恭敬敬地敬了一个礼,说:"像您这样的局长,我还没见过。"这趟差,他们节省了一万多元。张云泉欢喜地说:"这一万多元钱,能让好几个失学孩子回到课堂啊!"

张云泉为人做官的自画像里,有一笔重要的无字的诠释,那就是他的家人。

说出来人们或许难以置信,张云泉的妻子也曾经是上访者。她叫丁秀兰,在泰州一家商场做售货员。有人对丁秀兰说,凭你丈夫的地位和威望,他只要一句话,就可以给你换一份薪水高的工作。妻子回家把话转告张云泉。张云泉说:"商场有300多人,我如果把你调了,那些工人呢?不要忘本,我们已经很好了,我们两个人不是有一个在机关吗?"贤惠的妻子不再吭声了。这么多年,丁秀兰工作唯一的变动,是因为上了年纪,从布匹柜台调到了羊毛衫柜台。

后来,这家商场破产倒闭,职工们因为待遇和安置问题准备集体上访。妻子回家告诉了张云泉,张云泉劝她不要参加。妻子为难地说:"我不想增加你的负担,说出去被人笑话。可不去的话,人家说我'吃落地桃子',还说你早已为我准备好了退路。"

张云泉沉默了,心里发酸。他知道,这么多年,为了支持他的工作,妻子吃了太多的苦,受了太多的委屈,眼看着就要下岗,还要与他"对簿公堂"。无奈,他对妻子参加上访"约法三章":一不带头,二不讲话,三不久留。就这样,这位信访局长在信访大厅里见到了一位特殊的上访者——与他相濡以沫近40年的妻子。两双眼睛在默默地对视中,传递着彼此的理解……

2001年,由于工作需要,泰州市人事部门给信访局下拨了一个行政附属编制名额。消息一传出,就有人准备给张云泉送礼,想安排自己的人。这时有更"聪明"的人向他提出了一个"交换"的主意:让张云泉在信访局安排此人的亲属,此人则在自己所在事业单位安排张云泉的儿媳。当时,张云泉的儿媳妇正处于哺乳期,在距家很远的一个企业上班,每天往返十分不便。

有人提醒张云泉:这是官场"潜规则",不答应对方就要得罪人;再说,你的儿媳条件很优秀,何不趁机转个好岗位呢?

张云泉连犹豫都没有,说:"不行!答应这事,就是助长腐败歪风。再说我儿媳尽管在企业上班,可毕竟有班可上,这个岗位还是留给更需要帮助的人吧!"经过信访局领导班子集体讨论,最终这个令人羡慕的编制给了局里一个叫许丽的临时工。张云泉说:"小许的父母都是下岗工人,编制留给她,理由最充分。"

在张云泉的亲戚中,有八九个人下岗,他从来没有通过自己的关系为他们找一份工作。家人有时候抱怨他"专帮人家的忙,自家的事不管不问",他总是诚恳地说:"帮群众的忙我理直气壮,为自家人谋利益我口难开,腰杆子不硬。"

张云泉寡情吗?了解他的人都知道,他对家人有着十分的疼爱。如果碰上哪个休息日能安稳地在家呆着,他就会拼命地做家务,拖地、洗衣服、做饭……似乎要弥补那许许多多不能在家的日子。在他文件、书籍成堆的办公室里,有一件最温馨的东西,就是两本家庭影集,一本是他们全家人的,一本是他4岁的孙子洋洋的。如果不是深深地爱着,又怎么可能在日理万机的日子,渴望着这温柔的一瞥呢?

"知否兴风狂啸者,回眸时看小於菟"。张云泉对家人的爱,带着一个战士特有的风采。他是一个共产党员,是一个人民的信访局长,他首先要做到的是上不愧党,下不愧民。家则是他永远为之幸福的内心深处的港湾……

忘不了那一天,张云泉给我们唱了一首歌,一首他最喜欢的《牡丹之歌》。"……冰封大地的时候,你正孕育着生机一片,春风吹来的时候,你把美丽带给人间!"

张云泉是幸福的。他的内心就像有一泓涌吐不尽的爱的甘泉,拥抱着人民,拥抱着党,拥抱着事业,拥抱着同志和亲人;甘泉之上,他更有一颗精神的太阳——信仰,他坚信为人民群众谋幸福的共产党的事业是人类最崇高的事业。因此,他的爱恒久而璀璨!

多年的信访工作在他身上留下斑斑伤痕

张云泉有一个习惯动作,经常掏出手帕擦拭左眼,他平时总戴着一副墨镜,办公室的窗帘常常是紧合的。原来他的左眼曾受过严重的伤害。

那是1998年10月,泰州一家国有企业面临破产。消息一传出,全厂炸开了锅,1 700多名工人聚集在厂部为人员分流问题向厂领导讨说法。两天过去了,一名工人因情绪过激引发脑溢血,当场死亡,事态急剧恶化,场面几近失控。

得到消息,张云泉火速赶到现场,一下车,激愤的人群便潮水般向他涌来。他呼叫着,要工人相信党和政府,理智地对待改革。然而他的声音被巨大的吵闹声淹没了,拳头从四面八方挥舞过来。平心而论,靠着他当年在部队练就的一身功夫,此刻他完全可以冲开人群,逃离危险。然而,就在这时,他发现前面的一名女工被挤倒,而后面不知情的人群仍然在往前拥,情况万分危急。他来不及多想,一下子扑过去,护在了这位女工身上,任凭拳头雨点般落在他的身上……突然间,他的眼部受到猛烈一击,霎时眼前一片漆黑……

经多方医治,张云泉的左眼保住了,但留下了终身伤残,视力从1.5下降到0.15,经常肿胀、流眼泪、怕光、怕风。

在张云泉的经历中,像这样遭罪受气的事是家常便饭,但是他从没有一句怨言。有人开玩笑,说他干的是"三赔"工作——赔礼、赔罪、赔钱。他说:"为党和政府做'三赔',甘愿!"

1995年夏天,泰州市在创建卫生城市中遇到一个"拦路虎",在城区建起的一座公厕建了4次被推倒4次,原因很简单,公厕旁边的4户居民,家家都嫌厕所靠自家太近。这一来,急坏了附近200多位无厕可用的居民,给政府出了难题。

张云泉奉命前往处理。他来到现场,看到这一带属于旧城区,房屋密集,很难有更大回旋空间,那4户居民嫌公厕太近是有道理的,但厕所又不能不建。他先给这4户人家赔礼道歉,又苦口婆心与他们反复协商,最后,他们提出一个条件:公厕距离4家的外墙必须都是50厘米,才同意修建。

条件提出来了,那就需要丈量。人们的目光不约而同地落在了已经被推倒两个月的公厕上。只见粪坑里砖头堆积,粪便四溢,还有腐烂的鸡肠、鱼腩、烂菜叶子等各种生活垃圾,成群的苍蝇在上面嗡嗡地叫着,随行的瓦工捂着鼻子:"这么脏的活,不干!"

"我来。"张云泉从瓦工手中拿过卷尺,脱下袜子,卷起裤腿,走进了没到脚脖子的粪污中,他走过来走过去,前后左右,足足丈量了半个小时。居民们感动了,有人大叫:"张局长,快出来,凭你这精神,就是差那么几公分,我们也心甘情愿!"许多人用脸盆端来水,为张云泉冲洗腿和脚上沾满的粪便。这座公厕很快就修好了。

有人曾很不理解地问张云泉:你当的这个官吃苦、受罪、受气,凭什么能坚守20多年,而且还继续坚守着?

张云泉讲了早年他在海军部队做军人的一幕:那是"七一"的晚上,舰艇抛锚在大海中,远处的城市灯光点点,就像一座星城。指导员对大家说:"今天是节日,你们向后看看,大后方的人民之所以能在这个晚上享受和平与安宁,就是因为有我们海防战士在前面站岗。万家灯火、万家温馨就是我们海防战士的幸福与境界!"这句话影响了张云泉的一生。在信访局长这个岗位上,他感觉就像守卫在海防前线,虽然自己承受着很多,但换来的是更多人的安宁。他因此而坚守。

张云泉有一句自勉的话:"把困难和危险留给自己,把安全和便利留给同志。"于是人们看到,哪里有危险,哪里就有张云泉;哪里有冲突,哪里就有张云泉。他曾乔装成司机深入到专门欺压出租车司机的流氓团伙中抓获歹徒,被群众称为"铁头局长";他曾夺下精神病患者手中锋利的破酒瓶;他曾徒手解除有人带在身上的杀猪刀和炸药包;他还曾多次接到死亡威胁的电话……

22年的信访工作生涯,在他身上留下了大大小小抹不去的伤痕:他的腿被踢过,落下了深深浅浅的伤疤;他的胳膊被掐过,留下了又黑又紫的斑块;他的左手拇指曾被咬得露出骨头,至今不能灵活弯曲;他的脸部曾被击打得血肉模糊;最令人心痛的是他的眼睛……

张云泉的妻子曾哭着问他,为什么要当这"受罪""受气"的官?他说:"这'受罪''受气'的官不但要当,而且要为老百姓当好。如果受了委屈的群众把气出在我身上,群众气顺了,我甘愿受这份气!"

当爱的情感里包含了一种忍辱负重的胸怀,它便有了坚忍不拔的力量。张云泉因此让人感动。

第四章 "应评尽评"

1. "淮安模式"全省推广

淮安地处苏北老区,曾经是全省"信访大市"。一些事关改革、发展的重大事项,往往"政策一出台、问题跟着来"。2006年,淮安市开始探索"重大事项社会稳定风险评估",力图改变维稳工作"马后炮"的局面。2007年至今,全市未发生一起重大群体性事件。全市80%以上的重大事项在通过评估关卡之后,成功预防和化解了大部分矛盾纠纷。

2011年9月,首都北京,第七届"国际城市论坛年会"上,淮安市社会稳定风险评估模式被授予2011年中国城市管理进步奖,社会管理创新研究(淮安)基地也同时获得认定。

而在国字号荣誉降临淮安之前,从斩获市政府创新奖到连得全省维稳办工作综合考评第一名,从摘得市第十一届哲学社会科学优秀成果一等奖到荣膺全省政法工作创新一等奖,淮安的社会稳定风险评估工作被冠之为"淮安模式"而闻名遐迩。

那么,社会稳定风险评估的"淮安模式"因何而生?又为社会管理创新贡献了哪些可资借鉴的经验?

风险社会的智慧之思

在探访社会稳定风险评估的"淮安模式"之前,让我们把目光投向当代中国和世界——

上世纪80年代,德国社会学者乌尔里希·贝克的《风险社会》问世,风险社会很快被视为现代社会的代名词,对风险的评估、预防、规避也成为全球社会治理的核心议题。在中国,这一议题以社会管理创新的名义出现。随着中国进入改革的关键期、社会矛盾的凸显期,化解社会风险、保持社会稳定的任务异常繁重,加强社会管理创新同样迫在眉睫。

这是全球化时代的普遍性难题,淮安自不例外,如何平衡各方利益诉求、化解利益失衡风险、促进社会和谐稳定,成为全市经济社会发展必须面对的重大课题。

这一重大课题历史性地落到了一群勇于开拓的探路者肩上:2005年10月,淮安市维护稳定工作领导小组办公室挂牌成立。"维稳必须要有新思维、新举措,必须要彻底改变'马后炮'的尴尬处境。"时任淮安市维稳办副主任、市公安局党委委员崔健说,市维稳办成立后不久,就开展了社会稳定风险评估工作规划,在深入调研的基础上,明确以抓项目推进为主要方法,提出了"做好一个项目、总结几点经验、带动一批项目、形成整体氛围"的发展计划。

没有头绪,没有先例。就这样,一个新的计划呱呱坠地,一场荆棘里的艰难求索悄悄启程。几年以后,人们才发现,淮安为全省、全国社会稳定风险评估探路,这是淮安的智慧之思,即使在当代社会学理论视野中,也是可圈可点的重要制度创新。

民声畅达的淮安实践

富士康淮安科技城是市维稳办开展社会稳定风险评估"盯"上的第一批项目之一。"项目占地达 7.6 平方公里,一期工程就涉及 2 个乡镇 612 户农户 2 244 人,其中还有 317 户 1 316 人成为失地农民。"在崔健看来,这是一块难啃的"硬骨头",也是社会稳定风险评估"项目推进法"的试金石。

接下来的一幕令许多人惊讶又感动:淮安市维稳办成立的稳评工作组吃住在项目实施地 16 天,召开了 5 场座谈会,走访了 500 余户农户,发放了 600 余份调查表。在掌握大量第一手资料的基础上,工作组预测了 8 类不稳定因素,并提出 4 大类 9 条稳定风险控制化解措施。"5名鳏寡人员、6个年老病残户、76名入嫁妇女的拆迁安置等棘手问题——化解。"

从富士康、涟水机场等第一批稳评项目开始,淮安养成了重大事项先问群众答不答应的习惯。这一习惯看似平常,却直指社会管理和公权运行最为关键的环节,体现了社会稳定风险评估这一社会管理创新之举的成色和分量。"项目建设的目的是推动发展、服务民生,但在项目启动时就因征地拆迁等问题影响甚至损害老百姓的利益,怎能不诱发不稳定因素,又怎能保证项目顺利实施?"崔健说,"民声畅达才有民生幸福,民生幸福才有和谐稳定、科学发展,我们坚决不做群众不答应的事情!"

真切的言辞背后是维稳观念的华丽转换——传统的维稳方式时常以压制群众的利益诉求为代价,最终的结果是以暂时的稳定遮蔽了更多的不稳定因素,以表面的平衡掩盖了事实的利益失衡,而重大事项社会稳定风险评估则通过让群众"发声",吸纳群众的利益诉求,实现多方利益协调,从源头上减少了稳定风险。

观念一变气象新,但我们还需要记住:支撑淮安维稳新思维的是殊为宝贵的民本情怀,是以周恩来精神为代表的淮安亲民文化的深深浸淫……

永不竣工的创新工程

从2006年开始到2012年,淮安已完成稳评项目1 046多个,有效预测、防范、控制和超前化解了一大批社会矛盾和稳定风险,实现了发展和稳定的良性互动。维稳新思维探出了和谐发展路,淮安的社会稳定风险评估工作经验也在中央维稳办《维稳工作简报》上得到了广泛推广,吸引30多个省市政法维稳部门前来学习交流。

但面对取得的成绩,淮安选择了永不满足——正如时任市委书记刘永忠对101%服务理念的阐释一样,社会稳定风险评估工作也是一项"永不竣工的创新工程"。

打开淮安公安综合管理服务工作平台，"重大事项信息登记查询"模块赫然在列。点击 2010 年录入的"金湖县神舟车业地块拆迁项目"，明晰可见项目的稳评情况：从项目基本信息到准备阶段、调查论证阶段、预测评估阶段的所有台账一应俱全。"项目稳评全面推开后，我们就在全省率先研发了社会稳定风险评估信息系统，着力推进工作规范化和流程化。"崔健说。

这一努力折射出了市维稳办的新追求：打造社会稳定风险评估的"淮安模式"，为社会管理创新作出更具系统性、指导性的淮安探索。于是，我们看到——

创新工作方法，建立稳评工作"五步工作法"，实现稳评工作的格式化和流程化作业；

创新机制建设，出台了《淮安市重大事项社会稳定风险预测评估化解制度》等多个规范性文件，在全省率先将稳评工作列入专项考核；

创新队伍建设，基本上形成了覆盖市县乡的稳评工作专家网络，成立了国内首家稳评专业机构，在全省较早成立社会稳定风险评估工作指导处；

……

只有创新才能开出不败之花，只有创新才能结出丰硕果实！2010 年，国内首部稳评工作理论专著《重大事项社会稳定风险评估理论与实践》由江苏人民出版社公开出版发行，这标志着社会稳定风险评估的"淮安模式"不仅具有实践的成效，而且上升到了理论的高度，为社会管理创新作出了独具淮安特色的重要探索。

2010 年 4 月 7 日，中共江苏省委、江苏省政府专门在淮安召开全省稳评工作现场会。

2014 年 11 月，在社会治理创新贵阳会议上，淮安市稳评创新项目荣获"中国社会治理创新范例 50 佳"。淮安被北京城市发展研究院指定为社会管理创新研究基地。上海同济大学、西安交大分别把淮安作为稳评实践基地。

淮安稳评"五步工作法"被学界称为稳评"淮安模式"。《法制日报》《江苏法制报》均在头版头条对淮安市稳评工作取得的成效和做法作长篇报道。新华社调研组还专门到淮安调研总结稳评做法,调研材料上报中央高层作决策参考。因稳评等工作成绩较好,淮安市维稳办先后被中共淮安市委、淮安市政府和江苏省维稳办、省公安厅两次记集体二等功。

2015年3月11日,全国人大代表、中共淮安市委书记姚晓东在新华报业全国两会直播室接受采访,针对李克强总理在政府工作报告中提出的落实重大决策社会稳定风险评估机制的要求,专门推介淮安的重大决策社会稳定风险评估机制,姚书记介绍了淮安市稳评工作发展历程,引入第三方评估机制、稳评事项总数、暂缓或者不予实施事项情况,提出了搞好稳评、汇聚社会正能量也可以转化成生产力,人民满意、生活幸福才是社会治理最终诉求的观点。

稳定责重如山,创新永无止境。毋庸置疑,在推动社会管理创新的时代征程中,在不断完善社会稳定风险评估"淮安模式"的艰难跋涉中,淮安还将书写更加嘹亮的创新之歌!

稳定没保障,发展没指望。淮安为全省稳评工作开了先河,提供了样板。2007年,江苏省下发《关于积极开展社会稳定风险评估试点工作的意见》,成为全国最早实行社会矛盾排查、社会稳定风险评估的省份之一。

按照"应评尽评"的目标,江苏在所有涉及群众利益、容易引发社会矛盾的重点领域全面实施稳评。南京、徐州、无锡、苏州等地把稳评作为重大决策实施的前置条件和必经程序,凡未进行稳评的事项不上市委常委会、政府常务会讨论审议。无锡市政府还要求各部门对相关业务流程进行优化调整,把稳评工作嵌入决策审批程序,发改委、国土、建设、住保、教育等18个重点部门都已实施稳评嵌入。2011年,该市有11个市级重点项目因为没有进行稳评而在审批时被退回。

在综合治理和平安建设考核中,江苏增加了稳评工作考核分值,规定凡因稳评工作不力引发重大问题的,实行"一票否决"。南京、淮安等地先后对 13 起应评未评发生不稳定事端的情况开展倒查,落实了整改措施。

社会稳定风险评估工作最能体现"预防为主"的方针,是新时期社会治安综合治理工作的重要内容。"开展社会稳定风险评估,使维稳工作有了新抓手、新载体,实现了防范风险关口前移,健全了事前防范环节的工作机制,增强了维稳工作主动性,提高了工作质效,降低了维稳成本。"时任中共江苏省委常委、政法委书记林祥国说。

2010 年 4 月 7 日,时任中央综治委副主任、中央政法委副秘书长、中央综治办主任陈冀平出席江苏深入推进社会稳定风险评估工作会议。他指出,江苏是全国最早开展社会稳定风险评估的地区之一,江苏不少地方对推行社会稳定风险评估工作进行了有益的探索和尝试,积累了不少成功经验。希望江苏各地各部门继续发扬敢为人先的精神,不断解放思想,开拓创新,探索出开展社会稳定风险评估工作的一整套体制机制和方法体系,为全国各地全面推进这项工作提供成功经验。

2. 从"邻避"到"迎臂"

"垃圾围城"已成为很多城市亟待解决的社会难题、民生问题。生活垃圾焚烧发电是目前国内外普遍采用的生活垃圾处理方式,对改善和提升人居环境具有重大意义。然而,一些地方在建设生活垃圾焚烧发电项目的过程中,往往会出现"邻避效应",导致工程难以进行。

"邻避效应"是指谁都不愿把垃圾场、污水厂等公共项目建在自家后院,这是人之常情。垃圾围城的解决与邻避效应如影随形,这并不是中国所特有的,而是世界各国都普遍遇到的共同难题。邻避效应不能简单、粗暴处理,也不能指望一夜之间解决,必须循序渐进、循理解决。

邻避效应的产生,很大程度在于民众对项目的不了解和对政府、企业的不信任。因而,要化解邻避效应难题,必须充分尊重民众的知情权、参与权、监督权,建立政府、企业的"公信力",赢得民众的信任与支持,这是解决邻避效应的核心和关键。

绿树成阴、亭台水榭,水中鱼儿游、岸边有白鸽,说到这些您是不是以为是哪个公园或者风景区呢?恰恰这些都不是,这是江苏省常州市的一座新型的垃圾焚烧发电厂,不仅如此,它还和周边的居民们做起了邻居。

花园式的光大环保能源(常州)有限公司厂区位于常州市遥观镇的中心地带,在厂区周边不到 500 米的范围,分布着五个大型小区和村落,居住着近 10 万人口。与垃圾"做邻居",每天有上千吨的垃圾运进来,居民真的乐意吗?

项目筹建初始,周边居民担心项目会给身体健康、环境质量带来影响,对项目落地强烈抵制。通过事后分析,之所以周边居民对建设垃圾焚烧发电项目有如此强烈的反应。很重要的原因是前期的群众工作做得不到位,导致群众的知情权、参与权、监督权不能得到有效保障。

如何化开信任"坚冰"、破解邻避效应,保证垃圾焚烧发电项目的顺利建设,对于常州市和光大国际来说,同样是个难题。

难题仅仅是难题,并非是无解之题,解开难题的钥匙在于做好群众工作。常州市和光大国际项目团队从一开始就牢固树立群众观念,把群众路线这一法宝紧紧抓住,始终坚持以人民为中心的发展思想,在建设运营全过程中践行群众路线,真正把工作做到群众的心坎上。化解邻避效应的过程也就是让群众"从不理解到理解,从不信任到信任,从对立到统一"的过程。

事实胜于雄辩。从 2006 到 2016 年,公司累计接待参观人员 1 000 多次 3 万多人。这些亲眼所见、亲身体验,给所有对常州武进区遥观垃圾焚烧项目心存疑虑的人们上了一堂生动的环保科普课。"不看不知道,一看就放心了。"当时,很多群众参观后都发出这样的感慨,一些顾虑也都烟消云散。

为确保评估结论客观公正,所有垃圾焚烧项目均按照"应评尽评"的要求,委托第三方评估机构对项目进行风险评估。评估机构通过实地调研、问卷调查、走访访谈、查阅资料等方式,对项目涉及的社会稳定风险因素进行充分调研,向周边3千米半径范围内的居民发放问卷调查600份,从项目的合法性、合理性、可行性和可控性四个方面进行周密评估,提出防范对策,制定应急预案,跟踪落实稳评措施,有效降低项目的稳定风险。

与此同时,地方政府建立维稳小组,聘用居民中有公信力的代表,实时全方位了解群众意见诉求,评估风险等级,及时沟通协调解决有关问题。常州市城管局专门成立监管办,长期派驻3名工作人员监管遥观垃圾焚烧项目运营情况,对焚烧效果、环保排放、污水处理、垃圾进厂数量以及周边环境影响等指标进行不间断检验、分析和评估,遇有项目设备检修可能会出现的垃圾气味外溢等问题,政府及主管部门配合企业提前与周边村委沟通解释,最大程度争取村民的理解支持。

从最初的"邻避效应"到如今的"迎臂效应",常州武进区遥观垃圾焚烧项目在实践中探索出一条破解邻避效应、实现多方共赢的生态文明建设新路子。常州武进区遥观垃圾焚烧项目也成为一项重大惠民工程,不仅没有影响当地产业发展,还带动了周边房地产、科技、旅游等产业发展,造福了一方百姓,被评为省园林单位、"花园式垃圾焚烧发电厂",成为全市环保教育基地,《人民日报》《新华日报》等新闻媒体均作了专门报道,为有效应对邻避风险提供了参考和样板。

第二篇

构筑"铜墙铁壁"

稳定是发展之基,平安是民生之需。中共江苏省委、江苏省政府坚持发展与稳定并重,富民与安民共进,把平安建设作为"民心工程"。

2003年8月,江苏省部署开展平安创建,建设治安防控体系,积极构建了集打、防、控为一体的"大防控"体系。一旦发生重大警情,城市5分钟内警力能够赶到现场处警控制,15分钟内有人支援策应,全市半小时内形成包围,全省两小时内联动设防堵截,让犯罪分子不敢来,来了就逃不掉。

第五章 布下天罗地网

1. 群众的安全感高于一切

平安之路,风雨兼程,打造平安江苏初心始终未变。

一名网名为"岁月的幽篁"的网友在"江苏政法"微信公众号上留言:"晚上看到警灯闪闪,就很安心,这就是安全感;看到警察在巡逻,就很安心,这就是安全感。"网友"笔尖下的碎语"留言:"时至今日,改革春风不仅体现在物质上的提升,更多是在精神方面的安全和幸福。"国家统计局的权威调查数据也支持这种感觉,全省人民群众安全感从2013年的92.81%提升到了2018年的97.6%。这充分说明,今天,素有"鱼米之乡"美誉的江苏,不仅人杰地灵、钟灵毓秀,而且社会安定、祥和太平,已经成为人民群众安居乐业的乐园。

打得响——始终保持严打高压态势

"什么问题突出就重点整治什么,群众反映什么犯罪强烈就打击什么犯罪。"中共江苏省委政法委一名长期负责社会治安综合治理工作的同志说。"这是全省政法机关一以贯之的工作方法,也是维护社会治安、保障人民群众安居乐业的重要手段。"

针对改革开放以来社会治安出现的新变化,江苏政法机关坚持群众痛恨什么犯罪,就严打什么犯罪。专项整治一个接着一个,打流窜犯罪、打车匪路霸、打"两抢一盗"、扫黑除恶……党的十八大以来,全省杀人、强奸、抢劫、爆炸等八类严重犯罪总体呈现发案率下降、破案率上升的势头。

"盗抢骗"等侵财犯罪多发,直接影响人民群众的安全感。全省公安机关强化主动进攻、合成作战,用破大案命案的方法手段,向此类犯罪发起凌厉攻势。2016年以来,全省盗抢骗犯罪年发案率下降了27.8%,抓获作案成员、判处5年以上有期徒刑人员分别上升了11.7%和38.1%。

全省各设区市普遍成立反诈骗中心,至今有效拦截诈骗电话7800万次,封堵诈骗网站5万余个,成功劝阻群众受骗8万余次,止付冻结涉案资金40余亿元,保护了老百姓的钱袋子安全。

面对跨国跨境犯罪突出的情况,江苏警方"虽远必追"。自2013年部署开展"境外追逃江苏行动",将一批潜逃境外的犯罪嫌疑人从美国、加拿大、英国、尼日利亚等12个国家和地区抓获归案。

2018年"8·27昆山反杀案"牵动了全国网民的目光,如何最大程度地回应群众关切的问题摆在了江苏政法人的面前。苏州市检察机关及时主动介入,将"什么是正当防卫"向人民群众阐释清楚,让案件成为司法与民意良性互动的公开法治课典范,赢得群众一致点赞。一位网友特意留言说:"昆山案件为全国树立了一个正当防卫司法公正的榜样!界定了正当防卫的边缘权限,弘扬了社会正气,鼓舞了人民勇于同犯罪作斗争的勇气,此案执法经典,百姓拍手称快!"2019年1月,"8·27昆山反杀案"入选了2018年中国十大法治影响力事件。

防得住——织密现代化立体化信息化防控体系

既要严打,更要密防。

1984年10月16日,苏州警方在侦破横塘乡一起入室盗窃案时,使用计算机检索系统迅速锁定有盗窃前科的犯罪嫌疑人张某,在全国开了信息化破案的先河。

而今,技防城建设如火如荼,大数据、云计算、人工智能、物联网、区块链……最新的科技名词总能迅速在全省警方找到对应实际应用。2018年11月3日晚,一辆遮盖车牌号的轿车从苏鲁高速收费站闯卡逃向山东。徐州警方通过警务数据区块链共享系统布控,21分钟后,该车被拦截,4名盗窃公司财物的嫌犯落网。

作为一个工作在南京20多年的外地人,笔者想告诉大家,无论什么时候回家,都会看到街口闪烁的警灯,以及风雨无阻在街边小巷巡防的特勤保安。因为在江苏的大防控体系中,社区防控、街面控制和高科技同样为市民保障着安宁。

2003年,江苏省在全国率先建设治安防控体系。2014年,在全国率先组织开展技防城建设达标升级活动,全力打造"覆盖全省、城乡一体、水陆联动、全网运行"的升级版技防江苏。通过一个城市一个城市的技防城建设,建立覆盖全省的立体化智能化防控格局,实现省级层面技防建设的全域覆盖、全网共享、全程可控、全时可用。结合智慧城市建设,充分运用新一代互联网、物联网、大数据、云计算和智能传感、遥感、卫星定位、地理信息系统等技术,不断提升技防城建设智能化水平。经多次迭代升级,如今已形成以大数据指挥服务中心为龙头,覆盖空中、地面、水上、网络的立体化信息化防控体系,为平安江苏建设提供强大的科技支撑,为人民群众创造一个"好人感到安全、坏人寸步难行"的平安幸福新江苏。

作为该体系的重要组成部分,"城市巡逻体制"改革后,以巡特警为骨干的社会面巡防力量得到加强,城市市区和县城1 235个巡区的网格化巡防,城市重点部位的160个警务工作站、183支处突机动队,为社会治安筑起了一道坚固的安全屏障。2016年,高邮一金店发生劫案,街面巡逻民警仅20秒就赶到现场,3分钟持枪抢劫嫌疑人即就擒。

广发动——打造江苏的"朝阳群众"

群众路线是我们工作的优良法宝。紧紧依靠群众,发动群众,让群众在参与平安建设中增强获得感、幸福感、安全感。70多岁的徐寿花是连云港市海州区西苑社区一名普通居民,她有一个非常值得骄傲的身份——辖区"星云"义务巡防队队长。自从退休后,闲不住的徐寿花便主动加入社区巡防工作,协助民警维持社区治安。据不完全统计,这些年,徐寿花和她的巡防队不但协助警方抓获违法犯罪人员 31 人,还提供了 5 000 多条线索,堪称连云港的"朝阳群众"。在海州区,像徐寿花这样的平安志愿者,共注册 3.6 万人,他们长期活跃在 854 个片区大网格内,担任着辖区的平安建设宣传员、安全稳定信息员、矛盾纠纷调解员、城市管理监测员、政策法律宣传员和社区群众服务员,打造出连云港市"正义联盟"这一平安志愿服务品牌。

全省各地、各系统分别形成了一批平安志愿服务工作生动实践和特色经验,以南京市为例:秦淮区"志愿时间银行"、建邺区"建邺彩虹"、栖霞区"平安志愿文化沙龙"、雨花台区"红色平安线"、江宁区"左邻右舍商户联保"、公交集团"公交全员红袖标"、地铁集团"高频乘客志愿者"、金融行业"绿盾行动小分队"……这些各具特色的做法深受广大居民群众的认可和喜爱,有效地促进了平安志愿服务在基层社区生根开花。

目前,平安志愿者在全省超过 400 万人,仅 2018 年就向公安机关提供各类信息 580 万条,协助抓获违法犯罪嫌疑人 2.2 万多名,破获各类案件 2.1 万起。

2. 110 警情一网掌控

群众看政法,首先看平安。平安不平安,首先看治安。社会治安是平安建设的"晴雨表"。

继 10 年前江苏 10 万公安民警在同一个警务大平台上办公后,2018 年,江苏警方紧扣大数据、云计算等信息技术,开发建设全省警情大数据应用服务平台,按秒全项汇聚全省 72 个 110 接警区接处警数据,实现了对全省警情数据的实时监测、多维展示和深度应用。目前,平台已汇聚存储警情数据 70 亿余条,日均新增警情数据 16 万余条,形成"全省警情秒级感知、治安态势一网掌控、警情资源全警应用"的良好局面。

"警情是警务大数据的重要组成部分。对警情数据的汇聚应用,有利于打造公安大数据指挥服务新体系,推动智慧警务全面实施,促进公安工作提档升级,从而更好地维护社会安全稳定,更好地服务广大群众,更好地支撑保障江苏高质量发展走在前列。"江苏省副省长、公安厅厅长刘旸说。

同步汇聚,全省警情秒级感知

2018年6月24日晚22时30分18秒,江苏警情大数据应用服务平台首页跳出一条最新警情:某市城区一烧烤摊刚刚有人被砍伤。当地警方迅速前往现场,查明系常某吃夜宵时与他人发生冲突,对方砍人后逃离,常某经医方现场确认已死亡。省公安厅大数据指挥服务中心立即指令沿线公安机关实施布控堵截。次日清晨7时20分许,嫌疑车辆在南京被截获,李某等4名犯罪嫌疑人落网。

在警情大数据平台建成以前,江苏72个110接警区均建有独立的接处警系统进行接警、派警,并通过警务"大平台"进行处警反馈。当时采取的是县、市、省三级数据库抽取模式,数据汇聚比较迟缓且不全面,只有流转到大平台内处置的警情数据才能汇聚到省厅。

而警情大数据平台则建立了全省警情数据库,在保持各接警区相对独立、原有接处警模式不变的情况下,每个接警区均新建一条独立于现有数据路径之外、与省公安厅警情库直连的数据传输链路。这样,数据传输就实现了点对点扁平化架构,实时汇聚至全省警情数据库,从而确保省市县三级公安机关都能在第一时间获取相关数据信息。

据介绍,警情大数据平台是江苏公安机关首个基于警务云建设开发、并在云上运行的业务系统,运行速度快、运算能力强,在对数据的汇聚传输、查询检索和监测分析上均已实现秒级响应,接处警系统数据传输时间不超过3秒。平台建成前,每天进入全省库的110警情数据4万余条,平台建成后,这一数据翻了两番。

实时监测,治安态势一网掌控

警情研判报告,是开展打防管控工作的"指挥棒"。

警情大数据平台建成后,省公安厅大数据指挥服务中心由每月发布一期全省110警情研判报告,调整为每周一期,且更具指导性和针对性。

以"两抢"警情分析为例。此前只能反映各设区市此类警情的发案数、与上一个月相比的变化百分比,而平台建立后,还包括此类警情发生的时空特点及具体特征,甚至受害人身份分析、作案人数分析及作案手段分析等。

"数据不再靠抽取,分析不再靠人工,云计算技术使得数据统计分析的颗粒更细、维度更密,对社会治安态势的反映也更精准。"省公安厅大数据指挥服务中心负责人介绍。

不仅如此,大数据可视化技术还可将当日及阶段性、专题性全省警情数据以图形化的方式在大屏上实时动态显示,值班人员可以"看图识警情",实时监测警情数据的变化,全省治安态势一网掌控、一目了然。

平台针对各接警区实际情况和警情类型,设定了预警阈值,在同比、环比、均值等多种方式分析下,一旦增幅过大,即会进行黄、橙、红三色预警,提醒属地公安机关采取措施。

平台还可以对110警情数据质量进行实时监管,及时发现填写不规范、瞒报漏报等情况,并对接处警反馈率、超时反馈等进行监测,对问题数据进行监督。平台建成前,全省警情分类不明的"其他类警情"占警情总数7%以上,如今占比不超过2%,问题警情占比也从4%下降到1%。

深度研判,警情资源全警应用

警情大数据全警开放、全省共享,既能支撑破大案,又能服务破"小案"。

2018年11月16日10时许,苏北某市公安局110接到报案,受害人称3个月前被一网友以帮助信用卡套现为由,诈骗1万元。在报案人仅提供少量信息的情况下,警情大数据应用服务平台研判并发现,2018年7月苏南某市公安局也接报过一起案值较低的类似警情,从而掌握了更多线索,4天后嫌疑人车某被抓获。

"江苏110每年接到4 000多万起电话报警,有1 700多万起需要民警现场处置,其中涉及各类治安要素,隐藏在警情数据背后的价值难以估量,只有通过深度挖潜,才能让数据信息更好地服务群众,服务领导决策和基层实战。"江苏省公安厅有关负责人介绍,通过开发不同类型的智能分析工具,警情数据的研判和应用范围更广、程度更深、精度更高。

"警情云搜"模块,被基层民警誉为"搜警神器"。2018年8月,江苏警方决定对一涉嫌非法集资的理财平台立案侦查,办案单位输入该平台名称,立刻跳出2 000多条接处警信息,为案件办理提供了大量线索。

"专题研判"模块,可以对社会治安热点问题开展方向性研判分析。2018年以来,江苏省公安机关就"扫黑除恶""理财投资""公交(校)车安全""食品安全"等热点开展专题研判,平台研判的信息为政府职能部门处置相关问题提供了有力参考。

警情大数据平台在实时、全项汇聚全省110接处警信息的同时,也对接了人口、车辆等数据库进行比对碰撞,将比中信息推送到民警移动处警终端,实时反哺接处警工作。平台运行近一年来,累计比中涉警人员55万余人、涉警车辆490余万辆,全省公安机关利用警情大数据平台在省内跨市县寻回走失人员20余名。

各级公安机关还依托警情大数据平台,将警情数据与各级网格化社会治理服务管理中心和12345政府热线对接,串联起"警格""网格",既推动了非警务警情的有效分流,也提高了警情联动处置的效率。通过对涉暴雨、水电、交通等民生警情的研判分析,各级公安机关从"警情"中挖掘"民情",及时发现了城市交通的新堵点、排水不畅的新涝点和民生保障不足的新问题,结合天气因素、季节特征超前预警,推动城市管理部门采取针对性改进措施,让广大群众也成了警情大数据的受益者。

第六章　打造"民安工程"

1. "雪亮工程"护平安

淮安市社会面监控、公安自建摄像机数分别由2014年底的12万台、6 000台发展至目前的25万台、6.8万台……

2018年,全市刑事发案数同比下降12%,利用视频监控直接提供证据破获刑事案件1 042起,占破获刑事案件总数的38.1%,同比上升15.3%。

2015年以来,全市利用视频监控化解矛盾纠纷4.7万起,帮助群众查找失物、寻找失踪人员1 800余次……

这是淮安市"雪亮工程"建设交出的成绩单。

何谓"雪亮工程"?雪亮,取自"群众的眼睛是雪亮的"。即以综治信息化为支撑、以网格化管理为基础、以公共安全视频监控联网应用为重点的"群众性治安防控工程"。

"天网",照亮"神经末梢"

来到淮安市"雪亮工程"居民小区视频监控综合应用工程控制中心,可以看到,一块显示大屏由多个小屏拼接而成,每块小屏上都实时播放着监控的社区画面,画面一角写着实时监控地点。

"我们的监控摄像头安装的是全新的网络高清摄像机,拉近了能看清人脸。"在技术人员的示范操作下,监控调取了市区淮海花园小区摄像头,拉近后透过屏幕,汽车牌照清晰可见,"此外,通过人像识别相机,可以清晰地识别嫌疑人。"据了解,目前该平台已联网小区298个,接入探头近1.3万台。

2011年以来,淮安市认真落实中共淮安市委、淮安市政府关于加快立体化、现代化社会治安防控体系建设的决策部署,以提升信息化、智能化水平为追求,以联网应用为抓手,推动公共安全视频监控建设扎实开展,这些为"雪亮工程"建设奠定了良好前提。

居民小区视频监控联网工程正是淮安市"雪亮工程"建设的重要部分。近年来,淮安市综治等部门联合出台小区技防建设规范,明确"六必建"标准,在完成298个小区规范建设的基础上,运用市场手段,实行服务外包,吸引社会资本建设。公开确定招标主体,将后期联网、运维等服务事项整体打包,公开招标,全面开展联网建设。

"民眼",护佑百姓平安

"村委会、道口,还有咱家承包的鱼塘……"洪泽区西顺河镇民族村村民刘向红拿着电视机遥控器,翻看"监控报警平台",平台上的视频画面高清可见。

刘向红家中承包一方鱼塘,丈夫在外打工,她是家里的主要劳力。劳动之外,她还要在家中陪伴和保护着老人、小孩。"有了监控觉得安全多了,在家里吃个饭,也能打开电视或手机,通过视频监控看到村里的情况,还可以通过平台实时报警。"据了解,视频监控点囊括了全村的重点场所、主要路口、村民聚居点,实现了视频监控全覆盖、无死角、无盲区。

近年来,伴随着乡村现代化建设的进程,乡村规模不断扩大,突发事件不断增多,给乡村治安监管和应对突发事件带来很大的压力。为此,淮安市大力实施"雪亮工程",对视频监控增点扩面,整合网络信号,对原有视频监控全覆盖工程进行巩固和延伸,以"互联网+"思维加强和创新社会治安防控。

在"雪亮工程"建设"规定动作"的基础上,淮安市积极创新,将"农村地区视频监控村村通工程"等纳入年度政法重点项目予以推进。洪泽区西顺河镇、淮阴区西宋集镇在全省率先建成"雪亮工程"应用平台,通过视频监控联网,把视频监控连到居民家中电视机和手机上,方便群众实时查看监控画面,实现"人人参与治安防范"。

"'雪亮工程'做到了层层把关和管理,能有效进行治安防控。"西顺河镇综治部门负责人说,一项工程能受到老百姓的欢迎,让老百姓获得实惠,感到实用,说明这项工程是接地气的民生工程。

创新,交出"淮安答卷"

2018年4月底,淮安市某小区内发生多起撬盗车内财物案件,相关部门在该小区停车场划定防区布控。5月3号上午,一名可疑人员在该小区停车场布设的防区内多次徘徊,触发报警,值守人员立即查看,发现此人正在撬盗汽车后备箱,迅速通知保安在小区出口拦截检查。

这正是"雪亮工程"车辆布控功能的体现,工作人员表示,只要将公安机关通报的重点嫌疑车辆号牌输入平台,进行常态布控,嫌疑车辆进入小区就会立即报警。

数据显示,居民小区视频监控联网运营中心自2015年运行以来,通过视频巡逻获取案件线索897条,通过布防布控抓获各类嫌疑人186名、逃犯33人,查获嫌疑车辆67辆,通过数据支撑破获各类案件318起。

汇聚联网、视频巡逻、智能值守、车辆布控、智能巡检、远程督查……淮安市"雪亮工程"的实施,实现了视频监控建设由"分散型"向"集约型"转变、应用由"传统型"向"智能型"蝶变,如同一片联结而成的天网,守护着淮安百姓的平安。

"雪亮工程"的实施,同样使淮安市社会治理能力得到极大提升,释放出了"小投入"撬动"大产出""小平安"积累"大平安"的巨大效益。据统计,2017年,全市小区侵财类案件破案率同比上升了19%,可防性案件同比下降35.6%,其中,小区入室盗窃案下降205起,盗窃电动车案件下降226起,降幅分别达22.8%、20.4%。群众满意度大幅提升,公众安全感始终保持在95%以上,位居全省前列。2017年6月,全国"雪亮工程"建设推进会在山东临沂召开,淮安市运用市场化手段提升居民小区视频监控联网工程作为典型在会上推广。

目前,江苏累计建成332万个智能监控点位,一级110接警区"升级版"技防城建成率达38.8%,技防乡镇(街道)、技防小区、技防村(社区)建成率分别达97.6%、92.9%和95%。全省公共安全视频监控摄像机总数达3 319 714台,其中一类407 856台、联网405 725台、联网率99.4%。

"雪亮工程"实施得好不好,老百姓的感受最深:现在小区探头多了,案件少了,心里更踏实了,安全感更高了。

2. 向黑恶势力"亮剑"

这是一个事关治乱兴衰的战略决策;

这是一场关乎人心向背的人民战争;

这是一项深化全面从严治党的重大举措。

2018年初,以习近平同志为核心的党中央部署开展为期3年的扫黑除恶专项斗争。一年多来,江苏紧紧围绕中央部署,紧密结合实际,坚持依法严打、深挖精打、稳扎稳打,持续掀起强大攻势。

一起起黑恶案件被依法查办,一个个黑恶分子被绳之以法,隐藏在背后的"保护伞"被连根拔起……扫黑除恶专项斗争取得了重要阶段性成果。中央领导同志予以批示肯定,省扫黑除恶专项斗争领导小组等五个单位被评为全国扫黑除恶专项斗争先进单位。据省社情民意调查中心调查,人民群众对专项斗争成效的满意率达94.4%。在扫黑除恶专项斗争的强力牵引下,江苏省社会治安状况进一步优化,2018年刑事案件发案数同比下降7.9%。

亮法治利剑,筑平安之基。这是社会公平正义之需,更是人民安居乐业之盼。

领导挂帅、高位推动，统筹各方吹响专项斗争"集结号"

2018年1月，中共中央、国务院发出《关于开展扫黑除恶专项斗争的通知》，全国各地迅速吹响扫黑除恶专项斗争的"集结号"。

号令一出，江苏全省上下动若风发。

2018年2月8日，中共江苏省委、江苏省政府专门召开会议进行部署，及时出台《关于深入开展扫黑除恶专项斗争的实施方案》，为江苏各地、各部门迅速掀起斗争热潮，打赢扫黑除恶这场硬仗绘就明确的"行动指南"。

中共江苏省委成立了由省委书记、省长任双组长，27个部门主要负责同志参加的扫黑除恶专项斗争领导小组，下设实体化运作的扫黑办，先后召开7次全体会议、15次专题会议，作出全面部署，研究重点问题，一步一个脚印向前推进工作。

中共江苏省委书记娄勤俭和省长吴政隆多次作出批示，要求认真贯彻习近平总书记重要指示精神，把扫黑除恶作为一项重大政治任务，与治理基层腐败问题、加强基层政权建设有机结合起来，着力铲除黑恶势力的滋生土壤，为建设"强富美高"新江苏营造良好社会环境。

中共江苏省委常委、政法委书记王立科多次召集会议研究涉黑涉恶犯罪重大案件和重点线索，对依法打击工作提出指导意见。副省长、省公安厅厅长刘旸多次深入基层暗访调查，并亲自组织指挥重大专案的侦破。

江苏省扫黑办是由相关部门业务骨干组建的工作专班，有重点、有步骤地推进具体工作。省纪委监委、省委组织部、省政法各单位等各有关部门都成立了由主要领导挂帅的领导小组，各地也都成立了由党委、政府主要负责同志任组长的领导小组和实体化运作的扫黑办，建机制、立规章、抓部署、强问责，形成了逐级抓落实，上下联动、整体推进的有力格局。

把扫黑除恶作为综合考核和巡视巡察的重要内容，纳入全省年度督查重点。2018年组织开展了2轮全面督导,2019年4月至5月,又由省领导带队,对13个设区市开展了第3轮督导,强力推动专项斗争各项任务落地落实。省领导小组聘任3名正厅级督导专员,常态化开展专项督导。

持续推进宣传发动工作,综合运用各种媒体开展形式多样的宣传教育活动。全省组织开展400余次专题报道,张贴扫黑除恶通告300余万份,营造了强大斗争声势。

全省上下以雷霆之势,合力向黑恶势力发起强大攻势,法律的正义之剑,发出震慑人心的耀眼光芒。

突出重点、精准打击,形成打击黑恶势力压倒性态势

窗明几净的家舍,要靠"扫",风清气正的城乡,更要靠"扫"。

"村霸""市霸""菜霸""沙霸"……只要是关系到民生福祉的黑恶势力犯罪,都坚决一查到底,斩草除根。

利用黑社会性质组织非法垄断垃圾清运、控制码头运输、帮人"撑场子"、强迫交易、开设赌场、非法讨债……2018年9月18日至19日,南京市玄武区检察院就被告人严某等21人涉黑一案提起公诉,玄武区法院公开审理此案。据悉,该案是江苏省公安厅、省检察院、省法院共同挂牌督办的第一例涉嫌黑社会性质组织犯罪案件。为害一方的涉黑团伙被连窝端掉,人民群众拍手称快。

有黑扫黑、有恶除恶、有乱治乱。江苏各级政法机关充分发挥扫黑除恶主力军作用,针对黑恶势力活动趋于隐蔽、不断向新业态新领域渗透的新情况新特点,以变应变,确保打早打小、打准打实、打深打透。

摸清线索底数。各地组织开展涉黑涉恶线索大起底、大排查,省市县三级公布举报电话,设立举报信箱和专门举报网站,共摸排各类涉黑涉恶线索1.4万条,接到群众举报线索5 621条,省扫黑办直接发放举报奖金41.6万元。

突出重点领域。聚焦中央明确重点打击的 10 类黑恶势力犯罪，先后组织开展"利剑""钟山"等系列专项行动，在打击群众反映强烈的"村霸""行霸"等传统涉黑涉恶犯罪的同时，将斗争锋芒指向"套路贷"等新型犯罪领域，同时密切关注黑恶势力向网络空间渗透的动向，充分运用先进技术手段实施精准打击。

2018 年 12 月，由江苏省公检法共同挂牌督办，无锡市锡山区检察院提起公诉的 38 人"套路贷"黑社会性质组织犯罪系列案件一审宣判。法院依据检察机关提出的公诉意见，以组织、领导、参加黑社会性质组织罪、非法拘禁罪、敲诈勒索罪等罪名，分别判处被告人方某、徐某等人有期徒刑 19 年到 1 年 9 个月不等。此案为全省首例判决的"套路贷"涉黑案件，公检法以此为契机，进一步完善"套路贷"案件打击处理机制，专项斗争以来共摧毁"套路贷"涉黑组织 15 个，2019 年以来涉债类警情同比下降 9%。近期，省金融办、省扫黑办联合发文在全省开展全面排查放贷活动、坚决打击"套路贷"专项行动。

实施高压威慑。公检法加强衔接配合，对重大疑难复杂案件挂牌督办，采取上提一级、异地用警、交叉办案、指定管辖等方法，排除一切办案干扰和阻力。2018 年 11 月，省监察委员会、省法院、省检察院、省公安厅、省司法厅联合发布《关于进一步敦促涉黑涉恶违法犯罪人员投案自首的通告》。在高压震慑下，全省共有 4 000 多名涉黑涉恶违法犯罪人员主动投案自首。

以扫黑除恶斗争为牵引，各地持续加大对电信网络诈骗、非法传销等民生领域突出治安问题的打击整治，促进社会治安持续向好，公众安全感不断提升。

依法严惩、提升质效，努力把每一起案件办成铁案

"龚某被判处有期徒刑 20 年，刘某被判处有期徒刑 18 年，其他同案犯分别判处有期徒刑 2 年至 15 年不等的刑罚。"2018 年 10 月中旬以来，这条消息传遍了常熟市大街小巷，刷爆了许多常熟人的手机朋

友圈。

常熟市人民法院审理查明,2013年以来,被告人龚某、刘某在常熟从事开设赌场、高利放贷活动,为非法获利长期实施蹲守、拦截被害人、在被害人家门口喷漆、小区内拉横幅等"软暴力"行为,造成了恶劣的社会影响。该案是专项斗争开展以来,江苏查处并宣判的第一起以"软暴力"为主要行为手段的黑社会性质组织犯罪案件。政法机关坚持严格依法办案,准确把握该黑社会性质组织的四个特征,在两高两部《关于办理实施"软暴力"的刑事案件若干问题的意见》出台之前,打造了司法实践先行先试的样板。

无规矩不成方圆,无标尺难把准度。各地各部门牢固树立法治思维,把握政策界限,精准运用法律,既严厉打击黑恶犯罪,又严格依法办案,确保办案效率和办案质量相统一,政治效果、法律效果和社会效果相统一。

省法院、省检察院、省公安厅制定出台程序衔接、审查指引、办案指南等规范性文件,特别是对打击恶势力、"软暴力""套路贷"等重点难点问题,研究细化操作性强的指导意见。

建立重点案件牵头会商机制,派出专家组实地指导社会广泛关注、案情疑难复杂的案件办理。组织对所有涉黑涉恶案件进行调卷审查,针对发现问题,逐一督促整改。

省扫黑除恶专项斗争领导小组先后举办4次视频培训班,对全省6万余名政法干警和相关部门工作人员进行集中培训,编印下发法律法规汇编6 000余册、应知应会手册20多万份。

省政法各单位均开通面向基层的热线电话,帮助一线干警用足用好法律武器,提高办理涉黑涉恶案件的能力和水平。

主动适应以审判为中心的刑事诉讼制度改革要求,把好每起案件事实关、证据关、程序关和法律适用关,努力把每一起案件都办成铁案。

深挖彻查、毁伞拍蝇，零容忍查处涉黑涉恶背后腐败问题

在徐州市领导干部警示教育大会上，王某仁深深忏悔。王某仁原是徐州市某单位的公职人员，徐州市公安局在侦查某黑社会组织案件中发现王某仁涉案，遂将线索移交市纪委监委。顺着这条线索，徐州市纪委对其中的关键环节进行彻查，深挖其中的腐败问题和"保护伞"。

专项斗争以来，各级纪委监委按照中共江苏省委常委、省纪委书记、省监委主任蒋卓庆要求，严格落实"两个一律"，敢于动真碰硬、勇于刀刃向内，对涉黑涉恶案件，一律深挖背后腐败问题；对黑恶势力"关系网""保护伞"，一律一查到底、绝不姑息。在全国率先制定出台查处"保护伞"的指导意见，明确界定黑恶势力"保护伞"11条具体认定标准和5条处置原则，得到中央纪委国家监委领导批示肯定，全国扫黑办全文转发供各地学习借鉴。

省纪委监委和政法机关着眼于扫黑与毁伞同频共振，合作建立"同立案、同督导、同公告"的"三同机制"，建成全省统一的涉黑涉恶腐败问题线索库，在全国率先开发使用涉黑涉恶腐败问题线索管理分析系统，实现全省联网、实时掌握、全程指导。

省纪委监委联合省委政法委共同制定《涉黑涉恶案件和线索快速移送处置机制》，对线索范围、移送期限、结果反馈等作出刚性规定。各级纪委监委充分发挥监督执纪问责职能，从在侦、已破的黑恶势力违法犯罪案件、群众举报、网络舆情等渠道找线索，对2017年以来收到的涉黑涉恶问题线索进行全面核查。政法机关对近年已侦破的涉黑涉恶案件进行"回头看"，主动配合纪检监察机关深挖"保护伞"。

综合治理、固本强基，从源头上铲除黑恶势力滋生土壤

从根本上铲除黑恶势力，需要全社会的共同努力，更需要相关职能部门综合治理。把专项治理与系统治理、综合治理、依法治理、源头治理结合起来,形成长效机制,正是此次扫黑除恶专项斗争与以往打黑除恶的重要区别之一。

借着扫黑除恶的东风,全省水利部门联合公安等有关部门开展河湖非法采砂集中整治行动,打出了一套"组合拳"——严厉打击非法采砂违法犯罪活动;开展非法采砂船组装点、黄沙堆放场地源头整顿;把好湖区出入通道,严控采砂船过闸中间环节;推进非法采砂船出湖、就地拆解工作。

"原先一些不法分子为了获取非法利益,私自采砂,还出现一些打架斗殴抢砂塘的事情,搞得湖区一片乌烟瘴气的。现在好了,非法采砂的也没了,湖水干净了,周边绿化也更漂亮了。"骆马湖周边居民孟辉说起现在的骆马湖很是兴奋。如今的骆马湖,湖水澄碧,湖周草木葱郁。

卫生系统开出了"药方"——清查整治职业"医闹"、强制消费、倒卖号源、术中加价、欺诈医疗、非法行医、非急救转运、"黑护工"乱点。

银监部门拉出了"对账单"——彻查非法集资、校园贷、现金贷、非法金融广告。

交通、住建、文化旅游、市场监督管理等部门纷纷行动,建立健全资质审查、市场准入等监管机制。

中共江苏省委常委、省委组织部部长郭文奇指出,扫黑除恶,关键在打、根本靠治。加强基层组织建设,是巩固扫黑除恶专项斗争成果的根本之举。近一年来,组织部门全面开展村"两委"人员摸底调查,对全省近2.1万个行政村(社区)、15万余名村(社区)"两委"干部全面起底,逐一过筛清理不符合条件的村(社区)"两委"人员,重点针对政治功能弱化、"村霸"、宗族宗教和黑恶势力干扰渗透等突出问题,"一村一策"精准治理,2018年共整顿提升软弱后进村(社区)党组织1 015个。

基层是一切工作的落脚点,系统治理、源头治理的重心必须落实到乡镇街道、村组社区。各地紧盯涉黑涉恶人、事、地等要素,开展预警监测、法治宣传等活动,在全省村(社区)配备法律顾问,帮助村(社区)梳理完善市民公约、乡规民约,提升群众的"免疫力"。进一步健全重点人群帮教管控机制,做好无业人员和失学辍学青少年服务管理工作,防止其拉帮结派或被黑恶势力教唆利用。创新发展新时代"枫桥经验",深入推进网格化社会治理创新,加快建立自治、法治、德治相结合的基层治理体系,彻底铲除涉黑涉恶问题滋生的土壤。

  天地有正气,浩然日月明。随着扫黑除恶专项斗争的深入推进,人民群众一定会享受到更多获得感、更强幸福感、更大安全感。

第三篇
夯实基层基础

基础不牢,地动山摇。深化平安建设,重点在基层,难点在基层,希望也在基层,其自身特点决定抓平安建设必须眼往基层看,劲往基层使,钱往基层用,人往基层走。

在浙江,基层社会治理的"枫桥经验"跨越半个多世纪,历久弥新。如今,江苏学习借鉴新时代"枫桥经验",以基层为重心、以问题为导向、以实效为目标,全力打造基层社会治理"一张网",打通网上网下"双向道",线上反映问题,线下快速解决,形成"网络+网格"基层社会治理新模式,起到了促基层和谐、保一方平安的好效果。

第七章　万丈高楼平地起

1. 做强基层"一号工程"

在江苏南京市江宁区区政府附近,"江宁区综治中心"几个大字格外醒目。

"江宁区综治中心办公楼面积达 1.52 万平方米,是南京市最大的区级综治指挥大厅,内设司法、城管、环保、住建、民政等 20 多个席位,实现多部门联动指挥调度、形势分析研判、维稳和矛盾调处多元共治功能。"江宁区委政法委副书记张宝卿介绍说。

这是江苏各地按照中央关于创新社会治理的部署要求,继续加强综治中心建设,进一步提升基层社会治理体系和治理能力现代化水平的一个最新例子。据了解,作为全国较早推进综治中心规范化建设的省份,中共江苏省委、江苏省政府将省市县镇村五级综治中心建设列入全省经济社会发展总体规划持续推进,省委政法委把做强、做实、做优县镇村三级综治中心作为深化平安建设的根本性、基础性工作,成为综治基层基础建设的"一号工程"。

健全衔接工作机制

2019 年 1 月 8 日下午,笔者来到江宁区综治中心服务大厅,前来办理新市民登记备案的群众正耐心等待工作人员叫号。"正好年底,服务大厅这些天每天都有约 250 人前来办事。"江宁区委政法委综治指导科科长赵全胜介绍说。

综治中心设置了人民调解、律师咨询、法律援助、法律宣传、新市民服务、信访接待、社区矫正和公证服务 8 个窗口,并按照资源整合、要素集成,采用"6+6"入驻办公模式,区综治办、维稳办、流动人口管理办、国安办、区委610办和区平安志愿者协会，以及区社会矛盾化解、特殊人群服务管理、预防青少年犯罪、学校及周边治安综治、护路护线联防、社会治安工作等6个领导小组办公室均整体入驻办公。

"多年来，通过健全综治中心源头治理、动态管理、应急处置有效衔接工作机制，完善了管理、服务、考评、保障等工作制度，有力提升了全区平安建设水平和维护社会稳定能力。"江宁区委常委、政法委书记、区综治中心主任于茂高说。

2012年建成的徐州市铜山区综治中心，集社会治理、信访稳定、平安建设、公共服务等功能于一体，承担着统揽调度督查督办、化解纠纷消除矛盾、治安防控体系建设、信息分析研判预警、服务群众法治宣传等功能，成为一个综治工作实体化运作平台。

"中心设置了社会治理信息监察中心，实行区社会稳定分析研判平台、镇中心大厅视频考勤平台、平安联动网管理平台、基层数据分析研判平台、社会面治安视频监控管理平台和网络舆情管控网一体化运行，使信息触角全覆盖、无死角、无盲点。"铜山区委政法委副书记闫红专介绍说。

铜山区综治中心依托江苏省综治信息平台，将各成员单位、镇（场）街道、村（社区）综治信息平台和"综治E通"手机终端系统并网运行，实现了数据信息采集、分析、交办、督办的流程监督管理。

该中心还通过发挥"大调解"作用，加强了访调、公调、诉调对接工作，对涉及专业性、行业性的矛盾纠纷，中心及时分流到交通事故、医患纠纷、征地拆迁、环境保护等10个相应专业调委会调处。"对调解不成的，我们还引入仲裁、行政复议程序，推动案件快立快结。"闫红专说。

平台一体化运作

多年来，江苏始终强力推动综治中心建设，尤其是县、乡、村综治中心建设，发挥好基层社会治理实战化平台作用。以综治中心为依托,通过集中办公、集约管理、集成服务方式,统筹了基层政法综治单位资源力量,提高了基层服务群众、维护稳定的能力水平。

中共江苏省委政法委常务副书记朱光远介绍,江苏经过不断深化综治中心建设,不断进行优化构架、补齐短板、功能调整,目前已经全面构建起基层综治工作体系,综治中心已成为平安建设"指挥部"、矛盾化解"统战部"、治安防控"参谋部"、特殊人群"管理部"、整体联动"组织部"。

其中,各设区市的市级综治中心,突出指挥调度、综合协调的工作职能。通过有效整合综治工作资源,落实共享信息、共同研判、共同处置、共同化解,实现联动宣传、联合执法、联手工作,发挥了指导协调职能和承上启下作用,实现了一个体系领导、一个平台统揽、一个机制运行。

通过建强县级综治中心,江苏还将县级综治中心定位为党委政府维护社会稳定的中枢、预防化解区域重大社会矛盾的中枢、协调指导县乡村综治中心的中枢,统筹、协调和指导区域内社会治理工作和平安建设。

在组织建构上,明确了县级中心由党委政法委统一领导,政法委书记兼中心主任,部分地区根据工作需要设立了专门的管理机构。

通过建优镇级综治中心,江苏将镇级综治中心定位为有效解决影响社会稳定突出问题的实战性平台,发挥其承上启下、协调左右功能,把县级中心交办的任务落实好,把村级中心报送的问题解决好,做到"小事不出村、大事不出镇"。

其中在组织架构上,由乡镇(街道)政法委书记、政法委员担任中心主任,矛盾调处中心等单位集中办公,服务模式上推行"前台集中受理、后台分流办理"的"一站式"服务模式。

通过建实村级综治中心,明确将村级综治中心定位为组织群众共建平安家园的基础性平台,发挥其作为平安建设的第一线阵地、接触民情的第一扇窗口、维护稳定的第一道防线的优势,要求与村"两委"

集中办公,村(社区)党组书记担任中心主任,配备1名专职社区干部、1名社区民警、两名专兼职调解员、两名以上专职联防人员和两名以上专职综治社工,建立村治保会、调委会、警务室、特殊人群服务管理站一体化运作、人员一体化管理、业务一体化安排的工作机制。

夯实社会稳定根基

位于苏中的海门市综治中心实施"诉调对接"矛盾纠纷多元化解机制,采取了法院民商事案件委派调解制度,法院立案前将有诉讼意向的纠纷通过综治中心流程管理,委派给区镇的调解中心和专业调解工作站、司法所调解。

"调解员会收到一个一个委派调解函,纳入到一案一补,必须20日之内有结果,由综治进行跟踪,列为督办案件。"海门市法院专委陈冲说。

"综治中心在纵向上指导督促乡镇(园区)综治中心、村(居)综治法治工作室开展工作。"海门市委政法委副书记施介安说。中心还与市12345公共服务热线有效对接,电话、短信、网络三位一体,全天候24小时受理社会治理和信访调解方面诉求,成为密切党群干群关系的"连心桥"。

该中心还与市效能监察系统对接,由效能办对各地、各部门办理情况进行跟踪督办和绩效考核。对乡镇(街道、园区)、机关部门因失职、渎职,导致严重影响辖区社会稳定造成严重不良影响的,严格实行责任倒查。

"综治中心发挥了全市社会治理和维护稳定的龙头带动作用。"施介安介绍,仅2018年市综治中心就接待服务群众2 467批8 413人次,直接调解重大复杂矛盾纠纷42起,完成社会稳定风险评估项目300件,受理行政复议53件、仲裁案件19件。

据介绍,按照"人在格中走、事在网上办"的网格化社会治理要求,海门市成立市、镇、村三级"网格化服务管理中心",与综治中心一体运行。

"全市 297 个城乡社区划分为 1 156 个综合网格和 435 个专属网格,依托城乡社区网格化服务管理智能应用平台,建立健全巡查走访、任务流转办理、行为轨迹和业务办理全程电子留痕管理等机制,实现对各类事项的实时处置、闭环流转。"施介安介绍,自 2018 年 5 月智能应用平台试运行以来,全市通过"全要素"网格通上报矛盾纠纷类、治安稳患类、城市管理类、民生服务类等各类事件达 514 条,均在第一时间得到有效处置,办结率达 100%。

据悉,江苏 96 个县(市、区)、1 284 个乡镇(街道)、21 686 个村(社区)已全部建成规范化综治工作中心。事实证明,综治中心有力保障促进了全省社会大局持续稳定,公众安全感和综治工作绩效持续提升。综治中心建设推动实现了基层社会治理从单一管理到共同治理、从分散管理到一站服务、从粗放管控到精细管理、从事后处理到动态治理等一系列重大转变,成为平安建设的重要载体。

2017 年 8 月江苏成立全省创新网格化社会治理机制工作领导小组和工作专班,并由中共江苏省委常委、政法委书记王立科担任领导小组组长,将各级综治中心和网格化服务管理中心一体建设、一体运行,夯实了维护社会和谐稳定根基。

2. 严格落实综治领导责任制

责任是龙头。实践证明,凡是平安建设搞得好的地方,一定是社会治安综合治理领导责任制落实比较到位的地方。

社会治安综合治理,关系到社会的和谐稳定以及人民的安居乐业。党的十八大以来,党中央、国务院对健全和落实社会治安综合治理领导责任制高度重视。2016 年 3 月,中共中央办公厅、国务院办公厅出台了《健全落实社会治安综合治理领导责任制规定》,首次以党内法规的形式明确规定,各级党政领导班子、领导干部有不重视社会治安综合治理和平安建设等六种情形的,将严肃追究责任直至免职。社会各界普遍认为,规定的出台对于推进社会治安综合治理工作法治化,压实党政领导班子、领导干部"维护一方稳定、确保一方平安"责任,促进各级提高维护社会治安稳定的能力水平,具有重要意义。同时,中央还出台了法治、信访领导责任制。一年之内,中央和国家层面围绕社会治理领域,连续出台三个领导责任制,这在我国历史上绝无仅有。

2001年,江苏省综治、纪委、组织、人事、监察等五部门制定印发了《关于对发生严重危害社会稳定重大问题的地方实施领导责任查究的暂行办法》,对在一定的行政区域内造成恶劣社会影响的政治事件、重特大刑事案件、重大治安灾害事故和重大群体性事件的地方、单位及部门负有责任的领导干部,依照法律和有关规定进行领导责任查究。

江苏省从2003年部署开展平安江苏建设,16年来,省委书记一届接着一届抓,一手抓经济报表,一手抓平安报表,实现富民与安民并重,成为全国最安全省份之一。在江苏省,综治工作纳入了党政综合考核体系,纳入了各级党政领导干部的政绩考核范畴。目前,全省13个市、县(市、区)党政综合考核中综治工作占比均在10%以上,有的地方达16%。

2006年,江苏省委、省政府又作出开展新一轮平安江苏建设的决定,提出了新的更高要求,出台了《关于实施社会治安综合治理一票否决的若干意见》等一系列规范性文件,通过责任制的落实,有效推动了综治和平安建设工作的深入开展。

2017年,江苏省"两办"出台《江苏省健全落实社会治安综合治理领导责任制实施办法》,着力完善主要领导负总责、分管领导具体负责、其他领导"一岗双责"的领导体制。

近年来,中共江苏省委书记娄勤俭、省长吴政隆先后多次对加强和创新社会治理、深化平安建设和维护社会稳定提出明确要求。省委常委会工作要点明确创新社会治理、深化平安建设的重点任务,推动各地各有关部门签订平安建设责任书,强化各地各部门维护稳定第一责任。每年年初召开全省政法工作会议,省委常委、政法委书记王立科都对全年综治和平安建设的目标任务和重点措施作出全面部署。13个设区市都召开党委常委会、政府常务会议听取平安建设专题汇报,明确年度综治工作和平安建设目标任务和重点举措。

按照"目标阶段化、任务项目化、项目责任化"的要求,江苏省制定了平安建设重点项目任务责任分工方案,以项目化推进方式保证平安建设任务落地落实。省财政每年拨付5 000万元社会治理创新"以奖代补"资金,对网格化社会治理、社会治安防控体系建设、县镇村三级综治中心建设、矛盾纠纷调处中心建设、综治信息化建设等项目实施"以奖代补"。全省市、县(市、区)两级政府也切实加大保障力度,累计投入资金超过100亿元,确保了综治和平安建设重点项目顺利推进。

社会治安综合治理"一票否决",逼着各地牢固树立维护稳定是第一责任、平安建设是第一目标的意识,确保"谁主管谁负责"原则落到实处,真正做到社会安宁有序、企业安全经营、群众安居乐业。2017年和2018年,江苏又有4个县(市、区)被摘"平安"牌,实行"一票否决"。两年里分别对综治绩效考评和群众安全感排名靠后的15个县(市、区)专门发出整改通知书。

社会治安综合治理、法治建设和信访工作,它们不像经济建设那样立竿见影,也没有生态文明建设那样吸引眼球,但是确确实实至关重要,关系着一个地区发展的快慢,关系着人民群众幸福指数的高低,关系着党的执政地位。

南通市早在2009年3月就出台五条硬性措施,以推进社会治安综合治理领导责任制。其中规定,对发生严重影响社会稳定重大问题的,将实施社会治安"一票否决",所在地区和单位的领导干部不得提拔重用和表彰奖励。

如今,在南通各级党政领导干部手中每月都有两张报表,一张是"经济报表",一张是"平安报表"。南通市把平安建设和综治工作纳入经济社会发展总体布局来谋划、推进,建立定期分析社会稳定形势制度,像分析经济形势那样定期分析社会稳定形势。

中共南通市委常委、政法委书记姜永华介绍说,工作中,把领导责任制作为推动工作的"龙头工程"来抓,积极推进"三个领导责任制"(抓基层党建、落实意识形态工作责任制和党风廉政建设责任制),实现"五进"(进经济社会总体布局、进目标责任书、进考核评价体系、进党校培训课堂、进挂钩联系清单),推动各级领导干部坚持经济平稳发展、社会安全稳定"两个稳",两手抓、两手硬。

首先,实施责任书"双签"。2017年政法工作会议上,中共南通市委、市政府主要领导与10个县(市)区和93个市级机关部门党政一把手"双签"责任书,这些责任书打破以往一个模板的格式条款,突出共性和个性两个部分,既有体现上级部署的共性要求,又有根据各地实情和各部门职能设定的差异化的"个性定制",所列重点工作完成情况记入领导干部个人"综治实绩档案"。

其次,动真碰硬考核。市委、市政府创新"四个全面"战略布局综合考核和机关作风建设考核体系,把全面依法治市作为其中的重要内容,考核内容涵盖综治、法治、信访工作中的结果性指标,像考核经济工作一样考核平安工作,真正做到以"第一责任"保障发展"第一要务"。创新综治和平安建设、法治建设、政法队伍建设"三大建设"业务考评体系,与"四个全面"综合考核和机关作风建设考核体系相互衔接、结果共用,突出60个左右的关键指标,做到月统计、季通报、半年一小考、每年一大考、年底得分自动生成。

2017年,南通市又依托综治信息系统平台,开发了"综治网上考核系统",实现考核工作网上流转、全程留痕。

最后,强化结果运用。把综治工作实绩作为对领导班子和领导干部综合考核评价的重要内容,考核结果与评先评优、选拔任用、奖励惩处、经济收入等切身利益挂钩,大胆运用表彰、嘉奖和通报、约谈、挂牌督办、一票否决等激励惩戒措施。

2016年南通市各县(市)区、各部门综治法治考核得分差距明显加大,直接影响各地四套班子成员年度绩效奖励收入。1个县因责任制落实问题突出被取消评先资格,4个乡镇被实施"一票否决"并摘牌,5名科级干部的考察提名被暂缓。市综治委对两个重点工作推进缓慢的县(市)区进行了挂牌督办,并报市委组织部备案。

2018年1月10日,南京市高淳区社会治安综合治理委员会发布一号文件:《关于2017年度实施社会治安综合治理一票否决的通报》,否决了淳溪街道凤岭社区、栗园社区、戴村等11个村。这一否决,取消了这11个村居及班子成员评先争优的资格,降低了村干部奖金的档次,真正做到"稳定也是政绩"的执政导向。

高淳地处南京南大门,从原来的边界纠纷、社会矛盾、流窜犯罪的"三多"地区,转变成群众安全感连续7年保持全市第一、全省前列,信访稳定绩效位居全省前列,不久前还被中央综治委评为"2013—2016年度全国平安建设先进区"。说起其中的缘由,已担任区委常委、政法委书记有十个年头的张毓华深有感触地说:"抓好责任制龙头工程是我区多年平安的奥秘。正因为我们压实了党政主要负责人维护社会稳定、推进法治建设、社会治安综合治理的'第一责任',大力实施'一把手'工程,才实现了长治久安。"

每年,高淳区综治委第一号文都在1月10日前后发出,内容都是综治"一票否决"——只要达到该区"一票否决"标准的镇村与单位,区委、区政府主要领导从不说情。正因为"一把手"带了好头,该区连续多年做到动真碰硬考核、不留情面考核与严肃追责,让高淳区各级党政主要负责人养成了勇担平安法治"第一责任"的决心和信心,将综治、法治"一把手"工程落地做实,实现了领导真正重视平安法治建设的"高淳模式"。据统计,自2010年实施"一票否决"制度以来,共否决部门10个、单位4个、镇街5个、村(社区)41个,有效地促进了综治工作责任落实。

该区以提升群众满意度为前提,用抓经济建设的劲头抓平安建设,不断强化组织、保障、推进力度。区主要领导担任平安建设领导小组组长,每年初和年中均组织召开区委常委会、政府常务会议专题研究政法综治和平安建设工作,每年专题召开全区政法工作会议,总结部署政法综治和平安建设工作,与镇街、部门签订责任书,将综治平安建设摆上首要位置,形成了"一把手"抓、抓"一把手"的推进机制。2016年,该区在原有的基础上,完善了《社会治安综合治理"一票否决"实施办法》,提高了综治平安建设考核权重达16%,让平安高淳成为经济发展的金字招牌。

该区还坚持每年以区委、区政府名义表彰综治平安建设先进单位与个人;对抓综治平安建设不力、不到位的单位及其负责人实施综治"一票否决"。淳溪街道是高淳区委、区政府所在地,各项工作指标均在全区排名靠前,2016年在全区镇街综合考核中名列第一,是"金杯奖"的候选人。可该区人社局得知该街道被综治"一票否决"后,毅然决然地取消了其获得"金杯奖"的资格,镇里干部的考核也从第一档调至了最后一档。其中街道综治办主任本是街道向区委、区政府推荐表彰的有功个人,也因此"泡汤"。

砖墙镇木樨村在南京市经信委挂钩第一书记的带领下,狠抓固本强基,各项工作绩效提升很快,2016年各项工作在镇排名靠前,获得镇先进的呼声很高,且有望获区委、区政府表彰。但因为年内发生一件"一票否决"事项,村干部奖金从第一档降到了最后一档,并被取消了集体和个人的先进评比资格。挂钩该村的第一书记觉得很委屈,认为"一票否决"处罚过重。不甘心自己和村里的干部群众一年辛苦努力化为乌有,他带着村支部书记找到区综治办,要求提供"一票否决"处罚文件依据。区综治办将区委、区政府制定下发的《关于实施社会治安综合治理一票否决的实施办法(修订稿)》文件拿出来,细致解释说明,第一书记才明白,原来高淳"一票否决"制度执行得如此严格。

正因为不讲情面的严格考核,才促使该区各级各部门紧紧围绕平安法治工作重点,做实平安基层。2010年起,该区在南京市率先开展社会治安综合治理无越级上访、无涉毒人员、无未成年人犯罪、无刑事案件、无邪教活动的"五无村(社区)"创建。创建工作注重目标引领,不断强化基层基础,通过加强宣传发动,全面落实月反馈、季通报、半年媒体曝光、年度命名表彰和"一票否决"等督查推进制度,取得了较好的工作成效。到2013年,该区就有124个村(社区)达到了市级"五有五无"标准,达标率达86.1%,创建绩效全市第一。2014年,该区根据群众对平安的要求,开展了以无多发侵财性案件、无越级上访、无新增涉毒人员、无重点人员犯罪、无邪教活动为主要内容的新一轮"五无村(社区)"创建,2017年达标村即达60%以上。

3. 系列平安创建亮点纷呈

深入推进系列平安建设,是在抓好以"块"为主的平安地区创建的同时,开展以"条"为主的各行业系统平安创建活动,形成"条块"结合、相辅相成、整体推进的良好局面。近年来,全省各地各部门根据中央和省委、省政府的统一部署要求,扎实开展了平安企业、平安市场、平安校园、平安医院、平安家庭、平安金融、平安铁路、平安电力、平安边界等系列平安创建活动,有力促进了社会治安综合治理各项措施的落实,大量的社会矛盾纠纷得到及时化解,突出治安问题得到有效整治,社会治安防控体系建设得到显著加强。其中,平安校园、平安医院是江苏系列平安创建最具特色的亮点名片。

平安校园创建:人人都是"铆钉"

2018年暑假,江苏省宿迁市宿豫区豫园幼儿园园长吴云每天早上第一件事,就是打开手机,点击"宿迁缤纷校园"APP。在这个主打校园安全的APP里,吴云可以迅速了解全市校园安全工作动态,并及时反馈。目前,"宿迁缤纷校园"APP已拥有2万用户。

"宿迁缤纷校园"APP的普及,是江苏各地不断深化平安校园建设的一个缩影。江苏省教育厅负责同志说:"近年来,江苏紧紧围绕维护校园安全稳定目标,通过健全安全管理体系、强化'三防'建设、突出安全教育等措施,深入推进平安校园建设,保障了师生人身财产安全,保持了全省教育系统持续平安稳定的良好局面。"

在海安市开发区实验学校,离大门不远处的公示栏里贴着两张清单:"安全风险和责任清单"与"安全隐患排查和整治清单"。两张清单从不同角度详细列出了近百种安全隐患,并注明隐患排查时间、排查情况及整改措施、期限和对应部门及责任人等。"对照清单,我们逐点排查、包干整改、及时公示。"校长王生军说。

海安市教育局安监科科长唐松说,两张清单制度在市内每所学校推行,目的是促进学校安全管理实现"网格化",做到人人心中有安全、个个办事讲安全、时时处处有防范,学校安全主体责任和安全管理的精细化也得到了更好落实。

近年来,江苏各地积极探索建立健全安全管理"横向到边、纵向到底"的全覆盖责任体系,取得明显成效。比如,苏州市教育局将每年的一号文件聚焦校园安全;扬州将40多个岗位的安全责任逐条细化,分解落实到每个人、每项工作、每个环节。2017年11月,江苏省政府办公厅出台《关于加强中小学幼儿园安全风险防控体系建设的实施意见》,突出制度建设、责任落实、措施要求和政策保障,推动长效机制建设。如今,根据时间节点,定期或不定期开展安全隐患排查整改已成为各地各校平安校园建设常态。

2015年,江苏省教育厅、省综治办、省公安厅部署开展"江苏省平安校园建设示范县(市、区)""江苏省平安校园建设示范高校"创建活动。截至目前,共有40个县和60所高校获得相应称号。

在淮安市金湖县金荷花幼儿园可以看到,食堂员工在对农药残留进行检测。在金湖,无论是哪所学校,每顿饭前,包括检测结果、供货厂家、留样食品等在内的所有信息都要上传到"淮安市透明食药监系统"。"看得见"的放心食堂成为该县开展平安校园工作的亮点之一。

2017年9月,溧阳市启动平安校园监控平台,其所属的远程督导中心开始对学校的学生安全、课程实施、食堂规范管理等实施远程监督。87所学校的近2 000个"电子眼"也在同一时间接入到该中心,分布在校门口、学生公共活动区域、功能室、食堂和校车上。督导中心每天都会有3至4名工作人员在视频监控室轮值,一旦发现问题,将在第一时间通过公共服务平台推送给校长,进行整改。

江苏各地各校按照平安校园建设标准和要求,不断加大经费投入,着力构建人防、物防、技防"三位一体"的内部防控网络,为校园安全工作奠定了坚实的基础。

以苏州、南京两个设区市为例。"十二五"期末,苏州市校园安保经费总投入达6.39亿元,中小学、幼儿园全部配备专职保安;建有与公安部门联网的紧急报警按钮装置2 678个、监控探头5.8万个、周界报警1.03万对、电子围栏51.86万米、红外线入侵自动报警装置1.18万个,物防水平得到显著提升。

"十三五"期间,南京将陆续投入专项资金2亿元,力争到2020年底基本完成全市校园视频监控系统改造升级。针对全市幼儿园安全保障的薄弱环节和突出问题,该市启动幼儿园安全促进计划,投入专项资金7 500万元,提升全市211所薄弱幼儿园"三防"水平。

结合本地实际,中共丹阳市委、丹阳市政府每年投入2 600余万元,实行公司运营、家长轻微负担、部门协作的机制,使用107辆接送车,开行135条运营线路,周一至周五每天早晚专门接送中小学生7 000余人,解决了上下学交通问题,开创了镇江先河。

高校也高度重视校园安全基础设施建设。江南大学副校长田备说,近年来,该校累计投入2 600多万元,建成"1+3+N+M"现代化校园技防体系,即一个门户(数字化平安校园)、3个平台(应急指挥管理平台、宣传教育平台、服务管理平台)、N个系统(视频监控管理系统、消防设施管理系统、火灾报警信息系统、消防水压智能监控系统等)和M个应用终端。

"下一步,除继续推动各地各校提高'三防'水平,省教育厅还将开发专门面向高校学生的校园安全App。"中共江苏省委教育工委副书记徐子敏说。

2018年毕业季,在中国药科大学,一场针对应届毕业生的防侵害专项安全课如约而至。遇上图谋不轨的网约车司机该如何自保?出国留学遇上恐怖袭击怎么办?该校保卫处聘请专业教官真实模拟包括勒索绑架、商场踩踏、网约车骚扰等在内的危险情景,现场指导大学生们如何应对安全危机。"安全工作永无终点,毕业生踏上社会以后,更需要提高安全意识和自我保护技能。"该校保卫处副处长吴振华说。

与高校大学生相比,中小学生的安全教育形式则更为丰富。2019年暑假,泰兴市各校学生家长都收到了特殊的暑假作业——陪孩子观看"泰微课"安全教育视频。"比起苍白的说教,视频管用得多。"该市济川初中学生李歆笛的家长说。

在南京江北新区,中小学生安全教育馆则成为孩子们接受安全教育的最佳场所。无论是交通标志识别还是安全知识问答,在这里,看似枯燥的安全知识都能够活灵活现地展现出来,给孩子们带来最直观的体验。目前,南京已建成30多个不同主题的安全教育体验场馆。

开展安全创意表演、开发安全教育校本教材(微课)、进行安全逃生演练、建设安全教育场馆……一系列紧扣"安全"元素的举措是江苏安全教育工作遍地开花的生动实践,除各地的自选动作外,省级层面也全力以赴,以多个时间节点为契机,让安全教育扎根校园。

2017年,在第二个全民国家安全教育日来临之际,面向小学、初中、高中3个层次的9册"江苏省中小学国家安全教育"系列读物正式走进江苏学校;2018年3月,江苏省教育厅、公安厅组织12 176名担任法治副校长(辅导员)的公安民警集中进校园,开展主题班会活动,鼓励人人做自己的"首席安全官"。

"学校安全工作永远在路上,需要持续发力,久久为功。"省教育厅厅长葛道凯说,"我们要着力夯实教育系统安全稳定的根基,努力为全省教育事业发展和办人民满意的教育提供有力的安全支持,为广大青少年学生成长成才营造最阳光、最安全的校园环境。"

平安医院创建:"以患者为中心"

近年来,江苏省卫生健康系统按照全国创建"平安医院"活动工作小组和省委政法委部署要求,坚持"以患者为中心"的服务理念,以贯彻落实《医疗纠纷预防和处理条例》为契机,以法规制度建设为重点,以打击涉医违法犯罪专项行动为抓手,坚持系统治理、依法治理、综合治理、源头治理,全省医疗纠纷预防与处理机制进一步健全,医疗机构安全防范能力进一步提升,部门严打严防合力进一步加强。

实施改善医疗服务行动计划。制订《江苏省深入落实进一步改善医疗服务行动计划实施方案(2018—2020年)》,提出进一步改善医疗服务8项制度和12项服务举措。积极推进预约诊疗、分级诊疗和家庭医生签约服务,大力实施日间手术试点、临床路径管理和医学检验检查结果互认,推进"三合理"规范、严控医疗费用不合理增长,加强医联体建设、提升基层医疗卫生机构服务能力,促进优质资源下沉,县域内就诊率接近90%。

狠抓医疗质量管理。印发《江苏省进一步加强患者安全管理工作实施方案》,落实医疗质量安全各项核心制度,开展患者安全教育培训,构建医院安全文化,有效减少医疗服务中可避免的不良事件。召开全省医院感染管理工作会议,定期开展医疗质量安全案例点评,强化医疗安全风险防范意识,有效防范了重大医疗安全事件的发生。全面落实"三公开"制度,切实维护人民群众健康权益,2018年发生的医疗纠纷较上年下降10.1%。

加强舆情引导。围绕弘扬主旋律、传播正能量、促进医患关系,建立与宣传、网信部门和新闻媒体沟通协作机制,加大卫生健康工作宣传,增进全社会对医疗卫生行业的理解和支持、参与医改的良好氛围。加大典型宣传,隆重召开庆祝首个中国医师节会议,表彰第四届江苏省"百名医德之星""十大医德标兵"和"优秀基层医师"。开展"江苏好医生好护士"和"我身边的好医生"系列报道,在全社会营造尊医重卫的良好氛围。加大舆情管控,健全完善舆情管理引导工作机制,建立监测平台,加强涉医舆情监测,编发《卫生计生舆情摘报》,督促各地做好舆情日常管理,发现相关信息及时发出预警,提出处置意见和建议,妥善回应社会关切,保持舆情平稳。

加强院内沟通工作。指导各医疗机构按照《医院投诉管理办法》,进一步畅通患者投诉举报渠道,完善医院投诉程序和办法。加强医患沟通中心建设,全省二级以上医院设立医疗纠纷投诉管理部门达100%,配备专职人员1321人,设立专门场地,配备录音录像设备,为医患沟通创造良好条件。全省医疗机构共受理各类医患纠纷投诉7805起,自行处理4058起,从源头上妥善化解了医患矛盾。

推进人民调解体制机制创新。依据《江苏省医患纠纷调解体制机制创新试点工作方案》,推广建立集咨询、受理、调查、调解、理赔于一体的"一站式"医患纠纷调处服务模式,在各设区市成立医患纠纷人民调解工作指导处,核增处(科)级领导职数,落实工作经费,配备专(兼)职调解人员,成立咨询专家库,打造专业化的调解队伍,实现县级以上医疗纠纷人民调解工作全覆盖。2018年人民调解组织调处医疗纠纷3693起,调解成功率达95.8%,人民调解司法确认案件比例为38.3%,协议履行率达99%,重大疑难纠纷80%通过人民调解解决,全省未发生有重大社会影响的医患纠纷激化事件,基本实现人民调解与医患协商、行政调解、法院诉讼的有机衔接,逐步形成多元化的医患纠纷处理路径。

强力推进医疗风险分担机制。将医疗风险分担制度建设列入"平安医院"创建考评指标体系,实行"一票否决"制。南京市、淮安市探索建立"六统一"医疗责任保险机制,常州市进一步完善"三个共保"机制,徐州市继续推进医疗风险互助金联保试点,全省2502家医疗机构参加医疗责任保险,193家医疗机构建立医疗风险互助金制度,296家医疗机构推行医疗意外险,二级以上医疗机构建立医疗风险分担机制比例达96%,基层医疗机构建立医疗风险分担机制比例达87%,全年赔付医疗责任保险费1.54亿元,赔付结案率为97%,较好地发挥了保险在医疗风险分担机制中的保障作用。

做好医疗鉴定。制定出台《医疗损害鉴定专家库管理办法》,完善省级医疗鉴定专家库,召开全省卫生健康系统医疗鉴定工作推进会,举办全省医疗损害鉴定专家培训班,规范鉴定程序、组织方式,推进司法鉴定机构和医学会医疗损害鉴定工作"五统一"(统一收费标准、统一鉴定程序、统一鉴定专家库、统一鉴定文书、统一组织模式),加强医疗鉴定机构规范化建设,全年共组织医疗鉴定1 670例,其中医疗事故技术鉴定506例、医疗损害鉴定1 164例,为医疗纠纷的处理提供了科学依据。

4. 400万平安志愿者在行动

平安梦是全体市民的向往和追求,志愿服务是市民精神的担当和体现。

近年来,江苏各级政法机关积极探索动员和组织群众参与社会治安管理的新路子,创造了许多成功经验,涌现出"夕阳红""万年青"等义务巡逻队伍,推行了"十户联防""契约式联防""邻里守望"等治安防范形式,取得了良好的社会效果。2009年,江苏整合志愿者力量,统一开展"红袖标工程"建设。据统计,2013年,平安创建10年来,全省的"红袖标"队伍已经达到97万人,到2019年6月,全省平安志愿者已超过400万。他们积极参与护村护院、治安协防、防范宣传等活动,有限的警力与无穷的民力相结合,平安建设的触角延伸到一个个城乡社区、单位、家庭,形成防范打击犯罪的铜墙铁壁。

30载"平安锣"敲出一方平安

1988年,银山门的小街小巷敲起了"平安锣",到2018年,锣声响彻30年。这里流传着"一面小锣敲出一方平安"的动人故事,流淌着浓浓的邻里情、文明风。如今,"平安锣"队伍已从一支成长为两支,成为"大爱镇江"的一个明星品牌。

"哐哐,居民同志请注意,防火防盗保平安……"晚上7点,镇江市润州区金山街道银山门社区的小街小巷响起铜锣声,这是社区"平安锣"志愿者队伍在义务巡逻。无论刮风下雨,无论寒来暑往,无论逢年过节……每到晚间居民都会听到这熟悉的锣声,30年来从未中断。

说起银山门社区"平安锣",志愿者、社区工作人员和居民们非常自豪,纷纷表示"平安锣"故事太多了,可以讲上几火车。

30年前,这里人员混杂、治安状况严峻,"钓鱼""白日闯"现象时有发生。为此,社区部分党团员和居民骨干在居委会的组织下,戴起红袖章,以敲"平安锣"的方式,开始了每晚的义务巡逻,提醒居民关好门窗,防火防盗。没想到,这锣一敲就是30年,从无声到有声,从人工到电子化,一代代身居街巷身处的淳朴居民先后主动担当志愿者,有4万多人次投身义务巡逻,还3次将"平安锣""敲"进了中央电视台……他们也敲出了一方平安,把当初的"高发案"社区变成了"零发案"社区。

最初的"平安锣"志愿者中有镇江家喻户晓的"茶水奶奶"李茂兰老人,还有"镇江首届百佳文明市民"李义美。81岁的李义美说:当初她在废品收购站发现了一面铜锣,想想晚上巡逻用蛮好的就打算买下,老板听说是巡逻用的也没收钱,就这样有了第一面"平安锣"。后来,"平安锣"敲坏了三面,还进了市档案局。

2002年,时任中共润州区委书记的张甫雄在检查工作时看到"平安锣"志愿者很辛苦,铜锣也容易敲裂,就送了一个电喇叭,把敲锣声和喊话声录到里面……现在,"平安锣"已升级成了携带方便的电子

"小蜜蜂"。

因为李义美晚上巡逻,儿子王宏春不放心,就陪着母亲一道巡逻,后来上小学的孙子王玉剑有空也跟着一起巡逻。"母子平安锣"和祖孙三代齐敲"平安锣"的故事被传为佳话。受其影响,社区还涌现了戴小红家庭、周玉琴家庭、沙文娟家庭等"祖孙平安锣""夫妻平安锣""姑嫂平安锣"……有了群众支持和广泛加入,"平安锣"队伍后继有人、代代相传。

随着社区合并扩大,群众需要"平安锣"新线路覆盖。2018年3月,银山门社区成立了第二支"平安锣"志愿者队伍,已过七旬的张桂保、管德美夫妇经过选拔光荣加入,最新的"夫妻平安锣"上岗了。张桂保是退休教师,有心的他为巡逻事项写了日记:天气怎么样,每周五晚6:50起去"平安锣爱心驿站"站长王军家里领器材,巡逻线路是大龙王巷、小龙王巷、寿康里、大夫桥、大西路、板壁巷、吉康里、宝盖路、火星庙巷……每次要夜巡20条巷子、两条大路。二老在巡逻中发现过火灾隐患,还曾为夜归的女性带路,不长时间就成了"平安锣明星夫妻档"。

如今"平安锣"除了有报平安的功能,还有提醒居民"什么时候要体检了,什么时候要资格认证,有什么登记通知,文明创建"等内容,俨然成了社区流动的宣传栏,这很符合老年居民的服务特点,成了居民们的放心锣、幸福锣。居民们普遍认为生活中不可缺少"平安锣",有的居民晚上没听到锣声,睡觉都会不踏实。

银山门社区联合党委书记蒋菊花感慨不已:"平安锣"已由单纯的群防群治提升为宣传党的政策、传递党的温暖、密切党群关系的桥梁和纽带;"平安锣志愿者群体"的内涵也在不断丰富提升,社区成立了以平安锣为品牌的"平安锣"义工团队,其中包括文明志愿者团队、文化志愿者团队、城管志愿者团队、义务护林员、文保志愿者团队等,"平安锣志愿者群体"还被评为镇江市第二届大爱之星集体。

30年如一日,虽然人换了一茬又一茬,但社区锣声不息。"平安锣"营造出一种乐于奉献的平安精神,形成了生生不息的平安文化,这里有满满的正能量。

平安志愿服务人人参与

2014年南京青奥会期间,南京市组织发动了50万市民群众以平安志愿者的形式,参与青奥安保大防控各项行动,形成了"人人都是东道主、平安青奥靠人人"的生动局面,全力维护了青奥期间社会面安全稳定,为青奥会的精彩圆满发挥了重要作用。

青奥会以来,南京市坚持社会共治、群防群治的创新思路,持续推进平安志愿服务事业,在平安志愿服务的发展规模、运行体系、工作领域、实际效能等方面,不断探索、完善和提升,形成了综合平安效应和广泛社会影响。截至2018年,全市发展平安志愿者51万余人,其中有11.6万名骨干常年配合专业警力担负日常治安巡防工作,平安志愿者队伍已经成为南京市社会治安综合治理的不可或缺的重要力量,在全国和省市"两会"、"12·13"国家公祭日保安维稳、G20峰会"护城河工程"、江苏发展大会、交通秩序整治等各项重大活动的安保、维稳中发挥了积极作用。2016年2月,南京市平安志愿者联合会被授予"全国最佳志愿服务组织"荣誉称号。

广泛营造平安志愿服务社会格局。通过认真总结平安青奥成功经验,南京市委、市政府制定出台《关于加强新形势下群防群治工作的意见》,明确提出"力量更加壮大、组织更加健全;机制更加完善、指挥更加高效;配合更加协调、防控更加严密;素质更加优化、纪律更加严明;投入更加多元、保障更加有力"目标,对全市平安志愿服务工作进行规划引领和整体布局。通过分解年度发展计划、落实部门参与责任、建立督促推进机制等措施,推动平安志愿服务工作步步深入、有序深化。坚持将平安志愿服务工作纳入综治工作年度目标考核重要内容。明确将平安志愿服务组织定位为党领导下的社会公益组织性质,科学组建平安志愿服务组织运行体系。在市级层面组建成立南京市平安志愿者联合会,在11个区和地铁、公交行业组建成立平安志愿者协会,在各个街(镇)和社区(村)广泛建立平安志愿服务工作站,整体形成了市、区(行业)、街道、社区四级平安志愿服务的组织架构。与此同时,将平安志愿服务工作与系列平安创建紧密结合,把平安志愿服务向高校、电信、银行、寄递、交运、化工园区等重点领域,以及各类涉及社会治理的公益组织中延伸,全方位、多维度、深层次发展平安志愿者队伍和组织,广泛吸收重点行业、各类群体参与综治平安建设。目前,全市共组建平安志愿者组织16个(行政区11个,重点行业5个),街道和行业分会141个,工作站(队)1 871个,基本实现了全覆盖。

拓展平安志愿服务内涵范畴。积极将平安志愿服务事业打造成人民群众全方位、多渠道参与平安建设的有效平台,推动越来越多的平安志愿者成为法律知识的普及员、安全防范的宣传员、社情民意的信息员、矛盾纠纷的调解员和治安巡防的战斗员。两年来,全市广大平安志愿者积极参与各项平安创建工作,共排查各类小隐患10万多起,收集小信息15万余条,解决群众小需求3.5万余个,平息小诉求3万余个,调解小纠纷2万余起,协助抓获犯罪嫌疑人78人,平安志愿服务的成效得到不断显现。

健全激励引领体系。坚持把平安志愿服务工作作为社会治理创新实践,不断加大宣传、扶持和保障力度,努力扩大声势、赢得支持,不断激发活力、长效发展,扩大平安志愿服务的社会影响。各级平安志愿服务组织积极顺应时代特点,普遍搭建起平安志愿服务网站、微信、短信等工作平台,广泛开展互动交流和社会宣传。加强与《江苏法制报》《金陵瞭望》《金陵晚报》、江苏电视台、南京电视台等新闻媒体的合作,推动平安志愿服务进入主流宣传阵地。制作、发放平安志愿者资料汇编3 000本、平安志愿者画册500本、平安南京季刊(一季度)2 000份、平安志愿者徽章3万个,让更多的市民群众了解和支持平安志愿服务事业。基层平安志愿服务组织积极利用社区资源,持续组织开展广场演出、宣传板报、微信推送、平安志愿文化长廊、平安志愿知识竞赛等宣传活动,并邀请新闻媒体进行跟踪报道,通过多方位、多视角、多途径、多形式的宣传,不断扩大平安志愿服务的知名度和影响力。南京市委政法委、市平安志愿者联合会与南京报业传媒集团、南京广播电视集团每年共同举办南京市"最美平安志愿者"评选活动,评选全市"最美平安志愿者""最佳平安志愿服务品牌""最佳平安志愿者组织""优秀协会工作者",宣传了一批平安志愿者积极分子的先进事迹,在全市营造学习典型、争当模范的氛围。分别组织获奖人员和各协会负责人赴广州、深圳、杭州、温州等地实地考察学习平安志愿服务工作;南京市综治办、市平安志愿者联合会与《金陵晚报》等媒体联合开展"我眼中的一抹南京红"——平安志愿者风采主题摄影比赛活动、"我最响亮"——平安志愿者口号征集评选活动。通过开展系列大型活动持续在全市范围内营造良好氛围,提升平安志愿服务影响力。

第八章 新时代"枫桥经验"

1. "小网格"铸就"大平安"

对于"社会治理"这一概念的运用,在认识上经历了一个过程——党的十八届三中全会之前,我们主要使用的概念是"社会管理",自十八届三中全会通过《中共中央关于全面深化改革若干重大问题的决定》起,我们党开始用"社会治理"这一概念来替换"社会管理"。

社会管理变为社会治理并非简单的"一字之变",它反映了在治理主体、治理方式、治理范围、治理重点等方面的明显不同,是对改革开放和社会主义现代化建设新时期我们党处理社会问题、解决社会矛盾所取得经验的深刻总结,集中反映了以习近平同志为核心的党中央在我国社会建设方面取得的重要理论与实践成果。

社会治理是个老课题,又是新答卷。

创新是推进社会治理的动力和灵魂,创新才能破解难题、补齐短板。

近年来,江苏坚持经济健康发展与社会和谐进步两手抓、两促进,以基层为重心、以问题为导向、以实效为目标,全力打造社会治理"一张网",打通网上网下"双向道",线上反映问题,线下快速解决,努力实现从被动应对处置向主动预测预警预防转变、从单一管理向寓管理于服务转变、从主要依靠党委政府管理向共建共治共享社会治理转变,一条符合时代要求、具有江苏特色、赢得群众赞誉的网格化社会治理创新之路已基本形成。

中央政法委有关领导在江苏考察期间,对江苏创新网格化社会治理机制工作给予充分肯定,并在中央党校以江苏省网格化社会治理创新为主题的专题研究报告上作出批示。中央政法委在全国推广江苏省网格化社会治理经验做法。

中共江苏省委书记娄勤俭就全省创新"网络＋网格"基层社会治理专门作出批示："这种治理模式融网络、网格于一体,起到了促基层和谐、保一方平安的好效果。省委政法委要总结和推广这一有效经验,让更多人力下沉到基层一线,统筹整合相关部门的数据资源,充分发挥信息技术在化解风险隐患、创新社区治理、促进和谐稳定中的支撑作用,为经济社会发展营造良好社会环境。"省委书记娄勤俭、省长吴政隆先后多次对加强和创新社会治理、深化平安建设和维护社会稳定提出明确要求。

中共江苏省委常委、政法委书记王立科要求全力推动创新网格化社会治理机制取得新突破,打造基层社会治理"金字招牌"、形成"江苏样板",不断提升人民群众的获得感、幸福感、安全感。

坚持全省域广覆盖

社会治理的重心在基层,难点在基层。基层稳则全局稳,基层安则全局安。

为破解社会治理"最后一公里"难题,摸清基层实情,厘清工作思路,王立科带队先后赴13个设区市和30多个县(市、区)近40个乡镇(街道)和村(社区)开展调研;组织人员赴上海、浙江、安徽、广东等兄弟省市学习考察。2017年8月,全省成立由王立科为组长的领导小组,抽调25个部门40余名业务骨干组成工作专班,全力以赴、集中攻坚,着力推进创新网格化社会治理机制工作。省"两办"印发了《关于创新网格化社会治理机制的意见》,省委政法委印发了《深入推进全省网格化社会治理信息化建设工作的意见》《网格化社会治理标准规范》等多个制度文件。

江苏省公安厅高度重视网格化社会治理创新工作。副省长、省公安厅厅长刘旸深入基层调研,指导网格化与社区警务工作相互融合。省公安厅专门印发了《关于融入创新网格化社会治理机制加强新时代城乡社区警务工作的意见》。

针对各地网格化服务管理工作大多是"小盆景"的现象,江苏紧紧围绕"把网格打造成基层社会治理的第一道屏障和江苏社会治理工作的一个名片"的目标,坚持全省整体推进,积极培育网格化社会治理的"大森林",推动形成"一网(多元融合共治网)、一台(大数据智能平台)、一终端(全要素网格采集终端)、一中心(网格化服务管理中心)"的江苏模式。

经过精心筛选,研究确定南京、苏州、无锡、南通、淮安5市和南京江宁等17个县(市、区)作为首批试点,制定下发《试点任务书》。在首批试点基础上,先后召开推进基层社会治理创新汇报交流会、第二批试点工作推进会,认真总结推广试点经验,在全省全面推开试点工作。结合贯彻城乡社区网格化服务管理规范国家标准,根据省网格化社会治理总体设计和各地实践探索,拟定一套标准体系,列出任务清单,努力形成具有江苏特色的网格化标准体系。

一个好的顶层设计胜过十万雄兵。为确保创新网格化社会治理机制工作有章可循、规范运行,江苏努力在制度设计、体系建设、组织保障等方面出实招、求实效。

中共江苏省委常委会工作要点、省委改革工作要点、省委领导联系改革重点任务都将创新网格化社会治理列为重要内容。各设区市委主要领导亲自过问指导、召开专题会议,对各县(市、区)网格化工作逐一过堂。各县(市、区)普遍成立了由党委政府主要领导担任组长的网格化工作领导小组,切实把这项工作摆上突出位置,列为"一把手工程"强力加以推进。

据悉,江苏先后健全网格服务管理职责体系、完善网格管理工作制度体系、建构网格治理法治规范体系、建立网格社会治理组织保障体系,并发挥监督考核的"指挥棒"作用,加强对社会综合治理网格化工作的督查指导,从而确保社会治理常态化。

经过一年多的探索实践,江苏省社会治理工作取得了阶段性成效。截至2018年底,全省共规范设立网格12万个,配备专兼职网格员近30万名,县乡村三级网格化服务管理中心基本实现全覆盖;试点地区非警务类警情下降40%左右;完成省级网格化社会治理大数据中心一期建设,探索建立了"网络+网格"的基层社会治理江苏模式。

坚持全要素五统一

2018年5月15日8点多,南京市江宁区汤山街道汤山社区网格员陈磊在例行巡查时,发现银行取款机旁一位大妈正急忙忙地接听电话,通话内容与电信诈骗十分相似,他立刻上前提醒大妈,可大妈不听劝阻,还怪多管闲事。正在此时,银行开门了,陈磊连忙找到工作人员说明情况,并与工作人员一同阻拦大妈汇款,说明事情的严重性。事后,恍然大悟的大妈连连感谢陈磊的提醒帮助。

2017年9月,江苏省在南京市江宁区进行"全要素网格"试点。江宁区按照基层社会治理"一张网"的要求,通过部门申报—区级专班初审—区委、区政府审定的规范准入程序,将组织、综治、民政、公安、司法、人社、城管等16个涉及基层治理的工作部门工作全部整合,纳入到全要素网格,初步形成了9大类、22个子项、82项具体工作的全要素网格工作任务清单。

"过去各部门都有网格,但区域和划分标准都不同,现在重新划分为一张网后,边界不出现交叉,再没有管理盲区,党建的支部、城管的道路、市场监督的农贸市场等都在一张网上无缝对接,实现了事随人走、费随事走。"江宁区委政法委副书记张宝卿介绍,群众还可通过公众版App,通过图片、文字、音频、位置信息的形式,上传身边的社会治理问题,做到了"人人都是网格员"。

8个人服务好1.5万人,是个难题。可是,当党支部建立起来之后,难题就迎刃而解了。这是淮安市清江浦区淮海街道向阳社区工作人员最切身的感受。

孙青是向阳社区第三网格的网格员。党支部建在网格上之后,孙青的工作"轻松"多了。向阳社区的离退休人员超过2 000人,50%都是共产党员。"解决了人手少、服务能力单一和处理问题方式简单等问题。"孙青介绍说,工作中网格支部书记与网格员实行问题联排、矛盾联调、活动联办等联动机制。每周一早晨召开工作例会,针对排查出来的问题,第一时间上门化解,真正做到"小事不出格,大事不出村,难事不出镇"。

社会综合治理网格化联动机制是苏州基层社会治理的创新实践。该市以社会综合治理网格化联动中心为中枢,构建了市、区(市)、镇(街道)、村(社区)四级管理,区(市)、镇(街道)两级指挥为骨架的综合治理运行架构和责任体制,依托一个平台、一张网格、一个号码、一支队伍、一个办法、一套制度等"六个一"工作体系,形成了社会治理事项发现、受理、分流、处置、跟踪、督办、反馈、评价等八个流程处置的"4268"工作机制。在具体的操作过程中,苏州各地结合实际,不搞一刀切,按照"规定动作要做实、自选动作更管用"的原则,从人员配备、体制机制等方面创新社会治理,切实做到社会问题"第一时间发现、第一时间处置、第一时间解决"。

网中问民忧,入户解民困。新沂市创造性实施村级"法治书记"制度,从全市政法干警中选派461名优秀干警担任村级"法治书记",直接参与网格化服务管理工作,帮助村(社区)推动基层党建网络与社区治理网格"两网"深度融合,一年调解各类纠纷1 110件,消化初信初访102起,受到了村组干部和群众的"点赞"。

吸纳社会力量、培育社会组织、引导群众自治,推动各类社会主体更广泛地参与到化解矛盾、服务民生中来,努力形成网格化社会治理的强大合力是江苏又一做法。南通市崇川区积极构建集体经济组织、物业公司、单位、社会组织、邻里、街坊居民骨干等多元力量参与的基层治理格局。该区先后投入项目资金800余万元,支持各类社区社会组织200余家,服务群众人次突破20万。

见微知著,一叶知秋。按照"一张网、五统一"的要求,全省各地坚持党委领导,统筹政府、市场、社会力量,打造权责统一、风险共担、成果共享的命运共同体,推动形成"各方协同、联动融合、多元共治"的网格治理新局面,使人民获得感、幸福感、安全感更加充实、更有保障、更可持续。

坚持智能化大联动

针对基层反映较为集中的"信息多头采集、重复无效劳动、数据共享不够、联动处置不畅"等突出问题,江苏省坚持把大数据智能化应用作为创新网格化社会治理机制的最大亮点,积极搭建智能化应用服务平台,推动实现各部门数据资源协同共享、互联互通。

张家港市发挥数字化城管("城市e管家")技术优势,实现一个App管城市。太仓市建立"一台受理、二级分拨、三层处置、四环监督"的事件流程管理体系,实现"一个流程"闭环管理。苏州市相城区引入京东公司专业技术团队,开发全新的联动中心智慧平台。

无锡市新吴区以"信息共享、数据联动、开放拓展"为目标,依托"网格化治理一体化联动"工作"母平台",联通各条线业务部门的信息化系统,将原系统专有数据融入"网格化治理一体化联动"社会治理大数据库,实现为大数据分析积累基础数据和鲜活数据实时反哺原系统的双向支撑,真正解决数据的及时、准确和活化。同时,深化"放管服"改革和"互联网+政务服务",拓展嵌入党建、民政、计生、物业等各类服务管理应用,打造"一揽子"服务矩阵,让"数据多跑路,群众不跑腿"成为新常态,实现各业务工作的单一条线管理向共治善治转变。

常州市把智慧网格列为"智慧城市行动"之一,全省首创网格化服务管理中心与综治中心、合成维稳中心"三中心合一"模式,开发与国土GIS地图无缝对接的云图,实现网格元素在地图上的标注和分层展示,完成网格员定位、轨迹查询、热力图、智能比对、智能推送、智能预警等功能。

协同共享,互联互通。目前,省网格化社会治理大数据中心一期平台汇聚 22 个省级部门 7 260 亿条,83 个市级部门、1 232 个县级部门 1.5 亿条基础数据;采集上报各类信息数据 1.1 亿条,办理工单 1 470万件、办结率达 97.5%。

结合"互联网＋政务服务"建设,构建智能化公共服务平台"江苏政务网"及手机端,在江苏,"不见面办理"已成为常态。"江苏公安利用警务大数据建成服务'旗舰店'和'微警务'集群,将户口迁移、车管缴费、护照办理等 163 项权力事项和 68 项服务事项搬到网上运行,推出'手机 110''手机车管所''手机签证官'等移动端便民服务。目前,江苏公安有近一半的服务事项在网上全流程、不见面办结,累计提供服务 4 000 多万次。"江苏省公安厅党委委员、副厅长程建东说。

2. 党组织建在网格上

56 年前,浙江诸暨枫桥镇干部群众创造的"依靠和发动群众,坚持矛盾不上交"的做法,得到了毛泽东同志肯定,"要各地仿效,经过试点,推广去做"。

2010 年以来,江苏省南京市栖霞区仙林街道坚持把群众的小事当作自己的大事,及时了解群众诉求,依靠人民群众积极化解民间矛盾纠纷,超前稳控和化解各类不稳定因素,确保"小事不出网格、大事不出社区、突发事件不出街道",连续 8 年实现进京、赴省、到市、来区上访"四个零",扛回 16 个"国家级"先进奖牌。这些"纪录"的保持者,就是仙林街道。

2016 年 12 月,中央组织部有关领导到江苏调研基层党建工作,对仙林街道建立网格化体系、有效解决群众"有话和谁说、有事找谁办"问题给予充分肯定。2018 年 4 月,国务院副秘书长、国家信访局局长舒晓琴到仙林街道调研,盛赞"仙林模式"为城市版"枫桥经验"。

"社会治理体系从破到立,社会秩序由乱到治,以'小网格'构建基层党建'大格局',进而探索形成城市基层党建引领'六化融合'社会治理创新的'仙林模式',我们靠的就是不断改革、不懈创新。"仙林街道党工委书记孙金娣笃信那句话——"惟改革者进,惟创新者强,惟改革创新者胜"。

一面党旗,映红菁菁大学城

党群服务中心前、商业街区、社区、大学门口……人们走进仙林街道会看到,党徽高挂在显眼位置,党旗在街道、楼宇前迎风飘扬。"一个支部就是一座堡垒,一个党员就是一面旗帜",这句话在仙林街道尽人皆知。

仙林大学城驻有南京大学等12所部属、省属高校,以前很多单位都不知道街道党工委的存在,影响力和号召力自然就更谈不上了。"出了事你得担责,想管又管不到。"仙林街道办事处主任欧立祥说,街道从成立第一天起,就面对这个大难题。

怎么办?"党政军民学,东西南北中,党是领导一切的。"2010年以来,仙林街道创新性地把辖区划分为10个一级网格、156个二级网格、1 786个三级网格。大到万余人的高校和小区,小到个体经营店,一"网"揽尽。以网格化城市基层党建为引领,与驻街单位逐一签订共建协议或攻坚责任书,建立党建联席会议制度……条块分治变成网格集成,政府"独奏"变为社会"合唱",将工作中的"千条线"收拢进网格这个"针眼"里。

"街道跟我们不是空谈党建,而是服务为先。"南京大学副校长薛海林说,2012年南大仙林校区划入仙林街道之后,街道随即划分网格、主动服务,现在该校很多学生社团也都参与到街道志愿服务中去。校方曾为和园小区里一处违建头疼不已,街道工作人员主动一趟趟上门做工作,前后花了3年时间,最终当事人主动拆除违建。

街道肯做事、敢担当,得到驻街单位的热切回应。新成立社区找不到地方办公,南京大学主动拿出1 000多平方米与之共用;失地农民就业难,高校一空出服务岗位就主动通知"来上班"……年初扫雪除冰任务重,街道一个求助电话打过去,南京森林警察学院立即组织3 000多名学员赶到现场增援,辖区各方力量参战,几十条马路"一夜雪无"。

网格化党建模式把各单位"统"了起来。如今,仙林街道与驻街单位形成区域党建联动、城市管理联抓、公共安全联防、流动人口联管、科教人才联享等"网格十联"工作机制。"在仙林,党的声音一传到底、一呼百应。"孙金娣说。

一张网格,闪亮件件"黄马甲"

活跃在仙林街道大大小小网格中的万余名居民志愿者,有一个共同的名字——"黄马甲"。

每天早上8点,67岁的王长春穿上印有"不忘初心、牢记使命"字样的黄马甲出门,沿着家门口小路巡查整个小区。他住的亚东城西区有3 000多居民,7名骨干志愿者组成"万家欢"巡逻队,早晚两次巡查。哪里堆了垃圾、谁家闹了别扭、电梯安全、绿化设施、治安防控……事无巨细全部记下来,他手中的记录簿,一个月用掉厚厚一本。

原籍江西南昌的和园小区"万家欢"服务队队长邹小美,2013年随子女住到仙林,人生地不熟,每天只好一个人闷在家里。加入志愿队后,她很快就"忙上瘾",干脆花钱请保姆带孙子,自己开了"小美工作室",做起专职志愿者。"一开始到我工作室来的,都是调解家长里短、纠纷矛盾,现在来拉家常、报喜讯的特别多。我过得特别充实,感觉自己很有价值。"邹小美爽朗地说。

"网格员不仅敲开居民家的防盗门,也叩开老百姓的心门。"欧立祥说,进万家门、访万家情、送万家暖、结万家亲的"四万走访"得到认可,老百姓态度从一开始反感"怎么又来了"到后来念叨"怎么好久没来了",现在有事随时便发个微信。

"黄马甲"的能量有多大? 和园社区党支部书记潘家燕感受最深。小区里住的大多是专家教授,平日与外界打交道不多。前几年,街道要摸底社区党员人数,"黄马甲"们一夜之间就摸清该小区767名党员相关情况,姓名电话全部登记到位。现在南大引进人才会带到和园小区参观,最近一位老教授还主动放弃美国绿卡,决定就在仙林"落叶归根"。

在为居民服务中实现自我价值,一件件"黄马甲"熠熠生辉。75岁的听泉山庄文化志愿者张贯雄,迎来艺术创作的"第二春"。"魅力仙林是我家,网格连着你我他……"当年一曲《网格管理赞》让他成了小区名人;如今他越来越有创作激情,《一网情深》《平平安安享幸福》《春满仙林情满怀》……歌词都是大白话,但唱出了仙林人的精气神。

"我要写一篇《光阴的故事》,把这些变化写下来给孩子看。"仙林街道驻街高校服务办公室主任于福秀说。作为土生土长的仙林人,她感到仙林最大的变化不只是从农村变成城市,而且人的观念转变了,人与人之间更加友好、简单,其乐融融一家亲。

一只头雁,创新啃下"硬骨头"

"网格化"让仙林街道在全国出了名,近几年,前来参观学习的有2 000多批次、10万多人,大家纷纷给予高度评价。

刚开始搞网格化,没有现成的模板,网格到底怎么划,谁都不知道。每一个词、每一个标语,甚至网格员所用本子的封面如何设计,都是孙金娣和同事们一起琢磨出来的,曾经有连续半年时间,她吃住在街道。孙金娣的工作信念是:"思想不通,什么都不中;思想一通,办法就在其中。"

创新,就是这么被"逼出来"的。2010年9月,孙金娣刚到街道上任就遭遇一起上访事件。虽然事由是业主与物管、开发商之间存在矛盾,她却就此陷入深思:涉事小区就在街道办事处对面,这么大的事,为什么基层党组织和党员干部事先一无所知?这种情况若任其发展下去,党和政府的公信力何在?

更大的压力来自现实。仙林街道有32.67平方千米、23万人口,规模相当于一个县区。面对房屋拆迁、企业改制、城市建管、居民物业、高校管理等各类矛盾,主动改变势在必行。敢创新、敢啃"硬骨头",也就此成了孙金娣的一个"标签"。

有了创新基因,仙林这张"网"得以不断进化。基层党组织建设一般到社区,孙金娣则想出"新招":设立25个"常青树"党支部,建在小区、商业街、农贸市场甚至施工工地上。"最美家庭""最美楼栋""最美网格员""最美农贸市场"……仙林还成立"一家亲"协会,南京大学、泰康医院等46个大单位自愿出资526万元建立奖励基金,每年评选仙林"十大最美",9年来累计奖励表彰6 059人。

有了啃"硬骨头"的拼劲,这张"网"发挥的威力也越来越大。仙林新村原有1 000多个地下室,环境脏乱差,安全隐患大,但因利益关系复杂,近20年没人敢管。2017年,孙金娣带头立下"军令状",带着街道社区干部、网格员、志愿者组成40个工作小组,一户一户做工作,每天碰头分析情况,每整治成功一户就贴上小红旗。历时6个多月,终于摘除了这个"老病灶"。

有了"力的传导,爱的辐射",志愿者们个个忙得热火朝天。仙林街道政协工委主任徐骏说:"孙书记总是说'跟我来',她就是我们工作中的'头雁'!"

一句承诺,守好巍巍"开山岛"

推行网格化之初,仙林街道对老百姓许下承诺,打造"仙林人引以为豪,全市人民最向往、最安全、最适合人居的新市区"。这一诺重千金,倒逼改革创新无止境。

整个仙林只有一个拆迁安置小区——仙林新村。为补上这块"短板",9年来街道从解决具体困难入手,帮助就业、小区出新、环境整治……通过做大量好事、实事拉近与居民的距离。2017年开展地下室整治之后,街道于2018年初又召开党员群众千人大会,开展"本月我站岗"活动,挨家挨户上门做工作,发动大家争当志愿者。目前,仙林新村几乎每家都是"志愿户",正争创"全国最美拆迁户小区"。

2018年10月,仙林街道又启动建设党群学校。"以前只有针对党员开展培训的党校,建党群学校就是让党员群众一起受教育。大学教授、街道社区干部、优秀党员群众骨干都来讲课交流,打造一个坚强党性、凝聚人心、服务百姓的新阵地。"孙金娣说。

长期关注"仙林模式"的中国行政管理学会执行副会长高小平说,从2010年创新"网格化"到2013年"三化融合",再到2015年"六化融合",最终形成现在的城市基层党建引领"六化融合"社会治理模式,仙林街道用创新的办法解决发展中不断涌现的新难题。改革创新的"仙林实践",成为"惟改革者进,惟创新者强,惟改革创新者胜"这句话的鲜活注脚。

仙林街道办事处门头上,挂着一块"全国先进基层党组织"牌匾。孙金娣说,贯彻党的十九大精神,听总书记话、永远跟党走,仙林街道是必须守好的"开山岛"。

3. 下足信息化精细化"绣花功夫"

"绣花功夫"到底是一种什么功夫?

绣花,一针一线,是一门细致活,是一种精细的功夫,急和赶是出不了好活的。

绣好一幅画,必须对怎样绣进行一番构思。比如,组成部分怎样摆布、绣线颜色怎样搭配、各部顺序怎样进行等等,慢工出细活,"绣花功夫"的精髓是成于细、贵在精。

基层社会治理需要练就"绣花功夫",主动化解面临的治理困境,实现理念、制度、手段和技术全面精细化。

绣花要得手绵巧,方寸乾坤看针法。以绣花般的耐心、细心、卓越心推进城市精细化管理工作,正是苏州发展到现在这个阶段必须面对的一道城市治理新考题。

"2018年,吴中区网格化社会治理联动中心共受理有效工单573 251件,办结561 901件,结案率达98.02%,群众满意率达99.61%。"2019年2月,苏州市吴中区召开的网格化社会综合治理工作专题报告会,以一组数据向与会人员亮出刚刚过去的一年吴中"大联动"取得的成绩单。

作为全省首批创新网格化社会治理区县试点单位之一,自2017年8月以来,吴中区以打造共建共治共享的社会治理格局为目标,探索走出一条颇具吴中特色的发展路径。

吴中区委政法委副书记、吴中区社会综合治理联动中心主任沈文群介绍说,在过去的一年多时间里,吴中区紧紧围绕改革发展新要求,以"网格+网络"为工作抓手,通过紧扣基础网格建设,夯实事件、部件两份"责任清单",搭建智能平台和强化专项考核"四大核心要素",网格化"大联动"机制已经给基层社会治理带来了一些改变,取得了阶段性成效。吴中区社会综合治理联动中心因此获评全省创新网格化社会治理机制专项工作先进集体、省政务服务改革创新成果,并受到省委政法委嘉奖。

金杯银杯不如百姓的口碑。吴中区在基层社会治理探索创新过程中,最明显的成效体现在精准深挖社会治理各类问题和快速高效处置百姓诉求,群众的满意度得到大幅提升。以往存在的私搭违建等"老大难"问题纷纷通过"大联动"机制在短时间内拆除,有的甚至不超过20分钟。其次,有效化解了一大批矛盾纠纷。吴中的联动机制依托社会治理"一张网",将各类矛盾纠纷隐患预防、排查、调解以及服务纳入网格,妥善处理了与百姓息息相关的教育、医疗、就业、社保、环保、交通、食药等重点领域的各类问题。在2018年受理的57万余件工单中,各类矛盾纠纷就成功调处了15 861件。2018年至2019年2月,吴中区社会综合治理联动中心共收到百姓的各类表扬100余次。

在具体实施过程中,吴中区的做法并非一成不变,而是在探索中不断优化完善。"比如对清单的梳理,已经从当初的414条,丰富到现在的732条。"吴中区社会综合治理联动中心副主任吴彬说,与以前相比,目前的清单内容更加细化也更加深化。通过一年多的运转,联动中心从日常巡查和群众投诉的某些案例中,发现清单中缺乏相应的内容,会把这部分内容补充进去,让清单内容更加丰富。另外,在实践过程中,不断优化清单中立案、结案的标准以及相关事项的优先级,同时删除一些在日常工作中用不到或者不起作用的内容。最重要的是,围绕社会治安、安全生产等方面,紧盯群租房整治、企业安全生产监管、消防隐患排查等领域,不断扩充清单的相关内容,牢牢做好维护社会平安稳定的主责主业。"通过实践来丰富理论内容,让工作更接地气,也才能让清单真正成为网格化联动机制的'根本大法'。"

当天的报告会中,一年受理57万余件有效工单尤其引人关注。

吴中区人大代表、吴中区医学会秘书长陈玉珍认为,数字一方面说明联动中心工作量非常大、任务重,另一方面也说明基层存在的问题繁杂,老百姓的诉求依然很多。基层社会治理的最终目标是打造共建共治共享的社会治理格局,满足人民对美好生活的向往。随着经济社会向纵深发展,提高社会治理的精细化、现代化服务水平势在必行,且刻不容缓。她希望,通过进一步深化织密社会治理一张网,将当前仍无法顺畅解决的问题妥善处理;同时,要在机制上进行深度创新,对当前收集的大数据进行分析,通过完善工作方法,预防之前存在的相关问题再度发生。"社会治理就像医生看病,有些病需要吃药治疗,而有些病则通过相应措施即可预防,既节约成本,又便捷高效。只有这样,百姓的幸福感和获得感才能真正得到提升。"

2019年春节后上班第二周,吴中区社会综合治理联动中心的巡查员卞利刚又多了一项"新任务",入户开展社会治理满意度问卷调查工作,同步收集社情民意。和卞利刚一样,联动中心的300余位巡查员都在对各自片区的相关信息进行登记调查,收集登记的数据信息将录入吴中区全要素信息平台,与包括此前汇聚录入的78类相关数据一起,作为未来大数据融合分析的基础。

"进企入户"是 2019 年吴中区社会综合治理联动中心重点工作之一。吴彬说,随着时间的推移,许多基础性问题得到了解决,相应的受理工单的数量也会逐步减少,这必然推动基层社会治理由常规治理向提供服务的深层次转型。此外,根据相关计划,吴中还将做好深度织密基础网格、大力提升联动平台的智能化水平等工作。

尤其值得一提的是,吴中区 2019 年将重点打造党建引领"吹哨报到"机制的吴中样本。乡镇街道是基层直面问题的第一道防线,但是囿于行政权力和资源主要集中在相关行政执法单位,基层治理显得"力不从心",呈现出"看得见的管不了,管得了的看不见"的现实问题。一直以来,乡镇与相关执法单位衔接不紧,在基层社会治理上存在"两张皮"。在网格化大联动基础上,充分利用好平台的勾选协办功能,通过"网格吹哨、街镇报到"和"街镇吹哨、部门报到"的协同工作举措,进一步深化机制做优"网格化"、聚集力量办好"百姓事",真正实现打通社会治理的"最后一公里"。

2019 年初夏时节,位于吴中区光福镇的迂里村,宁静而祥和。一条 10 来米宽的河流绕村静静地流淌,河水清冽。几位村民正在河边一边闲聊,一边捣衣浣洗。

"两个月前可不是这样哦!"其中一位指着 30 米外的农家乐"江南人家"说,以前,这家饭店为了做生意,用围网在河中养了几千条鱼,并在河两岸装配垂钓台,供客人垂钓。"在养鱼区域每天投放大量鱼食,河水污染严重,发出阵阵臭味。有村民到村委会投诉过几次,但是问题迟迟没有解决。"

"区联动中心接到投诉工单后,立即将工单下派至光福镇迂里村三级网格长,由于工单反映的问题包含非法占用公共水域、影响河道水质等多个方面,涉及几个不同部门,三级网格长将情况汇报至二级网格长,启动'网格吹哨、街镇报到'的工作机制。"光福镇社会综合治理联动中心主任蒋庆东说,"吹哨"后,网格长召集镇水利站、农副办、城管中队等部门赶赴现场"会诊",联合开出《责令限期改正水事违法行为通知书》，明确期限进行整改。因到期当事人没有整改，围网和垂钓台被联合执法部门依法强制拆除。

多头管理导致无人管理，一直是基层社会治理的"顽疾"。吴中区光福镇党委委员、副镇长徐华军说，"'吹哨报到'机制最大的好处是给街镇赋权，通过'吹哨'，调动了条块不同的职能部门向基层汇集，让不同部门握指成拳形成合力。"

为了让治理更精准、责任更明确，吴中区还进一步做实"事件清单"，围绕当前社会治理重点，新增了关于出租屋消防安全、无证照经营食品小作坊、非法捕鱼以及集体违建等问题清单80余项。

同时，一份由吴中区联动中心修订完善的《2019年度苏州市吴中区社会综合治理网格化联动机制建设考评办法》配套出炉，将"吹哨报到"机制纳入对全区各地各部门的考评，为"吹哨报到"机制的顺利运行提供保障。

这项考评办法，对吹哨者、报到者实施"捆绑考核"。吴中高新区社会综合治理联动中心主任王东感受颇深，"考评加强了吹哨者监督权限，对报到者超时接单、返工处置、超时处置、超时未处置四个考核点进行监督，确保工单优质高效解决"。

作为2019年吴中区委、区政府"一号文件"的重要内容，"吹哨报到"机制的核心在于党建。吴中区把社会治理"一张网"建设与加强基层党组织建设紧密结合，把支部建在网格上，让党建嵌入城乡发展最基本单元，服务落实到社会治理最前沿。

"以党建引领的社会治理机制要常态化深入推进！"吴中区委常委、政法委书记冯建荣说，要以"吹哨报到"机制顺利运行为契机，以打造共建、共治、共享的社会治理新格局为目标，用绣花功夫织密织好"一张大网"，切实增强百姓的获得感、幸福感和安全感。

苏州市委党校教授卜泳生认为，吴中区以党建引领的"吹哨报到"机制，是网格化社会治理模式的优化升级，在解决百姓诟病的各类难题上，让纵向条块和横向部门之间形成了一股合力，真正实现了"大联动",具有借鉴意义。

吴江是江苏省的"南大门",东邻上海,西濒太湖,南连浙江,北依苏州,地处江浙沪两省一市交汇的长江三角洲中心腹地。全区人口约162.2万,其中流动人口达80.1万。面对社会结构的深刻变动和利益格局的不断调整,社会治理条块分治、多头管理的体制机制与行政需求和百姓诉求都已不相匹配。

吴江区委书记沈国芳认为,县域善治是国家善治的基础,"以小单元支撑大格局"是吴江主动承接的"善治"课题。

"社会治理涉及面广、事项细杂,以往'头疼医头、脚疼医脚'的模式已不能适应快速发展的治理现状,必须探索基层社会治理新模式。"沈国芳说。

作为省、市两级创新网格化社会治理机制的试点地区,吴江变革传统"条块分治、多头管理"的社会治理体制,以网格化为基础,打破旧有基层行政区划的藩篱,把原来的村组、社区纳入一张大网格中,创新实施联动机制,推进综合执法改革,积极探索基层社会治理新模式。

吴江区基层社会治理机制创新,先后经历了城市综合治理、社会综合治理、基层集成治理三个阶段。

2015年8月,吴江区启动城市综合治理联动机制建设,2016年7月,城市综合治理联动机制正式运行,建立区、镇、村三级架构,区、镇二级监督和指挥平台,形成"322"工作模式。该模式下,吴江把全区划分300多个基层网格,安排500多名网格巡查员进行日常巡查,联动处置解决各类城市综合治理事项。同时,整合区长信箱、寒山闻钟论坛、巡查上报等十余种问题反馈渠道和12333、12358等24条政务短号的市民热线服务,汇总到"12345"一个号码,基本实现一个号码管服务。

2017年9月,吴江在城市综合治理联动机制的基础上,升级建设"社会综合治理联动机制2.0",按照"界限清晰、便于管理、责任明确"的原则,300—500户、1 000—1 500人的标准,进一步把现有网格细化为 899 个综合网格,在此基础上,根据工作需要,叠加部分专业网格,设立消防网格 169 个、安全网格 158 个,每个安全网格覆盖 80 家左右企业,由安全巡查员入企开展安全生产、消防安全、环境保护、劳动保障、员工信息采集等方面的巡查,形成"综合＋专业"无缝对接、多网融合的网络体系。

"网格化彻底重构了基层社会治理体系,通过构建'两纵四横一平台'总构架,形成'上面千条线、下面一张网'的社会治理格局,既符合现阶段社会服务需求的变化,又便于高效集约行使权力。"吴江区委常委、政法委书记王益冰说。"两纵"指巡查、执法两条纵线,"四横"指区、镇、村(社区)、基层四级网格,"一平台"指全区网格化社会治理联动指挥平台。

在人员配置上,吴江按照"4＋N"配备基层网格长、网格巡查员、网格警务员、网格督导员 4 类专职网格工作人员 2 200 多名,发展"两代表一委员""五老人员"、志愿者等 N 类网格共治力量 4 300 多人,形成"专职＋兼职"优势互补的网格力量。

网格长作为基层网格第一责任人,统筹协调网格内日常工作。网格巡查员由各区镇按照 10%—20% 抽调公安警辅力量,配以社区工作者、原有网格员、社会招聘人员等作为补充力量,按照"十统一标准"实行准军事化管理。网格警务员由片区民警担任,实行"一员多格",负责组织安全防范、维护治安秩序、掌握社情民意、管理实有人口、应急救助和开展群众工作等。网格督导员由区镇机关干部兼任,挂钩相应基层网格,负责督查网格重大活动和网格长工作落实情况,协调指导解决重大问题。

在制度建设上,吴江实行"重点＋清单"式的巡办分离制度,实现精准巡查和快速办理。"重点＋清单"指按照农村自然村型、城区住宅小区型、商业集中区型和工业集中区型四种类型,确定基层网格的工作重点,梳理出 3 大类 17 小类信息采集清单、4 大类 176 小类巡查上报清单,提高巡查的标准化和精准度。"巡办分离"指网格巡查员负责日常巡查和事项办理结果的审核验收,网格长负责协调解决网格事项。

吴江区网格化社会治理联动机制运行以来,社会治理案件的受理数量和办理效率都得到了明显提升。据不完全统计,综合治理联动机制启动以来,吴江区受理各类社会治理案件150万件,结案率超过99%;另外可资参考的数据是:"两盗一抢"警情同比下降30%,电信网络诈骗警情同比下降22.8%,6 000多家企业的安全生产风险辨识、隐患排查工作进程结束。

王益冰说,吴江目前的社会治理联动机制仍是政府占据主导地位,下一步将要继续探索和改革,运用互联网等现代技术引导社会各界广泛参与。区有关部门正在拟制"主体责任清单",以基层治理力量为主干、综合执法力量为保障、社会资源力量为补充,以联动共治的高效性、开放融合的包容性,营造和谐稳定的社会环境。

南京师范大学能源学院党委书记张明明研究员对当下吴江的网格化社会化治理寄予厚望。他说,吴江是费孝通的家乡,是其学术生命的起点,自1936年初访江村开始,先后26次访问江村,他留下了《江村经济》《重访江村》《三访江村》《江村五十年》等鸿篇巨制,在国内外享有崇高的声誉,尤其难能可贵的是,费孝通开创了"微观社会学"的研究方法,被他的导师、著名人类学家布马林诺夫斯基称为"人类学实地调查和理论工作发展中的一个里程碑"。

随着吴江经济的高度发展、城市规模不断扩大、人口不断集聚、社会矛盾日趋复杂,吴江面临着社会治理带来的新挑战。张明明期待培育出费孝通先生的吴江,一定会与时俱进,在创新社会网格化治理方面交出一份满意的答卷。

4. 当好网格化社会治理"五大员"

作为南京市江宁区第一批全要素网格试点单位,汤山全要素网格以旅游康养为主轴、以社会治理精细化为目标,通过打破条块空间划分,按照村落自然肌理,细化划分89个综合网格和23个专属网格,使资源力量充分下沉到网格,实现社区治理科学化、专业化、精细化。

按照社会治理综合网格"一格一员"标准,在全区率先公开招聘两个批次专职网格员110名,实行全科化工作模式,不断提升专职网格员综合素质能力。汤山孟墓社区第七网格专职网格员李杨负责的网格区域包括神童村、郗家村、郊坊村,其中户籍人口770人,流动人口102人。工作中,李杨探索出网格化社会治理"五大员"工作法,走遍网格里的每个角落,记录下网格群众反映的每个问题,用脚步丈量着心与心的距离,用服务拉近与居民之间的感情。2019年2月,在南京市举行首届基层社会治理创新颁奖晚会上,获得了"南京市最美网格员"的荣誉称号。

巩固阵地、创新实践,当好网格联络员。李杨依托自己的网格工作站,积极开展一对一走访,对网格内特殊人群基础数据做到底数清、情况明,定期走访,建立动态工作台账,做好网格服务工作的第一步。她还在网格站中设置了便民药箱、雨伞、咖啡吧、书屋、谈心室等便民设施,最大程度发挥网格站功能,给网格居民提供便捷服务。在实际工作中,她积极总结经验,充分发挥网格中的党员代表、乡贤代表、居民代表、社区民警、志愿者、社区工作人员等力量,实现多元共治目标。同时结合"网格+党建""网格+警务""网格+政协"的服务,践行社会治理联动联勤,架起"联系桥",织密"幸福网"。

爱心搭桥、精准帮扶,当好为民服务员。工作中,她常保持一颗爱心,把自己网格内的居民当作自己的亲人,尽力为他们排除生活中的困难。郊坊村低保户庞师傅,因其与妻子都是残疾人,没有固定的收入来源,家中十分清贫,只能依靠养土鸡卖草鸡蛋维持生活,面对即将来临的汛期,简陋的养鸡房很可能会漏雨,夫妇俩为此事十分发愁。李杨在特殊人群走访过程中了解到这一情况,立即上报社区寻求帮助,在通过社区网格中心协调后,工程队隔天就帮忙修整了养鸡房,庞师傅夫妇露出了满意的笑容。考虑到鸡蛋的销量问题,李杨又积极出谋划策,联络多方资源,提供精准帮扶。她利用自己的网络知识,充分发挥互联网的作用,将草鸡蛋放在电商平台上销售,吸引了客源,扩大了销路,增加了收入,让庞师傅一家感动不已。

  耐心沟通、真诚劝导,当好矛盾调解员。每当网格通手机响起,居民家里有事情,李杨总是第一个骑着电动车冲在最前面,她说自己是网格内的"和事佬"。陆家村居民柏师傅向李杨反映,隔壁邻居在两家水泥地分界线处倒了许多建筑垃圾,不肯清理,两家人因此发生争吵,甚至动手。接到消息后,李杨与社区民调主任第一时间赶到陆家村,分别到两位当事人家里了解情况,原来两家本是亲兄弟,因为老父亲的房屋归属问题产生矛盾。经过她长达一个小时的耐心沟通,最终双方各退一步,达成一致解决方案,双方和解,一起矛盾纠纷被成功调解。

  夜间巡查、排查隐患,当好安全守护员。结合平安社区创建工作,孟墓社区网格化服务管理中心牵头组建了一支14人巡查小分队,由专职网格员及部分兼职网格员组成,在辖区内开展平安夜巡行动。一次巡查至原金康厂房附近时,他们发现厂区门口有一辆可疑面包车,但是该工厂已关闭,厂区并无员工,却传出不明声响,细心的李杨发现厂房防盗窗也有被暴力破坏的明显痕迹,她沉着冷静,当即将巡查分队分成两组,一组人员进入厂区搜索排查,另一组留在可疑车辆周边"守株待兔"。约五分钟左右,一名神情紧张的可疑男子径直走向可疑车辆,在巡查分队组员的通力合作下,成功将该嫌疑人控制住并报警。

  热心服务、至真至诚,当好宣传引导员。第七网格的郏坊村是重点发展乡村旅游的特色乡村,相对其他网格员,李杨又多了一重角色——美丽乡村的宣传引导员。为了让游客更好地体验"美丽七坊"之旅,更为了充分发挥自己身为网格员的作用,李杨经常放弃假期,到景区内的网格站坚守在工作岗位上。她协助维持交通秩序和车辆停放,确保井然有序的游览环境;她在景区内治安巡查,排查各种安全隐患,确保游客人身财产安全;她主动清理景区垃圾,并向游客宣传文明旅游理念,确保给大家一个舒适整洁的环境;她耐心解答游客的咨询,讲解汤山的历史与文化,向每个人介绍宣传自己美丽的家乡。她真诚地为每一位游客服务,成为美丽家乡的宣传使者,助力家乡更快更好地发展。

在服务网格的一年多时间里,李杨累计录入基础信息4 500余条,成功调解矛盾纠纷45件,处置各类联动事件470多件,解决各类安全隐患38起。小网格,大担当。她立足本职工作岗位,积极践行"64922"的工作责任清单,平凡琐碎的工作中她脚踏实地,兢兢业业,从而架起群众与政府的连心桥,社区与家庭的同心桥,人与人之间的爱心桥。她用奋斗书写青春,让青春在基层网格服务中焕发光彩。

第四篇

共建共治共享

党的十九大报告提出,打造共建共治共享的社会治理格局。这是时代发展的客观要求,也是历史经验的提升总结。

江苏坚持把平安建设和法治建设统一部署,善于用法治思维和法治方式深化平安建设,将依法管理贯穿于平安建设全过程,形成平安与法治相互融合、共同进步的良好局面。如今,党委领导、政府主导、社会协同、公众参与、法治保障的社会治理格局正在建立健全,"政社互动""三治合一""四位一体"等社会治理体系家喻户晓,成为江苏基层社会治理的一道亮丽风景线。

第九章　我们都是一家人

1. 让心在这里泊岸

经济社会发展快,遇到的新情况、新问题也比较早、比较多,江苏不断创新理念、思路、机制和举措,破解平安建设中的重点难点问题。江苏现有流动人口1 600多万,为了更好地提供服务和管理,近年来,江苏各地不断创新流动人口服务管理机制,前瞻性地探索出了一套新方式,形成了独具特色的"江苏经验",唱响了"江苏是我家,和谐你我他"的温馨主题歌,让所有来江苏工作和生活的外来务工人员都有了"进入江苏门就是江苏人"的归宿感。

"让梦在这里扎根,让心在这里泊岸,这里就是你温馨的家园。"这是南通市四海家园的宣传语。走进四海家园,处处让人心旷神怡:一排排6层高的楼房错落有致,落地窗户宽敞透亮;小区内道路整洁,绿树成阴;公寓楼内,洗衣房、开水房设施完备,房间既有单间,也有供4—6人居住的集体宿舍,每间都有独立的卫生间,空调、热水器、彩电等一应俱全,提供"拎包式"入住;整个小区还配有6 100平方米的大型餐厅、1 500平方米的洗浴场所,以及职工活动中心、超市、教育培训室等公共服务设施。

南通开发区按照"党政主导、综治牵头、整合资源、协调联动"的要求,创新流动人口服务管理模式,在全省率先创建了规模大、设计优、配套全、环境美、宜居型的外来人口集聚区——四海家园,为新市民提供集中居住、集中服务、集中管理的"三集中"服务,创造了园区十年"3个零"(零发案、零事故、零投诉)、"3个100%"(纠纷调解成功率100%、登记发证率100%、群众满意率100%)的骄人成绩。

"多亏了你们热心服务和专业帮助,我的劳动合同问题终于解决了。明年,我还回这里来上班。"2019年春节前夕,住在四海家园的外来务工人员小沈来到综治大厅对工作人员刘霞反复地表达着自己的感激之情。原来,小沈在开发区某公司从事班车驾驶工作,自己对工作岗位和工资收入都很满意,却因公司一直未与他签订劳动合同,让他感觉没有保障,心生退意,就在他找物业办理相关手续,准备年后另谋出路的时候,四海家园工作人员了解到这一情况。工作人员一面安抚小沈的情绪,一面向企业核实相关情况,联系园区法律顾问就此事与企业专门沟通,经过四海家园工作人员的多次协调,问题终于得以解决。而这样的事例,在四海家园不胜枚举,基本每个星期都会遇到。

真心解困,网格小天地成为为新市民服务的大舞台。2018年初,来自徐州的小张夫妇俩一起来到开发区一家公司上班,时值夏天,小张在一次车间作业中右膝不慎被设备撞成重伤。为了做手术,夫妻俩不仅花光了仅有的一点积蓄,还背了10多万元的债。可公司只拿了5万元后就再也不愿出钱了。更让小张气愤的是,公司因为小张老是追要医疗费,竟把小张的妻子也解雇了。漂泊在外的小张夫妻一下失去了经济来源,连吃饭都成问题,生活陷入了困境。园区第三网格长小刘得知这一情况后,第一时间将信息上报,并联系医院进行工伤认定;帮助小张妻子短时间内找了一份临时工作,解决其生活实际困难,通过爱心捐助支持他们能够继续接受治疗。同时联合劳动保障部门,组成工作小组,主动到涉事公司进行交涉调解。通过耐心细致的工作,晓之以法、动之以情,企业终于同意全部支付了小张的手术治疗费用,并承诺承担后续康复费用。事后,小张非常激动地说:"在这儿人生地不熟的,腿受伤又不能工作,单位置之不理,当时感觉特无助。幸好有你们,帮助我维护自身利益,对我来说,四海家园就是我的依靠、就是我在南通的家。"

只要真诚去做工作,终会得到新市民的认同。四海家园网格长小王就是这么做的,让她印象最深的是一次流动人口动态监测调查。"我就是通州的,哪里是流动人口啦,再说了,这些问题都是我的隐私,我凭什么告诉你,你们爱找谁找谁去,别来烦我。"面对服务对象的不理解、不配合,略显尴尬的小王没有气恼,依旧面带笑容地说:"其实只需要耽误您几分钟时间,希望能得到您的支持和协助,调查结果仅供研究使用,绝不会泄露您的任何个人信息的。""好了好了,你走吧,反正我是不会做的!"服务对象说完后就把小王晾一边,去看电视了。

小王回来后反复琢磨,难道是突然上门让人难以接受,还是方法有不到之处呢?对于工作,她真的是精益求精。小王心想,只要跑得勤,总会有得到支持的那一天的。于是那几天只要一有时间她就会去那幢楼转几遍。功夫不负有心人,就在她调查完第19个对象,发愁最后一个该怎样沟通做工作的时候,那位通州小伙子居然主动找到了小王。"看你这几天在我们楼里跑上跑下的,你这种对工作负责、真诚做事的态度,我很认同,我应该配合你的工作。"小伙子一席话让小王十分欣慰,多日的辛苦付出也值了。10年来,四海家园的工作人员用真情、真诚和汗水感染着每一位外来务工人员,得到了他们的认同和赞誉。

服务无止境,贴心最动人。对于在外漂泊的人而言,每年春节和家人团聚是年头到年尾的期盼,但每年的春运购票难,让许多新市民打消了回家的念头。为了能让新市民回家过年不再难,连续十年,四海家园都提前跟企业和车站联系,提前统计好购票需求,协商购票事宜,确保每位新市民都能安心拿到返程车票。慢慢地,逐渐发展到现在的春运直通车。

"四海家园的服务真用心,今年还坐包车回家,客车6个多小时的时间,包车因为直达只要4个多小时就到家了。"坐在车上的小杨高兴地说。小杨是安徽省寿县人,到开发区工作2年了,2019年是第二次坐包车回家。为小杨送行的小李难抑喜悦心情激动地说:"四海家园为我们这些外地人想得太周到了,是真心为我们服务的。因为怕买不到票,我都没打算回家过年,现在直接包车送我们回家,真的是太幸福了。"

携程公司的小李老家在湖北武汉市,以前在别的城市打工,有一年排了一天一夜也没买到回家火车票。到了南通开发区上班后,由于有四海家园提供的票务服务,他再也不用为过年回不了家发愁了。不用受排队买票之苦、一路拥挤之累,上车就走,中途不停靠,直达家乡,舒适、安全、便捷。包车这一人性化、人情化举措,受到了新市民们热烈欢迎。这两年,四海家园又与企业协调好,春节后,再包车将意愿回来上班的员工接回来,坐火车的员工也提前帮他们预订好返程票,彻底解决了员工坐车劳顿的烦恼,让新市民们到了老家,还想回新家。

2. 寓管理于服务中

南通市崇川区北濠东村社区活跃着这样一支"巾帼义工队",她们由一群80后年轻女性组建而成,以社区的空巢老人、孤寡老人等为重点服务对象,免费提供居家养老等志愿服务,成为当地社区一道亮丽的风景线。

像这样的社团组织,崇川有1 200多支,包括以"维修110"为代表的自我服务类,以"方寸天地"集邮协会为代表的兴趣爱好类,以及以"3G"环保联盟为代表的共同管理类三大类社区社团组织,实现社区居民的自我管理、自我服务。

这是江苏众多社区服务管理新形式中的一个缩影。近年来,随着越来越多的"单位人"转为"社会人",城市社区面临巨大的社会管理和服务压力。尤其是新社会组织、新经济组织的快速发展,流动人口、退休人员的增加,社区居民利益诉求呈现多元化趋势,更是对社区管理提出了新挑战。

苏州市沧浪区居家乐养老服务中心通过企业化运作的"居家乐"养老服务系统,让居家老人通过一部电话,就能24小时享受温馨、体贴、标准化的服务。如今,这种"没有围墙的养老院"已覆盖当地大部分老人。2009年7月,苏州沧浪区"邻里情"虚拟养老院被民政部授予

"科技成果创新奖三等奖"。

江苏的社区服务管理也延伸到了"城中村"。泰州海陵区是主城区,也有一些"城中村"因为环境脏乱差而成为社会管理的薄弱环节。对此,海陵区主动将"城中村"综合治理提上议事日程,全力开展整治工作。组织开展了"全警进社区、全力解民忧"爱民走访活动,组织政法干警、基层综治干部深入到每个"城中村",广泛收集社情民意,先后走访家庭12.5万户、群众20余万人次,收集各类意见建议1700多条,为群众解决困难300多件。

对外来人口的服务也考验着城市社区的管理能力。2004年,张家港市新市民事务中心成立,中心逐渐发展壮大,2013年已建立了241个新市民工作站,由850名专职协管员和4000多名兼职信息员组成流动人口服务队伍,全市已实行对流动人口的动态化、网络化管理。2005年,苏州开始提出了"新苏州人"的概念,制定实施了"新苏州人计划",在就业、培训、医疗保险等方面与城镇居民实行"三等同"。凡在苏州市工作的外来人员,均须参加养老、医疗、失业等五项社会保险。全市推行集宿化管理模式,营造新苏州人新家园。这些地方普遍建起了银行、超市、网吧、图书馆、文体活动室等公共服务设施。

红山街道地处南京城郊接合部,与火车站、长途汽车站相邻,流动人口接近4万人,占辖区人口的49%。2009年10月,红山街道成立"新南京人服务中心",提出"手拉手让新南京人住下来,心连心让新南京人生活好起来,肩并肩让新南京人贡献多起来",打造"新南京人五分钟服务圈"。外来流动人口在5分钟路程内,可以享受就业培训、子女入学和公共卫生等服务。

不管是"新南京人",还是"新苏州人",他们都是"新江苏人"。作为拥有1600多万流动人口的江苏省,如何管理和服务好这些"新江苏人",是我们面临的新课题。

寓管理于服务中,在服务中延伸管理,管理不仅没有削弱,反而得到了强化。在海安县,公安派出所牵头设立"房屋租赁咨询中心",免费为暂住人口推介安全放心的出租房。时任海安县委常委、政法委书记焦广琪说,此举既有利于发挥民警熟悉辖区的优势,又能最大限度地吸引暂住人口主动登记咨询。目前,全省乡镇(街道)建立了流动人口服务管理办公室,在社区(村组)等建立流动人口服务管理中心,为流动人口提供"一站式"服务。

为了更好地为他们提供服务和管理,江苏以全面推行城乡户籍统一登记管理和实施流动人口居住证制度为抓手,促进人口有序流动、合理分布和社会融合。从2011年4月1日开始,苏州更是在全省率先向新市民发放居住证,以替代使用多年的暂住证。到2019年5月,全省共发放居住证2780.7万张,实现流动人口居住证制度全覆盖;建立县级流动人口服务管理办公室120个、乡级服务管理中心(站)1636个、社区(村)服务管理站点1.3万个,聘用专兼职协管员5.4万名;建成流动人口集中居住点4.9万余处,集中住宿382万人;设立社会化采集点1.4万个,配备移动采集设备1.8万余台,采集信息258万余条。全省农民工参保城乡居民社会养老保险人数稳中有增,义务教育阶段外来务工人员随迁子女入学率达90%以上。

3. 让"特殊人"回归

有一些人,走了弯路、误入歧途,他们的行为需要精心矫治,他们的心灵更需要真情抚慰。针对社区矫正、刑释解教、涉毒和问题少年等社会边缘人群,南通市通过法制宣传、心理咨询、社工服务等方式,注重心灵"矫正"和"医治",多渠道解开他们的"心结",更好地从源头预防和减少犯罪。

2011年11月11日下午,笔者来到南通市崇川区社会管理服务中心,采访了正在这里接受心理矫治的社区矫正人员老顾。

2010年4月,54岁的南通人老顾得到假释回原籍进行社区矫正。他在提交的第一份思想汇报中这样写道:"我年纪大了,死也没什么想不通的,但是愿意粉身碎骨干点事,干点惊动中国乃至全世界的事……"

往事不堪回首。曾经在党政机关工作过的老顾原本儿女绕膝、生活幸福。上世纪90年代随着市场经济大潮的涌动,老顾下海去了单位办的公司,谁知1994年横祸飞来,一场涉案100多万元的经济官司让老顾身陷囹圄,一个幸福的家庭就此坠入不幸。妻子长年奔波在为老顾申诉、上访的路上,已经不能正常工作、生活。

假释回家时,家里的情景让这个当过兵堪称意志坚强的汉子忍不住流泪:妻子体弱多病失去工作,儿子因乙肝病休在家,女儿高三正在关键时期。"当时简直就是揭不开锅了,全家人每月只有儿子400多元的病休工资,连一天三顿饭都吃不上。"想起这些,老顾哽咽着说不下去了。

老顾的生活状况和思想状况及时被他户籍所在地的虹桥街道司法所所长顾建荣看在眼里,帮扶首先从解决吃饭问题开始。顾所长联系民政部门,为老顾两口子开辟绿色通道,办理了最低生活保障,每人每月可以领到400多元,又通过以工代赈,解决了每月200多元救济金。社区的爱心超市向老顾提供米、面、油等食用品。

"现在女儿顺利考上了南京一所大学,顾所长还为我女儿争取到了每年4 000多元的助学金;老伴和儿子的身体也比以前好了,儿子快能上班了;我在朋友的公司打工,家又像个家了。"这天,老顾穿着一身干净整洁的衣服,拎着一个黑色公文包,就像大街上那些平凡的、忙碌着的南通人一样。

他坦诚地对笔者说:"我是坐过牢的人,很多事都经历过,当时觉得既然生活不下去了,不如发泄一下心里的悲愤,至少监狱还能吃饱饭,再说大不了一死呗。"

"可以说,是顾所长、是地方政府的关心、帮助,让我又过上了正常人的生活。现在我对以前的狱友经常说的一句话就是,不要怕出来被社区矫正,社区矫正不是'管'而是'帮'。"说到这儿,老顾对笔者露出了难得的笑容。

这天,笔者也采访了老顾多次提到的"恩人"顾建荣,得知虹桥街道现有38名社区矫正对象和60多名刑释解教人员;在顾建荣带领的团队的倾心帮教下,一个个走出了心灵的阴影,重拾了生活的信心。

"安其身才能安其心。只有生活安定了,有了稳定的生活保障,才能彻底解决心理上的回归问题,帮助他们改变对自己的认识,树立起面对困难跌倒爬起的勇气。"顾建荣说。

年纪较大又无专长的钱某,求职路上屡遭挫折。在顾所长的耐心开导下,他于2008年在上海崇明岛租了块地开办绿色农庄,走上了自主创业、自谋发展的道路。现在钱某的绿色农庄还成了街道社区矫正人员的创业基地。

顾建荣介绍说,他所在的崇川区从监督、管理、教育入手,整合社会资源,为社区矫正人员和刑释解教人员建立了"绿舟"系列帮扶基地,如绿舟警示教育基地、绿舟爱国主义教育基地、绿舟公益劳动基地、绿舟劳动技能培训基地、义工联合会绿舟分会、绿舟爱心超市、绿舟临时救助基地等。

"绿舟就是一艘承载社会关爱的希望之舟,通过扶困、扶技、扶业、扶学、扶心,将遵纪守法、改过自省、自强自立、回报社会的思想,潜移默化地植入到他们每个人心中。"顾建荣说。

笔者在一本《崇川区个人调解工作室巡礼》画册上看到了对顾建荣的介绍:1993年担任司法助理员,长期从事基层司法行政工作,近几年来,调解各类疑难、群体性纠纷近百起,2005年被司法部表彰为国家级"模范人民调解员"。他的调解格言是"热心、耐心、恒心、苦心、攻心"。

在崇川区综治中心,笔者见到了很多像顾建荣这样以个人及专业命名的调解工作室主人,比如专长婚姻家庭纠纷的赵美娟、专长交通事故纠纷的郭警官、专长消费纠纷的黄颖、专长劳资纠纷的陆晓辉、专长拆迁纠纷的陆锡铭等等。在与他们的交谈中,笔者忽然想到为什么南通这座城市是"大调解"的发源地和发展地,其中一个重要原因就是因为这些扎根基层的、直接与群众面对面的优秀人民调解员的存在,南通大调解才葆有了旺盛的生命力。可以说,是他们构成了南通大调解的精神和灵魂。

家住崇川区城东街道的服刑人员花某,假释回家后便面临困境:妻子患肺结核住院,孩子缺钱上学,旧房拆迁需买新房,自己又无收入。正当他一筹莫展之际,街道的社工来了,一次次找他谈心,鼓励他发挥修家电的一技之长,开个维修店走出困境。接着,社工又积极争取上级支持,并帮助寻找店面房,店铺很快开业。之后,社工又帮助他解决了烦心的房产证等问题,花某表示将自食其力,尽快回归社会。

走进崇川区综治中心的"小白心理工作室",这里的房间颇有温馨感,室内装修以淡绿浅黄为主色调,沙盘游戏、音乐放松、心理测试、个别咨询、团体辅导等针对矫正对象的心理治疗方法一应俱全。工作人员指着墙上布满绿点的大屏幕说,中心对所有社区矫正对象进行 GPS 定位,每一个绿点代表一个对象,每个对象每天的活动轨迹和当前所处位置均与监控管理平台联网,一旦离开所在辖区系统将会自动报警。

时任中共南通市委常委、政法委书记曹斌说,对于特殊人群,教育和挽救、管理和服务,不能偏废。为最大限度促其顺利回归社会,南通市 9 个县市区构建了集"教育矫正、监督管理、帮困扶助、心理矫治"等职能于一体的特殊人群管理服务中心,镇街建立了专业社工服务中心和心理矫治咨询中心,有效为特殊人群提供就业指导、教育引导、管理矫治等各项服务。

同时,以企业为依托,以优惠政策作支撑,构建融人群管理、社区矫正、心理矫治、阳光就业于一体的"三中心一基地",形成管、教、帮、扶于一体的特殊人群管理体系。近两年,全市刑释解教人员安置率、帮教率均超过 98%,99% 以上的社区矫正对象顺利回归社会。

在江阴,针对特殊人群,他们启动了"阳光回归"工程。2018 年 7 月 25 日,江阴市司法局与该市司法行政社会组织香山书屋正式签约,启动"阳光回归"工程。当天，多家当地知名企业应邀走进香山书屋君子书吧，以"法润暨阳真情相助"为主题，针对回归社会的特殊人群，举办了就业帮扶专场招聘会。

江阴市委常委、政法委书记吴芳介绍说，10多年来，江阴市大胆创新思路，积极探索社区矫正与安置帮教工作新路径，先后推出劳动服务令、基地化集中劳动、等级管理和集中教育等多项工作经验，连续14年实现了特殊人群管理"安全无事故"的目标。其间，共接收社区服刑人员8 510人，顺利解除社区矫正7 813人，目前在矫697人；安置帮教近万人，衔接率、帮教率、安置率均达100%。江阴市司法局先后多次被省综治委、省司法厅表彰为先进集体，创新探索的社区矫正工作"江阴模式"入选2017年度中国地方法治蓝皮书。2018年6月，江阴市又被全国普法办表彰为第四批全国法治县（市、区）创建活动先进单位。

江阴市司法局长章见良说，此次"阳光回归"采取司法行政部门指导管理、社会组织具体运营的模式，充分发挥江阴"志愿服务之乡"的优势，提供综合性的安置帮教、就业创业培训服务，使他们尽快适应并顺利融入社会，有效降低重新违法犯罪的风险。

2018年，江苏社区服刑人员年重新犯罪率控制在1‰以下，全省安置帮教对象当年重新犯罪率控制在1.5%以内。

第十章　社区多元善治

1. "三治合一"：乡村治理新模式

马庄经验

徐州市贾汪区自1882年掘井建矿，累计出产原煤3.6亿吨。随着煤炭资源的枯竭，经济增长乏力、生态环境恶化、群众生活困难、社会稳定形势复杂等问题纷至沓来。背负着转型、发展和社会治理的三重任务，贾汪区紧紧抓住被列为国家第三批资源枯竭型城市重大机遇，坚持生态优先、绿色发展，千方百计做好资源枯竭型城市转型发展大文章，实现了百年煤城的华丽转身。

2017年12月12日，习近平总书记亲临贾汪视察，称赞贾汪转型实践做得好，现在是"真旺"了！2018年6月6日，中央政法委有关领导来到贾汪考察，认为贾汪区"三治合一"工作很有特色，走出了一条矿区与农区转型发展的好路子，表扬"乡贤"参与基层社会治理是又一个综合治理的典型模范，称赞贾汪实现了由"黑乌鸦"向"金凤凰"的转变。

长期以来，村民自治是基层社会治理的基本组成部分，也是实施乡村振兴战略的重要制度保障。贾汪区积极探索新时代乡村自治新样板，把乡村人心"聚"起来。

一是打造"乡贤"自治新模式。所谓乡贤是德高望重、办事公道、百姓认可的老党员、老干部、老教师等贤者能人。他们德高望重、办事公道、百姓认可，擅长用老百姓的"法儿"平老百姓的"事儿"，同时扮演好矛盾纠纷调解员、社情民意监督员、法律法规宣传员、平安建设网格员等"四大员"角色。乡贤已成为社会矛盾的过滤器，基层治理的安全阀。四年来,共有效化解各类矛盾1万余起,提出合理化建议和意见1 300余条,为实现乡村振兴战略奠定了稳固的社会基础。

二是坚持"村规民约"治村。坚持村民的规矩自己定,村民的理自己评,村民的矛盾纠纷自己化解。以马庄村为例,先后制定实施了22项156条操作性强、大家广泛认可的"马庄规矩",有效引导村民遵法守礼、崇德向善。

三是坚持网格化管村。以实行创新网格化社会治理机制工作为契机,全面提升社会治理社会化、法治化、智能化和专业化水平,构建起村网格化服务管理中心和"3+N"网格体系。通过网格长对网格的动态监管、上报,实现了对人、事、矛盾的实时掌握,推动问题第一时间解决,矛盾第一时间化解,形成了小事不出村民小组、大事不出村、矛盾不上交的矛盾纠纷排查化解好局面。

四是坚持党建引领强村。开展农村党员"挂牌亮户先锋行"活动,农村党员家的大门旁挂上"共产党员户"信息公示牌,方便群众联系,接受群众监督。全区所有全体党员常态化参与设施维护、河道管护、绿化养护、垃圾收运、夜间治安巡防等义务劳动,做到"带头人引领一班人、一班人影响一群人、一群人带动全村人"。实行"党员联系户"制度,党员向联系户宣传党的方针政策,及时调解民事纠纷,帮助群众排忧解难。通过党员干部带动,有力地密切了党群、干群关系,使百姓听得进党员干部话,党员干部的调解、化解工作做得通。

基层社会治理是一项系统工程,需要创新意识、法治思维。贾汪区坚持用创新的理念、实际的行动解决在推动社会治理工作中的突出问题,维护一方和谐稳定,使乡村风气好起来。

一是吹响法治"先锋号"。1988年在马庄村率先组织成立苏北第一支农民铜管乐团,以点带面,全区镇级先后成立农民乐团,成为江苏农村文化建设的一道独特风景。2016年,全区乐团统一改组为法治文化艺术团,创作法治节目20多个,演出千余场。育人以理、寓教于乐,让老百姓从喜闻乐见的法治节目中潜移默化地接受法治教育,进一步增强了"有话好好说、有事依法办"的意识。

二是打造法治"主战场"。在全区126个村全部建立起法治文化广场,村级文化礼堂,坚强了战斗堡垒,实现了法治阵地全覆盖,使村民活动有地方、沟通交流有平台,不出村就能感受到丰富精彩的"城里世界",过上亲帮邻助的"社区生活"。另外,通过平台的搭建,极大地推动了村民的相互沟通交流,一些"鸡毛蒜皮""东长西短"的小隔阂、小矛盾也都在村民唱歌跳舞的"牵手对唱"中得以化解,形成了"人人传佳话、户户讲美德"的良好舆论氛围,大幅降低了邻里纠纷矛盾,控制住矛盾"隐患点",压制住纠纷"着火点"。

三是创新法治"新阵地"。贾汪区始终坚持文化立村、文化强村,新思想引领新时代,新时代展现新作为。通过编排一系列脍炙人口的法治节目直接送到乡村社区、田间地头,增强群众法治观念,弘扬正气,抵制庸俗,使村民明真相、辨事理,推动矛盾纠纷依法按理解决。通过形式多样的活动和积极向善的教育节目,提升了村民的道德素养,村民互谦互让互敬蔚然成风,共建共治共享的"三共一体"社会治理新格局初现成效。

"国无德不兴,人无德不立"。贾汪区始终坚持发挥道德教化作用,把自治、法治和德治的功能紧密结合起来,让百姓日子"火"起来。

一是"乡风文明提升工程"成为德治新抓手。坚持德治、法治相结合,充分发挥文化礼堂阵地优势,放大农民乐团影响力,不断丰富农村文化活动,用道德、文化的力量引领社会风气,更好地满足人民群众日益增长的精神文化需要。积极推进家风家训建设,以家风促村风,以村风带民风,大力弘扬传统家庭美德,推动形成注重家庭、注重家教、注重家风的共识,以好家风好家训促进好乡风好民风。

二是"大老执理事会"引领德治新风尚。过去,贾汪区村镇因煤而富,百姓的"钱袋子"鼓了起来,感觉"面子"也要足起来,遇到"红白事"就要大操大办,人情往来份子重,群众经济压力大。根据这一情况,全区各村均成立了"大老执"(农村红白喜事的主事能人)理事会,切实发挥"大老执"掐得准"脉儿"、找得着"根儿"、摸得着"门儿"的地缘人情优势,使之成为乡村红白事移风易俗工作的具体实践者和引导者。制定了红白理事会章程,规定统一标准:凡红白事都不得超过20桌,每桌价格不能超过500元,个人随份子不能超过200元。通过制度的约定、"大老执"的作用,有效减轻了群众负担,刹住了大操大办之风,村民之间"攀比较劲"的行为没了,"你能我强"的心结开了,诚心沟通的桥梁通了,矛盾自然就少了。

三是"家风民规"完善德治新体系。在全区范围内形成家庭档案管理制度,按照家庭和睦、环境卫生、遵纪守法、好人好事等情况分项给每户打分,兑现奖励。近年来,各村又开展形式多样的家风民规系列活动:评选"守法道德模范户""十星级文明户";设立"贤孝榜";每年开展好媳妇、好婆婆、好妯娌评选等。通过德治引领,让乡村有了精气神,基层文化建设有了主心骨,营造出向善向美的氛围,一些"婆媳不合""妯娌矛盾"等"法外"之事都在无形中得以化解。

昔日的采煤塌陷区,成为今天风光优美的生态湿地涵养地,生活在这里的人民正以崭新的精神面貌跨入新时代。坚持自治、法治、德治有机结合,提升乡村治理体系化,实现乡村治理体系和治理能力现代化,为实施乡村振兴战略奠定坚实的基础保障。

金山样本

党的十九大报告指出,要加强农村基层基础工作,健全自治、法治、德治相结合的乡村治理体系。在习近平新时代中国特色社会主义思想和党的十九大精神引领下,南京市六合区金牛湖街道金山村人在村"两委"的带领下,积极探索符合自身实际的乡村治理模式,提升乡村治理现代化水平。

经过锲而不舍地上下求索,金山人终于探索出了一个独具金山特色的现代乡村治理模式——"1+3+1"治理模式,即以党建引领、自治为核心、法治为保障、德治为灵魂、综治为基础的乡村治理模式。

该模式落地后,金山村实现了"零案件""零上访""小事不出组、大事不出村"的平安稳定目标,被表彰为"江苏省民主法治示范村"、区综治先进基层单位、区法制宣传先进集体、区人民调解先进集体,一个充满活力、和谐有序的善治乡村正逐渐形成,为现代乡村治理提供了"金山样本"。2018年11月9日,南京市基层治理法治化现场会在六合召开,金山村现场介绍乡村治理"金山模式"经验。

无论寒暑,夜幕时分,金山村人总能看到村干部的身影。在金山村,60岁以下、身体健康的村干部都有另外一重身份——联防队员。夜晚8—12点,大家轮流逐村逐组开展巡防,守护一方平安。

2018年4月,金山村依然春寒料峭,该村精神病患者王某失踪的消息牵动着监护人和村干部们的神经。村干部刘克付、吴国忠夜晚巡防时,突然发现已失踪两天的王某躺在路边。"晚上天气凉,容易受风寒。"想到这里,两人赶忙叫醒王某,并把他送到监护人家中。这时,王某监护人一颗悬着的心终于放了下来。

"白天当村干部,晚上当联防队员,已成党员干部的自觉担当。"村党总支书记黄学明表示,基层党建是农村各项工作的基础和保障,在街道党工委的正确领导下,村党总支着眼全局,不断强化党建在乡村治理中的引领作用,着力提升基层党组织服务水平,通过党员学习教育活动,激发了党员干部投身乡村治理、奋发作为的积极性与主动性。

老书记张文忠深得群众信任,退休不退志,依然承担着调解村民矛盾等工作。2018年,金山村明刘组村民刘宗友看到门前一片土地荒废多年,便用来栽种红叶石楠等绿化树。原来,这片土地并不归明刘组所有,而是属于隔壁丁张组。刘宗友私自占地的行为,引起了丁张组村民的不满,双方协商未果。眼看双方矛盾有愈演愈烈之势,张文忠和村干部们便主动介入,居中调停。在大家的共同努力下,最终,刘宗友承诺以600元/年的价格租赁这片土地,并一次性支付了5年的租金,使得双方矛盾得以成功化解。

在金山村,党员示范引领作用贯穿于乡村治理工作始终。该村地域广、人口多,服务治理难度大,在推进网格化管理和成立村民小组理事会工作时,还同步推进了党建网格化,全村共成立党小组38个,实现网格党建全覆盖,对党员干部设岗定责,挂牌公示,广泛收集办理民情事项、了解民情民意、化解矛盾纠纷,成为党组织联系、服务群众的重要桥梁;在党员志愿服务队伍建设方面,由村党总支书记带头,联合村干部、网格员、党员代表等成立党员志愿者服务队,通过党员积分制管理及党员户挂牌等形式,激励党员在服务重点项目建设、村民矛盾调解、垃圾分类等中心工作方面发挥模范带头作用,影响和带动身边群众积极参与到乡村治理工作中去,营造了党群共建的浓厚氛围。

自治、法治、德治"三治结合"的乡村治理体系,体现了国家治理体系和治理能力现代化的价值取向,回答了社会治理重心下移进程中"乡村治理什么、如何治理"的问题。金山村紧密结合实际,坚持自治为核心、法治为保障、德治为灵魂,认真谋划、整体联动,统筹兼顾、注重结合,健全和创新村党组织领导的充满活力的村民自治机制,突出法治的根本地位,以德治滋养法治、涵养自治,让德治贯穿乡村治理全过程,得到了百姓认可。

2018年9月,金山村刘西组村民苏金付触了"霉头",早晨散步时不幸被一村民家的小狗咬伤了小腿。狗主人赔钱,事情自然会平息下来。无奈双方在赔偿问题上产生了纠纷,并将此事闹到了村民小组理事会。在理事会的调解下,苏金付一次性获赔360元的狂犬疫苗费,最终双方握手言和。

维护村民权益、调解矛盾纠纷、倡导文明新风、办理公共事业……作为以村民小组为单元的村民自治的重要载体,村民小组理事会具有农村地区最朴实的亲缘、地缘优势,是新农村的"和事佬""老娘舅""新乡贤",能够化解农村基层矛盾纠纷、实现村民自我管理。2018年2月份,金山村积极开展村民小组理事会试点工作,全村共成立村民小组理事会65个。如今,在金山村,有事儿找村民小组理事会,已成大家共识。

成立村民小组理事会,只是金山村推动村民自治的一个方面。在乡村治理中,金山村探索出了"1+2+3+3"的自治模式,即注重突出1个"双联双议"工作法,坚持村务、财务2公开,落实《中华人民共和国村民委员会组织法》《金山村村民小组理事会制度》《金山村村规民约》3项规定,选举产生村民委员会、村民监督委员会、村民小组理事会3个组织,真正通过民主的形式把村民组织起来,进行自我教育、自我管理、自我服务,共同办好本村各项事务。

乡村治理,法治为本。自2016年11月六合区在金山村召开基层治理法治化现场会起,金山村就对乡村依法治理工作进行了有益探索。经过一年多的努力,摸索出了"1+1+1+2"的法治模式,即1个法治文化公园(善治园)、1个法治大讲堂、1个法治文化节、2个法律服务阵地(传统的法律服务站、互联网法律服务平台),为法制宣传、法律服务、法律咨询等实践活动的开展搭建了平台。

德治,即以德化人、以德教人。近年来,金山村大力弘扬社会主义核心价值观,积极开展精神文明建设,探索出了"1+2+3+4"的德治模式,即办好1个道德大讲堂,成立红白理事会和禁毒禁赌会2个民间组织,开展"文明户""好儿媳"和"最美金山人"3项活动评比,组建党员志愿者、平安志愿者、法学会志愿者和文艺宣传志愿者4支志愿者队伍,以德治营造文明乡风。

2018年夏,金山村第三网格网格员王晓华在服务片区巡查时发现,小张营路一段10余米的路面受热膨胀起鼓,给附近居民出行带来不便,同时存在一定的安全隐患。随即,王晓华将这一情况向村委会做了汇报。村委会迅速处置,及时消除了这一隐患,保证了村民们的出行安全。

网格员下沉,走进村组,走进村民家中,主动寻找问题、发现问题、解决问题,真正把安全隐患消灭在萌芽状态。为此,金山村从2015年就以常住户为基础,按照300—600户的标准,科学划分网格,配置工作人员,实行"1+1+2+N"模式(每个网格配备1名网格长、1名专职网格员、2名以上兼职网格员、若干名平安志愿者），构建了"横向到边、纵向到底"的网格服务体系，营造了"人在网中走、事在格中办"的网格化社会治安环境。

安全，是最基本的民生。金山村并没有满足于以"网格"为单元，实现综治工作全覆盖，而是以综治中心（网格化服务中心）为工作平台，有效整合基层办公场所、机构、人员、信息等资源，紧紧围绕"1+3"模式（网格+"人防""物防""技防"）开展综治工作，形成综合治理合力，推动各项综治工作落到实处。

筑牢乡村平安稳定"防线"，关键在"人防"。金山村不断加强群防群治工作，健全专群结合巡防工作机制。村配备4名专职保安，成立平安志愿者工作站，统一着保安制服、佩戴红袖标、闪烁警灯，逐村逐组开展巡防，发现治安问题及时处置或报告公安机关。村平安志愿者工作站还动员全村"五老"（老党员、老干部、老战士、老教师、老模范）、卫生保洁员、个体私营从业人员加入平安志愿者队伍。目前，金山村已构建了一支350人组成的巡防队伍，积极参与治安巡防，把牢安全"关口"。

筑牢乡村平安稳定"防线"，"物防"是基础。金山村定期组织村干部对村组治安防范重点环节、部位进行排查，特别是对临街、临路、临校等重点部位是否安装防盗窗网、是否配备消防器材、是否落实硬件防范措施等进行巡查，发现问题及时通知整改。

筑牢乡村平安稳定"防线"，"技防"是保障。金山村持续建强配齐警务室、综治办、监控室、调解室人员力量，落实技防保障措施，在村商贸区域、主要出入道口、村民活动场所安装11部高清摄像探头，通过电信网络与街道综治中心联网运行，实行24小时实时监控，实现全村各区域社会治安监控全覆盖。

2. "四位一体"：城市社区建设新体系

崇川是南通中心城区，面积100平方公里，常住人口90万，辖10

个街道、108个社区,是全市政治经济文化中心。近年来,崇川区委高度重视城市社区建设,体制机制不断创新,基础设施不断提升,社会组织不断发展,社工队伍不断壮大,社区服务不断完善。先后获评全省、全国和谐社区建设示范城区,连续三届获评全国基层党建创新优秀案例,连续四年获评全省社会综合治理先进集体,"邻里自理工作法"获评全国党的群众路线教育实践活动优秀案例。

找准问题

崇川区委在梳理本区开展社区建设之前存在的实际问题时,发现有四大问题普遍存在:带领群众的核心弱、服务群众的平台缺、组织群众的载体少、联系群众的距离远。

2008年始,崇川区开始了全区性社会治理创新建设实践与理论探索,力求从社会治理的格局、方法、模式、途径和主体上实现综合转变,以实践顺应变革的步伐,推进辖区社会治理迈上更高台阶。

在设施建设标准化上,先后投入近10亿元,加强了社区基础设施建设,按统一标准、统一标识,全区108个社区建成了集60余项功能为一体的社区公共服务中心和422个邻里服务处,社区服务硬件条件全面优化与规范化。

在服务体系新构建上,顺应城市社会结构新变化,构建社区服务新体系。以"一委一居一站一办"服务管理组织架构为基础,将各类服务管理力量下沉至社区,构建了以邻里为单元的居民服务模式,以沿街商户为主体的街坊自治共管模式。

在社团组织发展上,积极支持和引导社团组织发展,先后投入"公益创投"资金500万元,支持服务项目近300个,涌现了如"知心奶奶群体""侨友艺术团"等一大批品牌社会组织和优秀服务项目。目前,全区有各类社区社团组织1854个,社团组织的影响力不断扩大。

在社工队伍职业化上,按照"科学、统一、规范、高效"原则,全区社区工作者"定编、定岗、定责、定薪",实现了社区工作者职业化、专业化。近年来,招聘社区专职工作者200余名,优化了社区队伍结构,全区社区工作者平均年龄39.6岁,大专及以上文化程度人数占95%以上,本科以上学历占36.7%。

在公共服务全覆盖上,将服务作为社区建设的出发点和落脚点,建立了行政、社会、志愿和市场机制互联互补的社区服务供给方式,实现了社区基本公共服务全覆盖。社区都有"一站式"公共服务厅,社工"一岗多能、一岗多责";通过"邻里社干＋邻里理事会",将居民服务需求收集到位,服务距离缩短到家;全区3800多名公职人员定期参与社区志愿服务活动;基本形成了以区管理信息系统为中心、街道和社区综合信息平台为辐射、个人服务终端和社区自助终端为节点的信息网络,社区工作信息化水平得到很大提升。

2017年,崇川区虹桥街道虹南社区党委在"两学一做"学习教育活动中,针对报到的公职党员实行"项目式约单",崇川区委组织部5名机关党员通过参与社区乐雅邻里"一组三员"楼道环境自治管理,实现民生解码,服务居民零距离。

"四位一体"

从社会管理到社会治理,是社会建设理念与实践的新发展。近年来,南通市崇川区委总结了十余年社区建设的经验,探索以"四位一体"(法治为纲、德治为魂、服务为本、自治为基)的方式构建城市社区建设的新体系,即从设施建设、体制建设、队伍建设、社团建设等方面"打桩夯基",打好打牢基础,向法治、德治、服务、自治"四位一体"的"建房造屋"的体系化建设过渡。

以为民服务体现善治。为人民服务是一切工作的出发点和落脚点,社区是社会的基层,是居民利益诉求最集中的地方,社会善治水平最直接的衡量标准就在基层群众对政府服务的满意程度,不断提升为民服务的质量与水平的重要工作就在于把社区的服务事项做实做好。

学田街道社区服务对象邵美阿姨是一名退休教师,丈夫已离世,子女又常年不在身边,本来邵阿姨准备过段时间住到养老院去,自从社区安排了义工上门为她服务后,她彻底改变了想法,不但打消了去养老院的念头,还主动利用自己的专业知识反哺社区,加入社区"为小"服务的四点半"安心驿站",成为一名志愿者。

以志愿服务彰显德治。以德治国与依法治国如一鸟之两翼,以德治国的重要方式是人民群众自我教育。居民是社区治理的主人,以德治国在社区的主要实现方式是组织和动员开展各项志愿服务。

以公共服务引导法治。依法治国首先要求政府依法行政,向社区居民提供公共服务,是政府依法行政的责任与内容,并对法治社会建设起着巨大的引导作用。"四位一体"的社区建设,就是要求政府为居民提供的公共服务具有规范性:窗口服务标准化。建设规范化的社区服务厅,公示基本服务事项,规范服务标准,设置全科服务窗口,配齐全科社工,实行代办服务、首问负责等制度;法律服务平台化。社区建立"一办一委三室",即社区综治办、人民调解委员会和警务室、律师工作室、信访接待室,社区有了依法处理各类矛盾的法律服务平台;基层执法综合化。深化执法体制改革,将执法人员、社区干部、邻里理事长、街长、保洁员、志愿队伍等力量整合起来,实现"综合执法驻社区、管理服务零距离"。

虹桥街道桃坞社区借助辖区老法官资源,以南通市中级人民法院离退休法官为骨干,成立"红旗扬"公益服务社,为辖区群众提供法律服务。81岁的魏四姑娘被房产纠纷和家庭赡养问题困扰了多年,她把自己的困惑讲给法官后,法官给她讲解了很多类似的案例,并从法律的角度分析了目前老人面临问题的关键和处理的办法。不久,老人便与一位亲戚签了一份《遗赠抚养协议》,亲戚作为受赠人负责她的一切日常开支,包括生活费用、医疗费用及其他所需费用,并且负责照料她的饮食起居、出行看病。这样一来,老人的房产和赡养问题都随之迎刃而解。

以评议服务促进自治。社区是居民的自治组织,也是基层民主的主要园地,随着居民民主意识的不断增强,居民参与社区建设的积极性不断提高,为社区建设注入了新的动力与活力。"四位一体"的社区建设,就是要通过民主评议活动的开展,更好地推动促进社区自治,提高社区民主水平。

虹桥街道虹桥新村内楼间小道居多,蜿蜒曲折,停车乱、停车难,群众颇有怨言。虹桥社区群众评议团的王福林察觉到居民生活的不便,于 2014 年 2 月召集魏秀芳等评议团成员就如何增设停车位、如何维护新村秩序、规范居民日常行为等内容进行商议,初步达成移栽部分树木、登记停车位等共识。随后,第二次群众评议团评议会邀请社区相关人员共同参与商议,分析现状、了解多方需求、商讨可行方案,最终敲定通过移栽部分树木、规整平地、登记停车位、组建文明劝纠队等方式规范停车,维护新村秩序。社区依据群众评议团的评议结果,向上级请示,得到政府支持。目前,虹桥新村老小区改造后增设 199 个停车位。为便于新增停车位管理,抵制新村内不文明停车行为,2015 年 11 月,成立虹桥新村业主委员会,成立文明劝纠队,在居民的自治管理下,新村的车辆停放井然有序。

中央党校党的建设教研部张志明等课题组专家认为,崇川区探索的一个重要启示就在于,依托邻里党建,充分发挥党组织在社区建设中的领导核心作用、政治引领作用,在国家行政权力与公民自治权力之间起到了一个双向扶持的效果,维持党组织在基层的政治影响力,巩固了执政地位。

江苏省委党校公共管理教研部主任胡宗仁教授认为,崇川区以"法治、德治、服务、自治"四位一体,不断加强社会治理组织体系、制度体系、运行体系和评价体系的建设,着力构建社会治理新体系,取得显著成效。该体系的构建探索了治理体系现代化的实践方式和基层样式,丰富了党的领导的理论内涵和实践形式,拓宽了政府主导的主要渠道和基本手段,协同了社会治理的多元主体和多种资源,增强了基层社会的发展活力和治理水平。

崇川区的"四位一体"构建社会治理新体系的基本做法和创新实践,将为同类型的基层社会治理提供有益借鉴。

"邻里自理"

什么是"邻里自理"？时任崇川区委书记吴旭解释,"邻里自理"就是动员和组织社区居民自我教育、自我服务、自我管理,推动基层工作由传统社会管理向现代社会治理转型。

虹桥社区是南通市最大的老小区,始建于上世纪80年代初期,有居民住宅楼107幢、3 143户,共10 068人。这个社区的楼房、设施虽然老旧,但是居民们锻炼身体、读书看报怡然自得,法律援助、纠纷调解等十分方便,社区和谐安宁。

"和其他老小区一样,我们这里老年人、外地人多,其中50周岁以上的超过70%,算得上是江苏省最'老'的城市社区。"虹桥社区党委书记顾彤彤介绍,实行邻里制度以来,社区以300户左右为单位,按照"地域相近、楼幢相连、资源相通"原则,将全社区居民分成了惠馨、惠泽、惠学、惠和、惠美等10个邻里,实现邻里自我管理、自我服务。

南通市委常委、政法委书记姜永华认为,探索治理体系创新,群众既是社会治理的受益者,更是参与者、推动者。崇川区组建基础治理的邻里单元,推行"邻里自理",让社会治理有了源头活力。

强化基层群众自理。邻里之间的事谁去办、怎么做,应该由群众自己说了算。南通市开展群众自治三项民主实践活动,即以居民会议、议事协商、民主听证为主要形式的民主决策实践;以自我教育、自我服务、自我管理为主要目的的民主自理实践;以邻务公开、民主评议为主要内容的民主监督实践。崇川区引导每个邻里建立居民议事会制度,小区绿化带改建停车场等热点问题,都由居民在议事厅民主商量着办。

推动服务力量下沉。着眼于服务居民、促进"邻里自理",崇川区推动全区服务力量下沉到邻里。要求全区公职人员、党员干部到居住地邻里报到,亮身份、亮承诺,认领服务岗,轮流担任一段时间社工,协助做好进门入户、信息采集、代理代办等服务事项;海安县实行群众事务党员代理制度,动员全县5 000多名党员干部主动走到群众中去,实实在在为老百姓代理最需要的服务,从机制上破解了基层社会治理难题。

完善"邻里自理"机制。着眼于推动"邻里自理"向"邻里自觉"提升,崇川区建立了相关制度机制。建立社会化招募、培训、遴选、服务、评价、激励等机制,将邻里志愿服务由行政推动转为自主行为;构建社工培养机制,形成专业社工制度;严格落实邻里工作准入制度,专注处理邻里事务;构建社会力量整合机制,组建各类社区社团组织,开展文体健身、纠纷调解、法律援助、医疗保健、居家养老等各种社区活动,形成"邻里自理"合力。

3. "政社互动":社区治理迈进3.0版

从完善社会组织结构,到搭建服务平台,提供精准服务;

从破解社会治理难题,到健全协商机制,提升自治能力;

从"政府单一管理",到坚持群众主体,实现"多元共治"……

作为政社互动发源地、全国首家试点单位,从2008年至今,江苏省太仓市不断改革创新,经历了3个阶段:从厘清基层政府与群众自治组织权责边界的"清单式管理"1.0时期,到引入社会治理理念、开展三社联动的"引导式治理"2.0时期,再到建设"发展型"幸福社区,打造"共建共治共享的社会治理格局"的"能动式善治"3.0时期。11年间,太仓市委、市政府是如何探索创新、深耕试验田的?笔者一探究竟。

创新生活,小社区发生大变化

"我们这个队50多人,每天上午9点到10点跳民族舞,下午旗袍秀,晚上有时候在小区广场上跳广场舞,有时在社区学瑜伽。社区还请了瑜伽老师,免费给我们授课。我们都是文艺爱好者,这样的生活感觉非常充实!"在太仓市娄东街道景瑞社区的舞蹈室,十多位老人有的在讨论刚学的舞步,有的在喝水吃小吃,看到笔者来,都自豪地介绍起自己的退休生活。

舞蹈队的阚阿姨展示了她手机上的3个微信群——社区居民组长群、便民服务志愿者群、舞蹈群,说:"我们这些人以前都不认识,因为群里的各种活动,我们成了好朋友。"

在浏河镇邻里生活馆的大厅,3号桌12位居民拿着照片正在跟德颐善社会工作发展中心的社工反映社区环境问题。照片中的图像都是居民生活中遇到的糟心事——草地中好多狗屎、垃圾、废电池,垃圾桶分类字迹模糊,建筑垃圾池中有生活垃圾等。

大厅中央还有一个白板,左边写着邻里客厅,右面写着协商共治,下设三个分类:今日议题、议事规则、讨论方案。

社工把村民反映的问题梳理出来,并与他们一起商量解决方案,总结出5条实施方案,包括出台养狗公约、安装专门回收电池的垃圾桶、成立群众小组监察乱贴小广告者、开设专门张贴广告的公告栏等。不能马上执行的要注明原因,比如成立群众小组这一项,就标注了要由居民会议决定。

笔者发现,走访的两个社区,文娱、休闲、养生等场所都红红火火,但社区服务大厅的人却很少。

景瑞社区书记钱征宇说:"这也是'政社互动'改革后的一大变化。"景瑞社区实行的是全科社工工作模式,服务大厅共设有2个综合受理窗口,每个窗口的工作人员都能办理人社、民政、卫计、残联等多部门的服务事项,社区不担任全科社工的工作人员都下到社区负责走访家庭、收集民情、解决问题。钱征宇坦言,如果在以前,办事大厅怎么也要设10个条线窗口,不管忙不忙都要有五六个工作人员守在窗口岗位上。

从冷冷清清到热热闹闹的社区,从"一站式"服务到全科社工,这也成为太仓政社互动1.0、2.0时期最直接的写照。

创新改革,3个阶段3次飞跃

"政社互动"最初的意思是"政府行政管理与基层群众自治有效衔接和良性互动"。经过11年的探索实践,太仓市"政社互动"的内涵和外延得到了丰富和发展,对"政社互动"实践有了一个新的概括:"政社互动"是以创新基层社会治理为基本要求,以加强党建引领能力、规范政府行政权力、提升社区自治能力、激发多方主体活力为主要任务,以梳理两份清单、签订委托协议、实施"双向评估"、推进"三社联动"、强化"协商能动"为核心举措的一种政府治理和社会调节、居民自治良性互动的基层合作治理模式。

太仓市委副书记钱文辉介绍:"'政社互动'的最终目标是推动社会治理重心向基层下移,打造'共建共治共享'的基层社会治理新格局。"

如何将重心下移?简政放权、"清单式管理"是改革的第一阶段。他们通过梳理两份清单(《村(居)依法履职事项》和《村(居)依法协助政府管理事项》),签订委托协议(基层群众自治组织协议书),实施双向评估,第一次厘清了基层政府与群众自治组织的权责边界,把社区从繁重的行政事务中解脱出来,全面实施全科社工工作法,让最少的人干最多的事。同时,政府对村(居)改变了单项考核的方式,实现了政府与村(居)组织之间的双向评估。

解放出来的社区工作者,把大量的时间用于居民服务。通过社区、社会组织、社工"三社联动",将社会治理理念引入"政社互动"实践,让社区多元主体协同共治,这是太仓政社互动的第二阶段。

"在前两个阶段中,我们主动还权于民,释放基层自治,主要归还了4种权力。一是村(居)组织发展权,基层政府不再向村(居)下达年度发展指标,改为《履职履约指导意见》,政府只做指导;二是村(居)干部的考核权,政府只对村(居)组织履约情况进行评估,考核权归还给全体村(居)民;三是村(居)财务的管理权,政府逐步退出'村账镇管'的监管模式,由村居务监委会监管,会计事务所帮助理财;四是行政事项的准入权,明确政府部门其他进村事项必须协商,征求村(居)意见,或以购买服务的方式进入,把村(居)务准入权归还给村(居)委。"太仓市民政局局长王晓芸介绍道。

很多人说,政社互动在放手让群众自我管理的同时削弱了党的领导。对此,苏州市民政局副局长胡跃忠说:"党的十九大提出了加强社区治理体系,推动社会治理重心下移,发挥社会组织作用,实现政府治理和社会调节、居民自治良性互动,着力打造共建共治共享的社会治理新格局。这与党中央的要求是完全一致的。"

太仓市委书记沈觅表示:"新时代太仓政社互动更加强调党组织'一元核心'地位,更加凸显政府'主导作用'。今后的基层政府主要是加强对各类社会主体的引导、支持和监管,做到'放手不放任、协办不包办、指导不指挥',有序扩大多方主体参与。这个关系把握得好,社会协同就有活力,多方共治的格局就易于形成。"

太仓市根据新时代的新要求,在党的十九大召开后,制定政社互动第三阶段的发展目标——建立"协商能动"机制,建设"发展型"幸福社区。保障市镇两级综合性社区服务中心面积不少于4 000和2 000平方米,配备专职社区干部不少于10人,全市登记、备案社会组织达到2 600个,镇级社会组织孵化器全覆盖,引进培育10名社工领军人才、100名重点人才、1 000名专业人才,民办社工机构达到100个,与高校建立大学生实习基地5个。"为了达到这个目标,仅政府购买社会组织服务和社会工作服务资金就达1.5亿元。"王晓芸介绍说。

创新发展,3.0时期有3个关键词

3个阶段改革对应解决每个时期社会治理突出问题。1.0时期,主要是解决因为政府越位,群众自治组织基础作用发挥不够的问题,

重点在划分权责边界。2.0时期,主要是采取三社联动的方式,引导政府和社会进一步互动、互补、互联,解决社区多元主体活力不足、互动不够的问题,重点在协同共治。3.0时期,主要是解决1.0和2.0时期都存在的社区参与不足、民主协商能力不强、社区服务效率不高、解决社区治理难题的主观能动性不够等问题,重点是在"能动"上做文章,在发展各方能力上下功夫,实现城乡社区有效治理。所以,政社互动3.0时期,太仓实践有以下三个关键词:

"协商能动",指在基层党组织统一领导下和"政社互动""三社联动"持续推进的基础上,着眼打造共建共治共享社会治理新格局,系统构建广泛参与、深度协商、活力自主的新机制,激发社区多方治理主体的主动性、创造性,实现城乡社区有效治理。它强调的是主动发现问题,有序开展协商,理性表达诉求,积极达成共识,最终化解社区矛盾、解决社区问题、促进社区发展。

"发展型"社区建设,指依托"协商能动"机制,培养社区发展意愿、开发社区发展潜能、凝聚社区发展合力、破解社区发展难题,推进社区高质量建设的实践过程。"发展型"强调的是居民的参与和合作沟通,注重居民在参与社区发展过程中的个人能力、公共意识和社区归属感的培养。

"幸福社区",指能够给社区居民追求幸福、创造幸福、获得幸福、享受幸福创造条件、提供机会的社区。社区建设各项工作都必须考虑社区居民的内心体验,社区建设各项工作都必须维护社区居民的合法利益。太仓市初步构建了幸福社区建设指标体系,将群众对幸福的主观感受细分为社区归属感、服务获得感、邻里和谐感、生活便利感、社区安全感和环境舒适感,设立了"认同、服务、风尚、生活、平安、生态"等6类幸福感指数和30项具体指标,为全市"幸福社区"建设提供科学指引。

"发展型"幸福社区该如何建设?太仓民政部门也给出了答案:着力完善"协商能动"领导机制、参与机制、议事机制、合作机制和保障机制等五大机制,增强社区党组织的引领能力,增强社区居民的主体能力,增强村(居)委会的自治能力,增强多方主体的协同能力,增强基础建设的支撑能力,打造"政社互动"创新实践3.0版本。

第十一章　法治成为平安基石

1. "民告官"期待"官见民"

1990年,我国行政诉讼法实施,"民告官"被认为是政府依法行政的一大标志。但是,在大量的行政诉讼中,行政机关负责人常以各种借口回避出庭,委托下属或律师出庭应诉,老百姓常常"告官不见官",行政诉讼发挥作用遇到了"瓶颈"。

进入新时代,不仅要做大"蛋糕",还要分好"蛋糕",在新征程中更好地维护公平正义,让人民有更多的获得感。

公平正义不是奢侈品,它如阳光、空气一样为人民所必需。正义不仅要实现,而且要以看得见的方式实现。

2018年11月23日下午,南通某流体控制技术有限公司诉海安市环境保护局、海安市人民政府行政处罚案在如皋市人民法院开庭审理,海安市人民政府出庭应诉的正是市长于立忠。这是资源环境案件"三审合一"集中审判以来,海安市人民政府作为被告的首例行政诉讼案件。于立忠成为自2004年以来,继章树山、单晓鸣、陆卫东、顾国标后,海安市出庭应诉的第五任行政首长,也是该地正式撤县设市后行政诉讼出庭应诉且"走出去"出庭应诉的首任市长。

南通某流体控制技术有限公司因涉嫌环境违法,经调查,海安市环境保护局对其作出行政处罚。后该公司不服行政处罚决定,向海安市人民政府申请行政复议,海安市人民政府经审理,作出维持原行政处罚的复议决定。2018年10月15日,南通某流体控制技术有限公司向法院提起行政诉讼,请求法院判决撤销海安市环境保护局作出的行政处罚决定。因该案经过行政复议,复议机关海安市人民政府决定维持原行政处罚决定,根据行政诉讼法的规定,法院依法追加海安市人民政府为共同被告。

"原行政行为认定事实清楚,程序合法,适用法律正确,量罚得当;答辩人办理复议案件程序合法。请求驳回原告的诉讼请求。"法庭上,在原告陈述后,作为被告海安市人民政府的法定代表人,于立忠如是答辩。

庭审过程中,合议庭组织原、被告双方进行了举证、质证,充分听取了原被告方的辩论意见,进一步调查案件事实。

"绿水青山就是金山银山。企业是市场的重要主体,同时也是环境保护的重要力量。希望原告能够充分认识保护生态环境的重要性,积极履行企业环保责任、企业社会责任……"法庭上,于立忠作了最后陈述。

庭审结束后,于立忠接受了采访,他说:"环境关乎你我他,美好环境靠大家。无论是新修订《宪法》的颁布施行,还是公益诉讼的时代实践,都对政府履行环境保护法律职责提出了新课题、新要求。我们支持企业通过法律途径解决问题。作为海安市人民政府的法定代表人,出庭应诉是我的义务。行政机关负责人出庭应诉,我认为至少在三个方面大有裨益。一是有利于增强法治思维和应诉能力,强化行政机关的法治意识;二是有利于增强依法行政意识,提高依法行政能力;三是有利于行政机关负责人发现和了解本部门工作人员在行政执法中存在的问题,及时整改。希望通过此次出庭应诉,提醒我市行政机关主动发现在行政决策、行政管理、行政执法等方方面面的不足,从而做好补短这个文章,进一步提高依法行政意识和能力,用法治思维依法解决好各类问题,共同推动海安法治政府建设高质量走在前列。"

据介绍,自2007年至2019年,海安市已连续12年实现行政机关负责人出庭应诉率100%,被誉为"海安样本、南通现象、江苏经验"。作为行政机关负责人出庭应诉的先行者,该市先后出台《关于行政机关负责人行政案件出庭应诉的指导意见》《关于进一步做好新形势下行政机关负责人出庭应诉工作若干问题的意见》等一系列规范文件,并将出庭应诉情况列入对各单位的年终考核。2018年以来,为切实加强和改进该项工作,又实施了府院联席通告、出庭通知反馈、庭审观摩培训等一系列制度措施,督促行政机关负责人积极履行义务,确保行政相对人告官必见官,行政机关负责人出庭出声出彩。

行政机关负责人主动站上被告席

2011年3月22日,海安县人民法院审判庭,海安县城东大街的居民杨某坐在原告席上,对面被告席上坐的是县住房和城乡建设局主管拆迁的副局长钱义华。杨某因不服房屋拆迁行政裁决,将县住房和城乡建设局告上法庭。

"当官的坐在那里,这个官司才有看头。"旁听的居民老张说。

在海安,发生行政诉讼,政府行政部门负责人出庭应诉,已成为一种普遍现象。根据海安县的规定,有"四种情形"一把手必须出庭应诉:重大、群体性行政诉讼;行政赔偿的行政诉讼案件;行政机关当年在行政诉讼中败诉的;行政案件比较多的行政机关。部门负责人出庭应诉次数一般不少于行政诉讼案件的一半。

时光倒流,2002年、2003年,海安行政诉讼共受案96件,却无一例行政机关负责人出庭应诉。行政案件受案难、审理难、执行难,上诉率、申诉率、信访率居高不下。为什么会出现这种现象?海安县人民法院曾就此进行过调研,了解到,行政机关负责人普遍存在"三怕"心理:怕当被告、怕出庭应诉、怕败诉。而老百姓则不愿告、不敢告、不会告。

行政机关负责人出庭参加诉讼,既可体现法律面前人人平等的法治原则,也有利于推动依法行政。"这对行政部门负责人利大于弊。通过出庭应诉,他们可以提高法治意识,及时了解本部门依法行政状况,及时查找工作漏洞,倾听群众的意见,增强群众的信任感,有助于减少违法行政。"海安县人民法院院长王平说。

2004年,国务院《全面推进依法行政实施纲要》和江苏省《法治江苏建设纲要》先后出台。在海安县人民法院负责人眼里,这两个"纲要"为行政审判突破"瓶颈"提供了前所未有的良好氛围。海安县人民法院向县政府提交了司法建议书——主张将行政机关负责人出庭应诉列入业绩考核,强力推动行政机关负责人出庭应诉。

法院的司法建议得到了县委、县政府的重视和支持。先后时任海安县县长、县委书记的章树山认为,这个司法建议好,可以推动"一把手"学法、知法。他说:"老百姓不找县长找院长,标志着社会的进步。"2004年10月,中共海安县委下发《法治海安建设实施纲要》,将行政首长出庭应诉制度作为法治海安建设活动的一项重要考核内容。

第一个代表政府站上被告席的,正是章树山。2004年7月16日,海安县人民法院开庭审理行政许可法实施以来第一起涉及行政许可的案件。原告是一对农民夫妇,因不服县人民政府建设用地行政许可,将县政府告上法庭,章树山毫不犹豫地坐在了法庭的被告席上。坐在原告席上的居民张某想不到与他对簿公堂的居然是一县之长。张某说,县长来应诉,说明政府对老百姓的事很重视,这个态度很好。给了我们据理力争、平等对话的机会,即使输了也服气。

<h3 style="text-align:center">从"民告官不见官"到"官民平等对簿公堂"</h3>

县长出庭,展现了海安政府敢于负责任的形象,对推进行政机关负责人出庭应诉制度有标杆式的示范意义。在章树山出庭的当年,海安县有3名行政"一把手"、两名行政机关分管负责人出庭应诉,海安行政诉讼实现了从"民告官不见官"到"官民平等对簿公堂"的历史性突破。

出庭应诉成制度,一任接着一任干。"出庭就是最重要的公务!"这是时任海安县县长单晓鸣对全县行政机关负责人的要求。

2007年5月,海安县海安镇凤山村95岁老人谢安(化名)因老家280多平方米宅基地权属纠纷,与大儿媳妇赵某闹得不可开交,于是将海安县人民政府告上法院,要求撤销县政府颁发给第三人赵某的集体土地使用权证。

5月14日,到任仅半年时间的单晓鸣出庭应诉。第一次出庭应诉,单晓鸣心中多少有点紧张,光是看案卷和准备答辩词就花了不少精力。庭审中,单晓鸣答辩、举证,耐心听取情绪激动的原告的意见,并对老人与儿媳之间的矛盾进行协调,争取能和解该案。在原告坚持要起诉的情况下,法院认为政府颁证位置明确、面积准确、程序合法,判决驳回原告的诉讼请求。庭审后,单晓鸣主动与谢安的次子崔某进行面对面的交流。崔某表示虽然官司败了,但并没有怨言,还表示回家后要善待老母亲,尽量缓和家庭矛盾,让母亲安度晚年。

"九旬老人起诉县政府,女县长出庭应诉",该案入选2007江苏依法行政十大新闻。"不怕民告官,就怕民闹官。当被告并不可怕,怕的是不敢当被告。我们行政机关负责人不仅要敢于站上被告席,还要敢于出声,积极主动地表达行政机关的立场,起到解释、宣传、沟通、协调的作用。行政官员出庭应诉是官民共同接受普法教育的最佳路径。"单晓鸣说。

在县长的带动下,越来越多的行政负责人在庭审中不再静坐听审,而是直接参加辩论和矛盾化解,国土局、建设局、工商局等行政机关的负责人,不但有案必到,还到庭必辩,成为小有名气的诉讼辩手和协调高手。

2003年以前,被告行政机关的败诉率往往高达30%以上,一些执法问题长期得不到纠正,行政机关屡屡在同一问题上重复败诉。行政负责人出庭应诉制度得到推行后,一次诉讼就能发现和纠正几个错误,一次庭审就能实现一次重大进步,行政机关直接败诉率明显下降,近两年来已降至5%以下。

2004年,海安法院受理的行政案件数量为32件,2009年为69件。行政部门负责人出庭应诉,使司法公信和权威得到群众更广泛的认同,在行政案件数量增多的同时,原告的服判息诉率却不断提升,近年来更是实现了零申诉、零上访。

出庭应诉进入绩效考核

在海安,行政机关负责人出庭应诉率与行政部门全体公务员利益挂钩。

2010年3月,海安县委、县政府出台《2010年度目标绩效考核办法》,被告行政单位负责人出庭情况与所在部门全体人员年终考核奖挂钩。行政诉讼中每有一起行政机关负责人未出庭应诉的,扣减该部门年度综合考核分1分,并纳入整体考核,与部门工作人员奖金和津贴发放挂钩。这一举措将行政首长出庭应诉制度建设,大大向前推进了一步。

2010年底,海安建立了行政机关负责人出庭应诉百分评定制度。承办法官给行政部门负责人"打分",从庭前准备、庭审表现、参与协调等方面进行评定,评定结果定期反馈,由监督机构及时通报并将其纳入法治政府建设的工作考核之中。县里还建立案件审后评析制度,针对败诉案件分析具体原因,追究相关人员的责任,并将这种追究细化到年终考核中,不断加大考核权重。

行政机关负责人出庭应诉,给依法行政带来显著效果。

行政部门的负责人法治意识明显增强。2011年3月,江苏海通电器有限公司与海安县人力资源和社会保障局、第三人夏某工伤行政确认一案在海安法院大法庭开庭。人力资源和社会保障局局长李如生出庭应诉。李如生不仅在法庭上发声,还大量运用"法言法语"。该局工伤保险科科长唐义宏说:"局长出庭应诉,对我们来说就是活生生的法制教育课,既普及了法律知识,更激发了我们学法、用法的热情。"

更大的进步还体现在各行政部门的制度创新上。

海安国土局在法院行政庭的指导下,创设了行政诉讼案件"一案一总结"制度。对每一期行政诉讼案件认真分析,查找依法行政工作的薄弱环节,总结经验教训,切实整改。

海安工商行政管理局在2010年全面推行了"诉前衔接"工作机

制。在行政处罚案件调查基本终结、相关法律文书尚未发出前,由办案单位提出,邀请法院、法制办、部分律师事务所等相关人员到执法工作一线进行现场指导,对案件进行综合"会诊"。此举进一步规范了行政执法行为,减少和避免了行政争议。

"行政负责人出庭应诉的过程,也是做群众工作的过程。'官'与'民'面对面地沟通,更容易发现工作中的薄弱环节和群众不满意的地方,更能在群众所'急'上下功夫,所'怨'上改作风,所'盼'上得人心。司法裁判成为具体官民纠纷的'终点站',大大促进了社会矛盾的化解。"时任海安县委常委、政法委书记焦广琪说。

在中国法治建设进程中,立法保护"民告官"无疑是一个重要进步。行政诉讼法颁布实施 20 多年来,几千年来只准"官管民"、不准"民告官"的传统已经成为历史,"民告官"现象日益走向常态化。但是,与常态化的"民告官"现象形成尴尬反差的是,"民告官"现场经常见不到"官",行政负责人尤其是"一把手"出庭应诉现象并不普遍。

"民告官不见官"现象的出现,原因很多,但最关键的原因还是"官本位"的思维定式作怪。"官员"坐在"被告席"上,"官威"何在?如果败诉了,"面子"何在?

海安的实践告诉我们,行政首长出庭不仅没有给其"减分",反而为其"加分"不少;不仅没有丢"面子",而且还保住了"里子"。事实说明,行政机关负责人出庭应诉既是群众意识的具体体现,也是法律意识的有力证明,更是平等意识的生动诠释;不仅有助于具体问题的解决,还有助于增进群众对政府的了解与信任,促进行政机关依法行政,推动法律意识和法治观念在全社会的弘扬。

"有权必有责、用权受监督、违法要追究、侵权要赔偿"。行政机关只有正确行使法律赋予的权力,使所有行政行为都于法有据、程序正当,不以权代法、以权压法、以权废法,才能让公权力的运行始终保持在法治的轨道上,才能在百姓面前挺直腰杆,也才能最大限度地减少"民告官"案件的发生。

面对"民告官",行政机关负责人尤其是"一把手"只有放下身段,与原告平等"对话",将"应诉"过程当成倾听民声、顺畅民意、改进工作的过程,才能不断增强各级政府在百姓心目中的公信力,才能最大限度地增加和谐因素,最大限度地减少不和谐因素。

法治是国家的基石。为保障政府行政行为不"越轨",江苏充分调动各种法制力量。江苏省政府要求,除了"德、能、勤、绩、廉",领导干部年终须述"法"。盐城市提出,党委政府出台文件,都要请政府法制机构进行法律审查,把好法制关;扬州还专门聘请公职律师列席政府常务会议,为决策提供法律咨询。

期待"告官不见官"成为历史。

2. 以良法保障善治

法治是人类政治文明的重要成果。加强法治建设,既是经济发展、社会进步的客观要求,也是维护社会稳定、实现长治久安的根本保障。

坚持运用法治思维和法治方式解决矛盾和问题,是近年来创新社会治理的重要原则和鲜明特征。实践告诉我们,当法治成为全社会的价值追求和行为模式时,很多难题就会迎刃而解。

2003年,江苏部署开展平安建设,2004年,法治江苏建设在全省展开。

注重平安与法治的互动性是江苏平安建设的一大特色。"平安建设与法治建设互为基础、互相促进,没有法治基础的平安是'易碎品',没有平安基础的法治是'奢侈品'。"2013年,时任中共江苏省委常委、政法委书记李小敏说。

平安建设与法治建设本就是一体两面,只有在法治的框架下推动平安建设,才能带来和谐稳定,长治久安。笔者在深入江苏各地采访时深切感受到,江苏坚持把平安建设和法治建设统一部署,善于用法治思维和法治方式深化平安建设,将依法管理贯穿于平安建设全过程,形成平安与法治相互融合、共同进步的良好局面。

法治正成为江苏发展核心竞争力的重要标志。

"立体威慑网"聚力攻坚"执行难"

有这样一组数据:从 2013 年到 2017 年,江苏法院受理执行案件数量翻了一番,连续 5 年位居全国第一。2018 年也位居全国第三。江苏法院以全国 1/20 的执行力量,承担了全国 1/10 的执行案件。

成绩的背后是巨大的努力和付出。近年来,江苏法院加大执行力度,创新执行方法,将执行力量从法院这个"点"延展到各行政部门这根"线",并汇聚到全社会的"面",构成一个全方位多层次的立体执行网络,强力化解"执行难","基本解决执行难"工作取得重大进展。

2009 年 5 月,洪某以司法拍卖方式竞得某公司位于盱眙县工业园区的土地及厂房。当洪某准备开发时,发现已被案外人以各种理由占据。无奈之下,洪某向南京秦淮法院申请强制执行,但执行法官却发现场地已被案外人搭建了大量违建,多名非法占有人甚至扬言暴力抗法,秦淮法院因自身力量有限,多次强制执行未取得进展。

之后,秦淮法院逐级报请至省法院,申请协同执行,省法院决定与南京、淮安两地法院协同执行。2018 年 7 月 16 日 6 时 50 分,省法院和南京中院、淮安中院及其辖区 14 家基层法院共 230 余人参与此次"拔钉"行动,执行人员迅速进入执行场地,按照实施方案分成 12 组各赴任务区。短短 15 分钟内,带离执行现场内 20 多人,转移 11 处煤气包,将不配合者带上警车。随后,12 辆工程车辆进入,近 70 名工人进场拆除违建,将堆积的物品搬运至法院事先联系好的仓库。同时,现场的所有执行情况均通过无人机反馈至江苏高院执行指挥中心,江苏高院执行局负责人远程对现场工作进行指挥和协调。这场 2018 年度最大规模的协同执行共历时 5 天,共交付土地 1.3 万平方米、厂房 8 000 余平方米,拆除违建近万平方米,清运玻璃、油漆、瓷砖、废旧玻璃

1 000余吨,圆满完成了对申请人洪某的交付工作。

一位参与当天执行的干警深有感触地说:"这样的执行骨头案,没有三级法院的协同执行,仅凭一家法院的力量根本难以完成。"

省法院党组高度重视协同执行工作,结合江苏执行工作实际,及时制定下发《江苏省高级人民法院关于开展协同执行的实施意见》,要求省法院和各中级人民法院通过发挥协调、统筹优势,针对重大疑难复杂或者长期未结案件,统一调度辖区法院执行力量,形成强制执行工作合力予以解决。

江苏各级法院还充分发挥执行指挥平台作用,强化协同作战、合力攻坚的常态化运行。2018年以来,全省法院开展协同执行952次,解决骨头案1 907件,取得良好的工作成效。省法院通过指挥平台,选择典型性的"僵局案件",集中三级法院执行力量,开展协同执行工作。2018年4月9日,省法院组织南通中院、港闸、通州、海门等法院分为6个执行组就省法院提级执行的某企业借贷纠纷案件开展协同执行,共查封房产2套、银行卡20张,就地封存23个货架皮鞋约1万双,对被执行人王某予以司法拘留15日,取得良好的执行效果。

"协同执行就是要攻坚现场情况复杂、清场难度大、执行标的位于异地、对抗情绪激烈、超长期未能执结的'骨头案件',这就好比把5个指头握成拳打出去,目前来看,这个拳头不但速度快,而且效果好!"省法院执行局综合协调处处长朱嵘对此信心满满。

"我们以前执行,那要当事人提供线索,我们根据线索再赶过去查控财物,效果往往不理想,我常常想,如果能构成一个多部门联动的大执行机制该多好!"南通崇川法院执行局副局长王凤华深有感触。

如今,王凤华的愿望得以实现。在南通崇川法院执行局的专用电脑前,可以看到省内"点对点"查控系统已覆盖金融、工商、不动产登记、公安、税务、证券交易、公积金等17个领域,对被执行人主要类型财产已经实现了立体化、多层面的网络查控。

2017年2月,中共江苏省委办公厅、江苏省政府办公厅在全国率先出台《关于建立对失信被执行人联合惩戒机制的实施意见》,联合实施单位达到55家,重点实施68项联动信用惩戒措施,涵盖30多个重点领域。2018年4月,省法院又会同12家省级单位下发文件,限制失信被执行人参加全省所有公共资源交易领域招投标活动。失信被执行人信息自动推送省信用办、省住建厅、省工商局等联动单位,嵌入办公平台,实现了自动比对、自动拦截、自动惩戒。配合省信用办等部门,对具有失信行为的人大代表、政协委员候选人进行筛查并督促履行,截至目前共有81名代表、委员候选人因失信被取消候选资格。

不仅如此,无锡中院和无锡市教育局还建立了失信被执行人联合惩戒机制,有4名失信被执行人的子女被限制进入私立小学就读。南京法院与南京南站派出所建立协助查控被执行人机制,南京南站派出所通过进站预警系统发现南京法院请求查控的被执行人,由南京南站派出所先行对被执行人进行控制,并立即通知查控法院。

自2013年10月1日至2018年12月24日,全省共计139.96万人次被限制购买机票,53.55万人次被限制购买动车、高铁票。38.10万名失信被执行人迫于信用惩戒压力自动履行了义务。

这一切,无不凸显出部门协作、联动执行的强大威力!

2018年8月,当人们走过淮安市区最繁华的淮海广场商圈时发现,原本播放广告的电子屏幕上,显示的却是淮安清江浦区法院公布的"老赖"名单和照片,这引得不少过往路人围观。

清江浦区法院将失信被执行人搬上闹市区的大屏幕,一天12小时连续滚动播放曝光,进一步加大对失信被执行人的惩戒力度。

"用户外电子屏曝光老赖就是要形成强大的威慑力,便于群众提供举报线索,实践证明效果很好,有很多市民给我们打来电话提供线索,使得一些长期未结执行案件得以解决。"清江浦区法院副院长任玉虹介绍说。

而在执行案件过程中,为取得社会各方的支持,及时获得执行线索,除采取传统冻结银行存款、查封处置财产,将被执行人纳入失信名单等措施外,全省法院还不断创新执行方式,对被执行人发布悬赏令,引起全社会的广泛关注,纷纷提供执行线索。仅2017年一年全省法院就通过悬赏查控到下落不明被执行人314人、机动车106辆,并发放悬赏金174万元,通过户外大屏曝光"老赖""发布悬赏令"等举措,让全民参与执行,已成为破解"被执行人难找、机动车难寻"的重要突破口。

"攻坚执行难,不仅需要法院不懈地努力和各部门的通力协作,也同样需要全社会的支持与配合,就比如我们依托的大联勤。"南京浦口法院院长陈高峰对于执行有着他独特的认识。

2018年以来,南京浦口法院依托遍布全区各街道的719个大联勤网格、3 038名联勤人员,充分发挥大联勤人员分布范围广、全天候值守、熟悉当地情况的优势,协助法院查找被执行人下落。2018年下半年,浦口法院已向区大联勤平台发送协查请求95件,平台反馈线索57件,大大提高找人找物的精确度与效率,其中多人通过网格员的协助查找到下落,并已全部履行完毕。

大道至简,实干为先。江苏法院执行干警将以更加坚定的信心、更加饱满的热情、更加昂扬的斗志,打赢基本解决执行难这场硬仗,为维护社会公平正义、经济社会快速发展提供更有力的司法保障。

亮出法律的"钢牙利齿"

以占全国约1%的国土面积,承载了全国约6%的人口,江苏2018年GDP突破9万亿元大关。但人多地少、资源缺乏始终是高水平全面建成小康社会的突出矛盾,也是江苏无法忽视的特殊省情。

在2019年初江苏省两会上,花玉军、时永才等代表注意到江苏省高级人民法院工作报告中的一组数据:2018年在污染防治攻坚战中,审结环境资源案件7 786件、审结破坏环境资源犯罪案件1 393件,追究3 077名污染者刑事责任,判处赔偿环境损害修复费用1.19亿元……

俯瞰江苏,六分之一面积为水域,因水而名、因水而兴、因水而美,在2007年却遭遇了空前的太湖水危机,江苏人有着难以忘却的"太湖之痛"。据江苏省政府2019年1月下旬对太湖"全面体检"的结果显示:2007年至今,太湖流域人口增加了2 000万、GDP是原来的3倍,无锡水域的总氮指标11年来首次达到Ⅳ类标准,成为好于全太湖平均的"优等生"。

就在太湖蓝藻暴发事件之后,人们的眼睛一下聚焦在了当地政府与审判机关的作为上。作为全国第二家专业法庭,无锡市中级人民法院"环境保护审判庭"应运而生。与此同时,滨湖、宜兴等基层法院也相继成立环保合议庭。无锡两级法院加大力度审理"涉污"案件,积极依法"治太"。无锡中院出台《依法保障和服务治理太湖保护水源工作的意见》,从立案、审判、执行、调研、信息、宣传、司法建议等方面采取18条举措,以更大的决心、更严的政策、更实的行动加大环保工作力度,依法保障政府对"涉污"企业停产、整改、转产。为了重塑"太湖美",全市有770家规模以下化工企业顺利实施了停产、整改或转产。仅2018年,无锡法院受理涉太湖等各类环保案件189件,审结188件,同比分别上升32%和41%。

实践表明,江苏法院环保审判秉承新环保法精神,即鼓励公众和社会组织对环境污染主张赔偿权利,让公共环境不再沦为"无主"资源。

笔者发现,2015年江苏全省法院受理公益诉讼案件仅14件,而2018年审结133件,判赔百万、千万的案件不在少数。针对省政府诉安徽某公司生态环境损害赔偿一案,江苏高院终审判决该公司分批支付赔偿款5 482.85万元。扬州某化工厂偷排废酸,盐城市中级人民法院开出了9 000万余元的罚单。

"今后对于环境污染的打击将是全方位的。"盐城中院院长王世华态度坚决,污染环境面临的将是行政处罚、刑事责任、民事赔偿三重打击,就是要罚得污染环境者倾家荡产。江苏高院环资庭副庭长陈迎说,在上游生产造成污染的企业及其主要监管者也会被追责,排污企业还将面临降低绿色信用等处罚,比如贷款额度会下降,利息提高,甚至无法贷款。

2019年早春二月,徐州市贾汪区仿佛是被打翻的调色盘,由绿到黄再到红,潘安湖与潘安水镇相互映衬,成了这美景的代表作。真无法想象,原本萧瑟的季节,却散发出不一样的浪漫气息,大地也被飘落的树叶染成了彩色。这里几年前还是荒凉的13万亩采煤塌陷地,130余年的煤炭开采,让"泉城"变成了"煤城"。

为将"生态包袱"转化为"绿色资源",徐州市、贾汪区政府先后实施潘安湖等82个塌陷地治理工程,打出了村庄异地搬迁、基本农田整理、采煤塌陷地复垦、生态环境修复、湿地景观开发等一系列"组合拳"。环境司法是环境保护的最后一道法制防线,贾汪区委政法委的同志说,在由此引发的诸多矛盾纠纷中,贾汪区人民法院"以最坚决的态度、最强有力的举措",保障"生态立区"的战略部署落到实处。该院2018年11月5日的一次铁腕行动历历在目,由院领导李徐州、刘德刚带队进入徐州某钢铁公司厂区,告知现场负责人严厉打击拒不缴纳环境保护行政处罚罚款的态度和决心。迫于强大的执行威慑力,环境保护行政处罚款、加处罚款及执行费合计34.5万元于15分钟后汇入法院账户。在前往第二目的地——徐州某特钢有限公司的路上,该公司在得知法院正动用大量警力执行后,主动联系并缴纳环境保护行政处罚罚款、加处罚款及执行费共计46.67万元。此次涉环境保护非诉执行行动共出动警车10辆,警力31人次。

尽管是隆冬时节,丰县王沟镇8、9号沟旁的1500余棵栾树苗茁壮成长,田野里又多了一排绵延数里的景观带。

谁曾想到,两年前这里的林木被王某等9人在未办理林木采伐许可证的情况下砍伐。经林业部门认定,被砍伐林木均属于一般公益林,且数量较大。在"世界森林日",由徐州法官、检察官、林业部门工作人员现场监督,9名被告人栽植完最后一棵栾树后,徐州铁路运输法院对3起滥伐林木刑事附带民事公益诉讼案作出公开宣判,被告人承担栽植滥伐株数 5 倍栾树的民事侵权责任。

刚刚过去的 2018 年,在江苏 GDP 突破 9 万亿元大关的进程中,全年分别压减钢铁、水泥、平板玻璃产能 80 万吨、210 万吨、660 万重量箱,关闭高耗能高污染及"散乱污"规模以上企业 3 600 多家。

维护生态环境就是保护生产力,改善生态环境就是发展生产力。江苏法院 2018 年在服务与保障全省供给侧结构性改革中,通过审结 2 208 件破产案件,强化环境硬约束,加大"僵尸企业"重整力度,推动去除落后和过剩产能。2018 年 1 月,地处太湖之滨的苏州市吴江区人民法院分别受理了对江苏苏龙纺织科技公司、苏龙漂染(苏州)公司等 6 家企业的破产清算申请案。该院破产庭副庭长章伟说,经过抽丝剥茧的调查发现,上述 6 家企业尽管形式上为独立的法人主体,但实际都是在一个实际控制人的控制下,人格高度混同。据此,合议庭依法裁定 6 家企业合并破产清算。同时,在摸清这 6 家企业实际均为产能落后、设备陈旧且有较大污染的"家底"后,法官毅然对上述 6 家企业中除苏龙漂染(苏州)公司以外所有的有效财产网上拍卖,彻底将落后污染设备淘汰。针对苏龙漂染(苏州)公司的土地和机器设备因具备技术升级的条件,法官又对该部分资产进行打包拍卖给有条件并升级的企业。2019 年 2 月 19 日,该院裁定终结上述 6 家企业破产清算程序,这 6 家企业资产变现 1.15 亿元。

"不要污染的 GDP,是江苏高质量发展的鲜明导向。但对于企业环保不达标,审判机关不是一判了之,而是设身处地站在企业发展角度,主动作为。"徐清宇作为省人大代表,由于工作与履职,他关注社会民生热点,而更多的是环境与法律问题。徐清宇说,在审理破产重组挽救濒危企业进程中,各地法院对于投资人能否整体吸收重组企业的产业结构、是否符合环保要求等,成为关键要素。同时,明令禁止高污染、高能耗、低技术、低附加值项目参与破产财产竞拍,淘汰过剩和落后产能成为法院人的底线思维。

春来江水绿如蓝

2019年2月14日上午,国务院新闻办公室举行春节后首场新闻发布会。最高人民检察院在现场发布了中国生态环境检察工作情况,通报了最高检单独或者联合其他部委督办长江流域污染环境案件56起。江苏泰州检察机关承办的靖江"9·5"污染环境案正是其中之一。

日出江花红胜火,春来江水绿如蓝!1 300多年前白居易的诗句,如今已然成了江苏司法一线保护长江江苏段的名片。

2019年2月1日,经泰州医药高新区检察院提起公诉,医药高新区法院以污染环境罪,分别对濒临长江如靖(如皋、靖江)界河的单位南通天泽化工有限公司及多名被告人作出判决。

2018年3月19日,最高检、公安部、原环保部决定对靖江"9·5"污染环境案等长江流域污染环境案件联合挂牌督办。检察官提前介入本案,发现天泽化工涉嫌单位犯罪而未被立案侦查,谭某某作为主管人员可能被判处有期徒刑以上刑罚,且有社会危险性依法应当逮捕,遂督促执法机关对天泽化工立案侦查、对谭某某提请批准逮捕。10月27日,检察官以污染环境罪,对天泽化工及谭某某等人提起公诉。根据本案实际情况,宽严得当的量刑建议,法院均予以采纳。

据悉,天泽化工目前正积极配合有关部门继续开展环境修复工作,并对生产废液处置流程进行全面规范整改。

2016年以来,泰州检察机关还配合省政府,对直接倾倒危废物废碱液102.44吨入长江及新通扬运河,严重污染环境,造成靖江市城区、兴化市自来水中断供水50多个小时的海德公司,办结全国首例以省政府为原告的生态环境损害赔偿案。

2018年9月,泰州市开展集中行动,对集中监管的"三无"非法采砂船进行集中拆除,确保境内水域无非法采砂船。

治理采砂行为,来源于泰州检察机关办理的长江非法采砂公益诉讼系列案件。

2016年以来,泰州市检察机关发现,长江沿线非法采砂一度严重,个别水利部门未及时履行职责,致使长江河道砂石资源遭受巨大损失,生态环境遭到破坏。

据此,泰州市检察院部署泰州市沿长江地区的泰兴市、高港区检察院深入开展了"长江非法采砂"专项行政违法行为监督活动。对水利部门存在的怠于没收采砂机具和违法所得、怠于查处非法采砂活动、非法准予缓缴罚款等违法行政行为发出督促履职令,并在进行法定诉前程序后向法院提起行政公益诉讼。泰州检察机关提起的9件公益诉讼案件,法院均判决确认水利部门行政不作为违法行为,责令水利部门加强监督,并对相关责任单位作出行政处罚。

湿地,被誉为"地球之肾",与森林、海洋并称为全球三大生态系统,十分宝贵。

然而,少数人置国家利益于不顾,靠江"吃"江。自2014年9月起,一艘废旧趸船长期停泊在靖江天生港闸外的长江边,从事餐饮服务,且在长江堤岸建设水泥停车场。芦苇青青的湿地,变成了硬邦邦的水泥地。

2017年5月,靖江市检察院向水利局等部门发出督促履职检察建议,并多次共同研究执法难题。2018年8月,向市委、市政府作专题报告。9月,公安局、水利局等迅速行动,查处这条趸船无证经营、违章占地等问题。

2018年6月30日,船主严某被以涉嫌妨害公务罪立案,12月18日,被靖江市法院判处有期徒刑七个月。

惩处的同时,治理工作也摆上议事日程。2018年9月初,酒店被关停,趸船被查封,到10月底,湿地上的5 000平方米违章建筑全部被拆除,并全部移植芦苇等绿色植被。

这样的例子,还有很多很多。泰州市检察院认真落实泰州市委"健康长江泰州行动",在履行职能中凸显检察担当。可以预计的是,长江泰州段将更加绿意盎然。

公益诉讼,从"独角戏"变"大合唱"

"公益诉讼"近日成为社会热词,备受关注:中共江苏省委常委会讨论通过《关于支持检察机关公益诉讼工作的意见》等文件;省人大常委会于2018年11月听取和审议省检察院关于全省检察机关公益诉讼工作情况的报告,并对全省检察机关公益诉讼工作开展专题询问;多名法学名家、行业专家受邀担任省检察院公益诉讼咨询专家库"外脑"……一连串大动作释放强烈信号:江苏省党委政府和社会各界对检察机关提起公益诉讼的支持和关注度越来越高。

检察机关提起公益诉讼制度,是党中央部署的重大改革任务。作为全国首批试点省份,3年多来,江苏省检察机关在公益诉讼这条道路上"破冰"前行,探索司法保护公益的"江苏样本"。"公益诉讼不是'独角戏',检察院一家单打独斗不能解决问题,党委、人大、政府以及社会各界的支持,在更高的层次、更广的视野下部署推进,是江苏这项改革试点取得成功的关键。"江苏省检察院检察长刘华说。

射阳县合德镇耦耕堂村是远近闻名的家畜养殖大村,近百家规模小设施简陋的养殖场随意排污,造成河水污浊,臭气熏天,村民10多年来深受其扰。当地党委政府曾多次尝试解决养殖污染问题,却因多头管理无法形成合力,收效甚微。

射阳县检察院走访调查后,很快启动行政公益诉讼诉前程序,向负有污染防治、监督、管理职责的相关部门发出督促履职检察建议。建议发出后,检察官多次牵头召开治污联席会,实地督促环境整治行动,射阳县政府召开专题会,达成整治方案,让耦耕堂村恢复乡村田园风光。

这样的例子还有很多。2015年7月至2018年9月,全省检察机关共履行诉前程序4 865件,提起公益诉讼302件,办案数量居全国第一。

江苏省检察院副检察长汪莉介绍,3年来,江苏检察机关牢牢把握公益这个核心,主动向党委、人大汇报公益诉讼工作,排查人民群众反映强烈的问题,通过公益诉讼以法治手段推动解决。

公益诉讼与中心工作同频共振,与群众期待合拍,促使党委政府更加重视支持这项工作。中共江苏省委出台意见为检察机关提起公益诉讼"撑腰",自2017年7月检察机关公益诉讼工作全面推开以来,全省27个市、县(市、区)党委政府先后出台支持检察机关公益诉讼意见。2018年5月22日,中共江苏省委书记、江苏省人大常委会主任娄勤俭到省检察院调研时强调,检察机关是国家利益和公共利益的代表者,要维护好国家利益、社会公共利益、人民群众合法权益,为江苏高质量发展走在前列保驾护航。

同时,江苏30家检察院向当地人大常委会专题报告公益诉讼工作,得到各级人大的肯定和支持。省人大常委会分别于2018年9月、10月两次专题调研公益诉讼工作情况,泰兴市、徐州铜山区等5地人大常委会也先后出台支持公益诉讼的文件。

在昆山市巴城镇,数十亩农田多年被炉渣堆积侵占,废渣多达15万吨,堆积最高点距离地面15米。收到群众反映的这一问题后,昆山市检察院发出检察建议,当地市场监督、环保、城管等部门迅速进行联合整治,露天炉渣堆场被及时移平补植复绿。

这只是江苏检察机关与行政机关协作共赢的一个缩影。全省检察机关在公益诉讼中秉持"诉讼不是目的、维护公益才是目的"的价值目标,注重将工作的重点放在诉前督促整改环节上,督促相关行政机关和社会组织自行履行职责,使公共利益在诉前程序中既得到有力维护,也增强了行政机关依法行政的主动性、积极性,经诉前督促,行政机关依法履行职责比例从2017年6月的82%上升至目前的93.1%。

"公益诉讼开始试点时,无锡国土部门多次收到检察机关诉前检察建议,我们开始也不理解,但现在我们的目标是一致的,都是为了促进依法行政。"无锡市国土资源局副局长马卫明一席话,道出江苏检察机关与行政机关之间关系的转变。

2017年5月,江苏在全国率先建立检察机关和原国土部门公益诉讼协作机制,明确检察机关发现原国土部门可能存在不履职或违法履职情形的,应进行前期审查,给其一个月的自查自纠时间。"通过这一举措,检察机关的司法权威和行政机关的专业素养相互结合,进一步促进依法履职水平,实现了双赢。"马卫明说。

2018年10月,江苏省检察院与省生态环境厅联合出台《关于加强环境保护检察监督与行政执法协作配合的意见》,在信息共享、人员互派、院外专家参与辅助办案方面进行全方位的协作配合。

从原告被告的对立冲突,到建立协作机制联手保护绿水青山,生态公益诉讼新格局在江苏初步形成。

淮安市洪泽区委政法委办公室主任周承杰,在下乡参与乡镇基层矛盾调处工作时,住在洪泽湖周边的渔民老陈向他反映,近期发现有人使用违禁品"药鱼"并贩卖,担心影响渔业生产。周承杰认真地把这个问题记在《网格化"公益损害观察员"上报问题情况表》上。

"作为损害观察员,只要有群众反映破坏生态环境、异地倾倒废物、非法采砂等危害公共利益的不法活动,我就把相关线索反馈给派驻检察室和检察服务站,让检察机关介入调查。"周承杰说。

在江苏,随着检察机关提起环境公益诉讼案件越来越多地进入公众视野,人民群众参与公益诉讼的积极性越来越高,成为公益诉讼的重要参与对象和力量补充。截至2019年5月,已有3756件群众举报案件线索经仔细甄别后立案。

2018年起,全省统一开通公益诉讼举报电话12309,"公益眼""随手拍"等移动实时在线举报平台在全省推广,不少地方还创新推出"公益损害观察员"制度,打通公益诉讼线索收集的"最后一公里"。

3. 法治文化融入基层治理

法安天下,德润人心。

平安建设,要依靠法之必行,也要依靠道德教化。基层社会治理工作,既要把握政策、法律底线,又要善于以情感人、以德化人。

平安建设离不开法治文化,突出法治文化的大众性、通俗化,才能真正让法治观念为群众所接受。

江苏历史文化底蕴深厚,创造的吴文化、金陵文化、淮扬文化、楚汉文化,是推动法治文化建设的活水源泉。

2018年9月5日,家住连云港市东海县牛山街道87岁的单金财老人盘点自己家产,想立遗嘱分给三个儿子,却不知咋办。

"通俗易懂、查阅简便,这本手册实用性和可读性强。"他随手翻开《法伴人生》,里面关于财产继承和老年人权益保障的相关表述清晰可见,单老茅塞顿开。

这本由江苏省司法厅编印的《法伴人生》宣传手册,涵盖从出生到死亡全寿命周期的相关法条,是江苏法治文化与群众生产生活"并轨"的一个缩影。

"法治建设离不开法治文化在精神和价值层面上的培育与熏陶,浓厚的法治文化是全面依法治国的内生动力和重要支撑。"江苏省司法厅厅长柳玉祥说。通过法治宣传教育培育法治土壤、厚植思想根基,大力推进法治文化与党委政府中心工作、社会主义核心价值观、精神文明创建、优秀传统文化、公民道德实践、群众生产生活相互融合,念好"文化经",打好"组合拳",使法治文化"软实力"变成助推法治江苏高质量发展的"硬支撑"。

数据显示,2017年年底,江苏省委托第三方评估全省"七五"普法规划实施情况,群众对规划知晓率、满意率均突破95%。

纳入三大考核评价体系

"真是一处失信、处处受限,还不如赶紧还债!"无锡市新吴区江某夫妇感叹。

江某夫妇因欠款纠纷被债主吴某申请强制执行。法院根据线索,得知江某子女就读私立学校,遂向其子女就读的某校发出协助执行通知书,释法析理促使案件得以顺利执结。

像这样以构建信用监督、警示和惩戒工作机制,依法打击"老赖"等失信行为的事例在江苏还有很多。

"社会诚信建设既是道德建设也是法治建设。"江苏省司法厅副巡视员李长山说,江苏把法治文化建设放在法治江苏、文化江苏、诚信江苏建设的"大盘"中,纳入各级党委政府考核评价、江苏法治社会建设、公共文化服务指标体系,推动健全完善守法诚信褒奖机制和违法失信惩戒机制。

江苏出台《关于加强社会主义法治文化建设的意见》,广泛开展保障体系完善、建设能力提升、作品创作繁荣、传播体系优化、法治文化惠民等"五大行动",推动法治文化发展步入"快车道"。以"建设年、推进年、提升年、巩固年、展示年"活动为载体,进一步推动法治文化与经济社会发展同规划、同部署、同建设。全省各地把法治文化建设融入省委省政府确立的"强富美高""供给侧结构性改革""六个高质量发展"等中心工作全过程,使学法尊法守法用法护法信法成为人民群众的共同追求和自觉行动。

广大群众享受"法治大餐"

多送"法治红利",构建万名法治宣传"服务对象信息库",建成拥有6万余部作品的省级"法治文化作品资源库";多补"法治短板",成立由百名法学专家组成的"普法师资库",建立含39万余条法律知识、1040个最新法律典型案例的"学法案例库";实施文化惠民,连续举办5届省级机关法治文化节,连续8年组织"律苑星辉"法律人风采大赛,连续11年开展不同主题的"农民工学法活动周""春风行动大送法"等法治文化惠民服务。

多年来,江苏各级司法行政机关坚持以文化人、以文育人,用优秀传统文化和法治文化为群众"立根、树魂、打底色",使法治文化像阳光雨露一样无处不在。

以法治文化示范点创建为抓手,整理地方法治名人、法治典故、法治警言等法治渊源,融入剪纸、雕刻、瓷板画等传统文化,江苏大力推动法治文化阵地向特色化、差别化、规模化发展,打造出常州史良纪念馆、扬州法治文化体验中心、苏州宪法宣传教育馆等领跑全国的"金字招牌"。强化优秀地域文化的道德示范和诚信教育作用,推动法治文化实践活动常态开展。结合时代要求继承创新,挖掘优秀传统文化蕴含的思想观念、人文精神、道德规范和法治元素,依托江阴法治文化研发中心、如东法治文化研发专家库等 85 个创作基地和团队,融入昆曲、柳琴戏、泗洲戏、丹阳田歌、博里农民画、张家港方言小品等艺术形式,累计创作大量法治戏曲、法治故事、法治书画摄影、法治动漫、微电影等。其中,有 6 部作品荣获第十四届全国法治动漫微电影作品征集展播(映)活动大赛一等奖。

2011 年,江苏在全国率先出台关于法治文化建设的省级纲领性文件,标志着江苏法治文化建设进入全面推进阶段。目前,江苏省建有省级法治文化建设示范点 568 个,县(市、区)法宣中心建成率达 90%以上,市县镇村法治文化阵地 1.3 万余个,基本形成"市县有场馆、镇街有中心、村居有站点"的总体布局。

法治文化融入基层治理

"以前百姓遇到矛盾纠纷,习惯逞强斗狠'闹一闹',现在越来越多的人习惯选择法律途径维护自身合法权益。"盐城市大丰区草庙司法所所长沈卫华谈起群众遵循法治、信仰法治带来的变化说。以法治宣传教育破题,是打通社会治理"神经末梢"重要途径。

近年来,江苏各级司法行政机关顺应打造共建共治共享社会治理格局要求,加码提速推进法治文化融入基层治理。探索开展"崇德尚法"新型村(社区)和法治文化建设示范村(社区)创建,推广一村(社区)一法律顾问制度,总结徐州马庄创建经验,帮助两万多个村居完成村规民约、社区公约专项梳理。依托村居司法行政服务站和法律服务微信群,打造网上网下、线上线下法治文化产品推送模式,面向全省村(社区)每年集中创作、统一发放《江苏省法治宣传教育挂图》《常用法律知识 100 问》系列丛书 20 多万份。结合文明乡村建设,开展立法治家规家训、传良好家风家教、评诚信道德家庭等活动,形成了守法光荣、违法可耻的社会氛围。

用文化凝聚人、用文化激励人、用文化感染人。

多年来,全省各地充分挖掘优秀地域文化中的人文精神、道德规范和法治元素,赋予新的时代内涵,创造性地融合转化,相互渗透,潜移默化中提升广大群众的法治素养和道德素质。

江苏还探索"企业运营、市场运作、政府购买、百姓受惠"的法治文化建设模式,借助启东沙地普法名嘴微联盟、高邮小拇指普法志愿者协会、邳州普法鸳鸯法宣艺术团等 156 个社会组织,举办普法惠民环省行、法治农村行、法治文艺进社区等 2.5 万多场次,引导群众在法治文化熏陶中感受法治、接受法治。

互联网普法精准直达

研发全国首例司法行政法律服务机器人"智慧小司",自动解答群众提出的法律问题;对接 4 万多名互联网服务律师,实现"5 秒快速下单""6 秒匹配律师",实现快速高效服务响应;坚持让"数据多跑腿、群众少跑路",推出法治文化系列产品,一站式解决群众涉法难题……这是江苏紧抓信息融合不松手,探索"互联网+法治宣传"模式,群众找法学法用法不再难。

"'互联网+法治宣传',实现'千人千面、精准推送',让百姓主动参与和感受,激活普法一池春水,有效提升了法治宣传的工作效率。"无锡市惠山区司法局局长浦明锋说。

多年来,江苏运用大数据、互联网技术,推动法治文化和现代传媒融合互动,基本形成媒体全联动、舆论广覆盖的法治文化传播体系。依托 12348 江苏法网,整合省内 391 家专业普法网站、微博、微信、博客等,形成以法润江苏普法平台和江苏网络普法联盟为核心的新媒体普法矩阵,实现电脑、电视、手机三屏互联互动,普法资源、信息发布、法律解读、产品推送等多维度、立体化"媒立方"传播平台。法润江苏微联盟拥有粉丝1300多万,苏州"e同说法"用户达400万,法润江苏微信群覆盖全省城乡,精准推送法治文化产品直达群众身边。

据统计,江苏省依托网络普法平台,先后组织全省32万多名公务员参加网上学法考试,220多万人参与"美好城市、法律相伴、你我共创"网络倡议推广,1.2万家单位、116万余名党员干部参与"学宪法学党章"考法活动。

"法治建设必须十分重视法治文化的引领和基础作用,要不断增强法治文化的影响力、渗透力和感染力,让法治理念内化为自觉自信。"中共江苏省委常委、政法委书记王立科说。

4. 法治江苏进程"有尺可量"

领导干部、公务员运用法治思维、法治方式能力不断增强,不发生侵害群众合法正当权益的有重大影响的事件;

尊法守法、公序良俗成为全民共同追求和自觉行动,社会风气、服务行风等明显好转;

食品药品、安全生产、环境保护、劳动保障等重点领域法律法规落实到位,无重大群体性事件和个人极端事件,无重大责任事故;

村(居)民委员会依法自治达标率98%以上,市民公约、乡规民约、行业规章、团体章程等社会规范制定程序合法、内容合规,有效解决内部公共事务,社会组织有效运行;

……

2018年5月,展望着法治社会建设愿景、饱含着法治社会丰富内涵、体现着量化引导和评价功能的《江苏法治社会建设指标体系(试行)》,作为国内首个法治社会建设评价体系文本,经全国普法办批复同意,在江苏试行推广。

指标体系包含了5个一级指标、17个二级指标、63个三级指标,涉及法治宣传、依法治理、法治创建、公共法律服务、基层民主法治建设等法治社会建设重点工作,为江苏推动全省各地系统推进法治社会建设,提供了重要目标指向和参考评价依据。

2018年10月12日至13日,来自全国高校和研究机构的法学专家,围绕相关研究成果和对江苏经验的完善推广把脉献策。

将更多法律事务交给民众

"自治、法治、德治相结合的乡村治理体系不断健全""社会矛盾纠纷调处成功率90％以上""人民群众对调解工作的满意度达98％以上"是指标体系中的三级指标。基层是如何实现这些目标的呢?

2018年9月12日,昆山市淀山湖镇晟泰村村委会的"公众评判庭"内座无虚席。

因为父母过世后的老房子可以享受翻建政策但房屋归属未定,张大元兄妹三人闹得不可开交。房屋宅基地只有一处,按照法律规定三人都可以通过继承获得使用权,但当地政府显然不可能同意给他们三人各自翻建。

"司法所调解员去做工作也比较难,继续闹下去房子也不可能建起来,即使上了法院也无法解决实际问题,亲情也会彻底割裂。"淀山湖司法所所长单振春介绍,通过耐心说服引导,三兄妹申请到"公众评判庭",由村里德高望重的公众评判员一起来调解商议。

在村主任曹峰的主持下,三兄妹各自将想法和处理意见摊开来说了,9名老党员老干部组成的公众评判员也分别表达了意见,经过2个多小时的评判和协商,最终达成了由家境较好的老大承接翻建、以现金补偿给弟妹的方案,并由镇人民调解委员会制作了调解书。几天后双方如约履行,老大申请获批进行了房屋翻建。

"通过民间力量,政府没有插手,就把看起来异常难解的矛盾顺利化解了。"单振春说,公众评判庭发挥了社会评价评判的作用,实现了基层自治法治德治统一的效果。

"引入公开论理、阳光辩理、群众析理的理念,使双方当事人在申辩、评论中明晰事理,每年通过这一形式调解的民事纠纷和疑难复杂矛盾有百余起。"昆山市司法局法宣科科长周文琦认为,这是近年来法治德治融合,将宽仁慈爱等"和"文化元素深植于民众心田的结果。

"公共法律服务实体、热线、网络平台融合发展,服务质量不断提升"是建设完备的法律服务体系一级指标项下的三级指标。在"智慧法务"深度运用的无锡市,随着网络法律服务的模式不断创新、线上线下服务融合加速以及公共法律服务线上化步伐加快,越来越多的社区、村居自发建立起了普法、调解和社区服务微信群。

"经过两年多的摸索实践,智慧普法平台、普法需求中心、普法产品研发中心、在线法律咨询中心和联动机构共建中心高度整合,具备了法律知识推送、在线法律服务供给、法律需求智能匹配响应等基础功能。"无锡市司法局副局长刘益良介绍说。以群众法治需求为导向进行的普惠型、精准型、互动型普法模式初露端倪。

三年探索不断展露超前性作用

2015年12月,中国法学会副会长、学术委员会主任张文显等专家参加了在南京举行的《江苏法治社会建设指标体系》专家研究论证会,对建立与区域法治建设指标体系、法治政府建设指标体系互为依托、互为补充的法治社会指标体系,表达了具有超前性、推广性、可复制性的学术论证意见。

作为首个探索性指标体系,这个最初版本的专家讨论稿,制定了5个一级指标、19个二级指标、61个三级指标,大体按照习近平总书记提出的"法治国家、法治政府、法治社会一体建设"重大命题,结合当时试行的《法治江苏建设指标体系》《江苏省法治政府建设指标体系》研究制定。

"通过制定'时间表'和'路线图',旨在多角度、分层次建设,有效监测法治社会发展实际进程,客观测评各地区法治社会建设成效。"江苏省司法厅厅长柳玉祥介绍。2016年初,该指标体系在无锡宜兴市、南通如皋市、宿迁沭阳县三地进行试测,为修改完善提供实证参考。

此后,江苏省司法厅又将测试和验证推开到了全省97个县(市、区),将涉及矛盾纠纷排查调处、公共法律服务、特殊人群管理、法治宣传教育等司法行政重点工作一一纳入。

"法治作为国家和社会的公共性的产品,存在着供给不充分不平衡的问题。"中国法学会副会长、中国社科院学部委员李林认为,党的十九大明确提出法治国家、法治政府、法治社会建设三者要"相互促进",实现了三者关系从"一体建设"到"相互促进"的发展,注重凸显协同性、相互性、联动性和动态实施性。

随着新理念、新思想、新战略不断丰富和拓展,如何把工作重心放在指标跟踪评测和调查验证上,用更为科学的态度去把握客观规律,注重指标体系的科学性、可操作性、指导性以及监测统计对象和样本数据的完整性,成为试点工作中新的目标任务。

"绝知此事要躬行,柳暗花明又一村。"江苏省司法厅副厅长张武林介绍说,通过与中国法治现代化研究院汇聚的国内知名专家合作,起到了研究再深入、思路再开拓、探索再完善的积极成效。

专家呼吁建立法治社会建设规划

"指标体系设计理念先进、突出问题导向、目标指向鲜明、注重把握省情、简明便利可行,科学性、针对性、可操作性都很强,清晰地展示了'可量化的法治社会'的施工蓝图。"中国法治现代化研究院院长公丕祥教授对指标体系评价认为,推广应用的时机和条件已经成熟,法治社会建设的江苏愿景必将成为生动的现实。

"要将法治社会建设纳入法治中国建设规划的有机组成部分,形成新时代中国法治社会建设规划。"公丕祥还建议,要高度重视网络社会的法律治理与社会治理智能化问题,把握大数据时代法治社会建设基本走向,推动法治社会建设的重点向基层下移,健全现代乡村治理体系。

与会专家就完善指标体系提出了相关建议。"积极探索乡村基层社会治理,通过总结积分制管理经验,注重老百姓内生创造,鼓励多元探索,注重制度建设,解决法治社会建设中各区域发展不平衡问题。"清华大学法学院教授高其才建议。"指标体系应对指标构建中的过度权力支配进行适当调整,增强乡村问题研究力度。"吉林大学法学院教授姚建宗也建议说。

"法治社会的目标包括五个方面,法治观念和法治精神的普遍形成,公民、企业、社会组织的广泛参与,私权得到有效保护,私权有效制衡公权,社会权力有效制衡国家权力。"浙江大学光华法学院教授钱弘道,充分肯定江苏法治社会指标体系研究和实施的创新行动,建议推动第三方评估体系建设,内部考核和外部评估双管齐下,充分利用大数据技术开展法治评估工作。

"指标体系紧密结合了江苏法治社会建设现状,集中反映了法治、民生、高质量发展需求,还体现了现代公共管理思维,使服务、推进、互动成为江苏法治社会建设的鲜明特征。"南通市司法局副局长祁建中评价说。

据柳玉祥介绍,江苏将在实践过程中更加注重立足江苏实际,不断校正、完善各项指标,将更加注重体系的推广运用,扩大试点范围,形成推进运作的机制,将更加注重发挥指标量化性、引导性、评价性作用,提升法治社会建设的科学性规范性,创造可复制、可推广的"江苏经验"。

研讨会上专家们倾力关注并提出政府在法治社会建设中的角色定位、社会组织培育发展、公民行为规范养成,以及如何更加注重"硬法"与"软法"有机结合,发挥村规民约、公民公约、行业章程等"软法"作用,推动形成权责明晰、依法自治的法治社会建设模式等建议,令人印象深刻。

  指标体系作为一个法治社会建设"度量衡"和"指挥棒",既是一个工作的创新探索,也是一个重要的学术研究课题,使法治社会进程真正有尺可量。在不久的将来,必将在实践推广、测试验证中不断完善,也值得全国各地在探索法治社会建设的实践中学习借鉴。期待通过持之以恒的深入推进,让"法治之花"最终开遍中国大地,并成为中国发展核心竞争力的重要标志。

  有没有一首歌,把温柔写进时光,让岁月温暖;
  有没有一首歌,把青春写进坚守,让信念升华。
  新中国的法治成长,凝结着一代代江苏政法干警的无悔坚守和青春芳华。

第五篇

打通"最后一公里"

紧扣群众所思所想所盼,提供普惠均等、便捷高效、智能精准的公共服务,是百姓的期待,更是政法机关的职责所在。

利民之事,丝发必兴。江苏各级政法机关不断疏通"堵点""痛点",以更具诚意、更有温度的改革,打通为民服务"最后一公里"。从以往多次排队、多次往返的"公章跋涉、审批苦旅"到"最多跑一次",以及"就近办""马上办""网上办"相继落地、渐次开花,让广大人民群众有了更多、更直接、更实在的获得感、幸福感。

第十二章　民意直通车

1. 网络平台良性互动

意莫高于爱民,行莫厚于乐民。

互联网时代,离群众最近的是网络。

网络互动,沟通便民利民的渠道;网络问政,架起政民互动的平台。

网络,已成为提升执政能力的新平台、推进经济社会建设的新载体、强化意识形态工作的新阵地。

"一些网吧暗藏赌博机,部分路段时现拥堵,有的警车乱开乱停。"常州市人气较旺的网络论坛"化龙巷""中吴社区""龙城论坛"以及"平安常州网""平安常州"微博上,不少市民发帖或留言。市民发帖的初衷也就是发发牢骚,没指望"劳驾"警方。没想到,这些意见会被迅速收集起来,摆上公安局局长案头。

随着一道道指令的下达,赌博机被敲了,拥堵路段畅通了,乱开警车的民警被扣分了……当网民在论坛上看到常州警方公开的处理结果后,大呼"想不到""太给力了"。

2011年,常州有300多万网民,如何第一时间掌握网民的诉求?常州警方开出"民意直通车",全警触网,依托当地最热的网络载体,收集民意诉求,做到事事有回音、件件有落实。通过高效的"网络互动",常州警方探索出一套应对网络舆情、构建和谐警民关系的新模式。

网民意见第一时间摆上局长案头

"公安局长与网友"是常州市公安局门户网站"平安常州网"上的热点栏目,与"平安常州"微博、"网上警民恳谈"一并构成常州警方"民意直通车",成为收集网民意见、回应网民诉求的主要平台,受到网民热捧。

常州警方通过网上恳谈、微博、贴吧、QQ 群等载体,与市民建立互动"立交桥",倾听民意,及时化解矛盾。

回应网民呼声,首先是收集网民诉求。收集的方式有两种,一是"平安常州"微博粉丝有 50 多万,"网上警民恳谈""公安局长与网友"的浏览量很高,经常有网民提意见,反映问题或提供举报线索。二是通过当地三大热门论坛,网民们会反映一些涉及治安、交通、公共服务等方面的问题。

常州警方汇总网民们的诉求,分别按日、周、月研判,从而增强解决问题的针对性和有效性。对网友们反映强烈的、问题集中的,立即整改。网民反映的各类问题参照信访接待,确保事事有回音、件件有落实。

网民反映强烈的问题,会第一时间送到局长案头。局长批示后,各部门在规定时间把处理结果反馈上来,有关部门进行考核监督,最后由新闻发言人办公室以"公安局长与网友"的名义,公布到论坛上,再次接受网民们的评议。

公安门户网与民间三大论坛高效互动

2011 年 6 月 14 日,"化龙巷"等知名的三大论坛上,同步出现帖文"公安局长与网友":"市公安局本着认真负责的态度,逐一对网上留言进行回复,将涉及各单位的情况交转,相关单位及时办理并反馈,现统一回复……"此帖受到网民极大关注,很快被置顶。

其中,帖文第 4 条让网友"新区龙人"激动不已——在反映新北区龙虎塘朝野路和四号桥附近浴室有赌博现象的帖文上出现了领导批示,要求立刻核实查处。"新区龙人"正是反映这个问题的网友。

经新北分局核查,网民说的浴室分别是"仙龙"和"春之缘"浴室,"仙龙"已处于停业状态。5 月 12 日晚,龙虎塘派出所在"春之缘"查获一起聚众赌博案,抓获17名涉赌人员。

与"新区龙人"一样感到满意的,还有其他不少网友。通过"民意直通车",常州警方组织了多次专项行动:网吧违规整治、赌博机整治、电动车盗窃打击、交通拥堵路段整治等。根据网民的反映,什么问题突出就解决什么问题,从发现到打处,间隔时间短,精确度高,实际效果好。

常州警方"民意直通车"触及面广,除了"平安常州"旗下的博客、微博、警方QQ群,还有当地的热门论坛,以及依托当地政府官网的"网上警民恳谈"等栏目。通过这些平台之间的高效互动,常州警方实现了收集网民意见、回应网民诉求的良性循环。

通过受理、督办、问责三大机制长效运转

网友担心,"民意直通车"千万别刮一阵风。有这样的担心是正常的,我们要做的,就是把网友的担心转化为责任,打造和树立公信力。因此,常州市公安局建立了交办、督办、考核机制,由专门的部门收集网友的问题,以交办单的形式下发,涉及的单位和部门会在规定时限内反馈核查办理情况,定期在"平安常州网"以及三大知名论坛等处公布、回复。限时限范围不能完成的,纳入绩效考核,进行问责,确保这一平台运作的长期性和稳定性。

在常州市公安局新闻发言人办公室,整齐摆放着很多网民意见交办单。工作人员将每个建议都按规定格式填写,通过督办机制,交转有关单位及时解决。不能一时解决的,先做好解释工作,但也不是让网友干等,而是尽量创造条件来解决,不推不拖,取信于民。

面对一些棘手问题,也毫不回避。比如,有网民反映苏D0816警车闯红灯问题,市公安局有关领导要求"坚决杜绝开特权车,查实问责"。

随后,督察部门进行了核查,发现这辆警车是派出所的巡逻车。那天上午,民警驾车巡逻至新闸镇原龙城楼饭店门口时,接到派出所

指令要求处警,闯红灯就是在民警驾车赶赴现场时发生的。虽情有可原,但钟楼公安分局仍按相关规定对当事民警进行教育,并按问责规定扣分。

公开回复,不仅是展示诚信,也是对相关问题处理成效的检验,更是接受网民们的二次监督。借助网民的二次监督,发现有些问题解决到了哪一步、处理效率怎么样、答复满不满意,通过以外促内的倒逼机制,实实在在兑现对网民们的承诺。

随着社会主要矛盾的转化和互联网的飞速发展,越来越多的群众通过网络来反映自己的问题与期盼。江苏各地通过开设"民意直通车""全媒体直播互动"等形式,以开放包容的心态受理和回应网民的诉求,虚心接受网上、网下群众的建议意见,既搭建了听民意、惠民生、解民忧的"连心桥",也畅通了群众主动参与社会治理的途径。政网互动,让更多的群众了解政务、参与政务,再以主人翁的姿态为"强富美高"新江苏建设出谋划策,有效凝聚了社会共识,促进了社会和谐稳定,画出了社会治理的同心圆。

2. 网络问政听民声

在这里,网络畅通了政府便民利民的服务渠道,在微博上发咨询帖,3小时内就能得到官方回应;

在这里,网络支撑起问政的平台,一条《六问镇江》的建言网帖,跟帖达42万条之多;

在这里,网络传播百姓关注文明的心声,曾经满城尽飘黄丝带,捐助70多万元救助一位外地女大学生。

政府出新招,网络便民送到家

"您好!镇江12333为您服务……"此起彼伏的电话铃声中,镇江市人力资源和社会保障局网络发言人总是刚挂下一个咨询电话,便去刷新人社局的官方论坛,查看是否有未处理的帖子。网络发言人的工作虽然费心、琐碎,但拉近了政府与老百姓的距离,降低了上访、信访的比例,提高了政府公信力。

2011年11月2日,镇江市京口区四牌楼街道江一社区"网上居委会"的版主王斌,上班后点开"网上居委会"论坛,注意到居民投诉楼道杂物堆放成为消防隐患的帖子。王斌便向负责城管的社区干部询问请教,并一起去现场处理,受到了居民的称赞。

镇江市先后搭建了书记市长信箱、网络发言人、政府论坛网络在线回复平台、12345网络版、网上居委会等多个网络平台,实现了从市领导到基层单位、从条口到区域全覆盖的在线受理网络。

始于2009年1月的政府级"网络发言人"制度,明确了"3个小时回应受理、5个工作日办结回复、7个工作日解释说明"的办理时限要求;年均受理量达8 600多件次,回复率98.5%,办结率96%以上。

2010年7月,镇江建起了网上居委会,80多个社区在网上开通服务平台,社区干部成为版主,他们直接对接社区居民的意见诉求,一系列社区信息、公告通知、服务承诺、便民措施公开在网上,把社会热点解决在最基层。

政民齐发力,网络问政促发展

2006年10月,网友"阿呸"在网上发表了一封致镇江市市长关于山林生态保护的公开信。"没想到,3天后,市长就回信了,并且告知了解决结果。"从这件事开始,他和众多网友意识到,在网络上反映、讨论民生民情,是能够被看到并且得到解决的。

2008年4月,网上出现了一篇题为《六问镇江》的网帖,围绕经济发展、城市建设、投资环境等6个方面,提出了很多意见和想法,言辞尖锐、文笔犀利,在网上掀起了一场对镇江未来发展的大讨论,点击量达到42万人次,也引起了市委、市政府的关注。

"我是一名新镇江人,总在思考自己能为这个城市做些什么贡献,同时也希望新的家乡能够越来越好。"帖文作者"言无虚"说,网络为市民问政畅通了渠道,"市领导对网民意见的重视,让我觉得自己在这个城市生活是很有希望、很有奔头的。"

2011年4月,江心洲的莴苣滞销,有网民发帖"我为奶奶卖莴苣",一时间社会各界纷纷行动。政府积极响应网络民意,并协调两家公司与江心洲签订了长期订单,市商务局也与江心洲实行"农校对接",解决了蔬菜销售难题。

"政府从助力网友行动,到主动用好网络,凭借良性互动与传播的力量,带来了网络气氛的向好、网络环境的向善、网络民意的凝聚力增强,也让我们网友看到了政府理念转变的过程,这比事情本身更有意义。""镇江网友之家""百姓话题"版主"江山"说。

网民唱主角,网络文明成共识

2006年12月,镇江网络发起了"满城尽飘黄丝带"爱心救助活动,为救助一位在镇江读书的女大学生,10多万市民踊跃参与,一个月募集了72万元善款。网友们说,"黄丝带"传递了爱心,也改变了各界对网络作用的认识,更为镇江网络环境奠定了良好的基础。

2008年12月,镇江市几位市领导,在芙蓉楼与镇江有影响力的网民代表进行了一次面对面座谈,共话引导文明健康的网络行为。

"我们像朋友一样讨论,从政府网站建设到论坛如何更加文明,甚至包括怎样将网友发泄式的'网骂'转化为提出建设性意见,无话不谈。"参加座谈会的网友代表"阿呸"说,"当书记讲'虽然第一次见面,但是感觉已经熟悉了'的时候,心里觉得暖暖的。"镇江连续多年举办"网民节"活动,表彰年度十佳网友、十佳版主、十佳网帖,网友还给评选出来的"十大最给力政府部门"的代表颁奖,这已经成为一项传统。

网络文明行为也渐渐地影响到市民的日常行为,带来整个社会风气的向好向善。2009年拍摄以"黄丝带"活动为原型的影片《小城大爱》时,有一幕演员站在捐款箱前的场景,路过的一位市民以为在募捐,赶忙捐了50元钱,演员想去解释,市民已经摆摆手走开了。

当前,社会治理模式正在从单向管理转向双向互动,从线下转向线上线下融合,利用网络感知社会态势、畅通沟通渠道已成为辅助社会治理不可或缺的手段。放眼广袤的江苏大地,镇江的"网络问政"只是一个缩影,各地各部门都在积极适应互联网时代要求,通过搭建统一的问政平台,开通"12345"服务热线,建立微信公众号、入驻微博、今日头条、抖音等方式,主动与网民沟通、为群众答疑、帮百姓解忧,走出了联系群众、依靠群众、服务群众的一条新路。

3. "民意110"直通民意

2017年一季度公布的南京市年度机关作风综合评议结果中,市公安局再次夺得第一,并在全部10个考评项目中获7个第一。全市11个区的公安分局,有10个获各区第一。

点多线长、队伍庞大、直接面对群众的公安部门,何以获得如此高的评价?南京市公安局把作风"融入"业务,用民意"牵引"工作,构筑民意主导型警务服务、运行、监督机制,最大限度疏通"民意堰塞",引来群众叫好点赞。

一个"不满意"换来三项整改

2017年初的一天,南京市民陆军收到南京公安"民意110"发来的一条短信,请他对前一天的新车上牌业务进行评议。想到领牌照时现场秩序有些混乱,他便回复"不满意"。

令陆军没想到的是,刚一回复,警方立即来电询问原因。第二天,车管所负责人又致电表达歉意,并告知已采取三项整改措施:在取牌窗口设置进度电子屏、提供车牌邮寄上门和安装服务、安排专人维持取牌现场秩序。

群众有不满,马上就整改,已成为南京公安工作的常态。2015年,该局创设了一个类似电话客服中心的机构——"民意110",对全市每天约1.8万起接处警和警务服务事项,逐一发送短信主动回访。一旦有群众回复"不满意",就会致电询问原由,只要诉求合理合法,即启动整改,并生成督办单流转跟踪,直至问题解决。

专门负责"民意110"运行的警务效能监察支队队长戴勇说,以"民意110"为龙头的民意监测研判系统,就像警队内部的神经中枢,通过收集民意、监督整改,使每一个群众不满意事项都与警队乃至民警的考核挂钩,最终形成"不满—回访—整改—反馈—沟通—满意"的"生产链",直到群众满意为止。

群众不满意问题解决得好坏,不仅直接影响当事人的感受,而且影响其背后几倍群众的感受,把群众的每一个不满意化解掉,就是为人民服务,由此形成了工作围着群众转的新格局。

一片"不满意"引领服务方式变革

收集单个的群众不满并整改,是民意监测研判系统的一项基础功能。更重要的是,它能运用"大数据"模式,进行民意分析研判,把个案累积研判转化成科学决策依据,形成"收集不满—分析研判—优化决策—改进工作"的另一条"生产链",为公安完善工作、改进服务提供指引。

打开民意监测研判系统,轻点鼠标,哪个部门哪个民警的不满意率是多少,哪个条线哪个环节容易引发群众不满,一个阶段群众意见大致分布情况如何,一目了然。

2016年,"民意110"监测发现,一向满意率较高的出入境办证窗口照相环节不满意较多,全年整改工单高达258件,随即启动联席机制进一步研判,发现症结主要是照相效果不佳、服务不热情。随后,出入境管理支队便着手改革警务模式,并上线了免费自助照相系统,覆盖各办证点,投诉立减。

因不清楚管辖范围,过去群众报案常遭遇推诿。2016年,在民意

"牵引"下,南京公安推行受案、立案制度改革,规定群众报案一律先受理,内部再流转。

南京公安还立足群众需求,打造手机客户端等"微警务"阵地,让数据多跑腿,群众少跑腿。只要能搬上手机和网上的业务,尽一切可能搬。目前,新生儿上户、交违章罚款等多项业务已实现掌上办理,而且办理范围还在不断扩大。

"通道式上牌"、小额纠纷调解基金、警务服务工作站……一旦打开"民意窗口",民意引领下的警务服务改革,在南京公安便接连推出,既提升了群众满意度,也融洽了警民关系、党群关系。

为民服务没有止境,改进作风也永远在路上。是不是真服务,就看你下不下决心,下多大决心。问需于民,就是要以民意倒逼警务改革、"牵引"科学决策,进而提升为民服务质量。

将作风"揉进"业务,让为民成为自觉

栖霞分局办证中心民警杨琴2016年业务受理量达7 772户,群众零投诉,从事窗口服务20年来首次获得全市公安机关"窗口服务标兵"称号。

但民意监测机制运行初期,杨琴也有不理解。"窗口架设的摄像头,像一双眼睛时刻盯着我们;业务回访短信,像一条鞭子不时抽着我们,刚开始大家都不适应,甚至想把摄像头拔掉。"杨琴说,"如今回过头看,未尝不是好事,它倒逼我们不断改进工作,优化服务,最终获得群众认可。"

作风建设难长效,一个重要原因在于作风建设与业务建设分离,以为抓作风就是抓教育、搞运动。"民意110"将作风融入业务,同部署、同考核、同检查,每一个案件、每一次服务都让群众满意。

"民意110"为作风建设带来诸多改变:一是变被动坐等投诉为主动回访、征集意见;二是回访覆盖每一次服务和报警,不让一个群众的意见被遗漏,有效防止了"民意堰塞";三是将作风的内部评价变为群

众评议,更为客观公正。

过去常说人民群众是评判者、监督者,然而人民群众到底是谁,没有具体指向。"民意110"将群众实化为每一个报警人、每一个服务对象,真正让群众监督落了地,让作风建设能靠实。

百姓的呼声就是我们的动员令,群众的意见就是我们的指南针。坚持民意导向,始终是中共江苏省委、江苏省政府工作的出发点。在实践中,江苏各级政法机关深深地体会到,只有把群众放在心上,将全心全意为人民服务的根本宗旨渗入每项工作、每个干警的潜意识里,努力把群众的"不满意"变为"满意",群众才会将你装在心里,把"吐槽"变为"点赞"。

第十三章 我们的任务清单

1. 用脚步丈量民情

骄阳似火,广袤的田野生机无限。

梨花飘香,流淌的清泉润物有声。

两个贫困户没花一分钱,所住危房被彻底改造;5年上访积案,现场督办一朝解决;数个偏远村庄没做任何公关,便获得了配套资金,改造了出行道路……

这一连串的故事背后,有着一个共同的背景——江苏各级党委政法委系统领导干部在下基层"三解三促"(了解民情民意、破解发展难题、化解社会矛盾,促进干群关系融洽、促进基层发展稳定、促进机关作风转变)和大接访活动中,带去真情倾听民声,带上诚意化解矛盾,带动群众共建和谐,带回思路推动工作,为党群关系挂上一把把"连心锁",为社会和谐奏出一首首"同心曲"。

从2012年2月部署至2012年5月底,3个月来,全省政法委系统中层以上领导干部共有921人参加驻点调研活动,占应参加人数的94.1%。驻点调研期间,共走访慰问4 234人次,解决群众实际困难808件,制定出台惠民政策75项,化解涉法涉诉案件106件,提供法律服务8 552人次,撰写调研报告和民情日记301篇……一长串看似枯燥的数据,凝聚着责任、真情和感动。

带去真情倾听民声

"交通通信发达了,干部却离群众远了。"这是当前不少干部的切身体会。

在活动部署时,江苏就提出要求,领导干部"三解三促"和大接访不能流于表面和形式,而要真正沉到最基层、住到农户家、来到第一线,与群众"零距离"接触,体验普通群众生活、体察困难群众疾苦、体悟上访群众期盼,做到身入、心入、情入。

在南京建邺区江心洲驻点调研期间,有关领导干部针对江心洲因建"新加坡南京生态科技岛"面临拆迁任务较重的实际,认真倾听群众意见,深入宣传相关政策,耐心细致释疑解惑,与基层干部共同研究落实保障群众利益的政策措施,获得基层干部群众好评。

"通过11位座谈群众的发言,我更加深切地体会到什么叫'民利大于天',我们做任何事情都要把群众利益放在第一位,顺民心、重民意、保民权、兴民利。"时任中共常州市委政法委副书记陈村在驻村后感言,"只要做到这些,拆迁工作将不再会是'天下第一难'。"

陈村在驻村调研时,了解到村民不愿搬迁,主要是担心从农村移居市区后,水、暖、电、煤气等方面生活支出多,负担加重,生活受影响。"我感到很内疚,自己过去了解的情况只是表面问题,没有了解到群众的真实想法。"他坦言,"一种力量和责任在不停地呼唤我,一定要为群众做点实事。"

"驻点"时间虽然不长,却让很多深入基层的干部感触颇深:

"下基层和不下基层大不一样,沉下去与走马观花大不一样。"

"只有面对面才能心贴心,制定的政策措施才能符合民意、顺应民心、促进民生。"

"下乡驻村收获的不仅是感动,许多东西会在心中长久扎根。"

带案下访、包乡联村、驻村结对、定期走访、同吃同住同劳动……全省各级党委政法委领导干部"一竿子到底",来到基层群众中间,吃农家饭、睡农家床、说农家话、干农家活……广大群众交口称赞:"当年干部的好作风又回来了!"

带上诚意化解矛盾

对群众的感情,不仅要看"有没有",还要看"深不深";不仅要看一时一事,还要看时时处处。

"百姓的柴米油盐酱醋茶就是基层的头等大事。"江苏省委政法委将大接访作为"三解三促"活动的重要载体,制定出台了全省政法领导干部定期接访制度,要求参加活动的干部主动深入到社会矛盾比较多、涉法涉诉信访问题比较突出、群众意见比较大的地方,全面排查影响社会稳定的矛盾纠纷,及时发现问题、研究对策、化解矛盾,并明确规定驻点调研期间,至少安排1天时间接待群众来访。活动开展以来,省委政法委领导班子成员已全部到省涉法涉诉联合接访中心接待群众来访,解决了一批涉法涉诉难点问题。

时任苏州市委常委、政法委书记王翔在昆山驻点期间,热情接待了3起因拆迁补偿、事故赔偿、劳资纠纷等问题而上访的当事人,并召集相关部门负责人进行会商,两名信访人当场签订了息诉罢访协议,另一名也与涉案单位达成了解决纠纷的意向。

南通市港闸区因拆迁引发部分群众上访,驻点调研中,时任区委常委、政法委书记蒋才茂深入了解情况,分析深层次原因,并与上访群众坦诚交换意见,赢得了群众的理解和信任。他深有感触地说,各级领导必须带着感情去做工作,无论大事小事,都要用真心换取群众的信任,用热心换取群众的支持,用耐心换取群众的理解。

时任金湖县委常委、政法委书记李文银在该县金南镇三车村驻点调研期间,了解到该村20余户农户由于居住偏僻饮水困难群众呼声强烈的情况后,立即联系相关部门多方筹集资金为农户接入自来水管网,解决了困扰群众多年的饮水难问题。

不少基层同志表示,随着一大批信访问题的解决,群众"气"顺了,"脸"变了,"劲"足了,各地政法委机关干部"以百姓之心为心",深入一线体会民心所向、民瘼所在、民生疾苦,在实践中真正做到以人民利益为出发点和落脚点,基层干部群众对各级政法委的满意度、信任感不断提升。

带动群众共建和谐

社会治理创新重点在基层、难点在基层,关键在发动群众、依靠群众。

各级党委政法委紧密结合政法工作特点、紧紧围绕政法工作中心任务,深入开展"三解三促"活动,通过政策宣讲、法制教育、法律咨询、专题辅导等形式,教育引导基层干部群众加深对党的路线方针政策的理解,激发他们干事创业的热情;通过组织村民联防、警民共建、邻里守望、社区自治等活动,充分发挥基层群众主体作用,共同维护社会和谐稳定;通过听取基层群众对政法综治工作的意见建议,及时查找薄弱环节,有针对性地研究制定司法便民、执法利民、法治惠民措施,让群众切身感受到政法机关发生的新变化、取得的新进步。

时任淮安市委常委、政法委书记史国君在涟水县大东镇皇圩村驻点调研期间,重点了解民生建设等方面情况,与村民共同探讨加快富民强村、加强创新便民的方法举措。

泰州市委政法委牵头成立"三解三促"群众工作团,抽调政法综治部门119名干部,分16个工作队常驻基层一线,宣讲法律法规、排查化解矛盾、解决基层困难,有力促进了基层社会和谐稳定。

人视水见形,视民知治不。不管是主题教育实践活动,还是其他工作,让群众参与、受群众监督,多照照群众这面镜子,多比比群众这把尺子,才能发挥好党的优良传统。"走门串户、联系群众""百点大征询、百点大接访""千名干警进村企、挂钩千家促和谐""支部联系社区助发展、党员联系农户助致富"……在各级党委政法委领导的组织带动下,各地政法机关创造性地开展了一系列基层欢迎、群众叫好的活动,宣传群众、组织群众、服务群众,带动群众共建和谐。

带回思路推动工作

基层是最好的课堂,群众是最好的老师。

全省各级党委政法委通过组织领导干部下基层驻点调研,主动征求基层群众对平安建设和政法委机关建设的意见建议,深入了解基层群众对平安建设的新要求新期待,虚心向基层干部群众求教保持社会和谐稳定的好点子好办法,使开展"三解三促"活动的过程成为汲取营养、谋划思路、推动工作的过程。

时任南通市委常委、政法委书记曹斌两次到海门市麒麟镇庵南村、双河村驻村,先后慰问5户特困户,走访了3个农村种养大户和高效设施农业基地以及一些企业,召开了乡镇干部和企业家座谈会,和他们共谋发展之策。他在听取情况介绍后,建议各村做好一村一品文章,大力发展现代农业,壮大集体经济,致富百姓;依靠社会能人的支持,积极兴办公益事业;充分发挥村民组长、老党员、老干部的作用,细化管理网格,做到社会矛盾早发现、早化解。

时任盐城市委常委、政法委书记丁宇利用3天时间深入到"三解三促"联系点步凤镇李坝村,就基层组织建设、经济发展及农村产业结构调整、促进农民增收等进行调研。他在日记中写道:"没有集体经济,解决不好有钱办事的问题,党组织的号召力、凝聚力也就无从谈起。"调研还让丁宇深刻认识到,农村经济发展的快与慢是检验农村基层班子建设好与坏、强与弱的试金石,加强基层组织建设刻不容缓。

从地头回到大楼,作决策更有准头。通过"三解三促"和大接访活动,各级党委政法委根据在基层了解掌握的情况,结合工作实际,及时完善相关政策措施。省委政法委研究起草并提请省委制定下发了《中共江苏省委关于深化法治江苏建设的意见》,明确深化法治江苏建设的指导思想、目标任务和工作措施,重点就加强基层民主法治建设作出部署;联合有关部门出台《关于党委政法委员会对政法部门执法活动进行监督的实施细则》,大力推进执法规范化建设,努力解决人民群众反映强烈的执法不公正、不规范、不文明和不廉洁等问题;出台《关于依法妥善处理民间借贷纠纷和非法集资活动的实施意见》,指导各地各有关部门妥善解决当前相关突出问题,维护群众合法权益;起草了《深化社会稳定风险评估工作实施意见》，着力从源头上预防和化解社会矛盾。连云港市委政法委研究建立了"点对点"走访对接、"心连心"帮扶解忧、"面对面"化解矛盾等三项机制。徐州市委政法委进一步完善了领导干部挂钩基层联系点制度，建立了"五必访""六必谈"了解社情民意制度，形成了联系基层群众的长效机制。

带着问题下去，带着思路回来。通过"三解三促"，各级党委政法委领导干部认识到，只有读懂了基层的实际，读懂了群众的需求，把群众的"心事"当成党和政府的"大事"来做，把一家一户解决不了的"难事"当作自己的"实事"来抓，科学发展才有说服力，社会和谐稳定才有坚实的支撑。

"三解三促"活动的深入开展，使全省各级党委政法委领导干部既接到了"地气"，又凝聚了"人气"，更增添了"底气"，进一步强化了宗旨意识、解决了突出问题、促进了作风建设，有效提升了政法工作整体水平。

2019年，中央召开"不忘初心、牢记使命"主题教育工作会议，习近平总书记发表重要讲话，向全党发出了开展主题教育的动员令。江苏省委、省委政法委及省政法各部门先后召开动员会议，作出具体部署。在新的起点上，我们会继续用脚步丈量民情，把为民服务的"鼓点"踩得更准。

2. 20本"为民服务簿"

扬州市江都区公安局巡特警大队，是扬州首个全国学雷锋活动示范点。2019年3月1日一早，大队值班电话响起，一名群众大额取款，希望警方能陪同护送。搁下电话，两名民警赶往银行全程护送，直至当事人安全回到家中。返回大队，值班员将这次护送任务记在了"为民服务登记簿"上。

这支曾被公安部荣记集体一等功的队伍，在做好治安防控的同时,从未间断过对群众的帮助,所做的一件件好事,记满了20本"为民服务登记簿"。

荣誉背后,是江都巡特警大队一批又一批民警20年如一日"24小时在线",以人民满意为标准,忠诚履职,以平安建设的优异成绩,保障人民安居乐业;以群众需求为第一选择,勇于担当,以"天下大事,必作于细"的态度,努力为群众做好事、办实事、解难事。

筹款65万资助170多人,成立"爱心基金"暖民心

人民警察为人民,全心全意为人民服务就要像雷锋那样,从我做起,从点滴做起,从群众最期盼的事做起,怀着一颗爱心,帮助群众做好事、办实事、解难事。

江都巡特警大队是在交巡警三中队的基础上成立的,早在1998年交巡警三中队组建不久,中队便成立了"爱心基金会",大队每个党员干部、民警、辅警每月分别捐款30元、20元、5元,每年筹集17 000元作为"爱心基金",同时,大队获得的各项奖金也纳入"爱心基金"。

18年前,警嫂张桂荣丈夫张军在执行重大安全保卫任务途中遭遇车祸,壮烈牺牲。弥留之际,张军托同事给妻子留下一句话:"好好守住这个家!"为了照顾一双儿女和三位老人,面临下岗的张桂荣重新择业,成了江都巡特警大队的一名辅警。那年,张桂荣才35岁,她说,那是一生中最艰难的时候。张桂荣把爱凝结在"善"中,再苦再穷也尽力去为社会献爱心。她说:"丈夫生前是乡亲们眼中乐于助人的好警察,我再苦再穷也要把他的精神弘扬光大,让大伙儿感受到警察的好。"

在巡特警大队,张桂荣是个称职的老大姐。她的抽屉里常备一个针线包。有队员的巡防衣服破了或者纽扣掉了,她都会帮忙清洗、缝补。巡特警大队还有个"爱心基金",张桂荣每月都会捐献爱心款。大队组织向汶川地震灾区和贫困家庭捐款时,她从来都是最积极的一个;有队员家中遭遇不幸,她除了参加单位组织的捐款外,还会单独再向对方送上一笔钱。2015年,张桂荣当选全国"好警嫂",从北京载誉

归来后,张桂荣把获得的 10 000 元奖金捐给了"爱心基金会"。她说:"现在女儿、儿子都已经工作了,最困难的日子过去了,我应该把这笔钱捐给更需要帮助的人。"

"爱心基金"成立以来,累计筹款 65 万元,资助失学儿童、重病患者、贫困家庭成员 170 多人。

2019 年元宵节晚上 8 点多,正在岗亭执勤的民警颜凯收获一份感动,吃上了热乎乎的汤圆。给她送汤圆的是大队帮扶多年的贫困学童小可欣。小姑娘来自单亲家庭,和妈妈相依为命。自从和巡特警大队结对帮扶后,六年来,小可欣的学习、生活有了保障,成了品学兼优的孩子。元宵节晚上,她想到了还在执勤的巡特警叔叔,于是和妈妈将汤圆送进了岗亭。看着警察叔叔感动的神情,小姑娘却想说:你们一直感动、温暖了我千万个日子!

和小可欣一样,沐浴着该大队温情长大的,还有曾经是弃婴的小冰洁。正是民警及时发现她被遗弃在路边,筹钱帮她治好了先天性心脏病,并一路资助她求学、成长。如今小冰洁已经 20 岁了,有了一份不错的工作。她常说,江都巡特警的叔叔阿姨们就是她的"第二父母"。

记录下每一件"好事",是为了"立规矩"让干警坚持

翻开 20 本"为民服务登记簿",上面清晰记下了江都巡特警大队每一次为民服务的内容,这是一个 20 年不变的老规矩,变化的,只有"为民服务登记簿"的厚度。

"小事连民心,不会解决百姓关心的小事,就不会办大事,也办不成大事。"这些年来,大队急群众之所急,想群众之所想,上演一个又一个"雷锋故事"。

2018 年 10 月 3 日上午,某企业厂长吴某来大队求助,当天其将价值 2 万元的模具样品遗忘在出租车上,因而无法与客户签订 30 多万元的合同。大队接报后,通过多方查找,找到出租车车牌号码,并通过

出租车公司联系司机,及时帮吴某找回样品,顺利与客户签署合同。

近四年来,江都巡特警大队民警、辅警信守承诺,为群众代保管车钥匙 464 把,通知 272 名车主关好车门车窗,帮助 216 名失主找到失物,免费护送大额存取款 61 人(次),帮助 7 名外地车主维修汽车,营救落水人员 22 人,找到走失人员 55 人。

"每当一件好事做完后,值班员都会将事情经过记录下来,目的就是为了让广大干警能够持之以恒。"江都巡特警大队大队长陈永祥说,大队还有一个好人好事公示栏,优秀的"雷锋"民警事迹会及时张贴在公示栏中,以此培育大队的荣誉氛围,把雷锋精神传递下去。

此外,江都巡特警大队把学雷锋作为队伍政治思想工作的基础工程,每月评选出一名"学雷锋标兵",给予精神奖励,并作为年终评先评优的依据。在建立考核机制保障学雷锋活动的同时,大队向社会公开作出 10 项承诺:为大额存取款的单位或个人免费护送;全力帮助走失或离家出走人员家庭寻找亲人;帮群众寻找失物;为突发故障的外地车车主联系维修人员到现场服务;为办婚宴的家庭守家护院;为忘拔电动车、机动车钥匙的车主代保管钥匙等。

一滴水无法滋润一片干涸的大地,但一缕阳光却可以指明一个方向。在江都,巡特警大队为了增强治安防范力量,采用"链式"管理模式将出租车司机、三轮车夫、环卫工人吸纳到志愿者队伍中。如今,他们不仅成为城市巡防的重要补充力量,还受到大队长期为民服务精神的影响,将学雷锋作为一种自觉行为。采用这种"链式"管理模式吸纳志愿者,达到了一个集体带动周围一群人的良好成效。

老人走失、贵重物品落在出租车上……如今江都城区的群众遇到困难首先想到的,就是求助巡特警大队。20 年来,大队"为民服务登记簿"已经记了 20 本,记录好事 2 268 件。

干一行钻一行,创新钻研立足岗位学雷锋

保人民平安,是江都巡特警大队的第一要务。要做好仙城守护

神,就要像雷锋那样,干一行、爱一行、钻一行,这是大队所有民警的共识。

"110"处警,是公安机关为民服务的"窗口"、打击犯罪的"前哨"。老百姓看"110"究竟灵不灵,首先取决于一个"快"字。多年来,江都巡特警大队把巡逻处警当作"惠民工程"实施,在全国首创"110按秒计算出警速度",将处警队员从警铃响起到登车出发时间严格控制在10秒以内,比消防队员出警还快,这种快速出警、处警模式,得到全国警界、新闻界的热议和好评。

同时,江都巡特警大队将被动处警、静态候警变为主动巡逻、动态处警,在全国率先推出"招手停"流动110上街面,实行"有警情处警,无警情巡逻"的工作模式,及时发现和预防警情,把街面违法犯罪控制在初始阶段,消除在萌芽状态,切实保障人民群众生命财产安全,维护社会治安秩序,处警车由1辆增加到6辆,在巡逻中随时接受群众的求助。20年来,这种快速处警机制,不仅有力打击了违法犯罪,而且及时救助危重病人、落水人员89人,使他们获得第二次生命。

为应对大交通格局的形成及犯罪智能化的趋势,江都巡特警大队民警群策群力,在各自岗位上不断创新举措。其中,群防群治的"红袖标"工程被省委政法委在全省推广;2009年创新的"外地车侦控法",获公安部技术革新三等奖;2010年创新的"GPS卫星定位侦控法"被省公安厅推广。统计数据显示,江都区人民群众的安全感逐年增强,2018年达到97.5%。

"针对不断出现的治安新形势,民警们不断学习新业务,钻研新对策。"陈永祥说,2015年以来,大队民警们发扬雷锋的爱岗敬业精神,综合运用多种创新举措,力克智能犯罪,摧毁发送电信诈骗短信的"伪基站"团伙12个,抓获犯罪嫌疑人36名,成为扬州市公安机关唯一能够侦破这类案件的警队,吸引了全国16个省市100多家公安机关前来参观学习。

3. 利企服务日日新

作为经济总量全国第二的江苏,民营经济撑起"半边天"。中共江苏省委书记娄勤俭表示,对民营经济最大的支持,是创造公平公正的良好市场环境。针对民企的难点、痛点与堵点,江苏积极构建优化营商环境的司法保障体系,涌现民企呼唤声声切、利企服务日日新的阵阵春潮。

营造"暖企"大环境,打磨"专""巧"硬实力

2018年阳春3月,兴化市人民法院金融巡回法庭挂牌,作为省内首家对刑、民、商金融纠纷案件集中审理,采用"全案要素式＋类案集中审＋简案当庭判"审理模式;金秋10月,东台市人民法院80余名法官组成"暖企"服务团队,实行"一家重点企业、一名挂钩领导、一个服务团队"模式,及时掌握经营情况和司法需求,引导企业规避经营风险……

察势者智,驭势者赢。专,是一种态度,更是一种战略与能力。江苏各地中、基层法院专门设立的100多个金融法庭与金融合议庭,成为保障市场主体及金融秩序的"兵种"与"专术"。针对各地金融纠纷案件面广量大的态势,江苏高院着力推进金融案件繁简分流,提升金融民商事纠纷案件审判质效。自2018年元月起,省法院全面推行"金融借款合同纠纷案件要素式审判"方式,全省法院年内审结包括民营企业涉金融案件近22万件,充分发挥金融审判规则导向和价值引领作用。

金融是民营经济的血液。针对在金融服务民营经济中出现的"重发展、轻规范,重国企、轻公平"等弊端,各级法院积极参与整顿与规范,划好禁区,化解纠纷,维护公平。针对民营企业的融资压力、债务风险、经营成本上升的状况,江苏各地法院向社会发布各类金融典型案例和金融审判年报,向银监、保监发送司法建议,建立与金融监管、行业协会、企业联盟等多渠道的沟通机制,助推把民营企业"融资的高

山"化为"融资的高地"。

资金融通是保持和促进民营经济发展活力的核心要素,而民间借贷作为正规金融的补充,已成为获得生产资金来源的重要渠道。针对民间借贷行为存在盲目、自发、隐蔽的缺陷,南京、苏州、常州、南通、淮安等地法院加强借据、收据、欠条等债权凭证及银行流水等款项交付凭证审查外,还结合款项来源、交易习惯、经济能力、财产变化等因素综合判断借贷的真实性。无锡、徐州、扬州、镇江等地法院从严掌握法定利率司法红线,依法遏制高利贷化倾向,针对以"利息""违约金""顾问费""中介费""保证金"等名目突破或变相突破法定利率红线的,依法不予支持,防止当事人将非法高利合法化。无锡市中级人民法院在审理某商贸公司向民营供货厂家按每店3 000至5 000元的标准收取进入超市的"客情费"的纠纷中,认定双方经营行为不仅违反法律禁止性规定,而且损害了公平竞争的市场秩序,故判决驳回原告要求供货厂家支付"客情费"的主张。

既要削平"创新高山",更要打造"经营胜地"

好孩子、宝时得机械、波司登、科沃斯、雅鹿服饰……2018年江苏民营科技企业超过12万家,自主创新能力和水平进一步提升。民企承担了90%的省科技计划项目,包括138项重大科技成果转化项目、100项关键核心技术攻关项目和337项国际科技合作项目,唱响江苏科技项目研发重头戏。司法裁判,成为保护知识产权最有效、最根本、最权威的手段。

预防重于救治。知识产权,作为民营企业的无形资产,对其保护并作充足的防御,是企业基业长青的前提。江苏各地法院强化舆论宣传,以案释法,走访调研,发布《知识产权司法保护白皮书》,与社会各界开展专题研讨和交流互动。苏州高新区是国家自主创新示范区核心区,苏州市高新区人民法院组织开展"互联网+"创新活动,通过定期举办法律培训以及"一对一"走访等多种形式,走访莱克电气、东菱振动、雷允上等50多家民营企业。

通则变,变须新。知识产权案件普遍存在"诉讼周期长、维权成本高"弊端,往往由于漫长的诉讼与巨额赔偿费,导致一些民营企业逐渐失去市场和竞争力。对此,江苏高院确定知识产权案件简易程序试点,以点带面,推进"简案快审、类案专审、难案精审"。南京铁路法院知识产权案件过去平均审理天数为100天,而2018年上半年平均为59天。南通家纺市场是全国最大、全球第三大国际家纺中心。通州市人民法院在办案中采取"三个突破",即突破时间障碍、突破程序障碍和突破地域障碍。针对实践中受侵害企业"赢了官司,丢了市场"的问题,各地法院通过适用诉前禁令、诉中禁令等举措,提高司法救济及时性。由于知产案件审理涉及大量专业技术问题,包括专利、植物新品种等,各级法院选聘专家证人,开展司法鉴定,设立技术专家库,在充分了解有关技术要点、查明技术事实之后,作出公正裁判。针对民营企业参与科技创新融资、科技创新成果转化、科技人员转化收益分配中出现的新情况、新问题,南京、苏州、无锡、徐州、盐城、南通等地法院建立覆盖专利、商标、版权、地理标志、民间文艺等一体化的知识产权司法保护体系,推进知识产权诉调对接、快速维权、运用转化,实现多赢效果。

民营经济不"离场",司法保护不"缺位"

2018年隆冬时节,太湖之滨。地处苏州汾湖高新区金华路75号的民营企业江苏鑫吴集团里机器轰鸣,焊花飞溅。眼前繁忙景象,让副总经理曹献龙十分感慨:"今年经营总值将超9 000万,明年3个亿没有悬念。"他告诉记者,一年前由于经营失误,资金链断裂,被20家单位起诉、查封与执行,企业陷入绝境。在他应聘新单位准备走人之际,苏州市吴江区人民法院批准破产,通过招募优质管理人,积极推荐投资人,引导破产重组,注入资金3.9亿,企业获得新生,避免了企业解体、资产拍卖、职工失业等问题。据介绍,该院通过破产程序清结

"硬骨头"执行案件形成"吴江经验",得到最高人民法院院长周强、省委书记娄勤俭批示肯定。

谋大局,不负司法使命;破难题,催生凤凰涅槃。司法作为法律给予民营企业的最终救济,是民营企业家困境求生的最后希望。针对"僵尸企业"提供无效供给、占用经济资源、扭曲要素配置、虚化市场竞争的现状,江苏各级法院通过破产程序,探索民营企业破产重整效能与拯救价值最大化,促进供给侧结构性改革从生产端入手,及时有效处置"僵尸企业",实现市场出清和企业提档升级,为优化民营企业营商环境清障化瘀。2018年,为加大推进工作力度,江苏高院与省政府建立了破产工作"府院"联动机制,审结破产案件350件。无锡中院在审理多家民企破产案件中,创建根据企业状况分类破产处置的多种审判模式,实现"零震荡"和"软着陆"。在审理某公司破产清算案时,提出"让营业跟着财产走,让员工跟着营业走"的破产思路,注销存在不良记录等诸多问题的原企业外壳,将公司具备营业活力的部分打包整体变价,通过受让人在原地建厂实现"换壳重生"。南京、宿迁、苏州、徐州、镇江、南通等地法院通过破产审判,推进供给侧改革的加减法,对于低水平重复建设、过剩产能、过量库存和过高杠杆做减法;对于新兴产业、高新技术、短缺产品、优质服务做加法。无锡、盐城、泰州、淮安、扬州等地法院坚持"多重整、少清算"原则,发挥破产重整程序救治功能,优化资金、技术、人才等生产要素配置,帮助和支持民营企业恢复生机、重返市场。

民营经济不"离场",司法保护不"缺位"。江苏各地始终以习近平新时代中国特色社会主义思想为指导,以公平正义为价值追求,站在"自己人"的角度,让民营企业体验到司法服务与保障的又一次革新,努力为民营经济发展创造更好条件和宽松环境。

第十四章　从指尖到心间

1. "放管服"改革按下"快进键"

这是坚持以人民为中心发展思想的必然要求。

这是实现人民群众对美好生活向往的务实之举。

李克强总理在2018年政府工作报告中强调,深化"放管服"改革,要破障碍、去烦苛、筑坦途,为市场主体添活力,为人民群众增便利。

2018年以来,中共江苏省委、江苏省政府围绕"放管服"改革作出了一系列工作部署,不断激发经济社会发展活力、增强人民群众获得感。

在2018年全省政法工作会议上,省委常委、政法委书记王立科发布动员令:"创新落实'放管服'改革任务,充分精简行政审批事项,打通政法机关内部各类行政审批系统,整合对外服务资源,为群众提供'一站式'服务。"

在2019年全省政法工作会议上,省委书记娄勤俭要求:"深化政法领域'放管服'改革,开展'减证便民'行动,让群众办事更加快捷方便。"王立科强调:"全面提升政法服务效能。持续深化政法机关'放管服'改革。"

副省长、省公安厅厅长刘旸多次对推进公安"放管服"工作作出指示,要求全省公安机关按照中央和省部有关部署要求,以解放思想、深化改革为动力,以科技应用、智慧警务为支撑,深入推进公安"放管服"改革。

以敬民之心,行简政之道,革烦苛之弊,开便利之门。

一年来,江苏各级政法机关坚决贯彻落实党中央和省委、省政府决策部署,大力推进"放管服"改革,在服务经济社会发展和便民利民惠民等方面推出一系列政策措施。按下"快进键"的"放管服"改革举措次第开花，有效释放了改革"新红利"，激发了经济社会发展活力，为新时代江苏高质量发展走在前列创造了优质高效的服务环境。

少跑一趟、少等一天、少签一次

"没想到这么快就能拿到执照，没想到自己'过分'要求被满足，没想到服务既有速度更有温度！"2018年9月3日，常州小伙吴超（化名）想早点拿到执照办理一起法援案件，提出请求后，江苏省司法厅按规定允准优先办理，两天后吴超就拿到了证照。

2018年初，江苏省司法厅向社会公开承诺"提供免费寄送、加急服务"等便民举措，行政审批工作提速优化被省司法厅纳入当年十项惠民实事。吴超的三个"没想到"是江苏司法行政审批"越来越便民"的生动注解。

深化"放管服"改革工作中，江苏各级政法机关坚持让群众"少跑一趟、少等一天、少签一次"，让群众切实感受到改革带来的便利。

为了人民美好生活而改革，这正是全面深化改革的大逻辑。

群众办事要跑几次？多久能办结？服务态度怎么样？如何让群众办事少进门、少跑路、多便利？改革由问题倒逼而产生，又在不断解决问题中深化。江苏政法机关从人民群众满意的事情做起，从人民群众不满意的事情改起，把群众最盼、最急、最忧、最怨的问题作为改革重点，清理群众和企业办事的各类"奇葩"证明，加强窗口资源整合，优化窗口服务流程。一年来，政法机关扎实推进"放管服"改革，新举措一茬接着一茬，新声势一浪高过一浪。

江苏公安机关出台深化人口服务管理"放管服"十项措施，实行跨地市户口迁移"一站式"办理，最快当天办结；

江阴警方建成"江阴公安微警务"微平台，涵盖治安、户政、科技、消防、出入境等130项审批服务事项；

溧阳市公安局以群众需求为导向，积极推进"一个窗口"工程建设,只进一道门,即可办理出入境、户政、车管等大部分公安窗口业务。

多地政法机关推出"管家式服务",让人们感受到实实在在的好处。

2018年6月25日9时30分,刚一踏进南京中医药大学国际教育中心A416教室,南京公证处公证员李敏就迎来了急匆匆找到她的泰国留学生KHEMCHAROEN。

"再过4天我的签证就要到期,之前能否拿到公证文书?"在中国学习中医骨伤科专业的KHEMCHAROEN操着一口不太流利的中文说,按照学校之前发布的通知,需要拿着毕业证、学位证和成绩单,做3份公证文书获得认证后才能回国发展。

"我看一下你的证件,没有问题,在这儿就可以复印,你不用来回往公证处跑了,3天内就可以拿到你想要的公证文书。"李敏说。

当天,李敏收集完60名该校留学生的相关材料已经19时多。回到公证处后,经过制作申请表、校对谈话笔录、草拟公证词、翻译证件、制作公证书一道道程序,6月28日,她返回该校将制作好的公证文书一一送到每名留学生手中。

"你们的服务热情、便利又高效,我们不用出校就能拿到公证书,谢谢这份特别的毕业礼物!"KHEMCHAROEN连连道谢。

针对每年高校毕业季留学生挤满公证处大厅的办证难问题,南京公证处早在2008年开始,就到南京中医药大学开辟绿色通道驻点办理,实现留学生办理公证"一次也不跑"。近年来,逐步将此项服务拓展到中国药科大学、南京医科大学等留学生集中的高校,还涉及中小学生出国办证领域。

徐州市公安局在行政事务审批中心、分局户政大厅、派出所等地设立专项专门服务窗口,集中受理各项审批事项,完善各项办事指南,严格按照"外网受理、内网办理、全程公开、快递送达、网端推送、无偿代办"的方式开展审批,让老百姓少跑腿。

溧阳市公安局在社渚、天目湖、竹箦等离城区较远的乡镇,打造公安综合服务窗口,开通村级代办服务"直达车",为群众提供"管家式服务"。

南京市公安局栖霞分局将居住证办理、交通违法查询处理、户籍业务受理等权限下放到警务室,在群众"家门口"实现"一站式"办理或自助办理,被群众称为家门口的"警务便利店"。

改革为了人民,改革依靠人民,改革成果必须由人民共享。

一年来,一项项惠民举措落地,一件件便民实事暖心,广大群众拍手称好:"现在办事真方便!""没想到办得这么快!""真的好贴心!"发自群众肺腑的一句句好评,是对公安"放管服"改革的最高褒奖。

改革,就是让人民的收获满满当当。

一窗办、网上办、就近办

2019年1月2日上午,坐落在南京市江宁主城区杨家圩湿地公园风光带的江宁区政务服务中心三楼,总面积3 300多平方米的南京市公安局江宁分局行政服务中心正式启用。

37项公安行政审批业务实现"一站式"办理;出入境智慧服务区全自助,拍照、采集指纹签名、刷卡缴费等一系列操作在一台机器上即可完成;办理临时身份证由3个工作日变为立等可取……新年伊始,南京市公安局江宁分局"放管服"改革迈出更加坚实的一步。

以人民为中心的发展思想,不是空喊口号,而是政法机关深入推进"放管服"改革的具体实践;不是抽象概念,而是解决人民群众最关心的热点难点问题的积极行动。

早在2015年12月,南京市公安局就举行了"微警务"建设工作现场会,在国内较早实现"互联网+警务"深度融合,上线了"南京公安"微信公众服务号,实现了交通车驾管业务申办、出入境证件办理、户口迁移等网上办事功能,建立了一窗式、一站式、"不见面"网上服务体系。截至2018年12月,南京市公安局85个审批服务事项下的106个办事项,初步实现了全部办事项网上办理,68个审批服务事项(85

个办事项)"不见面"审批,占比达80.19%。

公安行政管理与经济社会发展和群众生产生活息息相关。一年来,公安机关各部门各警种积极适应人民群众对高品质公共服务的新需求,坚持寓管理于服务之中,先后推出多项新举措。

江苏公安机关依托公安"旗舰店""微警务"集群,推动户政业务"全面上线、全程在线",实现网上预约、网上受理、网上办理、进度查询等功能,提供工作时间内在线咨询服务,持续推进"减证便民"行动。

无锡公安主动顺应互联网发展新趋势,积极拓宽"互联网+公安政务服务"新渠道,最大限度做到"全流程、不见面、一网办"。依托江苏政务服务网和"江苏公安",无锡市公安局治安、交警、出入境等10个警种完善涉及本警种的权力事项办事信息,为企业和群众提供了网上办事服务快速通道。

靖江市公安局在深化"放管服"改革工作中,着力围绕服务供给侧做文章,做到群众、企业有所呼,警方有所应,为发展赋予了新动能。"我们推出预约服务、上门服务、延时服务、热线服务等系列服务'大餐'之后,因势而为,又推出了自助服务、即时服务、特需服务等全科服务'套餐',深受群众和企业欢迎。"靖江市公安局出入境管理大队大队长刘青说。

为实现车驾管业务"网上办",徐州市公安局积极打造网上服务平台,做好互联网综合管理平台、交管"12123"App平台推广使用工作,群众可通过平台办理机动车业务预选号牌号码,补、换领号牌,行驶证,检验合格标志等业务,以及驾驶证补、换证,延期换证,审验、提交身体条件证明,考试预约等业务。

……

众恶之,必察焉;众好之,必察焉。短短一年间,江苏公安机关从政策上、制度上研究推出涉及行政审批、交通管理、户籍制度、人口服务管理和出入境管理等多个方面的改革举措,覆盖社会生活的方方面面。

改革谋发展,创新为民生。江苏各级政法机关不断打通"堵点",扫清"痛点",加大转变职能和简政放权力度,最大限度实现公安行政管理、执法办案、便民服务事项公开透明。权力"瘦身",职能"健身",改革力度之大前所未有。

舍马路、走网路,动动手指、解放双腿

2018年11月17日早上9点多,南京地铁3号线和S8号线交会站泰冯路站内热闹非凡。市公安局江北新区分局正式启用全国单体面积最大、服务项目最多、设备最全、交通最便捷的"智慧警务Mall"。

这项创新举措,将"无人警局"模式和实体一站式审批服务中心组合而成南京智慧警务"旗舰店",不仅打造出了全新的"宽进、快办、严管、便民、公开"审批服务模式,其中正式上线的"金陵网证",更是吸引了各界目光,成为当天的"刷屏新闻"。

南京车管所启用的"无人警局"向市民提供24小时不间断服务,六年免检标志申领、行驶证到期换证、驾驶人体检等车驾管业务都可以在车管所大厅摆放的10多台自助机器上操作办理。

新形势下,政法机关积极拥抱科技的强大力量,推进政法工作与互联网、大数据、云计算、人工智能等信息技术深度融合,积极构建了一个个公平普惠、快捷便利的民生服务平台。

"幸福来得太突然!快捷干脆,忍不住怒赞!"高华(化名)的点赞,代表了江苏司法行政"不见面审批(服务)"受益者的心声。

2018年9月2日,高华律师执业证书破损,不能正常使用。因他连续出差在外,无法脱身回去办理,于是他拨打12348法律服务热线电话求助。电话那头,苏州市司法局工作人员引导高华登录江苏律师服务平台,将申请资料拍照上网申请,很快,一张崭新的证书快递邮寄到高华手中。

"'面对面'胜过'键对键','走'网路'胜过走'马路'。高华换发律师执业证的亲身感受,是江苏利用信息化实现减证便民行动的一个缩影。"时任江苏省司法厅副厅长王君悦介绍,2018年10月,江苏省司法厅打破"信息孤岛",启用一站式审批服务平台,在全省推进"在线咨询、网上申请、网上审批、网端推送、快递送达"办理模式,85项审批事项实现"一网式"服务,让办事群众"零跑动"。

15分钟,是扬州城区居民从家中到"公安1号窗口"的平均用时。遍布城区的"公安1号窗口",为扬州市民生活提供着坚实的警务保障。"不仅要做到一枚印章管审批,破解企业和群众办事的堵点和痛点,还要全力推进'互联网＋公安政务服务'。"扬州市副市长、公安局局长宫文飞说,推进便民利民举措,就是要做到"让数据多跑腿,让群众少跑腿"。扬州市公安局主动融入大局,深化"不见面审批"实践,打造"公安1号窗口"和"24小时警务自助服务站"。2019年,扬州全市20个"公安1号窗口"已经面向市民服务。现在,市民只要通过"刷脸"认证,就可以通过自助终端浏览网上办事系统,实时办理公安行政审批事项,享受智慧警务带来的便利。

2018年以来,江苏政法机关在智能便捷、公平可及上下功夫,提升服务水平,"互联网＋政法政务服务"让更多事项能在网上办理,各地创新经验百花齐放。"让数据多跑路、让群众少跑腿""舍马路、走网路""动动手指、解放双腿"……这些形象说法正成为政法政务服务的"新常态"。

万树江边杏,新开一夜风。

一项项接地气、惠民生的公安"放管服"改革实招接续落地,一份份有温度、有厚度的民生答卷展现在人们面前。"生活更舒心,工作更称心,办事更顺心,生活一年更比一年好"的幸福感,正越来越成为广大群众看得见、摸得着的现实。

2. 有难事,找"明霞窗口"

走进靖江市检察院,首先跃入眼帘的是一棵高大的香橼树,遮映了小半个院落，旁边几丛挺拔的翠竹在微风中轻轻摇曳。检察为民服务中心的墙上挂着一块铜牌，上面"明霞窗口"四个红字格外醒目。接待室里，桌上一盆文竹枝繁叶茂。

这是"江苏省三八红旗手""江苏省十佳女检察官"丁明霞工作的地方，一个以她名字命名的控申接待室，她是这个"窗口"的负责人。丁明霞身材娇小，脚步轻盈，目光明亮，脸上始终带着微笑，那种亲切温和有如邻家大姐。

"明霞窗口"在靖江的知名度甚高，大到举报贪官污吏，小到鸡毛蒜皮想不通，很多人都要到"窗口"坐一坐，聊一聊心里话。才到办公室，丁明霞就忙碌起来，一会儿接待来访群众，一会儿接电话，很少有时间与人闲谈。她的眼睛总是盯着电话机和窗口："我得随时关注来窗口讨要说法的群众，还要接听热线电话。"新的一天就这样开始了。

2007年12月，丁明霞走上新的工作岗位，从民事行政检察科调任控告申诉检察科科长。

控告申诉检察的主要任务是，处理来信来访，受理控告、举报、申诉等。说白了，听到的是哭声、骂声、埋怨声，做的是烦事、难事、窝囊事。由于直接和老百姓接触，控告申诉检察科是检察院的一个窗口。刚开始的时候，丁明霞也有顾虑，"天下第一难"的事情，怎样才能做得好？

1987年7月，丁明霞从江苏省司法学校毕业，她当时理想的职业是端坐法庭之上，判断是非曲直，当一名法官。对检察院，只知道是个法律监督机关，具体什么职能并不太清楚。可是，在检察院三个月的实习改变了她的想法。当时，她跟着领导办理了一起村支书贪污公款案件，真切地感受到检察院和老百姓的距离并不遥远，通过履行检察职能一样可以维护群众权利。实习结束，她决定留在检察院。

这些年，靖江市检察院在检务公开上花了不少功夫，但老百姓仍然觉得检察院比较神秘，不知道检察院是干什么的，能为老百姓做些什么事。

2007年，丁明霞出任控申科长后，全部心思都放在工作更贴近老百姓上。她想，靖江政法系统名人不断出现，法院有"法官妈妈"陈燕萍，公安有温情执法交警焦桂红，控告申诉检察科作为检察院的窗口，能否也创出一个为民服务的牌子？

在一次科室商量工作时，大家不约而同地提出，可将控告申诉检察科的接待室命名为"明霞窗口"。一来，"明霞窗口"琅琅上口，很好记；二来，也寓意检察院将法理道理讲透，让每一个来访群众沐浴法治的霞光。这一建议得到了院领导的支持，很快，检察为民服务中心的控告申诉接待室多了一块写有"明霞窗口"字样的铜牌。

"有难事，找'明霞窗口'。"来访群众口口相传，"明霞窗口"的名声不胫而走。

2011年4月，安徽籍男子老刘来到"明霞窗口"。热腾腾的茶水和丁明霞的笑容让他的心里一下子热了起来。

那是2010年10月9日，老刘为帮助别人解决经济纠纷问题，遭到了5人持棍殴打。刚被抢救过来的他躺在医院的病床上，怎么也想不明白为何会遭遇这样的噩梦。医生说他虽然逃过死劫，但因颅脑损伤严重，仍然需要长期住院。但想到家中还有80岁的父母和正在上大学的女儿，老刘硬是放弃治疗，挣扎着出了院，回到了安徽老家。

由于颅脑伤未完全痊愈，老刘说话絮絮叨叨，前言不搭后语，甚至语无伦次。听他讲话，丁明霞感到很吃力，不得不拉近凳子，靠近他，听他讲，简单的案情听了个把钟头。耐心听完老刘的诉说，丁明霞微笑着给他续上茶，说："老刘，你别着急，我先去了解了解……"

丁明霞很快向公诉部门了解了案情，得知殴打老刘的犯罪嫌疑人正在本院审查起诉，但因为家庭经济情况不佳，实在拿不出钱赔偿。丁明霞再次回到接待室，对老刘讲："像你这样的情况，是可以向检察院申请刑事被害人救助资金的，你需要一些材料，我们向领导汇报后，再给你答复。"

"当时，老刘连说共产党好，检察官亲。我明白我做的虽是举手之劳,却给了他希望,他心里很感激。那个时候我比他还着急,几次催老刘把材料寄来。"丁明霞回忆道。

2011年4月25日,3 000元救助金批了下来,为了让老刘节约开销,不用再从安徽赶到靖江,细心的丁明霞又通过银行汇款的方式将该款项汇给了他。

"不到万不得已,谁愿意来上访?我们没有理由抛弃他们。"这是丁明霞常说的一句话。丁明霞有一种发自内心的悲悯情怀,遇到上访群众,她总是换位思考:"如果来访人是我的亲人,我怎么办?"工作中,她尤其注重对涉案困难群众的权益保护,做到案结事了人和,努力实现办案效果与社会效果的有机统一。

2016年6月26日晚,徐女士在家里无故被患精神疾病的侄儿徐某某用菜刀连续砍击,造成多处重伤、轻伤和轻微伤。徐女士住院用去医药费6万余元,虽然徐某某的父亲垫付了部分医疗费,但是还远远不够。徐女士受伤后无任何收入,73岁的母亲患有高血压、糖尿病,其丈夫曾做过心脏搭桥手术,每月要花费三四百元药费,儿子上大学,一家四口人仅靠其丈夫每月1 800余元的工资收入生活,徐女士只能放弃治疗。听到徐女士的哭诉后,丁明霞一边安抚一边热心介绍:对于在受到犯罪侵害后无法得到及时赔偿,导致生活、医疗陷入严重困境的刑事被害人,依照相关规定可以申请救助。

经过多方奔走,2017年春节前,丁明霞带领工作人员冒着鹅毛大雪将10 000元救助金送上门,徐女士激动地说:"想不到这么快就办好,你们帮助我们全家度过了最艰难的时刻……"

这只是"明霞窗口"办理的刑事被害人救助中的两例。丁明霞介绍说,一些原本经济状况就比较差的刑事被害人在受到犯罪侵害后,无法及时得到赔偿,生活变得更加窘迫。靖江市检察院在当地财政部门的大力支持下,专门设立了刑事被害人特困救助专项基金,对那些陷入生活困难的刑事案件特困被害人及其近亲属,给予一定的救助,帮助他们渡过生活难关。

随着我国经济建设的飞速发展,社会矛盾也随之不断增多,而控申窗口就在矛盾化解的第一线。有些矛盾纠纷一旦错过最佳处置时机,往往"小事拖大、大事拖炸",甚至可能引发大规模群体性事件,严重影响社会和谐稳定。

在"明霞窗口",建立了"涉检重大敏感突发事件预警处置机制"。丁明霞说,把矛盾解决在萌芽状态,这是她的责任。丁明霞的经验是,处事要积极主动,对话要平等平和。

2011年夏天,靖江市马桥镇大庆村一座正在建设的桥梁遭到人为破坏,作案者被当场抓获,竟然是该村村民张某等7人。经鉴定,被损坏的桥墩修复需要1万多元,已经达到故意损坏财物罪的追诉标准。

这个案子看似简单,可当丁明霞拿到卷宗时,心里总有些疑惑难以释怀,和以往办案一样,丁明霞还是决定跑一趟。在承办人的陪同下,丁明霞来到村里,挨家挨户了解情况。肇事村民张某的母亲拉着丁明霞的手失声痛哭,她儿媳刚患癌症去世,还有一个上初中的孙子,张某又关在看守所,这个家没了顶梁柱。听了老人的诉说,丁明霞心情很沉重,张某和其他村民究竟为了什么要去破坏桥梁建设呢?

眼见下起倾盆大雨,丁明霞决定继续走访。在村民陈某家的屋檐下,他们三人等着陈某的妻子下班。

直到晚上七点半,陈某的妻子才回到家。可她一看到身着制服的检察人员,立即快速回到家,反锁了屋门。丁明霞隔着门缝,反复劝导,她就是不予理睬。

想到她的境况,丁明霞说:"我也是女人,我知道这个家离不开男人,现在出了事情就要解决,我们是来帮你解决问题的,希望得到你的支持。"功夫不负有心人,一个多小时后,陈妻终于打开了家门,表示愿意配合调查。

原来,有几位村民迷信地认为村里老桥的风水不好,一直"冲"着他们这个生产队,有一天晚上,张某等7人带着千斤顶将正在改建的桥墩顶裂,后被值班人员发现。

了解完情况，已经是晚上 11 点多了，饿着肚子是其次，丁明霞的嗓子已经说得沙哑了，加上雨淋，回去就发烧了。第二天，丁明霞挣扎着还是没能起身，只能打电话到村里，请村支书去张某家帮助老人料理农事。感冒稍微缓解，丁明霞就每天到村里跟着张某的妈妈除草，或者帮陈某家打扫院子，和他们一起说说话。

丁明霞了解到，张某等 7 位村民平时都比较老实本分，之所以会以身试法是误以为所建桥梁与村上犯冲，受到封建迷信的影响，主观恶性不大，且毁坏财物价值超立案起点不多，如果只是简单地对他们进行惩罚，可能会让矛盾激化，不能从根本上改变村民不懂法的现状，类似的事件可能还会重演。

后来，丁明霞主动协调村里和建筑公司，进行刑事和解，对村民从轻处理。当时矛盾双方态度激烈，互不相让。丁明霞耐心地做肇事村民及家人的思想工作，使他们认识到自己的错误并自愿赔偿财物损失 6 000 元，矛盾终于得到化解。

后来建筑公司再次来村里建桥时，村民都会利用空余时间帮忙运些建材。村里的桥修好了，检察官和村民之间的连心桥也通了，这就是在靖江当地流传的"双桥故事"。

丁明霞带着对群众的真挚感情，在工作中总是换位思考："如果信访人是我的亲人，该怎么办？如果我是一个信访人，我希望对面的这位检察官，是个什么样的人，是不是能够帮我解决问题？"因此，每当丁明霞处理具体案件时，不仅坚持依法办案，而且注重法理情的结合，用为民的情怀和务实的态度，努力在解决纠纷的基础上，达到"案结事了""人和气顺"。

几年来，丁明霞和同事们秉持"明霞是团队，人人是窗口"的理念，温情司法、细心解忧、能动服务，除受理控告申诉外，工作职能和触角不断延伸，包括青少年维权、社区矫正、行贿档案查询、检调对接、刑事被害人救助、法律咨询服务等，涵盖检察为民服务的多个方面。

随着司法体制改革深入推进，"明霞窗口"紧紧围绕检察机关新的职能定位,积极开展公益诉讼,突出强化生态环境的保护和建设,依法保护长江流域水源、耕地等不受影响、污染和破坏,为打造沿江绿色生态廊道提供司法保障。

2018年7月24日,天气酷热,上午9点,在通往长江边的公路上,一辆公务执法车快速行驶着。丁明霞一边翻阅着航拍图片,一边打电话联系相关人员。

这么热的天,她要去哪里呢?看到笔者的不解,丁明霞说出了答案:"前期,我院针对调查中发现的个别企业违法占用长江岸线的情况,依法发出督促履职检察建议。尽管承办人有电话答复和书面回函,但是我们还是要实地回访。毕竟,长江是母亲河,长江岸线是我们的生命线。"

带着这股不达目的不罢休的劲头,2015年以来,针对行政执法中存在的不作为或履职不到位的情形,丁明霞组织干警对环保、市场监督管理、人民防空等14个行政执法单位开展行政执法检察监督,发出督促履职检察建议40份,有38份建议得到了整改落实,追回人防易地建设费1 034余万元,对未整改或整改落实不到位的2个单位提起行政公益诉讼,对国有资产流失的情况督促并支持相关行政单位提起民事诉讼1件,有效保护国家财产和公共利益不受侵害。

为满足群众日益增多的法律诉求,"明霞窗口"也有了新的内涵。2016年,靖江市检察院党组明确提出打造"明霞窗口"升级版"明霞团队",提出"个个是窗口,人人当明霞"的争创口号,要求全院各部门和全体干警发扬团队精神,依托"靖江检察明霞窗口"微信平台、辖区内的5个乡镇检察室、244名基层检察群众工作联络员和"12309"流动服务车,不断丰富便民服务功能,定期到村镇社区组织播放预防微电影、动漫和警示教育片,把"明霞窗口"传递到田间地头,形成固定窗口受理、流动服务巡访、线索集中办理的"三位一体"工作方式,最大限度地满足社会公众的知情权、参与权、监督权,被群众誉为"家门口的检察院"。

"明霞窗口"得到了群众的认可,也引起媒体的关注。中央电视台新闻频道《新闻直播间》栏目,《法制日报》《中国青年报》《检察日报》《新华日报》等媒体先后予以报道,"明霞窗口"成为靖江政法系统响当当的服务品牌,也是靖江检察院与群众的连心桥。

"明霞窗口"成立十余年来,丁明霞与她的团队精诚团结,摸索出"温情司法、细心解忧、能动服务"等一套行之有效的工作方法,让"明霞窗口"成为检察系统一个闪亮的群众工作品牌,赢得广大群众的深深信任。

在如何践行以人民为中心的发展思想方面,小到类似"明霞窗口"的先进典型,大到全省检察机关的总体布局,都有着生动体现。从2015年在全国率先建成检察为民服务中心,到2018年全面建成12309检察服务中心,江苏检察机关始终在提高服务人民群众实效和体验上下功夫,以向社会公众提供网上网下"一站式"综合性服务为目标,不断拓展检察机关服务群众的范围、提升服务群众的能力,得到了群众欢迎,提升了司法公信力,成为江苏检察一张亮丽的名片。

3. 覆盖城乡的公共法律服务体系

"太仓经验"——县城公共法律服务的样本

办事需要找法律依据、政策规定,家庭、邻里发生矛盾需要调解,笔迹、伤情需要司法鉴定,出国留学需要办公证……这些事情,老百姓经常会遇到,一个地方公共法律服务的水平直接与人们的安全感、幸福感、获得感挂钩。

作为全国最早提出公共法律服务概念、最早出台公共法律服务均等化工作规划的县级市,太仓多年来的工作经验为全省乃至全国各地推进公共法律服务体系建设提供了范本。

县域公共法律服务处于公共法律服务体系的最前沿。2011年以来,太仓市积极应对苏南经济快速发展、人民生活水平提高较快、对生活质量需求不断高涨的要求,在全国创造性地启动公共法律服务体系建设,统筹推进公共法律服务"光辉工程",满足了广大城乡居民日益增长的法律服务需求,同时也有效促进了基层社会治理创新。

党的十八届四中全会提出,推进覆盖城乡居民的公共法律服务体系建设。至此,公共法律服务"太仓经验"写进了中央文件。

在推进公共法律服务均等化过程中,太仓市着力织密公共法律服务网络,首创公共法律服务实体平台建设,首创"四纵三横"覆盖城乡公共法律服务体系建设,首创公共法律服务标准化建设等一系列创新举措,引起社会高度关注。

如果说,村(居)法律顾问群像"社区医院",方便医治"头疼脑热",重点解决老百姓家长里短的矛盾,那么为外来务工人员、残疾人提供专业的法律援助,就是"专科医院"的"特需门诊"。

据中央电视台报道,曾在太仓市平成有色铸造公司打工的刘师傅,被熔化的铝液溅伤,造成右眼失明,鼻孔受伤。公司不仅没有全额支付医疗费,还拒不认可刘师傅是工伤。夫妻俩拿不出证据,更请不起律师,找到太仓市公共法律服务中心咨询。

刘师傅妻子说:"当时他们就一口咬定说不是工伤,他说是我们自己搞瞎眼睛才讹他们老板的。"

值班的公益律师穆东了解到,刘师傅没有和公司签订劳动合同,公司也没有给他缴纳社保。一旦申报工伤,工伤的赔偿款全部都由企业承担,所以公司不认账。

穆东说:"我们跟单位几次协商,沟通下来说是在厂里受伤,这个事情肯定是一个明确的事实,而且单位没有缴纳社保,我们一方面通过诉讼程序可以打官司,另外一方面我们也要向劳动监察大队投诉其违法用工。"

律师讲清楚相关法律关系和责任之后,这家企业感到了压力,为刘师傅办理了工伤申请手续,加上未签订劳动合同的双倍工资赔偿金,刘师傅最后拿到了32万多元的赔偿。

2017年8月,江苏省司法厅和苏州市委、市政府在太仓市召开全省公共法律服务均等化改革试点工作会议,总结推广公共法律服务"太仓模式"。

2018年7月30日,全国公共法律服务平台建设现场推进会在苏州太仓召开,时任司法部部长傅政华在会上作讲话。他对太仓在全国率先打造的公共法律服务体系建设给予充分肯定,他说:"这次现场推进会选择在江苏太仓召开,主要考虑江苏的公共法律服务体系建设一直走在全国前列,特别是太仓市,在全国最早提出了公共法律服务概念,最早出台了公共法律服务均等化工作规划,探索创造了成功经验,为推进公共法律服务体系建设提供了重要参考范本。"这次会议上,发源于太仓的公共法律服务体系建设的成功经验成为与会人员以及各大媒体关注的焦点。

近年来,苏州市将公共法律服务平台网络建设作为基础性工程,出台江苏省首个公共法律服务平台建设意见,逐步构建起"实体平台＋热线平台＋网络平台"的"三位一体"公共法律服务体系,以"定时＋及时""线上＋线下""集中＋分散"的运行模式,把均等普惠的"一站式"法律服务送到群众身边,打造了公共法律服务的"苏州模式""太仓样板"。

目前,苏州市级、10个县(市、区)、92个镇(街道)公共法律服务中心、2 055个村(社区)司法行政服务站设立到位,四级实体平台实现全覆盖。市、县两级普遍建立"12348"法律服务热线平台,实行"7×24"不间断服务,且具备公证办证咨询功能。

太仓市互联网公共法律服务中心、姑苏区数字化公共法律服务中心、村(社区)"法润民生"微信群等公共法律服务网、掌上平台普遍建立。运用QQ、微信等互联网平台探索简易纠纷"不见面调解","云公证"模式助推6类36项公证办证"只跑一次",实现服务群众"零距离"。2018年上半年,全市网上网下共提供法律服务近50万人次。

同时,苏州市还统筹全市司法行政系统资源配置到公共法律服务各类平台。选配律师、基层法律服务工作者、人民调解员、公证员、司法鉴定人员等进驻市、县(市、区)、镇(街道)三级实体平台,定期提供各类公共法律服务。选聘638名律师、174名基层法律服务工作者担任2 055个村(社区)法律顾问,为村(居)民提供法律咨询、普法宣传、纠纷调解等专业服务。组织专业律师接听12348法律服务热线,解答各类法律咨询。整合资源建立"12348"法律服务队、便民法律服务团、法律志愿者队伍等,吸纳更多群体加入公共法律服务队伍,并通过孵化培育、设计项目、购买服务等举措,积极扶持公共法律服务社会组织的发展壮大,扩大公共法律服务供给群体。

今后,苏州市将按照"全域化覆盖、全生命周期、全科医生式"模式,持续推进公共法律服务体系建设。推动实体、热线、网络三大平台和市、县、镇、村四级平台的有机融合、优势互补,实现公共法律服务"全域"覆盖。推动基本公共法律服务清单落实,围绕出生、入学、工作、婚姻、退休等人生关键阶段,开展全生命周期法律服务。加强高端法律人才培养,注重培养熟悉司法行政各项业务的"全科医生",同时加大社会力量参与,提高公共法律服务供给效能。

惠山"桃娃"激活基层法治建设"末梢神经"

闻名遐迩的无锡水蜜桃有个卡通形象"桃娃",如今成为无锡市惠山区公共法律服务饱含法治文化元素的特色品牌。

惠山区司法局对覆盖全区188个村(社区)的"法润企业"微信群和129个"法润民生"微信群进行技术创新,植入"桃娃"智能法律机器人,在让群众享受到贴身法律服务方面有了新创新。

"如果居民有法律问题,只需要在群里@桃娃,就可以获得机器人准确详细的回答,而机器人的敏感信息智能预警功能,还能对群发广告进行警告,并直接@群管理人员,提示加强对微信群管理。"惠山区司法局局长浦明锋介绍说。

"桃娃"智能法律机器人的功能不止于此。合同签订、劳动用工、民间借贷、电信诈骗等热点问题可以对管理人员进行风险提示,实现智能前台客服、信息群发群推、服务线上申请办理、数据采集分析研判等智慧功能。

而线下,惠山区将全区84名司法行政工作人员、122名律师、65名法律工作者、508名专兼职人民调解员加入115个村(社区)对应的微信群,并建立由"法律服务员和人民调解员"担任小区法治楼道长的线下服务机制。

这一被称为"双微双员"的"线上+线下""现场+远程"公共法律服务双通道,真正激活了基层法治建设的"末梢神经",既满足社区居民足不出户享受零距离法律服务的需求,又让不少心存疑虑的居民通过切身体验,感受到基层公共法律服务全覆盖无盲区的实用与便利。

2018年4月24日至25日,江苏省司法厅在无锡市举行全省县域公共法律服务体系建设推进会,包括南京江宁、无锡惠山、常州金坛、苏州太仓等县域公共法律服务体系建设试点单位的最新创新建设成果,向全省市县司法行政机关负责人进行推介展示。这些创新为全省推进县域公共法律服务体系建设提供了有益的实践和可贵的经验,丰富了县域公共法律服务体系的内涵。

龙城经验受到百姓点赞

"以前遇到涉法问题,想请名优律师不知在哪、想寻求法律援助不知找谁、想办理公证业务手续繁琐,现在方便到家,只要动动手指,不需来回折腾。"2018年第一天,在常州市钟楼区五星街道公共法律服务中心大厅,五星村委村民王大妈说起"常州12348"2.0智慧版上线,给群众提供数十项即时性、一站式法律服务带来的便利和实惠,禁不住竖起大拇指。

这是常州市司法行政公共法律服务平台正式运行后,"互联网+公共法律服务""飞"入龙城百姓家的一个缩影。

公共法律服务的供给力度,直接影响着法治化进程和法治成果的共享。近年来,常州市坚持以人民为中心的发展思想,强化顶层设计,规划公共法律服务供给路径目标,加快推进普惠型公共法律服务网络建设,聚力打造法律服务"升级版",基本建成全覆盖、标准化的公共法律服务网络,增强了人民群众的获得感、幸福感、安全感。

新北区孟河镇公共法律服务中心是常州市公共法律服务体系标准化建设试点镇。该中心于2016年8月正式启用,是全市首家标准化、一站式、综合性的镇级公共法律服务中心,集法律服务、法律援助、社区矫正、公证、司法鉴定、普法宣传、矛盾纠纷排查调解为一体。走进宽敞明亮的大厅看到,厅内设有法律服务多功能查询一体机和咨询服务台,大厅配备LED显示屏,还设置引导区、等候区、饮水机、书报架,放置了各类法律服务手册。前来咨询法律问题、办理有关法律事务的群众络绎不绝。

为满足群众法律服务需求,常州市司法局整合法律服务资源,优化公益法律服务环境,健全公共法律服务圈,加大实体平台建设力度,率先建成7 000平方米的市级公共法律服务中心。

推动"法治惠民工程"实施,常州在全市6个辖市(区)、61个镇(街道)、1 016个村(社区)全部建成公共法律服务中心(站点),采取面对面柜台式服务方式,为群众提供公开透明、优质高效、便捷舒适的法律服务。

在此基础上,以推进"法律服务进村社"为载体,将触角延伸到村(社区)公共法律服务站点,全市所有村(社区)司法行政服务站全部配备律师,构成了法律顾问、调委会主任、"老娘舅"调解义工实体法律服务力量和"12348"虚拟线上法律服务平台扎根村社的格局。

建设镇级公共法律服务中心,是构建覆盖城乡公共法律服务体系中的关键一环。选派精干律师、公证员、司法所工作人员进驻站点轮流值班,为群众提供一对一专业服务,为人民调解提供法律知识支撑,使群众逐步养成了办事依法、遇事找法、解决问题用法、化解矛盾靠法的行为习惯。

"前不久,我的房产证办好了,但我的购房合同不见了。无奈之下,我打开手机微信,向驻村律师直接提问,涉法问题迎刃而解。"金坛区儒林镇柚山村村民徐女士说。柚山村建立的"法润民生"微信群内有村法律顾问、片警、法官和心理咨询师,村民加律师为微信好友,群内定期推送法治信息,解读相关政策法规,有法律问题只需在"法润民生"微信群内"吼"一声,就有相应值班人员转专业人员上线免费一对一解答。

免费、专业、少跑腿是常州公共法律服务体系建设的一大特色。自从有了微信群这个"掌上法律顾问",法律服务随时可找、触手可得。

随着"常州普法""常州律师协会""常州公证""小新说法""天宁司法行政在线""溧阳普法"等微信公众号正式上线,常州市司法局改变以往传统普法模式,开启全民微信普法,以"普法便民、紧贴热点、应时应景"为主打,将各级司法行政部门、法律服务行业协会、法宣成员单位的微博、微信容纳其中,形成"新媒体普法微联盟",普法资讯通过联盟第一时间汇集提供给网民,让群众感受到法律法规就在身边。

近年来,常州市司法局注重打造"智慧法务",建成12348公共法律服务网络、话务平台,形成实体、网络、热线三大平台一线通、一网通、一掌通架构和"7×24小时"全天候服务模式,真正实现网下服务网上提供、跨地服务当地提供,让群众足不出户就能够找律师、办公证、学法律,为广大群众提供更多精细化、个性化的法治服务,推动了司法行政职能由"行政命令型"向"群众需求型"转变。

"我的企业虽被收购,但保住了我们厂和数百名工人的饭碗,你们的法律服务是场及时雨啊!"前不久,溧阳市竹箦镇红日公司王总特地赶到常州市司法局,感谢"法企同行"服务企业兼并重组,提供精准法律服务。

2017年4月,江苏翁昊俊律师事务所主任翁昊俊在一次"法企同行"走访中得知,红日公司陷入"僵尸"困局,且拖欠员工200多万工资款,矛盾一触即发。

为破解企业发展难题,翁昊俊立即代表红日公司与收购方展开谈判,为收购方详细解释收购风险,并免费提供包括起草收购协议等一揽子法律服务,最终红日公司被成功收购,一家"濒死"的企业"起死回生"。

常州"法企同行"活动开展以来,共组建各类法律服务团80个,建立服务企业联系点418个,走访企业3 194家,收集排查企业法律风险服务需求2 717条,帮助企业化解风险、解决问题3 000余个。发布防控举措和法律建议740条,编制企业法律服务手册30余种,帮助企业挽回经济损失近亿元。

探索开展"预约式""菜单式""订单式"服务,整合法治宣传、律师、公证、调解等专业资源,组建12348法律服务队,建立村(社区)法律顾问制度,创新建立公调、医调、诉调对接"律师驻所"服务机制,法律顾问利用其地域性、专业性优势,在百姓维权、社会矛盾纠纷化解等领域发挥了巨大作用,成为维护社会和谐稳定的好帮手。

推动公共法律服务向社会治理末端延伸,每年推出常州司法行政便民惠民八件实事。在常州电台、常州电视台开辟《鉴定公证时》《与法同行》《有请大律师》《常州老娘舅》等多个法治民生类广播电视节目,通过邀请律师、调解员、公证员、鉴定人等作为节目嘉宾释法析案,满足求助人法律诉求的同时,引发听众、观众的法律思考,在全市范围内营造出尊法学法守法用法的法治氛围。

坚持以"打造共建共治共享的社会治理格局"为抓手,制定出台了《关于加快司法行政领域社会组织培育发展的实施意见》《常州市司法行政领域社会组织培育发展三年实施方案》等措施,培育发展溧阳"百姓议事堂"、天宁"和谐促进会"等司法行政领域社会组织400多个,实现了乡镇(街道)社会治理、法治宣传教育、群众法律服务等同频共振的良好效果。

"四手联弹"奏响淮安乐章

淮安市则从优化自身职能、锻造部门合力、调动服务资源、完善运作机制等四个方面持续挖潜,"四手联弹"奏响公共法律服务体系建设新乐章。

变"翻唱"为"原声","弹"出新意。目前淮安市四级公共法律服务中心(站点)已全部建成。为避免其在履职过程中出现重"复制"轻"创新"现象,2018年6月全市公共法律服务体系建设推进会明确,市、县(区)公共法律服务中心在提供一线服务基础上彰显"龙头"牵引作用;乡镇(街道)公共法律服务中心则将在已有服务内容基础上,拓展公证、法律援助功能,建立公证定期到司法所服务机制;村居公共法律服务站则将全面实施"千群惠万家"工程,组织232名律师、223名基层法律服务工作者进村入户担任法律顾问,建立法润民生微信群,为群众提供基础法律服务。除此以外,2018年内全市80%的乡镇(街道)将建立基础型司法行政社会组织。

变"单曲"为"交响","弹"出共鸣。2018年起,淮安市司法行政部门在推进公共法律服务体系建设中引入"枫桥经验",与信访部门合作开展矛盾不上交试点工作,同时与各普法单位对接,落实"谁执法、谁普法"工作,与公、检、法部门并肩开展公调、检调、诉调工作创新,与发改委、经信委、台办、商务局、工商联联系,建强六大法律服务中心。

变"伴奏"为"主角","弹"出惊喜。近两年间,淮安市探索建立了援调对接机制,还通过建立法律援助与公证、司法鉴定对接机制,对受援人需要办理公证、司法鉴定的,提供减免费服务。上述举措,使相关部门实现了从"配角"到"主力"的角色转身。2018年起,淮安市将继续发力,对各级公共法律服务中心(站点)实行功能融合,使其发挥"1+1>2"的效能,形成公共法律服务聚合优势。

变"好歌"为"经典","弹"出品位。从2018年下半年起,淮安市采取服务评查、服务质量检查通报、质量跟踪检查等办法进行倒逼,全市各地也将因地制宜设立各类法律服务便民窗口、联系点、工作站,拓展服务申请受理渠道,简化受理程序,推动建立"绿色通道",搭建服务跨区域协作平台,做响公共法律服务的"淮安品牌"。

"加快构建覆盖城乡的公共法律服务体系"是一盘"大棋"。从2011年11月中共江苏省第十二次党代会提出"加快构建覆盖城乡的公共法律服务体系"到2018年着力推进县域公共法律服务体系建设,江苏公共法律服务建设始终抓住了体系化建设、信息化引领、项目化推进的"牛鼻子"。

从建立覆盖到乡镇街道的实体公共法律服务中心、整合12348公共法律服务平台、建立公共法律服务产品化体系、培育发展公共法律服务社会组织到将公共法律服务列入政府基本公共服务范围、建立公共法律服务标准化体系、进行"智慧法务"系统化改造和推进……

多年来,江苏在推进公共法律服务体系建设、让群众享受普惠均等的法律服务过程中砥砺前行,新招、硬招迭出,在系统化、常态化、规范化上做深做实。"江苏公共法律服务全覆盖体系"最为鲜明的特色,就是紧咬"发展新局"倒逼主业转向"服务型实战型"。

2013年8月,江苏省司法厅出台《关于加快构建覆盖城乡的公共法律服务体系的意见》。

2014年6月,12348司法行政公共服务平台建设暨应用座谈会在徐州举行,在全国率先开通12348公共法律服务平台,包含法律咨询、法律服务、纠纷调解、法治宣传、法律援助等综合服务功能。

2014年9月9日至10日,江苏省司法厅在南通市举行全省公共法律服务全覆盖体系建设推进会,明确公共法律服务全覆盖体系重点在资源配置、平台建设、产品打造、工作保障等整体性、系统性制度安排上形成体系,满足人民群众法律需求。

2015年5月,江苏省司法厅召开全省县(市、区)司法局实战化暨基层基础建设会议,提出大力推进局所站一体化、县级司法局实战化、基础工作信息化、基本保障规范化和基层队伍正规化建设的目标。各地以项目化的方式主动作为、攻坚克难、加快推进。

2016年3月,江苏省司法厅联合民政厅出台全国第一个司法行政领域社会组织培育发展实施方案,提升了公共法律服务体系的共建共享共治水平。同年3月,《江苏省国民经济和社会发展第十三个五年规划纲要》中正式写入公共法律服务体系建设内容,江苏成为全国第一个将公共法律服务列入政府基本公共服务范围的省份。江苏省司法厅与省发改委联合下发全国第一个省级《公共法律服务"十三五"发展规划》。

2017年6月,江苏召开全省加快构建公共法律服务体系工作会议,紧扣率先实现公共法律服务均等化目标,明确提出加快构建"全覆盖、多层级、标准化、高效能"的公共法律服务体系。

2018年4月4日,江苏省政府办公厅下发《关于加快推进覆盖城乡的公共法律服务体系建设的意见》,明确到2018年底前,一村(社区)一法律顾问全部配备,12348江苏法网和12348热线平台建成运行;2019年底前,市、县(市、区)、乡(镇、街道)、村(社区)四级实体服务平台全部建成运行;2020年全面建成具有江苏特色的"全覆盖、多层级、标准化、高效能"公共法律服务体系。

"打好基层司法行政服务组合拳,真正让群众享受到用得上、用得起、用得好的贴身法律服务,需要各地结合各自实际,把本地县域范围的公共法律服务体系建设工作抓紧抓好,以创造总结出更多更好的经验。"江苏省司法厅厅长柳玉祥认为,只有深入查找发展不平衡、不充分等突出短板,认真思考"实体平台建好了是否还存在等上门、下不去、不实用""网络平台搭建了是否还存在不知晓、不会用、用不好""服务队伍建立了是否还存在跟不上、不融合、不贴近"等问题,坚持以人民需求为中心,才能真正推出一批群众用得上、用得起、用得好的公共法律服务产品。

按照对县域公共法律服务体系建设的新部署，立足建设人民满意的服务型司法行政机关为总目标，以实现县域公共法律服务实体平台、网络平台、热线平台全面融合为抓手，江苏正在全面推进实体平台规范化、智慧法务便捷化、微法务精准化、社会组织参与系统化。明确加快服务资源由集中向一线全面覆盖拓展、服务内容由单一向整体联动拓展、服务手段由传统向现代智慧型拓展，实现公共法律服务由被动服务向主动服务的跨越。

"县域公共法律服务处于公共法律服务体系的最前沿，是整个服务体系的根基，也是完成公共法律服务体系建设提档升级的关键所在。"柳玉祥说，要着力解决服务供给能力不足、服务资源延伸不够、区域发展不均衡等问题，不断丰富服务产品，加大服务供给，提升服务能力，千方百计推动公共法律服务向基层、向群众延伸，以更优服务、更大作为提升县域公共法律服务质量，全力打造公共法律服务"江苏样本"。

按照部署，江苏将通过坚持实战导向、创新导向、需求导向、共建导向，全面增强县、乡、村三级实体平台"主干道"建设，并借助在智慧法务系统研发中的全国领先优势，为群众提供"个人定制式"服务，发展县域"网上司法"，开展"互联网＋公共法律服务"，全面构建以"客户为中心"的自助式、点单式服务新模式，加快推动网络、热线与实体平台的融合发展，构建县乡村一体连通的智能法律服务模式，并将"微法务"向楼栋、村组、群众、家庭延伸。

江苏计划通过一至两年努力，实现县乡两级公共法律服务中心规范化建设达标率均达100%；基本实现县域"智慧法务"全覆盖；全省法律顾问服务有效覆盖率达100%；全省"双微双员"延伸服务模式全面建成；县乡两级实体平台社会组织进驻率均达100%，社会组织参与各项公共法律服务覆盖率100%。

公共法律服务，事关人民群众利益，事关社会公平正义。

一个个决策部署，一项项推进举措，让普惠性、公益性、可选择的公共法律服务成为现实。

发令枪响,再得"先手"。江苏各级司法行政机关摩拳擦掌,闻令而动,在"聚焦法治惠民,推进均等普惠"的新起点上,夯实基础,为让法律更加惠及民生,更好地服务于法治中国建设,不断刷新法治惠民的高度。

第六篇
建设政法铁军

政法工作是党和国家工作的重要组成部分,政法队伍是平安建设、法治建设的主力军。

建设过硬政法队伍,是不断谱写政法事业发展新篇章的重要基础。江苏有15.6万政法队伍,占全省公务员队伍近二分之一,一举一动都代表着司法机关的形象。江苏准确把握政法工作所处的历史方位,坚持革命化、正规化、专业化、职业化方向,大力推进政法队伍思想政治建设、履职能力建设、纪律作风建设、职业保障建设,努力打造一支忠诚干净、担当作为的政法铁军。

第十五章　砺剑之路

1. 誓言里的忠诚

清明已过,到江苏省南京市雨花台烈士纪念碑凭吊的人依然络绎不绝。在雨花台纪念碑西侧,苍松翠柏深处,有一面静静矗立的赭红色花岗岩墙体,这就是在全国较早落成的江苏公安英烈纪念墙。纪念墙的背后,镌刻着526个金灿灿的名字。在生与死、血与火的洗礼中,一代又一代的优秀政法干警,用生命诠释了对党和人民的无限忠诚,他们,把绝对忠诚铭刻在灵魂的最高处!

"忠于党、忠于国家、忠于人民、忠于法律",是习近平总书记对政法队伍的殷殷嘱托;"政治过硬、业务过硬、责任过硬、纪律过硬、作风过硬",是总书记对政法队伍的明确要求。

党的十八大以来,立足"四个忠于""五个过硬",围绕肩负维护国家政治安全、确保社会大局稳定、促进社会公平正义、保障人民安居乐业的神圣职责使命,江苏15.6万政法干警用坚定诠释信念、用坚贞铸就忠诚,竭诚奉献、砥砺前行。

碧空如洗,山风如泣。在雨花台公安英烈纪念墙上,笔者找到了"孙茂珲"的名字。这位1989年出生的消防战士,在2012年一次火灾扑救中英勇牺牲,年仅23岁。据悉,他20岁入伍、22岁当班长,他的经历跟雷锋一样。

政法干警不辞辛劳、不畏牺牲,支撑他们的,是心中坚定的理想信念。

中共江苏省委常委、政法委书记王立科说,政法队伍是和平年代面对危险最多的一支队伍,政法干警必须有更高标准、更严要求,才能防范风险、抵御诱惑,永葆绝对忠诚的政治本色。

然而,随着经济社会的发展,社会思想多元、价值观多元,以往单纯强调组织要求的思想政治工作已难以应对现实矛盾。"我们这支队伍,牺牲了那么多干警,也出过一些害群之马。可见思想政治工作的复杂性。"江苏省委政法委副书记顾俊说。

新形势下思想政治工作怎么做,成为政法战线最现实的挑战。江苏省委政法委政治部主任倪春青说:"江苏政法系统把思想政治建设摆在首位,紧紧围绕习总书记提出的'五个过硬'要求,增强政治意识、大局意识、核心意识和看齐意识,分层分级对干警开展政治轮训。"比如,盐城市开展了"1+X"主题教育,南京等地充分利用"红色资源"强化对干警的教育引导,各地还建立微信交流群,积极探索信息化时代思想政治工作方式。

新形势下隐蔽战线的斗争十分激烈,如何建设好这支有着光荣传统的特殊队伍?"忠诚,还不足以形容我们的坚定信仰。我们的要求是,绝对忠诚! 甘当无名英雄。"江苏省国家安全厅政治部主任说,到目前为止,江苏省隐蔽战线没有出现一起盗泄国家秘密等重大安全事件。

忠诚教育,是政法队伍思想政治工作永恒的主题。近年来,全省政法机关深入开展党的群众路线、"三严三实"、"两学一做"、"不忘初心、牢记使命"等系列专题教育活动,组织干警走进红色教育基地和政法大讲堂,聆听中国故事,解读党史党规,全体政法干警的理想信念更加坚定。

江苏省国家安全厅以国安档案史料馆为教育载体,讲好、用好国安历史,建设好这支有着光荣传统的特殊队伍,国安民警绝对忠诚的品质深植于心。

甘当无名英雄,将绝对忠诚化为基因,在无声的隐蔽战线上,在一次次敌我交锋中,江苏国安拭亮了捍卫国家利益的正义之剑!

在国徽下宣誓,在党旗下宣誓,向宪法宣誓,在灵魂的洗礼中庄严承诺——为党和人民利益牺牲一切!

全国模范法官、无锡市中级人民法院金融庭副庭长陆晓燕,坚持把人民放在心中最高位置,在多起涉民生、涉发展的大案中,素手拨云开,寸心展正义,既快又准地维护经济发展保障群众利益,用公正的裁判向社会输入正义的力量。

全国模范检察官、曾任滨海县人民检察院副检察长、反贪污贿赂局局长的刘文胜,在十多年的反贪岗位上,把自己的"辛苦指数"变成百姓的"幸福指数",成为百姓心中的反贪先锋。

获司法部一等功的常州监狱 32 监区的司法警察们,面对社会的歧视、亲友的忧虑,他们响应号召,主动申请调入这一特殊岗位,与改造对象在空间上、心理上保持"零距离",被称为与艾滋病共舞的"灵魂医者"。

全国模范人民调解员、高邮市高邮镇司法所所长陈士坡当了近 20 年的基层司法所长,他常说:"群众的事就是自己的事,事情到了高邮司法所,就坚决不回流。"

"忠诚于党,就要坚守法治,坚决完成党交给的维护社会和谐稳定的任务。"14 年来,常州市武进遥观镇司法所所长周彩芳用心调解促和谐,用情化解聚民心,成功化解各类矛盾纠纷 600 多起。

全国优秀人民警察、宝应县公安局氾水派出所社区民警李树干,28 年如一日扎根农村,挽起裤腿插秧,撸起袖子撑船,将一个"孤岛"打造成百姓安居乐业的"和谐之岛""平安之岛""幸福之岛"。

"为什么我的眼里常含泪水?因为我对这土地爱得深沉。"艾青的诗,用来形容省女子强制隔离戒毒所大队长曹银凤对岗位的热爱是贴切的。正是建立在这个基点上,19 年来,曹银凤在平凡的岗位上用真诚拯救堕落的心灵,用行动诠释戒毒人民警察对戒毒事业的执着和坚守。

"我们像一支响箭,一往无前地出征。我们出征,让生命和使命同行。"汪国真诗意的语言,生动再现了援藏律师朱山豁出性命、不辱使命的精神。2015 年 8 月,常州律师朱山主动报名成为"1+1"中国法律援助志愿者,来到西藏桑日县担任志愿律师,成为桑日县有史以来的第一位律师。

"海拔虽高,但我为藏区人民提供法律服务的境界要更高!"在不到一年的时间,朱山普法的足迹遍布桑日县44个行政村、88个自然村,把法治种子撒向桑日的每个角落。一年来,朱山办理法律援助20多件,累计为当事人挽回经济损失357万元,免费为藏族同胞代书民事诉状、房屋买卖合同、和解协议等法律文书162件,与藏族同事及藏区群众结下深厚友谊。

心中有法治,脚下有力量。援藏一年期满后,朱山怀着强烈的责任感和使命感,主动申请延期一年。2016年11月27日,因过度劳累,他全身多脏器衰竭,生命垂危,经过138个小时全力抢救,从死亡线上挣扎回来,用行动书写了"我要把法治精神镌刻在雪域高原"的铮铮誓言。

唱响主旋律,传递正能量。广大政法干警坚守理想信念、不忘初心,面对重大考验,旗帜鲜明、挺身而出,面对急难险重任务,豁得出、顶得上,出色完成了南京青奥会、国家公祭日、中国—东欧领导人会晤、G20峰会等重大安保任务以及"4·22靖江"火灾事故、"8·2昆山"爆炸事故、"6·23"盐城龙卷风灾害、"3·21"响水爆炸事故等抢险救援、应急处突活动,用实际行动诠释了对党绝对忠诚的铮铮誓言,抒写了建设平安江苏、法治江苏的崭新篇章。

2. 筑梦者的练兵场

剑虽利,不厉不断;材虽美,不学不高。

依法履职能力是政法队伍的核心战斗力。面对新形势新挑战,江苏政法机关坚持革命化、正规化、专业化、职业化建设方向,把能力建设作为重中之重,磨砺必胜本领,铸就正义之剑。

贴近实战,战训合一,练就过硬的基本功,是提升政法队伍核心战斗力的前提和保证。江苏政法机关持续开展业务培训、岗位练兵和考核竞赛活动,培训核心专业技能,练就高精尖技术本领,着力提升法律政策应用能力、防控风险能力、群众工作能力、科技应用能力和舆论引导能力。

这是一个信息科技高速发展的时代。拥有先进科技手段,占据信息数据优势,方能掌握主动、赢得未来。各级政法部门顺应大数据时代的思维变革,树立向科技要核心战斗力理念,不断加快科技创新成果向现实战斗力转化。

为顺应新形势新要求,2014年以来,江苏省检察院研发运用"智慧侦查"系统,为全省职务犯罪侦查工作插上科技的翅膀,逐步实现了从粗放式初查向精细化初查、从依赖口供向全面收集证据、从人力密集型侦查向信息密集型侦查、从封闭对抗式侦查向开放透明式侦查、从单打独斗办案向整体联动办案等"五大转变",充分体现了"智慧侦查"的威力。

江苏公安机关依托警务大数据系统,构建了一张能预知预判、精确制导的打防违法犯罪"天网",数字化的"重大活动安保系统"成为一场场重大安保活动的"制胜法宝"。无锡市公安局立足物联网技术高地优势,推进技防城建设,安装"天眼"动态人像识别系统,依托中国超级计算机无锡中心,实现海量图像实时比对、即时响应,织密技防网、巡防网、数据网"三张防控网",显现了警务大数据超强的核心战斗力。

江苏省司法厅运用互联网、云计算、大数据等现代信息技术,建设以"2+1+N"为总体构架的司法行政一体化智能平台,涵盖46类信息的六大数据库,实行一网通、一网查、一网用、一网联,实现"全面覆盖、全员应用",推动形成信息主导队伍建设的新模式。

仗怎么打,兵就怎么练。盐城警方围绕"一头、两翼,两支撑、一引擎"的公安改革框架体系,制定出台《盐城市公安民警训练课程体系建设框架》,编写盐城公安民警培训系列教程,形成一批具有操作性、实用性的研究成果,有效服务指导基层实战。

南通市公安局坚持向教育训练要战斗力,本着"干什么,学什么;缺什么,补什么"的原则,坚持面向一线、面向实战,把课堂搬到执法现场、把实战搬到培训课堂,努力提升一线民警的执法素养和实战本领,确保实现"会干、能干、干好"的目标。

组织开展"十百千工程",通过"十警亮风采""百警上讲台""千警大比武"……海安市采取多种形式,运用多种载体,不断提升政法干警的政治站位,努力打造一支信念坚定、执法为民、敢于担当、清正廉洁的新时代政法铁军。

改革和法治如鸟之两翼、车之双轮。新形势下加强政法队伍建设,"重"在遵循规律,"要"在改革创新,全省政法机关适应国家治理体系和治理能力现代化的要求,更加注重干警主体地位,更加注重科学管理,更加注重把深化司法体制改革与加强政法队伍建设有机结合,政法队伍焕发出新的生机和活力。

实施高等院校和法律实务部门人员互聘"双千计划",建立政法干警统一招录制度,注重选拔既有法律素养又有实战经验的社会人才进入司法队伍,为政法机关输入新鲜血液。规划政法干警职业生涯,完备关爱干警举措,加大奖励抚恤力度,建立科学严谨的管理体系,有力保障政法队伍科学发展、长远发展,不断激发创造力、提升战斗力。

舟至中流,击楫勇进。江苏司法体制改革,在队伍内部催生干事创业的动力,多项改革举措蹄疾步稳、纵深推进,呈现出渐次展开、破浪前行的壮美景象。

实行法官、检察官员额制,按照司法规律配置司法人力资源,从现有法官检察官中挑选出最优秀的人员来办案,打造高素质、专业化的司法队伍,以提高司法质量、效率和公信力。

被最高法院确定为"审判权运行机制改革试点法院"的江阴市人民法院,将审判团队建设与审判权运行机制改革相结合,优化审判资源配置,推动案件管理和工作模式创新。全院先后组建了41个"1＋N＋N"审判团队,强化类案专业化审理,采取集中调解或开庭、集中调查取证、集中诉讼保全等方式,实现人均结案300余件,审判团队结案最多的超过1 000件。该院审判权运行机制改革经验被中央政法委在全国推广。

三尺青锋剑何从,刃向凶顽百万兵!淬火千山风雨,砥砺万里疆场,把每根神经末梢打造成攻坚克难的前沿阵地,江苏政法队伍谱就了一曲又一曲感天动地的华彩乐章!

3. 榜样的力量

使命呼唤担当,榜样催人奋进。榜样的力量是无穷的,典型是旗帜是导向是标杆。

奋战在江苏政法综治战线上的人们,可谓新时期最可爱的人。他们中,有的人面对违法犯罪分子,勇往直前、舍生忘死,在血与火、生与死的考验面前,用鲜血乃至生命谱写了一曲曲英雄赞歌;有的人面对各类矛盾风险,勇于攻坚、善于克难,调处了一件件矛盾纠纷,化解了一个个风险隐患;有的人执法如山、刚正不阿,自觉做到以法为据、以理服人、以情感人,全力维护社会公平正义;有的人扎根基层、默默无闻,数十年如一日服务人民群众,甘当维护社会和谐稳定的螺丝钉,传递党和政府的温暖。

爱岗如家的综治工作模范朱锦

"不要因为走得太远,而忘记为什么出发。"这是63岁的朱锦始终秉持的信念。

2000年至2016年,朱锦主持淮安市委政法委日常工作。几十年来,她不忘初心、勇于奉献,以极端负责的工作作风和无怨无悔的奉献精神,公道正派、爱岗如家、敬业坚守,用心用情忘我工作,在每一个岗位上都作出了非凡的工作业绩,赢得了广泛赞誉。先后被评为省"二五普法"先进个人、省民族团结先进个人、省巾帼建功服务先进个人、省社会治安综合治理先进工作者、全国社会治安综合治理先进工作者,享受省部级劳模待遇。

"作为平安法治建设的推动者和执行者,面对着一天天好起来的平安法治环境,我的心里充满了成就感、幸福感和自豪感。"朱锦说。

2006年,省综治委下达责任状,要求各市技防乡镇年底前必须50%达标,市委明确要求必须按时完成。可对于当时财力吃紧、基础薄弱的苏北农村,要想实现这一目标,工作难度可想而知。面对困难,她没有退缩,为及时掌握第一手资料,她与市公安局分管领导深入一线派出所,对基层情况进行调查了解。时间紧,任务重,她一天就跑了4个县(区)15个派出所,双脚磨出了血泡,每走一步都钻心疼痛。为赢得各地党委政府的重视支持,她逐个与县(区)党政一把手电话沟通,实在不行就到他们办公室当面协调,一次不行两次,两次不行三次,最终当年全市技防乡镇达标率达70%,远超要求。

17年间,她始终坚持深入基层一线,现场推进项目、解决问题,敬业精神、工作作风受到省委政法委、市委领导以及全市政法系统高度肯定。

2002年,淮安乡镇综治专干配备工作得到了中央综治委肯定,并在全省大会上作经验介绍。

2008年,淮安在全省率先于乡镇(街道)成立党委政法委,这一做法被中央政法委简报推广。

社会稳定风险评估、预防青少年违法犯罪等工作经验全国推广,2012年,时任全国关工委主任顾秀莲予以批示肯定。

2013年8月13日,朱锦被推选为全省政法委系统唯一代表,在全省政法系统群众路线教育先进事迹报告会上介绍经验。

2013年10月29日,省委主要领导到淮安专题调研淮安社会管理创新工作并给予高度评价。

她勤于学习、勇于创新,精心打造了一批社会治理的淮安经验、淮安模式,"金盾护航工程、十大维权中心平安法治先锋行动、乡级社会管理服务中心建设"等多项工作品牌率先全省突破。

她始终坚持"勇争第一、勇创一流、勇扛红旗"的工作理念,全力推动平安法治建设各项指标争先进位。在她的带领和推动下,淮安连续9年被省综治委表彰为全省社会治安综合治理先进市,公众安全感始终名列第一方阵。2006年至2013年,淮安市连续8年被省委省政府表彰为平安建设和综治工作先进集体,市和8个县(区)先后4次被省命名为社会治安安全市(县区),实现了"满堂红"。

2016年,她临近退休,不服输的她,坚守初心,分秒必争,身体力行"拓宽生命的宽度"。她把更多的时间和精力放在了法学会工作上,高标准做好法学会各项工作,构建起市、县两级法学会与专业研究会促进补充的运行体系,立项法学研究课题123项,多篇论文获得国家和省级表彰。牵头组织研究的23万字的《周恩来法治思想研究》成果出版发行,先后获得省政府和省社科联等法学研究奖项,填补了该领域研究国内空白。

综治工作创新的先行者陈博文

曾任扬州市委政法委常务副书记的陈博文,办公室里有一对跟着他已经20年的哑铃。工作之余,陈博文会举起哑铃练上几组,他说有助于自己保持良好状态——特别是精神状态。

"每天在办公室里举哑铃,我会感到平安建设、社会治理工作重任在肩,不能有丝毫懈怠。注意,哑铃举起来以后是放下来的,而不是落下的,这里面有一个发力的过程。就像我们的工作,必须主动发力、主动作为,不能按部就班、听之任之。而主动作为,说到底,最重要的就是创新……"

"群众有困难、有需求,基层工作人员常常束手无策,不知道该怎么办、能怎么办;群众信访不信法,'讨说法'既常常挂在嘴上,也往往落在脚上;一起矛盾处理不好,一个问题解决不好,都可能引发群体性事件,并最终导致社会不稳定、不和谐。"陈博文对此深有体会。

这是陈博文心中举起的一个哑铃,必须寻找一个妥善的办法轻轻放下。多年的工作经验告诉他,这个问题不是做好一些工作就能解决的,必须创新工作方式方法,找准着力点,寻找系统性解决方案。

创新,是陈博文骨子里的气质。2013年,陈博文带领推动建设扬州市级综治平台——市综治中心。他一方面积极争取党委政府支持,同时认真谋划建设方案。仅用两年多时间,陈博文带领他的团队就建成了拥有1 340平方米办公面积和正科级事业单位编制的全省首家市级综治中心,并实现综治办全员进驻,综治单位席位式进驻,综治条线资源全面接入。近年来,陈博文推出了多项创新成果,使创新血液渗透到了综治工作和平安扬州建设各个层面。其中,平安文化首开专项文化建设先河,广受市民群众欢迎;专家库建设、心理干预能力建设在基层实战中多次发挥作用,成为深受广大基层综治工作者好评和拥护的创新举措。

真情为百姓的"法官妈妈"陈燕萍

千千万万个中国人记住了这张笑脸。一位平凡朴实的中年女性,给人印象最为深刻的是她那双明亮的眼睛和春天般温暖的微笑。代表中国法官的陈燕萍精神,在广袤的中华大地上落地生根。

全国模范法官、全国优秀共产党员、十一届全国人大代表、党的十八大、十九大代表……年过50、扎根司法领域30年的陈燕萍,身份多重、光环无数。

农村有句俗话,"一代官司三代仇"。很多案件如果当庭依法判决,对法官来说倒是省心省力,但当事人可能因为一件小事就反目成仇。陈燕萍始终用百分之百的努力,去实现哪怕百分之一的调解可能。2008年,发生金融危机时,有家企业裁员引发13起劳资纠纷,十几名当事人把企业告上法庭。她拖着高烧39度的病体,现场调解10多个小时,用一片真情化解了这场劳资纠纷。

陈燕萍办案效率高、质量好是全院出名的。她所办的案件,有

70%是调解结案的,婚姻家庭类案件的调解率更是超过90%。常和陈燕萍打交道的季律师说,陈燕萍办案有一秘诀,就是她的笑。一张笑脸相迎,是多年来她"攻心为上"的法宝。

在平时繁忙的工作中,陈燕萍再苦再累,脸上却总洋溢着春天般甜美的微笑,她用这真诚暖心的微笑,送给当事人问候、鼓励和祝福,架起与当事人心灵之间的桥梁,唤起当事人内心的真情与良知。因此,陈燕萍特别强调微笑服务,将微笑办案理念融入司法活动中,尤其是在接待环节,总以和善的微笑为当事人奉献真诚,播撒人民司法的亲和力,像春风一样送给当事人温暖。

季律师说,当事人到法庭不管带有多大的怨气、怒气甚至是火气,总能在陈燕萍的微笑中消化,她的微笑有着"四两拨千斤"的功效,这既是一种办案方法,更是法官难得的修养。

陈燕萍还把执法为民延伸到法庭之外,尽心竭力为群众做好事解难事。在受理一起残疾女儿起诉亲生母亲案件时,她想方设法为当事人寻找母亲,主动承担照顾当事人的任务,多方筹措资金、联系医院为当事人治病,使当事人成功摘除了面部肿瘤。

"远看像一团火焰,近看像一块美玉,她用实际行动赢得'真情为百姓、公正建和谐的基层好法官'的美誉!"靖江市人民法院副院长卢旭东这样评价陈燕萍。

铁肩担道义的"办案标兵"姚月梅

盱眙县人民法院党组成员、副院长姚月梅,在从事审判过程中,针对留守儿童问题,发出全国首份关爱留守儿童督促令,得到中央电视台等媒体报道,此做法入选2014年度"中国关注困境儿童十大进步事件"、2015年度"江苏十大未成年人保护事件",并荣获江苏第三届十大法治事件提名奖。

在从事执行工作后,她带头办理疑难复杂案件,积极构建执行大格局,推动县人大常委会出台执行联动机制。在决战决胜"基本解决执行难"战斗打响后,她先后以案件清理战、信访化解战、房屋腾空战等战役,主动推动执行工作稳步前进。在她的带领下,2018年1至11月,盱眙法院开展集中行动51次,采取搜查措施316次,腾空房屋160余套,执结各类案件5568件,同比上升了24.68%。

她注重充分发挥追究拒执罪责的震慑作用,仅2018年就移送公安机关涉拒执罪犯罪线索17件22人,已判处3件3人,均判处实刑。联合辖区内的通信运营商,为126名失信被执行人绑定了失信彩铃。全省首发"限驾令",有力打击了被执行人名下无财产却仍开豪车的逃避执行行为。

有人问她,这样坚守的意义在哪里?她说:"既然选择了远方,便只顾风雨兼程!"姚月梅认为,进入法院,便是国家司法机器上的一颗螺丝钉,要把司法作为"生命所奉献之志业"。她四次被省高院荣记个人二等功,获评江苏优秀女法官、全国法院办案标兵,更被最高人民法院表彰为"我最喜欢的执行法官",荣记个人一等功。2019年2月,又被最高人民法院评为2018年度人民法院十大亮点人物。

同事感言:从姚月梅的身上,我看到了一个外表温和却内心刚强的女人形象,从她的工作状态中,我感受到她对司法工作的热爱,在她的眼里,司法为民不是一句空洞的口号,而是一个个难题的破解,一起起案件的解决。

攀登法律高峰的"勇者"王勇

苏州市人民检察院第四检察部负责人王勇,热爱公诉职业,把公诉席当作他大显身手的"舞台"。在别人看来枯燥的办案工作,在他眼里都是充满乐趣的挑战。20年来,他所办理的数千件案件,无一错案、无一被改变定性,其中不少是轰动全国的大案要案。

他负责办理的何强聚众斗殴案,由全国多名知名律师组成维权律师团参加庭审,也吸引了不少媒体关注。在重新审查发现了大量新的证据后,他制定了翔实的庭审预案,最终案件得到成功办理,舆情也迅速疏解;在办理引发国内媒体关注的顾春芳集资诈骗案时,成功追加认定了被告人顾春芳对4名被害人实施合同诈骗3 900万元的犯罪事实,受到国内媒体的高度评价,被《检察日报》评为2013年全国十大刑事案件;在办理全国最大的"11·29"跨国电信诈骗案时,他利用法学理论破解了一系列国内司法实践首次遇到的难题,成功对129人提起公诉,认定诈骗数额共计3 000余万元。2014年,他受高检院指派,作为地方司法机关的唯一代表,赴湖北咸宁指导刘汉等人特大涉黑案件庭审工作。为了全面揭露刘汉等人的犯罪行为,他执笔完成了两万多字的法、理、情交融的公诉意见书,令部分拒不认罪的被告人当庭落泪认罪,并被新华社长篇通讯稿大量引用,为该案的成功办理作出了重大贡献。此外,他还成功办理了江苏口岸最大的走私垃圾进境案、周禄宝敲诈勒索案、党的十八大以来全国首例煽动颠覆国家政权案、昆山"8·2"爆炸渎职系列案件等案情复杂、社会影响巨大的案件,维护了社会安定,彰显了法律权威。他先后荣获"全国先进工作者""全国模范检察官""全国十佳公诉人""江苏省最美检察官""CCTV2018年度法治人物"等荣誉称号。

"就像医生做手术,任何一个疾病的治愈,背后通常有大量不为人知的医学原理。我们办理案件也是,再简单的一个案件,都涉及大量法律知识,需要运用自己的学识、理论、对案件的见识等去解决。"王勇说,作为检察官,在面对各种案件时,没有大小之分,只有"罪与非罪";不会因为案件被外界关注便更加重视,也不会因为数额较小而轻视。"每个当事人的利益都是平等的,一个人涉嫌犯罪,需要我们认真负责、兢兢业业去对待。"

他的"较真"是政法干警"法不阿贵,绳不挠曲"法治精神的真谛!

新招迭出的"活地图"廖超

南京交警二大队所管辖的新街口地区,机动车日流量达2万辆次,非机动车日流量更是达到了4万多辆次。

这么多车辆要在有限的道路环境中通行有序,自然离不开交警的管理。每天早晚高峰时,南京交警二大队副大队长廖超的身影都会准时出现在淮海路岗,这一站就是6小时以上。

除了维持交通秩序、保障道路畅通外,廖超还要充当"百事通"的角色,尤其得当好"活地图"。

"南京新街口商圈全国闻名,每天执勤时,我都会被行人问路数十次,逢周末和节假日,那更得100多次。有时,因马路上比较嘈杂,说和听都不是很清楚。"廖超说。

为了更好更清晰地指路,2014年,她和女子中队民警们想到了做简便地图的方法,大家利用下班时间,以各自执勤岗为圆心,将方圆一公里内的道路及有用信息都记录下来。为了保证准确性,廖超和同事们还骑着自行车熟悉岗点周边道路,再回单位和南京地图比对,之后进行手绘。

这份新街口《便民服务指路图》,上面不仅有道路名称,连周边的商场、银行、酒店、学校、地铁线等,全都以缩微图的形式展现出来。"地图初稿是我们手绘的,为了满足外地游客庞大的'需求',我们以初稿为原型,印刷了一批。"廖超介绍说。

据介绍,这份《便民服务指路图》自诞生之日起,日均发放量多达1 200张,为外地游客提供了不少便利。

从警15年来,廖超多次获奖,南京交警二大队还因此创建"廖超劳模创新工作室",并于2019年荣获"全省十佳创新劳模工作室"称号。不仅如此,她带领的女警中队先后获得全国、省、市级"青年文明号"、"巾帼文明岗"、省级"青少年维权示范岗"等荣誉称号,成为15名获得全国五一劳动奖章殊荣的民警之一。

他们都是平安江苏守护者

幸福都是奋斗出来的,在江苏政法队伍榜样优秀群体的身上,充分体现了这一点。他们把"奋斗""实干""拼搏"精神,融于岗位、融入日常、融进人生。江苏政法队伍榜样优秀群体以人格魅力,感召和引导着广大市民"学榜样,我行动",一群人带动了一座城,一座城感动一群人。

徐州市中级人民法院民一庭退休法官蔡裕华,素有"金牌调解"美誉的他,把"不可能"变成了可能。一名军转干部,半路出家,用三年时间,取得了法律本科文凭,通过了全国审判员资格考试,走上了法官岗位。从事民事审判工作以来,一颗颗冰冷的心被他融化,一件件棘手的矛盾纠纷被他化解。20年的审判生涯,获得了无数职业法官梦寐以求的成绩,走出了一条闪光的法律人生路。先后荣获省市级劳动模范、政法杰出卫士、十大法治人物、人民满意法官、调解能手,以及全国优秀法官和全国模范法官等20多项殊荣,当选江苏省第十届政协委员。

从一个赤脚上学的乡下孩子,走上省检察院法医的岗位;从一名默默工作26年的法医,变成一位1200例检验鉴定无一差错的全国知名司法鉴定专家;从全国3万名法医中脱颖而出,当选党代表步入人民大会堂听取和审议党代会工作报告,又作为全国先进工作者受到国家领导人的接见,江苏省人民检察院检察技术处法医顾晓生为这份特殊职业书写了时代传奇。

提到南京市检察院公诉二处处长余红,那些高高大大的男公诉人说:"真不知她娇小的身体里面怎么藏着那么多能量。"据说,她的师傅,时任南京市检察院副检察长、第二届全国十佳公诉人李爱君曾送给她一个绰号——"小宇宙"。从事检察工作22年,主办或参与办理"德隆系"非法吸收公众存款案、"润在公司"非法集资案、南京虐待儿童案等有影响的案件。先后被评为南京市"十大杰出青年"、江苏省"杰出人民检察官"、江苏"最美法治人物"、江苏省"十佳公诉人"、全国"十佳公诉人"等。

入选"中国好人",被评为江苏省"十佳女检察官",受表彰20余次,荣立三等功4次,获评南通市先进工作者、全省公安派出所"111"

工程优秀民警……如东县检察院检察长王骅有着率真、果敢的个性，从不言败，从不示弱。在海安期间，分管工作多年保持全市先进，驻看守所检察室连续四届被评为全国一级规范化检察室；指导办理全省首例以多计奖励分徇私舞弊减刑假释受贿案，被最高检评为全国五个典型案例。如今，王骅已经在检察岗位上坚守了32年。

"荣誉是一种鞭策，我将在破译疑难复杂案件'密码'的征途上砥砺前行。"2019年3月27日，在扬州广电演播大厅舞台上，扬州市公安局刑警支队刑科所教导员沈高芳接过江苏"最美巾帼人物"证书，眼睛里闪耀着睿智和坚毅。26年来，沈高芳勘验刑事案件超过2万件，通过DNA直接认定破案9 500多件。让证据说话，她的实验室成为许多疑难大案的侦破点。

在南通市公安局崇川分局虹桥派出所有这样一位110接处警民警，他1997年8月从部队转业，戎装换警服，一直扎根在基层派出所一线22年，期间有17年在110接处警岗位默默坚守奉献，用一个个亲民爱民的实际行动温暖、服务群众。他，就是朱义杰。2019年58岁的朱义杰，任接处警一职以来个人的处警量已突破数十万起，并做到零投诉，曾多次获得嘉奖并被评为优秀共产党员，荣立个人三等功一次。在南通公安接处警民警中，他是年龄最大、处警时间最长、处警量最多、经验最丰富的"四最110民警"。

每天至少徒步5公里走访社区、入户调查、化解矛盾，是如皋市公安局迎春派出所社区民警戴红梅的人生长征。20年，任职社区先后换了7个，她徒步走访行程超过35 000公里以上，相当于完成了1个半长征。因为她的守护，戴红梅任职的社区，未发生一起"重大恶性案件"。她，入选"中国好人"，评为江苏省劳模。声誉等身的她，不管何时何地，总是被同事、街坊邻人亲热地称为"戴大姐"。她用二十多年的守望，为"大姐"二字积淀了别样的内在，这既是一种朴素的称谓，同时更是一份发自内心的尊敬。

南京女子监狱第四监区监区长丁丽，当初到四监区的时候是哭着去的,现在对待服刑人员像亲人一样。"监狱是改造人、教育人的地方。我所在的四监区,是一个老弱病残比较多的监区,小到给犯人发的每一颗药,大到生老病死,都是我们的职责。虽然她们是犯人,但是她们一样有作为女人的尊严,这也是司法文明的体现。"丁丽扎根基层一线20年,她的坚强、乐观、勤奋、睿智,让人称赞。

江苏省女子强制隔离戒毒所是全省唯一收治女性戒毒人员的场所,汤燕军所在大队一直处于高收容状态,最高峰时,戒毒人员达350人之多。作为大队长,她始终把确保场所安全稳定放在首位,坚决实施"零容忍"警务,坚持"周小清月大清",平均每年开展"双违物品"清缴专项活动22次,个别谈话达600多人次,多个危及场所安全的隐患、影响矫治秩序的苗头,都被她务实细致的工作一一化解,大队未发生一起"六无"事故。

淮安市南闸镇泾河村村民潘恒球是个说书人,前21年说历史,面对的是书场中的听众;后37年说法律,听众变为校内外的孩子。前21年说书,一个月赚的比国家干部还多,后37年一分钱不赚还倒贴。37年来,他的普法足迹遍布南京、扬州、盐城等地的1 000多个村居、500多个厂矿企业、1 500多所中小学校,先后为青少年学生义务讲课8 000多场,受教育学生达30万人次。

43岁的年纪,23岁的心;既能舞刀弄枪,又能舞文弄墨;扛得了领导旗,拿得起指挥棒。泰州市姜堰区法院法警大队政委张桂军用自己的实际行动完美诠释了从"全能法警"到"第一书记"的蜕变。凭借敏锐的洞察力和对工作的高度责任心,近年来,张桂军带领干警提押、看管人犯600余人次,从未出现自杀、自伤和脱逃事件;协助审判执行中的查封、扣押、拘留等工作800余起,参与强制执行120余次,成功抓捕拒绝履行生效法律文书被执行人20余名,从未出现纰漏。2018年9月,张桂军被最高法院表彰为"全国法院司法警察先进个人"。

与烈焰抗争、救人于水火。南京消防救援支队三级消防长丁良浩长期扎根基层灭火救援一线,视驻地为故乡、视群众为亲人,在汶川地震救援、靖江德桥仓储火灾处置等3 000多次战斗中舍生忘死、英勇顽强,为保护人民生命财产安全作出突出贡献,在血与火、生与死的严峻考验中书写精彩人生,诠释奋斗伟义。从丁良浩的身上,我们看到了消防战士的忠诚、敬业、奉献、情怀,看到了共和国忠诚卫士的风采。

"寻找江苏最美法官""江苏最美警察""检察之星""最美人民调解员""江苏最美警嫂""最美法治人物"等推选活动,"争创人民满意的政法单位、争当人民满意的政法干警""双争"活动、"江苏十大法治人物、十大法治事件"评选、"忠诚卫士"评选、"重温红色　逐梦未来"交响音乐会、江苏政法系统先进事迹报告会、"两学一做"知识竞赛、"我和政法70周年"主题宣传、"不忘初心、牢记使命"主题教育……一个接一个活动的开展,补足干警精神之"钙",打造"金刚不坏之身"。

江苏政法队伍榜样优秀群体的一言一行、一举一动,无不彰显出道德的温暖和精神的力量;他们立足平凡岗位,从小事做起,以平凡的力量,筑梦江苏,实现人生价值;他们热情开朗、大气开放、积极向上、乐于助人的故事就像春雨润物,构成了江苏的亮丽风景线。

平凡中见伟大,细微处见品格。江苏政法队伍榜样的根深深扎进了基层,可信、可学、可做,让榜样的力量的传播有了更恒久的生命力。

4. 把纪律和规矩挺在前面

没有规矩,不成方圆。只有把纪律和规矩挺在前面,让铁规发力、让禁令生威,坚持抓常、抓细、抓长,政法队伍才能抵得住诱惑,经得起考验!

提升精气神,积聚正能量。全省政法机关牢固树立底线思维,相继出台一系列铁规禁令,织密制度"铁笼",架起拒腐反腐"高压线",始终坚持用铁的纪律打造过硬队伍。

江苏省委政法委出台十八项规定,细化干警行为规范,形成切实管用的纪律规定体系。南通市委政法委建立"大督查"机制,徐州、连云港公安机关搭建"数据铁笼""天镜平台",镇江市人民法院、扬州市人民检察院、南京市国家安全局用大数据分析廉政风险源点,强力推进队伍廉政建设。

阳光是最好的防腐剂。江苏各级政法机关利用信息技术构建权力运行平台,把所有权力都放到网上运行,实现全程记录、全程留痕,谁在什么时间作了什么决定,一目了然、清清楚楚。灰色地带、模糊环节没有了,暗箱操作、私下运作也消失了。

为政清廉信于民,秉公用权得人心。江苏省每年要办理减刑、假释、提前解除强制隔离戒毒案件大概3.3万件左右,这里存在很大的执法风险。江苏省司法厅政治部主任赵庭朴说,为了解决这个问题,江苏省司法行政系统建立了廉洁执法风险防控信息系统,在重要执法环节设置审核关口,实现了执法工作网上管理、网上监督、全程留痕,"四级的行政权力监察监控系统平台对网上运行的权力实时监控、预警纠错,最大限度降低了违规违纪行为的发生"。

己不正,焉能正人?一支队伍的作风就是一支队伍的形象,关系人心向背,关系生死存亡。

"存在'黄牛'有偿代办违章消分现象,希望车管所加强管理;交警雅周中队地处三县交界,管辖范围大且偏远,中队5名干警,存在警力不足的问题;墩头司法所编制3人,目前仅有1人,需尽快补员……"海安市委政法委一条条情况通报,严肃不留丝毫情面。

党旗不容玷污,国徽不容亵渎,警徽不容蒙尘。全省政法机关从大处着眼,从小事着手,以零容忍的态度惩治执法司法腐败和队伍中的害群之马,做到有案必查,有贪必肃,有腐必惩,有责必究!

作风建设永远在路上,将规矩立起来,权力管起来,作风转起来,始终保持政法队伍的先进性和纯洁性,全省政法部门持之以恒加强作风建设,为真正打造一支纪律严明、作风优良的正义之师奠定了牢固的基石。

不忘初心，继续前进！在全部政法工作中，队伍建设是根本，也是永恒主题。江苏政法机关将以习近平总书记系列重要讲话特别是视察江苏重要讲话精神为指南，在省委、省政府的坚强领导下，勠力同心，砥砺前行，用忠诚和担当打造过硬政法队伍，努力向党和人民交出新的更加优异的答卷！

第十六章　担当的"宽肩膀"

1. 倒下去是一座山

一个有希望的民族不能没有英雄,一个有前途的国家不能没有先锋。

和平年代,政法队伍是牺牲最多、奉献最大的一支队伍,也是一支英雄辈出的队伍。几乎时时有流血,天天有牺牲。党的十八大以来,江苏共有 107 名政法干警英勇牺牲,1 301 名干警因公负伤。他们有的年富力强正值壮年,可奋斗的脚步却不得不停止;有的辛劳一生即将退休,可颐养天年却成了再也无法实现的愿景。

他们毕生都视党的事业高于一切,而把自己的生死安危放得很低、很低。

他们把自己的得失看得轻如鸿毛,而"人民"二字却重如泰山。

他们为心中壮丽的事业而燃烧,牺牲了生命的长度,却丰盈着生命的宽度。

他们站着是一棵青松,倒下去则是一座大山。

时间见证,社会平安稳定和人民安居乐业的幸福大图景里,有他们一脉相承的拼搏奋斗。

历史见证,这个伟大国家历史性成就与民族历史性进步中,有他们前仆后继的奉献牺牲。

一心为民的"拼命三郎"王志刚

2014 年 7 月 14 日,年仅 52 岁的王志刚积劳成疾,英年早逝。

生前担任南京市栖霞区政法委副书记、区依法治区办公室主任兼区维稳办主任的他,在群众眼里,是"值得信赖的好干部";在同事眼里，是政法战线的"拼命三郎"。

能够赢得干部群众的一致好评，王志刚的"秘诀"只有一个：在34年工作生涯中始终一心为民，为外来务工人员讨要工资，为黑车司机解决困难，每年牵头处理各类突发事件200余起……

王志刚生前有句口头禅："把百姓当朋友处，把群众当亲戚走。"

2013年春节前夕，200多名外来务工人员因没有拿到工资，一大早将尧化街道尧佳路堵得严严实实。

接到报告不到20分钟，王志刚就赶到现场，往人群中一站，用他的大嗓门说："民工兄弟们，我是栖霞区政法委副书记王志刚。我也是农民的儿子，知道你们的艰难。请相信党和政府，也请相信我，我们一定会想方设法把工资发到你们手上，让你们开开心心回家过年。"

在他的努力下，开发商当天先垫资200万元支付外来务工人员工资。

发完工资已是深夜。细心的王志刚专门叮嘱尧化街道和派出所，派两辆警车保障民工们的安全。

王志刚细心的背后，是他一心为民的真情。2007年春节，他和同事前往八卦洲街道外沙村慰问困难家庭，发现一户张姓人家家徒四壁，孩子的书桌是用几块砖头和一块木板支成的。送完米、面、油和慰问金后，王志刚迟迟没有挪动脚步，随行的同事催促他上车时，他说："你们再等我一会儿。"说完，他将随身带的700元钱全部送给了困难户。

对待困难群众如此，对待上访群众，王志刚同样倾注了满腔热情。

燕子矶街道有个名叫陈义湖的退伍军人，因待遇问题迟迟未能得到解决而多次上访。王志刚了解情况后，主动上门和他交起了朋友："你是军人，我也曾经是军人，我们之间应该有很多共同语言。"

慢慢地，王志刚用自己的真心和真诚融化了陈义湖心中的坚冰。后来，陈义湖办起了家庭养殖场，王志刚经常关心他的经营状况，有时还通过亲戚朋友帮他销售。2014年7月14日，得知王志刚积劳成疾、英年早逝的消息后,陈义湖赶到王志刚的灵堂前焚香祭拜,眼含热泪地说:"王书记,我是您的特殊战友,想不到您这么快就离开了我们,今天我来送您一程!"

仙林曾是黑车泛滥的重灾区。2013年5月,栖霞开展为期一个月的仙林地区交通环境综合整治行动,王志刚担任现场总指挥。

一天夜里,经天路地铁站附近停着一辆车,疑似违章带客,执法人员上前盘查时,司机突然从车座底下抽出一把2尺来长的砍刀。王志刚走上前去说:"我叫王志刚,是交通环境整治现场总指挥,有什么难事尽管跟我说。"对方被王志刚的真诚打动,放下砍刀说:"我干这行也是迫不得已。"王志刚说:"整治黑车是广大群众的要求。我们正在想办法解决你们的困难,你要相信我们。"最终,黑车司机心甘情愿接受了处罚。

在政法战线上打拼6年的王志刚,每年要牵头处理这样的突发事件200多起。

王志刚曾说过:"我所从事的工作,能使一方变得更加美好,那便是我最大的心愿。"现在,仙林地区黑车泛滥现象基本绝迹,栖霞区公众安全指数居南京市第一,不再是"江苏省社会治安重点防控区",这正是王志刚生前的心愿。

实干担当的"筑基先锋"薛国强

2017年6月18日,常州市天宁区委政法委副书记薛国强因肠癌医治无效去世,年仅52岁。

对于他的离世,从机关到镇村,从干部职工到老上访户,无不悲恸动容。网络和微信上的纪念缅怀也不断刷屏:"大写的人、纯粹的人""实干担当的丰碑""人民的好干部""你赤足行走大地,是天宁的骄傲"……

薛国强的身上,有着太多的故事和感动。最让人铭记的,是他的担当有为,永远微笑着挑最重的担子、啃最硬的骨头、接最烫手的山芋。

对"干部"一词,薛国强的理解是"先干一步"。在他的人生词典里,没有"宁可不做,不要犯错"的信条,他从不"推上压下",而是自己拼到极限。

在翠竹、茶山派出所当所长时,案件一上手,他当即进行处理;在担任信访、维稳部门负责人时,他把事情先做得差不多了,再向区领导汇报,把压力和风险留给自己;在担任区委办副主任、政法委副书记时,他敢于协调、多谋善断,成为领导决策拍板的好参谋、好助手。

薛国强经常是黑着眼圈来上班。他曾私下里向同事沈仲亮"炫耀",昨晚又做通了某人的工作,消除了一个风险点。

"啊,我咋不知道?"

"让你知道么,晚咧。"

"领导知道不?"

"干完才告诉他们,免得他们担心、睡不好。"

每每回想起这段对话,沈仲亮心里就十分感慨。

天宁区综治办主任费春陵说,薛国强不躲事、敢揽事,而且能干成事,"哪壶不开,就提哪壶"。只要是他认准的事,就算"背着石头上山",也要干到底,绝不允许"小事拖大,大事拖炸"。在2013年路桥市场安全隐患整治中,他总是挑最难打交道、闹事最凶的商户做工作,被吐过唾沫,也被撕破过衣服。在龙汇路施工现场,200多名村民举着扁担、锄头,拎着煤气瓶对峙,他挺在第一线冷静指挥,终于化干戈为玉帛。2015年,泰和之春、银河湾明苑等楼盘由于资金链断裂,出现较大规模的群体性矛盾,他顶住各方面的巨大压力,协调市、区多个部门加快破产重组进程,使事态向好的方向发展,并得以解决。

据天宁区人社局局长叶平说,背后的工作最难做,一般的仲裁,50%满意就不错了,薛国强却依法析理,兼顾各方面合法利益,能做到多方都认可满意。2010年,星球电子厂搬迁,比电视剧《人民的名义》里的大风厂更惊心动魄,300多名工人组成护厂队,搬来汽油桶,不让5 000万元的外贸货品运出。薛国强通宵达旦做工作、谈条件、定方案,让许多"王文革"式的人物都服气了。同类型的还有巾被总厂破产案,这些都是薛国强啃下的硬骨头。

心中的责任有多大,人的格局就有多大。

2017年2月27日,星期一。确诊患癌的当天,薛国强还在忙碌。天一亮,他就赶到茶山某企业拆迁现场,然后去市第二人民医院拍片,中午再赶回区政法委布置工作。

天宁区信访局局长钱晔记得很清楚,薛国强年前就一直咳嗽,春节后上班依然没有好转,2月24日被他硬"押"着去单位隔壁的青龙卫生院。薛国强的验血报告单一出来,钱晔的心就猛然一沉,16个指标中有12个异常,箭头不是向上就是向下。严重贫血,而且肺部有大量结节,医生要求迅速去大医院作进一步检查。

薛国强想了想,说:"周一再去吧,先把手上的事做完。"钱晔拗不过他。薛国强揣起化验单,赶回了办公室。

而在接下来的周六、周日两天,他并没有休息,针对可能发生的多起群体性隐患矛盾,召集多方面人员进行商议并制订预案。

熟悉薛国强的人都知道,他不能受累。2003年任茶山派出所所长期间,他就因作息不规律得了急性胰腺炎,情况一度危急,医生叮嘱他即使痊愈了,以后也要多休息。可是,薛国强做事的原则是,不管是否主角、有无职位,只要能解决的,先全身心扑上去做好了再说;今天有望解决的事,就算使尽浑身解数,也不能拖到明天,昼无为,夜难寐。

正入万山圈子里,一山放过一山拦。薛国强在公安、信访、政法综治一线工作的这些年,遇到了企业改制、"腾笼换鸟"、旧城改造等改革节点和发展难题,群体性矛盾大量出现,进京上访人数激增。在多个场合,薛国强都说,基础不牢就会地动山摇,问题导向和底线思维一定要强化,要通过改革和发展来解决这些问题,既要满足群众切身利益,又要引导群众理性表达利益诉求。

在他女儿薛朝霞的儿时记忆中,父亲永远是穿着警服,来去匆匆,很少能聚在一起吃饭;经常是家里刚摆好碗筷,手机响了,父亲随便扒拉几口饭,就出门去了。

时任天宁公安分局副局长的凌龙说,2005年左右,天宁启动新一轮城市拆旧建新工作,矛盾逐渐显现,薛国强那时是治安大队长。道北地区整治、红梅公园拆迁、国棉一厂搬迁……他天天坐在"火山口",忙到深夜一两点。有一段时间,他干脆不回家,住在集体宿舍里。

薛国强刚任天宁公安分局副局长时,公安系统开展大接访活动,一些上访群众行为过激,扬言要喝药上吊,有人躲之不及,他却主动接待。到后来,老上访户们只认薛国强,甚至点名要他接待。

担当,是一棵大树,它的根深深地扎在土壤里,那是它对大地深沉的爱。

在薛国强的工作笔记本上,他抄录着一首诗:"南北驱驰报主情,江花边月笑平生。一年三百六十日,多是横戈马上行。"这是明代抗倭名将戚继光的《马上作》。薛国强出生在常州前黄镇农村,是家里的长子。他曾穿着鞋底磨出了洞的旧布鞋,每天走十几里路去上学。而10年的警长经历,让他对基层百姓的冷暖有了更深的体会。

2008年6月贵州瓮安事件后,许多干部本能地向后退。天宁区领导思来想去后,一再向市里要求,把刚刚调到市公安局机关工作的薛国强又要了回来。"回就回吧,我对天宁的情况熟,也有感情。"薛国强欣然答应,走上了号称"天下第一难"的信访岗位。原定9月18日报到,可是,8月底薛国强就到位了。

常州市信访局副局长倪宁记得,当年8月29日,飞龙路62岁的拆迁户吴某带着30多个亲戚朋友,横下一条心到省政府上访。吴某有严重的心脏病,万一现场处置不当,极可能会出人命。当时,倪宁正在省里开会,接到电话说不要回常州,直接就地处理该案件。

等倪宁赶到现场时,薛国强已乘大巴车赶到,并走进情绪激动的群众中,面对面了解情况做工作。事态终于得到缓解。

就在回常州的路上,吴某果然心脏病突发,车上乱作一团。薛国强当机立断,避开车流高峰路段,从罗墅湾下高速,直奔奔牛医院。医生说:"再晚半小时,人就悬了。"

劝回信访户的当晚,薛国强连夜就与红梅街道会商会办。第二天一早,他赶到市信访局汇报工作进展情况。

薛国强不抽烟、不喝酒、不打牌、不搓麻将,想着的只有干事,偶尔得空会看看书。每起矛盾事件,对他来说,都如同催征的号角。天宁区党代会开幕当天,某市场 200 多名经营户因摊位返租问题,拥至政府要求解决。薛国强立马从会场跑到接访现场,在毒辣辣的太阳底下,沟通工作从上午 10 点一直做到下午 4 点半。看着来访人员一一离开后,他才想起自己还没有吃午饭。

天宁区委副书记、政法委书记舒文说,薛国强多年来初心不改,将公平正义奉为圭臬,任政法委副书记 7 年多,从打击违法犯罪到和谐安民工程,从政府依法行政到社会治理创新,从社会稳定风险排查到区域风险评估,从涉法涉诉个案化解到提升全区司法公信力,处处都能看到他的身影。

薛国强离世后,舒文含泪在祭文中写下一段感慨:

星月一肩砥砺行,

风雨同舟袍泽情。

君今一去几时归,

我有疑难问何人?

不忘初心的老法官刘嗣寰

哀乐一声声回荡,泪水一次次流下。刘荪罡在父亲的遗体前深深鞠躬:爸爸,您没有留下一句话,留给家人的唯有痛惜的泪水。您放心地去吧,我会竭尽全力孝顺好妈妈,牢记您的遗训,清清白白做人、勤勤恳恳做事……

2017 年 11 月 8 日,是个悲痛与送别的日子。上午 8 时 30 分,南京市殡仪馆内哀乐低回,挽联高悬,花圈绕护,众人眼含泪珠,现场不时传来抽泣声。江苏政法系统领导和干警代表、同学、亲友及其他群众自发前来送别因公殉职的59岁老法官刘嗣寰。

"光明磊落,一纸文书尽显责任担当如此一生为人民,三尺法台,致力公平正义还差三月方退隐。"悼念大厅的两侧摆满了白色花圈,庄严肃穆。刘嗣寰面容安详,身上覆盖着鲜红的党旗。敬献花圈的有最高人民法院政治部、中共江苏省委政法委、省委党校、省司法厅和省律师协会等。最高人民法院党组成员、政治部主任徐家新,江苏省委常委、政法委书记王立科向刘嗣寰家人表达崇高敬意和沉痛哀悼。王立科作出批示,要求以刘嗣寰同志为榜样,不忘初心、牢记使命,永远做党和人民的忠诚卫士。省法院为刘嗣寰同志追记个人一等功,并号召全省法院开展向刘嗣寰同志学习活动。最高人民法院追授刘嗣寰同志"全国优秀法官"称号。

在江苏省法院楼宇间,大家追思老法官刘嗣寰,在共同回忆他的过往点滴时,泪光闪闪,思念无尽,无不唏嘘感慨,沉浸在悲痛之中。面对痛失的战友,时任省法院党组副书记、副院长周继业在追悼现场难抑悲伤,掩面落泪:"老刘,多好的同志啊,你走得太早了……"

2017年10月30日,眼前的情景成为审监二庭党支部专职书记唐彦永远挥之不去的记忆。唐彦说:"这天下午约3点,听到走廊里有人惊呼:刘审、刘审,你怎么啦?我们闻声奔去,只见刘嗣寰趴在卫生间的洗手台上,地上和水盆里有少量呕吐物,人已深度昏迷。13分钟后,刘嗣寰被送到省人民医院抢救,11月4日凌晨2时27分抢救无效,不幸殉职。老刘的离去,身边的同事都陷入了深深的悲痛之中,我至今仍没回过神来。"

在简单布置的追思会现场,副庭长王蕴泪流满面,述说中几度哽咽。王蕴说,自进法院后,经历了三次这样刻骨铭心的生死离别,而且都是法官,在他们身上都深深地烙上了一个"累"字。老刘是多勤奋的一个人啊,出事那天看到他僵硬地趴在洗手台上,当时心里就咯噔一下,没几天身边活生生的一个人就这样没了。

办公桌上堆放一排法律书籍,一本《民法学说与案例研究》翻至72

页,一本案卷打开着,刘嗣寰的办公桌仍是他生前工作的模样,桌面干净整洁。睹物思人,与刘嗣寰同办公室 10 年的法官武孙眼睁睁地看着朝夕相处的老伙伴倒在了岗位上,这些天来,他无法接受这残酷的现实:这几十年来无论换了多少部门、多少办公室,在老刘的玻璃台板下一直压着一幅字"心如止水"。印象中老刘从没休过假,我们一般人可能是将工作当成谋生的手段,老刘却是将工作当成毕生的事业在做,他平常也没有其他的业余爱好,办案成了他最大的乐趣。就在他出事的前几天,他带领同事去海门出差保全证据,赶到现场后发现工厂已停业,大门紧锁,需要翻过一堵矮墙才能进去,老刘翻墙而进,封条贴在了机器上才踏实而归,这就是还有几个月就要退休的老刘啊。

"他给我的最大印象就是一个'拼'字,这是他的特点、优点,也是他致命的缺陷。"老法官丁争鸣说,"当年我们二审开庭时,书记员不够用,我和老刘互记笔录,我的一起案件,他给我记了四个问题;可他的一起案件,我给他记了一大堆问题。我与老刘同年,还有两个月就要退休,我年初就少收案了,就是将手上的案件结掉,可老刘年初就给自己定了要结 99 件案件的目标,已结了 89 件了,还有 10 件现在已经全部程序走完了,剩下的就是写法律文书了。老刘来省院后分别在经济庭、执行局和审监二庭工作,而每到一部门办案量全居前列。那天他趴在卫生间的洗手台上一动不动就没醒来,真的让人好心疼啊。老刘,你太辛苦了。"

"老刘就是一个对人、对工作特别认真的人。特别是一提到工作,他总是眉飞色舞嗓门大,即使食堂吃饭时,话题也离不开他的案子,即便是一个简单的案件,他也坚决不肯'简单',始终都是一丝不苟。"审监二庭庭长章润看着自己战友的突然离去,感到一切来得是那么猝不及防而悲痛难抑:"老刘去世的前几天出差回来后遇见我说,他已结了 80 多件案了,今年 99 件目标肯定完成,我还特别嘱咐他悠着点,身体重要。"章润镜片后的两窝泪水在盈盈晃动:"老刘在审判、执行岗位共结案件 884 件,没一件因处理不当而引发当事人缠诉上访。他 2014

年办结72件,2015年82件,2016年89件。在近年再审案持续大幅增长的情况下,他'每案必谈',说没有见到当事人,心里没有底,就不能轻易下结论。老刘是出了名的'大嗓门',合议庭讨论案件时,他常是少数意见,但不少案件最终还是采纳了他的意见,原因就在于他对案件客观真实的判断。"

"过去发工资是发工资条的,老刘这个人很有意思,他将每个月的工资条贴满了笔记本。我看到后不解,他说,就想看看每年国家给他多少钱,自己的所有工作都应回馈国家。现在想起来,应该就是他守本分、尽本职、行得正、走得端的动机和信仰吧。"曾在上世纪90年代就与刘嗣寰一同办案的李圣鸣忆起往事眼睛湿润了:"在我们大家的眼里,老刘太平常了,甚至还有点固执,做事认真负责,几近苛求。我就亲耳听到原经济庭的老庭长说过,老刘的阅卷笔录是全世界法官中最详尽的,其言虽有夸张但我知道,所有看过他阅卷笔录和审理报告的人都会感到震撼。他的案件卷宗总是理得整整齐齐,如同刀切过一般,移交书记员归档,几乎不用书记员再去整理。"

"老刘走了,这些天我的心情很复杂,我们一起共事了7年,那天在医院看到他昏迷不醒的样子我非常难受。前不久有一件事一直敲打在我的心头。"法官陆轶群说,"我们年纪轻一些的员额法官去法官学院培训,老刘在办公室给我来电话,让我把培训教材带给他学学,我开玩笑说,都要退休了还看书干啥?听了这话,老刘却说在岗一天我得学一天、干好一天。听后,我感到非常惭愧。"

"我与老刘在执行局相处了12年,他比我大几个月,我们宛如亲兄弟。老刘的嗓门大,任何事原则性特别强,从来不藏着掖着。"老法官许勇敢说,我们所有与老刘在一起共事的人及案件当事人都知道,老刘办案谁说情都没用。老刘在经济庭时,当有人要关照某个案件时,老刘总是横眉冷对,如果你给原告说情,那么原告会遭到老刘放大镜般的细致审查,看这个原告到底有没有问题。

"一个人干净、纯粹是博大的。因为博大才显得伟大。老刘是我非常敬重的一位法官,我 1992 年到经济庭,有 20 年有幸与老刘共事,当时经济庭大概 28 人,书记员只有 3 个人,平均每人要办案 20 件左右,但老刘的办案量在 37 件上下,我印象特别深。"法官沈燕仍清晰记得,1997 年时,老刘主编了《现代经济法学》一书,有的律师、中介机构想通过买书的方式接近他,他一概予以拒绝。有一次案件审结后,我看到下班后当事人硬拉着要请他吃饭,老刘坚决不依,最终他的衣扣都被拉扯掉了。

是清水,就是透亮的。面对成荣海、韩文彦、徐美芬、杨忠、张戎亚、章芳芳、陈军、汤殿军、姜立等众多受访者的泪眼,面对遗照上老刘的面容,笔者视线模糊,感慨不已。大德无碑,大道无形。老法官刘嗣寰虽然与我们永别了,但他清清白白做人、踏踏实实做事的精神,生命不息、奉献不止的思想境界,已在江苏法院人的心中铸成"初心不忘,方能厚重如山"的精神丰碑。

"肯干能干"的检察官陈业

2016 年 4 月 8 日,江苏省人民检察院微信公众号文章《只要有人记得,他就永远活着——也许你还不知道陈业是谁》在检察机关流传。时间前推至当年 2 月 27 日,盐城市亭湖区检察院反贪局侦查一科科长陈业因病逝世,年仅 30 周岁。忆及同事陈业,亭湖区检察院杨扬说:病魔夺去了他年轻的生命,我时常想起他的笑脸,仿佛他未曾离开。

2007 年 9 月参加工作,凭着踏实肯干的精神和工作上的突出表现,25 岁的陈业担任了射阳检察院反渎局侦查科副科长,后被选调至亭湖区检察院,2012 年 3 月,担任亭湖区检察院反贪局侦查一科科长。作为盐城市检察机关反贪侦查人才库成员,他经常被抽调协助办理大要案。从事检察工作以来,他主办、承办贪污贿赂、渎职侵权案件 17 件,协办各类案件 30 多件。职务犯罪侦查往往类似于滴水穿石,严密的证据锁链是"磨"出来的,一个案件从初查到侦查,往往颇费周折,陈业常年约有三分之一的时间在外出差办案。

2015年初,陈业感到身体不适,可他误以为胃病,只是一般性就诊,每天吃药坚持办案。当领导和同事看他脸色不好、疼痛难忍,劝他休息时,他说:"我年轻,没关系。"

2015年8月,肝区剧烈的疼痛常常折磨得他无法安睡。抽空到医院检查后,被初诊为肝癌。当时正处于盐城检察机关开展农村改厕资金领域职务犯罪查处专项行动攻坚阶段,他坚持参与审讯,突破区卫生系统刘某、戴某等人的受贿案件,直至案件侦查终结才入院治疗,这是他职业生涯中办理的最后一起案件。

2014年国庆节前,滨海县检察院一起复杂行贿案件久攻不下,盐城市检察院抽调陈业等全市侦查骨干驰援。由此,全国模范检察官、时任滨海县检察院副检察长、反贪局长刘文胜与陈业有了交往。一天,陈业找到刘文胜,要求夜里值班。第二天白天,刘文胜得知陈业已回亭湖检察院。晚上,刘文胜到办案区巡查,看到陈业在跟嫌疑人谈话。刘文胜纳闷,陈业说:"承办案件没有结案,利用白天时间回去处理。"为不耽误两边工作,陈业每天来回忙碌。

深入了解后,刘文胜还得知,当初抽调陈业的时候,他原本打算利用国庆长假和家人一同外出度假,并买好了往返机票,接到通知后,陈业悄悄把已经买好的机票退掉,第一时间赶到办案点。刘文胜这样评价陈业:他具备"80后"这个青春群体的特性,同时,在他身上还体现出"60后"的吃苦耐劳精神。

"肯干能干",是陈业领导和同事对他的普遍评价。他曾表达过这样的观点:反腐败斗争重在斗智斗勇。他勤于钻研,渐渐地形成了"陈氏侦查风格":上兵伐谋,周密预案,攻心为上,理性交锋。他讲究与办案搭档的配合,追求一个眼神与一句停顿细节上的默契协作。他注重以理服人,让当事人心服,让公众信服。许多犯罪嫌疑人自恃老成,社会阅历丰富,没把这位年轻的检察官看在眼里,陈业娴熟的办案技能,最终让他们"认栽"。

每当案件遇到"瓶颈"的时候,他总能第一个冲上去,当侦查出现僵局时,常说"让我来试试"。法定办案时限不能逾越,陈业怀着不放弃的想法,往往就在最后一小时内让领导和同事们见证奇迹。2015年5月,在对行贿人朱某某进行了十个多小时的侦讯后,朱某某始终否认行贿事实,领导已经决定准备放朱某某回家。此时,陈业主动请缨,要求利用剩下的一个小时去跟朱某某谈一谈。在这一小时内,他耐心地说服,攻破了行贿人的心理防线,在法律规定的时限里交代了行贿事实,由此揭开了4起受贿犯罪案件的盖子。

在日常生活中,陈业是个帅气的阳光大男孩,不乏时尚韵味,爱穿白衬衫、白裤子、港式的小马夹,颇有文艺才能。"有一天渐渐远去,我们都会忘记年少,射阳检察,温暖的一家",初入检察机关,陈业作词作曲,抱着吉他弹唱的这首《射阳检察院我温暖的家》还萦绕在昔日同事耳边。他潮,喜欢玩微信微博,晒生活,不违反保密纪律的情形下,他也晒办案。30岁生日那天,他在办案点,晒一片西瓜皮,那是生日水果。在他治疗期间,通过微信和朋友聊办案,请同事拍他办公室的照片传给他,表达回归司法办案的愿望。

他视检察院为家,传递着爱心。他是位"年轻的领导",但在更年轻的检察干警眼中,他更像邻家大哥,不但教他们检察技能,而且热心地帮助他们解决生活上的困难。当"小伙伴"们向他感谢时,他总说:"自家兄弟姐妹,客气什么。"他是个"吃货",在办案间隙喜欢吃一种镇江的猪肉脯,说耐饿。办案之余,他喜欢和院里远离家乡的单身汉聚餐,送上"带头大哥"的温暖。

他挚爱家人,想事业和家庭兼顾。他会在凌晨下班后驱车回家,陪家人吃顿早饭,然后再赶回办案。对待妻子,他浪漫真诚,在婚礼上,他带领他的乐队共同演绎了一首《李小姐》,抒发了对妻子的深情。妻子理解他,约法三章,无论多迟,回家就好。对待长辈,他孝顺有礼。岳父、母亲生病,他不辞辛劳在办案点与家之间奔波。

陈业渴望生前能见儿子一面,遗憾的是没有如愿。他病逝四天后,他的儿子出生。

燃尽生命的好民警史伟年

中午,南京江北,宁连高速新集公安检查站沐浴在阳光里,车稀人少,一片宁静。南京市公安局交警支队高速公路七大队二级警长史伟年就倒在这里。

史伟年的同事回忆,2017年11月16日凌晨,史伟年在宁连高速新集公安检查站执行"冬季攻势"夜查任务。2时30分许,史伟年在盘查一辆白色奔驰越野车时,曾因涉黑涉恶被司法机关处理过、近期又因寻衅滋事正处缓刑期的驾驶员高某,拒不配合检查,突然发动汽车欲逃跑。紧要关头,史伟年奋不顾身冲上前,并严厉喝令其"熄火、停车",高某不顾警告,强行加速逃窜,将史伟年拖行并碾压。

史伟年倒在了血泊中,左手仍紧紧攥着嫌疑人的身份证……他被紧急送往江北人民医院抢救,终因伤势过重,于5时52分壮烈牺牲,为守护一方平安献出了年仅47岁的宝贵生命。

平凡岗位铸大义,燃尽生命写忠诚。连日来,众多媒体记者采访史伟年的父母、妻子、同事、战友,他们沉痛真诚、眼含热泪的讲述,还原了一个如此质朴真实、如此打动人心的人民警察的立体形象。

1970年3月,史伟年出生在江苏南京。1989年3月,19岁的史伟年应征入伍,2000年10月转业参加公安工作。

28年的军警之路,见证了他燃烧的青春。仅近十年来,他累计查处超速驾驶、酒后驾驶等交通违法案件2.2万余起,执法办案"零差错"。

史伟年的爱岗敬业、疾恶如仇、无惧无畏,给每一位同事都留下了深刻印象。即使已经过去15年,他曾经的搭档袁树荣,依然记得他制服持枪歹徒的英勇身影。

2002年12月22日23时许,刚从警两年的他与袁树荣接到警情:两名歹徒抢劫鼓楼区水厂路一烟酒店,砍伤店主后逃离。史伟年与袁树荣迅速赶到现场,发现男店主被砍伤,并得知犯罪嫌疑人逃跑不久,并可能受伤。史伟年等人初步判断,嫌疑人很可能前往附近小医院就诊。很快,当他们来到河北大街附近的某医院时,发现一名就诊人员有重大作案嫌疑,他俩立即上前制服。经查,两名嫌疑人还随身携带了上满子弹的手枪和弹簧跳刀。

高速公路交警的工作艰辛,鲜为人知。

高速公路七大队位于宁连高速旁的"荒郊野外",守护着宁连高速70多千米路段的平安。

警力有限,为了确保辖区每天24小时交通安全,高速公路七大队的干警们一个"工作日"是48小时:一旦到岗,便是48小时不能回家。其间白班、小夜班、大夜班轮班倒,中间的休息时间要随时备勤、随时加班。雨雪天气、节假时间责任更重,干警们连续五六天不能回家十分平常。

干警们的日常工作,是开车沿辖区高速公路每天24小时不间断往返巡逻,站在高速公路上处置事故……他们的生命与危险时时相伴。史伟年就是其中一员,而且是其中特别忠于职守、任劳任怨的一员。

2017年9月初,他常感到头痛,后被确诊为头部囊肿。因为当时安保任务繁重,他所在警组人手紧缺,他一声不吭,在医院做了手术后裹着纱布就回到工作岗位,而原本医生给他开了一个月的假条。2017年11月10日早上8点35分,南京绕城高速143千米处,一辆重型柴油运输车和一辆满载二硫化碳危险品的运输车追尾,随时有泄漏和爆燃的危险。接到警情后,他迅速赶往处置,疏散现场人员后,独自前往撞击部位查看。在确认安全阀门紧闭、危险品未泄漏后,满头大汗的他才松了口气。事后有人问:"伟年,当时那么危险,你还害怕?"他说:"我也是人,怎能不怕,但这种时候,我们不上,谁上?"

空闲时,史伟年习惯去办公楼内的小小健身房锻炼,他的运动装束在高速七大队是一个广为人知的善意笑谈。他的运动衣是一套迷彩服,那是十多年前参加大比武时发的,陈旧不堪,他舍不得扔。尤其那双运动鞋,本来就是几十元钱买的便宜货,一穿十多年,都开裂了,牺牲前还一直穿着。

就是这样一个人,帮助他人一向大方。他的多名同事证实,一次又一次,每每遇到陌生的司机现金没带够向他求援时,他总是慷慨解囊。

史伟年的战友、45岁的湖南退伍老兵谭永胜清晰地记得,1995年秋天,他父亲病重,家里拿不出医药费。时任排长的史伟年得知后,立刻拿出全月工资250元给谭永胜并送他踏上了归乡的列车。这对于每月津贴仅27元的普通战士来说,是一笔救命的巨款,谭永胜父亲得到了及时救治。

2008年初,受南方大雪影响,宁连高速路面积雪过膝,他和同事上了雍庄枢纽执行分流任务。由于积雪过深,救援物资运送受阻,他和同事坚守岗位,一天一夜没有吃上一顿饭。直到第二天下午,大队民警艰难地送来两份盒饭,正当他准备填饱肚子时,突然听到旁边传来孩子的哭声,只见路旁一名被困妇女带着孩子,也是饥寒交迫。他便和同事一起把盒饭留给了那对母子,他们忍着寒冷和饥饿,直到回到大队。事后有同事问他为什么这么做,他说:"身边就是饿着肚子的女人孩子,谁能吃得下去!"

史伟年常说,"济人之急,就是济己之急"。在日常巡查工作中,每当遇到车辆抛锚,他都会主动提供修理工具;每当遇到迷路的驾驶员,他都会热情指路。近十年来,他累计巡逻50余万公里,救助群众6 000余人次。

还是2008年的那场大雪,他在巡逻时发现,一辆安徽牌照的小轿车抛锚,车内夫妻抱着一名高烧半昏迷的幼童束手无策,万分焦急。为尽快将幼童送到医院救治,避免抛锚轿车堵塞公路,他当即决定用警车将轿车拖到江北人民医院。因积雪过深,轿车每被拖行一段,车轮就会裹满积雪,无法前行。他就跳下警车,趴在地上,徒手从车轮下掏出积雪。同事劝他:"不用扒了,我油门多踩点,用力往前拖就行。"他连忙说:"不要再踩了,万一把人家的车拉坏了,人家还要花钱维修。"就这样,他一次次趴下掏积雪,全身被雪水浸湿也不顾,最终他用双手掏出了一条10公里的救援之路。因救治及时,幼童转危为安。

2009年2月的一天,高速公路上寒风凛冽,史伟年发现一辆车爆胎,停在应急车道上,司机对换胎显得手足无措。他停车与司机简短交流,立即趴下身子帮助换胎。没想到特别不顺,他弯腰下蹲,足足忙了一个多小时才搞定。陌生的司机道声谢,开车走了。史伟年却受了凉,感冒了整整一个星期。

跨过35岁的门槛,史伟年很清楚,在必须以特别充沛的体力作后盾的交警一线,他晋升的机会已经十分有限。这丝毫不影响他极强的学习热情。

2007年,史伟年已经37岁,在工作常年忙碌、家里上有老下有小的情况下,成功考入南京大学,研读法律硕士学位。2010年,毕业论文《交通信号之法律问题》顺利通过了答辩,他被授予硕士学位。

2015年,他报名参加司法考试,在单位引起不小的轰动。大家都说司法考试令许多初出校园的青年民警望而却步,老史要考过更是难上加难。让同事们大为惊讶的是,45岁的他,竟然一次性通过国家司法考试。

史伟年的学习能力很强,更强的则是他的学习毅力、学习精神。

"他难得有时间陪儿子去游乐场玩一玩,儿子进了游乐场,他就拿出书来看,而不是像其他人那样玩手机刷朋友圈。"史伟年的妻子王婕这样说他。

"那年我病了,他送我去医院,到了医院我看病,他就掏本书出来复习,还告诉我他报了名要参加国家司法考试,考试时间快到了。"他的母亲这样说他。

"下班后,他偶尔也和同事打一会扑克放松一下。别人一门心思打牌,他喜欢翻开一本英语书放在边上,打一张牌,低头看几眼英语。"

他的同事孟学锋这样说他。同事们不解,问他为什么拼命学习,他的回答总是一句话:"人总要不断地提高自己。"

实际上,他还把所学知识用在了规范执法上,并逐渐成了全队规范执法的示范。他的年轻同事们说:"史师傅总是能轻松搞定一些难剃头的违章人。"

实际上,他还把所学知识用在了帮助同事们提高执法能力上。作为大队里的法律专家,他热心地帮助同事解决了一个又一个执法难题。"我们问他一个问题,他总能由此及彼讲出一二三来,样子完全像个学者。"他的同事成宇驰忆及这些,脸上仍然是钦佩的表情。

史伟年出生在教师家庭,历练于军旅警营,面对违法者的金钱贿赂,他严词拒绝;面对挑衅者的言语冒犯,他理性平和,始终诠释着一个人民警察廉洁从警的优秀品质。

2016年4月,他巡逻至宁连高速永宁互通时,发现一辆重型半挂货车正在匝道上倒车,过往司机纷纷避让,一时险象环生,他立刻拉响警笛进行制止。面对记12分的重罚,司机当场掏出一万元现金,求史伟年放自己一马,史伟年当即呵斥:"把钱收起来,你这一套对我没用!"随后,依法对其进行了处罚。面对金钱利诱,他总是理直气壮地告诉对方:"我很富有,你有钱可以去捐希望工程,不用给我!"但实际上,他的妻子收入微薄,70多岁的母亲和80多岁的父亲常年用药,岳母癌症晚期,经济负担对他来说,其实极重。

2016年12月,一名司机投诉:自己车坏了停在应急车道,被史伟年不分缘由罚款200元记6分,且态度恶劣。大队领导立即调阅执法记录仪,却发现投诉与事实截然相反。执法记录仪显示:12月5日18时许,史伟年巡查发现一辆货车非紧急情况停靠应急车道,遂依法处罚。驾驶员一听要记6分,先塞过来一叠现金要求不处罚,被他严词拒绝;后要求用他人驾驶证代罚,又被他断然驳回;最后无计可施,威胁要投诉,他依然坚持严格执法,不留一丝情面。在回来的路上,和同事谈及此事,史伟年说:"我知道货车驾驶员都不容易,但为了他一家老小,我才这样严格,那些血淋淋的车祸,我们看得还少吗?"

史伟年就是这样一个人,见违必究的执着,不枉不纵的坚持,成就了他执法公正的行动自觉,实现了当班期间交通事故"零死亡"。同时,他始终恪守着廉洁自律的原则底线,横眉冷对违法者的"糖衣炮弹"。在牺牲的当天,同事翻遍他的整个宿舍,竟没有找到一件像样的衣服……

青春阳光的"岗位之星"戴鹏

"浩气长存,肩头金盾凝山岳;忠魂不泯,心中热忱汇江海。"2018年5月29日上午,东台市公安局为头灶派出所民警戴鹏同志举行追悼会。省公安厅、江苏警官学院、盐城市公安局、东台市委政法委、东台市公安局、东台市头灶镇党委政府以及社会各界人士上千人为英雄送行。

戴鹏,男,1989年11月生,东台人,中共预备党员,毕业于江苏警官学院,2011年9月参加公安工作,生前系东台市公安局头灶派出所民警,二级警员。

在头灶派出所二楼戴鹏的办公桌上,放着一摞他还未处理完的材料,电脑主机上放着几盒胃药;墙角镜框里镇人大代表合影上,他青春的笑容灿烂阳光……一切似乎和往日一样。然而,同事们再也看不到戴鹏认真爱笑的模样。

2018年5月25日上午,民警戴鹏和副所长陈浩驰、辅警张东升驾驶警车,前往镇江执行抓捕犯罪嫌疑人的任务。中午11时50分左右,警车行至泰镇高速泰州东收费站附近时,车辆突发意外。经泰州市人民医院抢救无效,戴鹏不幸因公殉职。

"昨天(5月24日),我和戴鹏还一起下社区检查消防安全隐患,今天下午却阴阳相隔。"头灶派出所辅警张锦民对这个"小老弟"的离开,满是悲痛。

"他是一个积极上进的人,进入角色很快,工作起来非常拼,派出所警力有限,他在做好社区工作的同时,还兼职办案民警,无论刮风下雨随叫随到。"原头灶派出所副所长陈小刚是戴鹏的领导加兄长,"这几年戴鹏一直是所里综合考核第一名。"

7年时间,戴鹏从一名青涩的学警成功蜕变为成熟干练的优秀人民警察,特别是在社区因民事纠纷引起的治安案件调处的工作中成绩显著。他累计入户调查7 000余户,调解矛盾纠纷420余起,排查整改各类隐患680余处,为困难群众送证上门540余件,帮助13名无户口人员办理户口登记,多次赴辖区学校举办法律知识讲座。主动请缨参与办案,积极摸排各类违法犯罪线索86条,抓获各类犯罪嫌疑人97人,办理各类刑事、行政案件180余起,移送起诉犯罪嫌疑人30余人。

他先后4次荣获东台市公安局"警种岗位之星"称号,并被表彰为"十佳社区民警",2次获评全局"综合先进个人",2016年光荣当选为头灶镇人大代表。

从警7年来,戴鹏主要从事社区警务工作。对于辖区群众,他总有着一种别样的深情。

头灶镇的东南片,老曹镇的4个村居是他分管的辖区,这些年光登门入户每年就要走访1 000多次。让与他搭档的辅警金长春印象深刻的是,走访的任务艰巨,但戴鹏非常耐心细致,总会多问一句"有什么困难需要帮忙",群众有意见有牢骚,他总是认真倾听,并将问题记下,及时帮助解决。

在头灶镇一提到民警"小戴",居民和村干部们纷纷竖起大拇指,他服务的三个居委会和1个村,不是集镇要地,就是最偏远的复杂地带。戴鹏专注而负责,他用自己的脚步丈量了几遍,无论是社区工作,还是矛盾调处、案件办理,都是零投诉。"他天生就是做警察的料,很快就能找到问题的关键。"熟悉戴鹏的人这样评价。

港东村村民赵某是一名精神病患者,发病时给村民人身安全造成巨大威胁,其父母也无力管束。"虽然不在自己的辖区,但群众安全就是我们的事情。"2018年4月份,听村干部说起此事,戴鹏立刻带着辅警,主动登门做思想工作。

"当时还挺危险的,小伙子身体结实,力气大,手里还拿着个棍子,就是不肯去医院。"辅警张锦民回忆,戴鹏不惧危险,冲在最前面,很快将赵某制服,并在父母的配合下将其送医治疗。经过一个多月治疗,现在赵某恢复得很好,还能帮父母做些简单的家务。"亏了那个小干警,不然我儿子还'傻'着呢。"事后,赵妈妈提起戴鹏,话里话外都是感激。

把群众当亲人,这样的故事在戴鹏身上发生过太多次。头灶居民于成凯是戴鹏的朋友,两年前因为工作彼此认识。2017年夏一个雨天,于成凯在回家途中,发现前面车辆突然停下,一个青年男子从车上下来,不顾风雨,将路口一个骑三轮车摔倒的中年妇女扶了起来,并帮助对方联系家人。"我上前才发现好心人就是戴鹏。"于成凯说,那个雨天,一件小事,让他真正认识了一个把群众放在心上的好警察。

噩耗传来,戴鹏的家人、同学、同事、好友以及所有认识他的人,都无比震惊和悲痛,谁也不愿相信这是真的。

戴鹏的妻子季琳最近的一条微信是戴鹏的工作照,照片上的小伙子英俊帅气,然而,照片下一句"这是我最爱的人,再也看不到你穿制服的样子了"却让人泪奔。

季琳是头灶派出所的一名户籍辅警。两人2016年结婚,非常恩爱。之前季琳流产过一次,戴鹏去世前她才怀孕40多天,对于这个孩子小夫妻格外期盼。为此,戴鹏把烟戒了,出事前两天还说抽空陪妻子去医院检查,在他牺牲的前一天,才刚刚知道妻子怀孕的喜讯。满怀欣喜的他专门起了个大早给妻子做早饭,可谁曾想到,这顿早饭竟成为戴鹏留给妻子最后的温暖与记忆。

"我们劝他别那么拼命,他总是说,我年纪轻就要多做些。"戴鹏是家中的独子,失去唯一的儿子,父亲戴爱国悲痛难抑。

他告诉笔者,儿子特别孝顺,对爷爷奶奶特别好。"他是爷爷奶奶带大的,平时不管多忙,都会抽空回来陪爷爷奶奶,老人有个什么头痛脑热，他都是随喊随到。爷爷奶奶哪天要洗澡了，他就和妻子一道，一人带一个到浴室洗澡。邻居见了，总是赞不绝口。"

戴鹏英年早逝，群众洒泪祭英雄。得知他离开的消息，头灶镇居民自发赶到东台殡仪馆为他送行。"戴鹏是个热心人，村里人有个啥矛盾问题，都喜欢找他帮忙，村民也信他，他是个好警察。"头灶镇港东村民调治保主任严昌祥说。

"戴鹏是个热爱生活的人，喜欢打篮球、旅游、孝敬长辈，疼爱妻子，这么好的兄弟怎么就走了。"花波是戴鹏的朋友，正在连云港做工程，听到噩耗后当天开车返回东台为兄弟送行。花波说，他是因为戴鹏处理工程纠纷时相识的，他就信服戴鹏处理事情的公平公正。

"感受到基层民警的辛酸苦辣，随时可能遇到的风险。兄弟，一路走好！""人民的好警察，老百姓心中的痛！""致敬！愿社会平安，愿同行再无牺牲。"对于戴鹏的离开，朋友圈内，满屏都是追思和怀念，一句句留言，流露出网友深切的缅怀之情……

"戴鹏，认认真真上路，一切有我。"戴鹏牺牲后，他的妻子季琳在朋友圈写下的一句话更是让无数人流下热泪。

冲锋在前的"编外警察"沈银亮

面对刺来的尖刀，他没有退缩，反而伸手去制止，直到锋利的尖刀扎进心脏……这是执法记录仪拍摄到的画面。

2018年10月19日，江苏省如皋市白蒲镇派出所辅警沈银亮在盘查一名犯罪嫌疑人时，被对方突然从腰间拔出的一把尖刀刺中，抢救无效以身殉职，年仅32岁。

"不是每个人在尖刀刺来时都能毫无畏惧，沈银亮干了10年辅警，每次遇到危急情况，都是冲在前面！"白蒲派出所所长朱敏建含泪追忆。

办公桌上泡好了茶水，沈银亮还没来得及喝上一口，就接到一起砸汽车的警情。"我先出警"，他匆匆撂下一句话冲出去，却再没能回来。

回放警方执法记录仪:沈银亮和同事赶至砸汽车的嫌疑人顾某家中,顾某正要出门,沈银亮和一名同事上前拦住对方去路,盘问砸车情况。刚问几句,顾某突然从腰间拔出尖刀刺向沈银亮的前胸……

"辅警虽然和民警肩章不同,但一样身负使命。"沈银亮生前常爱讲这句话,他从来都是以合格警察的标准来严格要求自己,遇到"两抢"、贩毒、赌博及其他恶性违法犯罪,抓捕现场他都会冲在前面。

2017年2月,白蒲镇派出所得到贩毒嫌疑人陈某要在当地工业园一带交易的信息,侦查民警带沈银亮等人在陈某出租屋附近事先埋伏。正午时分,陈某骑摩托车出现,沈银亮等骑摩托车悄悄跟上,趁陈某车速放慢时冲上去挡住去路。这时,陈某突然加大油门撞向沈银亮欲夺路而逃,沈银亮连人带车被撞倒。就在倒地的一瞬间,沈银亮一手抓住陈某衣领,使劲将其按倒在地。在将犯罪嫌疑人带至派出所后,沈银亮才发现自己手肘、膝盖多处擦伤,血已经渗透了衣服。

白蒲镇消防队,是一支由辅警组成的队伍,沈银亮是队长。2017年10月,白蒲镇跃龙纸厂附近一宿舍发生煤气罐爆燃,当天轮休的沈银亮在微信工作群看到消息,第一时间赶往现场参加扑救。当其他消防队员携带装备到达火灾现场时,沈银亮让一名年轻队员脱下工作服给自己换上,只身冲进宿舍将煤气罐气阀关闭,然后拎起煤气罐到水边冷却。

如皋市公安局统计,从2008年加入辅警队伍起,沈银亮10年间协助破获恶性违法犯罪案件50多起,协助抓获违法犯罪嫌疑人300多个,有效制止违法犯罪活动460余次。

沈银亮生前,妻子李娟都会为他多备两套干净制服。"他这人爱干净,衣服却经常会弄得很脏。"

2017年7月,白蒲镇一家卖场发生火灾,正和家人串门的沈银亮得知警情,立即赶往现场。一个多小时后,李娟接到丈夫电话要她送衣服,"到那里一看,脸烤得通红,满头满脸黑灰,浑身都湿透了。"

2018年6月,沈银亮和同事李金峰巡逻到林梓小学附近,突然听到有人大声呼救:"有人掉河里了!"两人赶忙跑过去,来不及脱衣服就跳进河里,奋力将一名14岁女孩救起。

2018年8月,沈银亮跟交警支俊提取交通事故痕迹,需要准确地点,但那是一片偏僻农田,沈银亮看到田中央有一根电线杆,说:"电线杆上有编码,这就好定位了,我去看看。"回来时鞋子、裤子已被田里的泥糊得面目全非。

"再脏再累的活,他都抢着去干。"同事们眼里的沈银亮,如生他养他的这片田野一样朴实、敦厚。

"辅警也是警,虽然分工不同,可是为民服务却是相同的。"有人笑沈银亮"憨",他则笑呵呵地这样解释。

房前一片麦田,屋后一片菜地,几棵香橼树枝叶青翠⋯⋯沈银亮牺牲了,小院前后虽不失生机,但这个家却显得空空荡荡。

55岁的母亲陈美泪流满面:"亮儿走了,晚上再接不到他问我几点下班的电话,再吃不到他做的热腾腾饭菜⋯⋯"

13年前父亲去世,中专毕业后在上海打工的沈银亮辞去工作,回到家里照顾母亲。陈美这些年一直在离家十几里外的一家服装厂打工,晚上9点下班,儿子会烧好可口的饭菜等她回家。遇到刮风下雨,沈银亮就赶到厂里接母亲回来。"今年夏天天热,他和媳妇怕我中暑,熬了绿豆稀饭冰镇好,开车给我送到厂里去⋯⋯"陈美又一次泣不成声。

邻居陈兰讲起沈银亮,含泪说他比亲儿子还好。原来陈兰的老伴杨国平三年前患肺炎经常去医院,陈兰一开始开自家的电动车,沈银亮主动提出开车接送他们,"他说开电动车不安全,会让我在外打工的儿子担心。"这一接送就是三年,直到杨国平去世。

沈银亮牺牲后,家中来了两位70多岁的老人祭奠,这两位老人有一次外出迷路,被沈银亮遇到后送回家中;送别沈银亮的现场,一名男子高举着用小学生作业本写的"英雄走好"四字,原来5年前他家中发生纠纷,是沈银亮帮助处理好的,出来办事的他听到在送别沈银亮,匆忙中就近找来纸和笔写上自己的敬意……

白蒲镇派出所里,还挂着沈银亮生前的一张工作照,照片中的他正微笑着望向前方。他的同事、民警陈钱根说:不是身后没有退路,而是他甘愿选择冲锋在前……

公安科技的"一代鹰雄"沈鹰

2019年2月20日晚,沈鹰在加班工作中突感身体不适,联系妻子一起去医院做检查。而这一去,51岁的南京市公安局大数据中心主任沈鹰再也没能回到同事们身边。

沈鹰从国防科学技术大学毕业后参加公安工作,生前系南京市公安局大数据中心主任,享受国务院特殊津贴,曾荣立个人二等功三次。

"呕心沥血甘当忠诚卫士警魂永铸,忘我奉献开拓公安科技英名远扬",2月23日,遗体送别仪式现场大厅内,挽联寄托着人们对沈鹰的哀思。早上8点,仪式正式开始,近千人含泪为沈鹰送别。

沈鹰离世后,沈鹰同事、好友以及广大网友纷纷表示哀悼。烛光祭在微信中超30万人参与。其中网民"古月胡"留言:"公安科技一代鹰雄,好战友你一路走好",网民"刚刚好"留言:"你留给世人是一个英雄的背影,我们甚至来不及道别"。

沈鹰1990年加入南京公安,经过2年的基层磨练,即全身心投入到他热衷的公安信息化事业,一干就是27年。27年来,他把职责融入使命,潜心钻研,勇于探索,用毕生的心血和才华,书写了南京公安信息化飞跃式发展的壮丽篇章。

2018年7月大数据中心成立后,沈鹰主推了社区网格治理一体化平台、警务综合平台第十期建设、大数据云计算平台一期建设以及会同江北公安分局,探索"金陵网证"应用等工作。

他先后获得十余项国家、公安部、省市和厅局的科学技术奖励,其中获国家科技进步奖二等奖1项、公安部科学技术奖二等奖2项、公安部科学技术进步三等奖2项、省市科学技术奖二等奖各1项。被评为江苏省"333 高层人才培养工程"中青年科学技术带头人，获得南京市第六批中青年拔尖人才称号，南京市第十届"十大科技之星"称号，南京市第二期创业创新人物及南京市五一劳动奖章。

上世纪 90 年代，沈鹰参与和主持研发的常住人口信息网络管理、城市公安综合信息等系统，开创了公安信息化应用的先河。

为实现公安机关跨部门、跨警种的数据共享，2003 年，沈鹰率先打破警种条线"各自为战"的信息化建设格局，主持研发"警务信息综合应用平台（一期）"，初步实现了警务数据集成化、基础工作全覆盖。

同事姚士冰回忆说："当时我们开发团队几十号人挤在一个屋子内，条件比较差，夏天天热，有的人就索性光着膀子搞开发。整整一年时间，沈鹰常常加班到第二天凌晨两三点，周末也几乎没有休息，一年以后他的头发都忙掉了不少。"

同事许平告诉记者，还记得当时为了加快平台建设，不少团队成员吃住都在开发现场，晚上就打开折叠床睡。夜深了，其他人在休息，沈鹰作为带头人，一边操作着电脑，一边还在通过电话解答基层单位在运用平台时遇到的一些困难。"我曾问他为什么不多分些活让下面的小伙子干呢，他回答说他们已经很辛苦了。"许平说，"他总是习惯为别人考虑，自己则扛起了更多的责任。"

通过 15 年的努力，警务信息综合应用平台完成了系统的一至九期建设，开创了公安信息化"南京模式"。该项目荣获国家科技进步二等奖和公安部科技进步二等奖，并被公安部在全国公安机关推广使用。近年来，在江苏、广东、黑龙江、湖北等 13 个省 130 余个市级公安机关广泛应用，有力推动和支撑了全国公安基础工作信息化发展。

沈鹰善于创造成绩，却从不满足于成绩。他将"云计算"引入公安信息化应用体系建设，于 2013 年完成公安部重点项目"城市云计算平台"研究，探索建立南京公安信息化"1＋3＋N"新一代应用体系，开发建设了数据资源管理平台、信息研判系统、跨区域协作系统等一系列基础应用框架。该应用体系在打击犯罪、服务群众，以及秦淮灯会等重大活动安保中发挥了重要作用。近年来,他主导研发的"南京公安微警务"平台,也大大方便了百姓的生活。公安信息化走在其他政府部门前面,南京公安信息化又是走在全国公安前列。

他常说:"我们这代人是肩负使命的,公安信息化就是我的使命,能够从事自己热爱的事业,我很幸运!"

2010年8月,沈鹰和团队前往西安市公安局开展项目交流,到达西安当天晚饭时分,同事们发现沈鹰不见了,大家坐在餐桌前久等不来,赶紧拨打电话找他。原来,沈鹰看到附近有个派出所,就利用晚饭前的时间,跑去了解警务综合平台在基层的使用情况,并为所里民警解答一些使用难题,一聊起工作来就过了饭点。

扎根科技信息化岗位二十多年,沈鹰非常重视基层一线的应用服务工作。在沈鹰担任应用服务科科长期间,有一次凌晨两点半钟,基层在使用系统办理案件时遇到问题,眼看着截止时间就要到了,求助电话打到了沈鹰这里。他立刻披衣起床,火速赶到派出所排查原因,虽然最终确定是网络不稳定,但他却没有丝毫怨言。他常借用管理学大师彼得·德鲁克的一句名言来勉励自己:人的价值在于奉献,一个人的价值是通过别人来体现的,用俗话来说就是"天道酬勤"。

他关心同事,爱护培养年轻人才。沈鹰把南京公安信息化当作了自己的事业,在信息化技术人才的培养过程中,沈鹰一直用真心去指导帮助团队的每一位成员,时时刻刻用自己的行动来感染和带动大家。

2018年5月的一天中午,沈鹰外出工作后回到办公室,正准备去吃中饭,同事陈永俊拿着"移动警务应用示范城市"的申报材料向他汇报,他二话不说,顾不上疲惫和饥饿,立即认真审阅起来。看完后,沈鹰觉得这份材料并不理想,但他没有任何批评,也没有简单交代几句就让拿回去修改,而是让陈永俊坐在自己旁边,看着自己一字一句地改,一边改一边教。等全部修改完后已经到下午两点了,他还没顾得上吃午饭。在他的修改完善下,这份申报材料得到了公安部、省公安厅的充分认可,南京也成功当选全国30个"移动警务应用示范城市"之一。

　　当年,沈鹰在带领团队研发"警务综合平台"时,他发掘培养的一批青年骨干如今已经纷纷走上领导岗位,并多次立功受奖,成为南京、江苏乃至全国的公安信息化技术专家、业务行家。

　　"你走得太匆忙了,甚至没有留下一句话。我失去了最敬爱的父亲,你是我永远的榜样,我为你骄傲和自豪。"沈鹰19岁的儿子在仪式现场说。在他的印象里,父亲热爱工作也牵挂家庭。高三那年为了减轻儿子的压力,沈鹰有时会在家为儿子做夜宵,熬鸡汤削苹果,他一直关心着孩子的成长。沈鹰也会抓住难得的一家三口坐在一起吃饭的机会,给儿子做最爱吃的煎牛排和烧鱼。"其实他也没有什么下厨经验,他会通过百度搜索食谱,按照相关步骤一点点来。"妻子说,"他还是有爱心、爱捕捉生活中美的瞬间的人。他爱养猫,很宠小动物。他也喜欢摄影,上班路上看到美丽的风景,便会用手机拍下来分享给我们看。"

　　在大他2岁的二姐沈萍眼里,弟弟一直是全家人的骄傲,也是一枚"暖男"。以前经济条件还不宽裕的时候,沈鹰去见在上海的姐姐,会买上一条围巾或一些头饰作为见面礼,十分贴心。"我家在上海,往年春节,弟弟总会带上父母和他们一家来我家过年,这也是他一年到头最放松的时候,大家庭在一起聊聊天,谈谈人生规划,都很开心。今年沈家大家庭是初五在南京聚会的。"沈萍说,当天沈鹰还自豪地向他们讲述南京公安信息化建设的成果,街头盗窃等发案率下降,破案更有效率,百姓通过"微警务"手机自助移车、办理证件,生活越来越方便。

　　沈鹰在国防科学技术大学的同班同学程万红,也特意从长沙赶来参加仪式,送他最后一程。"得知沈鹰离世的消息,我哭了一天。在同学们眼中,沈鹰热情善良、专业而执着。他的敬业爱岗精神,值得我们学习和发扬。"程万红说。

退伍不褪色的"调解老兵"钱鹤飞

"老钱是军人的骄傲,为民服务的楷模!""老钱主持的调解就是'金牌调解'。"在连云港市赣榆区,提起去世的江苏最美复转军人、全国模范人民调解员钱鹤飞的名字,几乎无人不知,无人不晓。

一只泡着茶叶的玻璃水杯,一个写着钱鹤飞名字的办公桌签,一台使用多年的电脑,背后墙上悬挂着一幅钱鹤飞亲手绘制的海前村矛盾纠纷网格化排查示意图,正对面满墙挂着四面八方老百姓送来的锦旗……因为干部群众饱含深情的怀念,钱鹤飞的办公室依然保持着他生前的样子。

"音容笑貌好似就在眼前!""老钱走了,但没有远去!"村书记周家新感叹地说。即便钱鹤飞已经去世,还是有慕名而来的群众找到他生前工作的连云港市赣榆区海头镇海前村村委会"钱鹤飞调解服务中心"寻求帮助化解矛盾。"他每天骑着自行车奔走在田间地头、渔船码头,30年调解了2 800多起纠纷,我们村连续19年未发生一起刑事案件和群体上访事件。"

大爱铸丰碑,真情暖民心。钱鹤飞罹患食道癌后,与病魔抗争了一年多,2018年9月21日病逝。笔者采访了解到,即便在生病住院期间,他依然没有放弃手头的工作,耐心解答群众打来的每一个咨询电话;从医院回家休养期间,他虽然进食吞咽困难已经不能清晰大声说话,在家中斜躺在躺椅上的他,面对找上门的群众,依然认真宣传法律、耐心解答疑惑,让每一起纠纷的双方都握手言和。

1982年,钱鹤飞在南通市通州兴仁中学高中毕业后应征入伍,在驻赣榆边防武警部队服役了整整6个年头。在一次突发性事件中,他为了战友安危奋不顾身,不惧生死,荣立二等功。

"他自小失去父亲,母亲改嫁,生活困苦,所以对家庭、家人特别珍惜,特别渴望家庭温暖。"说起刚认识钱鹤飞时的往事,钱鹤飞妻子闫丽不停地抽泣,浮现在眼前的一幕幕竟然是如此清晰。

1988年春节,钱鹤飞和赣榆人闫丽在南通启东结婚,不久收到了安排钱鹤飞在通州区政法单位工作的调令。谁知闫丽到了南通水土不服,钱鹤飞心疼爱人的身体,又想到自己对曾经工作、战斗和生活过的革命老区赣榆有着一份异乎寻常的感情,钱鹤飞不顾哥哥的劝说,毅然陪同爱人返回苏北赣榆,在海头镇海前村安家落户。

海前村党支部得知钱鹤飞曾在边防派出所做过社区调解片警,经过慎重研究,决定让他在村里负责治安管理及人民调解等工作,从此30年如一日,他再也没有离开海前村。

"我们结婚时无房居住,租住在邻居的三间小瓦房里,一住就是4年,后来又搬到老村委会办公房四楼租住,带着三个孩子一住就是16年,直到2007年才自己建了瓦房。"闫丽回忆说,虽然收入微薄,小家庭却很幸福,夫妻俩感情很好。

"我有时候会问他,和我回到苏北农村后不后悔,怨不怨我?他总是回答,怎么会?你对我这么好。"闫丽说。在丈夫的感染下,遇到家庭婚姻纠纷,她经常跟着钱鹤飞帮衬着参与调解。

如今接替他临时负责"钱鹤飞调解服务中心"工作的闫洪学,是一名1979年入伍的老兵。在钱鹤飞的耳濡目染下,闫洪学自学法律参与调解,很快爱上了这个能为邻里乡亲排忧解难的工作。

"群众心上的事他放心上办。老百姓急什么,他就急什么。"闫洪学说起20多年前的那起两岁男孩被偷抱的事,至今记忆犹新,"这个孩子现在也当兵了,但20多年前被偷抱走的事,却惊动了乡野四邻。"

当时,粗心的母亲因为围着人群看热闹,没想到导致小孩失踪了,报警后却没有发现任何线索。"孩子的大伯是我朋友,我就找小钱商量。"闫洪学回忆,在钱鹤飞四处寻找线索过程中,听到街上买菜的人讲,邻村一个看池塘的老人,晚上听到有孩子叫,但因天黑只看到一个妇女骑着三轮车往南去了。

根据这个线索,钱鹤飞敏锐地联系派出所排查了曾经有拐卖儿童劣迹的村民。很快,一名妇女进入视线,经过三四天走访调查,嫌疑人在外出回家的当天被警方抓获。经过审讯,这名妇女交代了偷孩子事实,但不肯说出孩子具体在哪里。

"她只说放在舅舅家,当时已经晚上10点多了,天又特别冷,农村还没有灯,但小钱还是坚持去寻找孩子。"闫洪学回忆,孩子最终在放粮食的西屋被找到了,蜷缩在一个破大衣里睡着了。孩子爸妈抱起孩子问钱鹤飞:"去哪里?""先去大伯家吧!"钱鹤飞不假思索地回答。

"小钱在做群众工作方面特别有办法!之所以他提出先去孩子大伯家,就是因为孩子父亲与大伯哥俩一直关系不好,这回孩子丢了,孩子大伯为找回孩子很出力。"闫洪学说,到了孩子大伯家,孩子爸妈要给钱鹤飞跪下表示感激,钱鹤飞却说:"跪你哥!"兄弟俩很快和好。

"钱鹤飞的先进事迹,最早是2009年赣榆县司法局挖掘先进模范人物、推动人民调解工作过程中,经过村里推荐被发现的,当时他就是民兵营长、治保主任、调委会主任,还兼任渔业支部书记。"同样是部队转业后从事人民调解工作多年的赣榆区司法局主任科员、区社会矛盾纠纷调处服务中心常务副主任卢干景说。

"他是'退伍不褪色'的最典型基层代表!当兵时他经历过生死考验,在担任边防派出所社区民警时就关心渔民安危,转业后长期在村里工作,还是保持了军人的品格,即便是经济条件比较差,依然初心不改,爱民如子,受过他帮助的人无数。"卢干景评价说。

钱鹤飞成功调解的几起海难事件,让大家内心都十分钦佩。

海前村及周边村历史上就是渔村,渔船出海风险很高,大大小小的海难纠纷、出海打工人员工资、医疗纠纷几乎每年都有。

2017年春节前,钱鹤飞接到村民电话,有个20多岁小伙子随船出海后不幸落海,钱鹤飞带着闫洪学顶着寒风,连夜赶到射阳黄沙港。失踪小伙的家属泪雨滂沱,要上船烧纸,船主则比较忌讳,为了防止双方发生激烈冲突,钱鹤飞几乎是走一步跟一步。

回到海前村后,历时一个多月经过十几轮调解,双方在理赔问题都解决后才达成调解协议。但按照风俗,找不到尸体的情况下家属要在船进港时用船上舀子在码头水里舀一下，舀到什么家里就安葬什么，这又和码头的人发生了冲突。钱鹤飞又是来回跑了好多趟，才最终妥善处理了安葬问题。

钱鹤飞办理的最大一起海难纠纷发生在 2000 年。当时船老大的木船晚上撒网作业时，被一条大船拦腰撞断，死了 7 个人。为了尽可能多帮助死者家属，钱鹤飞找了一个箱子，带着村里两名干部挨家挨户募捐，后将 2 万多元捐款和村里安抚款、船主赔偿款一起发到各家，最终平息了纠纷。

"他干的每一件事，都是一心为老百姓。"海前村村书记周家新说。村民的家长里短、鸡毛蒜皮，在他眼里就是大事。

海前村有户人家三兄弟在父亲死后闹家产纠纷，老三将心中不满宣泄在老母亲身上，不停地咒骂，邻居们虽然看不下去了，但也是敢怒不敢言。

钱鹤飞了解到老三当过兵，上去就教训他："你还当过兵，太不像话了！""大家都在拼命挣钱，你在家里吵架，没出息！"见到"老兵"开骂，老三心虚不敢回嘴，不得不服软说："表姐夫（俗称），我听你的！"

后来，老三找了稳定工作，家庭也和睦了，老母亲还帮着带孩子。"老钱比较公正，都是部队回来的，小年轻们都对他既怕又敬。"闫洪学说。

2017 年 9 月 17 日，钱鹤飞被当地医院诊断为食道癌。从医院返回村里，钱鹤飞做的第一件事，就是召开矛盾纠纷"一事一分析、一日一研判"联席会，还走村入户拉网式排查矛盾纠纷，把自己患病的事抛在脑后。

当他吞咽困难、无法进食，才在妻子的请求下前往南京治疗，他依然嘱咐家人："不要惊动组织和乡亲！"

因为癌变部位特殊，无法手术，钱鹤飞在化疗、放疗后回家静养。"他依然天气好就骑着自行车来办公室，不能说话就把工作上的想法建议写在纸上交给同事。"村书记周家新感叹，钱鹤飞最后调解的一起纠纷发生在2018年4月23日。

"一个老太太被附近村民骑三轮车撞倒,知道他的名声,就辗转找到他家里希望调解处理。"闫丽回忆,他是斜躺在躺椅上,强忍着病痛做调解工作,就简单说了"一方多出点钱,一方多受点罪",双方一个多小时就签订调解协议。其间,钱鹤飞还认真地用笔将事件经过和调解过程写入笔录,装入卷宗。

"扣子可以重扣,人生不可以重来""无论这个世界多冷漠,请您善良""群众信任才找我"。在他生前用过的最后一个笔记本的扉页上,钱鹤飞写下的几行字是那样的闪耀醒目。

这是一名全国模范人民调解员生命的遗言,每一个字都透着他对人民调解工作的眷恋。

"人民调解工作不能可有可无,他是社会的减压器、稳定器,只有社会稳定,群众安居乐业,才能使各项社会事业得到全面发展。""荣誉的取得,主要是党的培养教育和群众的信任,因为我是一名党员,也是一面旗帜,要牢记党的宗旨,为群众帮困解难。"钱鹤飞在笔记本上还写下了他2016年当选为赣榆区党代表时的发言稿,字里行间流露出对党的事业、对人民调解工作的忠诚和热爱。

钱鹤飞的生命,永远定格在了53岁。他像一颗铆钉一样,扎根基层30年,一辈子无怨无悔。经他调解的各类矛盾纠纷达2 800多起,调处化解重大突发性矛盾纠纷300多起,为受害人争取赔偿金700多万元。全村近20年来没有发生一起刑事案件,无一例上访和群体性事件。简单数字背后,是他不忘初心、坚守法治信仰、扎根基层服务群众的艰辛付出。

用热血铸就平安,用生命践行誓言,是江苏政法队伍的真实写照。实践充分证明,江苏政法机关不愧是保障新江苏事业健康发展的坚强柱石,广大政法干警不愧是党和人民的忠诚卫士。

2. 接过英雄的旗帜

一个女人在人世间最大的沧桑,莫过于在她的青春年华时,爱人的永远离去。她们默默承受着爱人离开的苦痛,勇敢坚强面对生活的磨难,并在漫长的岁月里持久地坚守。她们中有的人甚至无怨无悔选择了与丈夫同样的道路,成就了自己的人生精彩。在首届江苏最美警嫂评选活动中,徐爱云、曾淑萍、殷巧玲、陈琳娣四位警嫂被授予特别奖。党和人民用这样一种方式,把鲜花和掌声献给了这一特殊群体。

巾帼故事见芳心,一吟一咏总关情。

政法女干警队伍之所以这样的优秀和美丽,一个很重要的方面,是她们的精神里传承着一种红色的基因。这种基因,穿过民族解放战争的硝烟,沐浴红色政权的洗礼,历经改革开放的淬炼,代代相传,生生不息。

勇斗歹徒,你的生命化作绚烂的彩虹

徐爱云,1956年出生,中学文化。她出生在农村,只是一个普通的妇女。

2003年11月3日晚的情景,永远刻在了徐爱云的心中。当天夜里,徐爱云和往常一样,在家一边看电视一边等丈夫杨松林下夜班回来。已经凌晨两点多,她靠着沙发迷迷糊糊地睡着了。轻轻的叩门声惊醒了徐爱云,她赶紧跑过去开门,却发现站在门口的,有市局领导,有老杨的战友,可就是没有老杨。她当时心里一颤,知道老杨出事了,身子一软就瘫了下去。松林的战友一把架住她:"别急,老杨只是受了重伤!"她信以为真,哭着要去医院陪他⋯⋯

当晚,时任邳州市公安局交巡警大队五中队(铁富中队)副指导员的杨松林,追击堵截一辆无牌照红色昌河面包车至山东苍山,只身与车上的5名歹徒奋勇搏斗,身中37刀和1颗子弹,壮烈牺牲。

杨松林时年48岁,被公安部授予二级英雄模范称号,追认为革命

烈士。

曾淑萍,1961年出生,现任扬州市公安局邗江分局交警大队事故处理科民警。她是一名光荣的人民警察,同时也是公安战线一级英雄模范、革命烈士孙瑞林同志的妻子。

1992年7月11日,是曾淑萍毕生难忘的一天。时任邗江县公安局刑警队副队长的孙瑞林在办理一起重大盗窃案件时,丧心病狂的犯罪嫌疑人突然拎起一只装满5公斤氢氟酸的塑料桶,朝队员们泼来。

孙瑞林为了制止罪犯、保护战友,毫不犹豫朝罪犯扑了过去,不幸被氢氟酸泼中。孙瑞林拼尽力气与罪犯展开殊死搏斗,打落毒品桶。犯罪嫌疑人又拎起第二桶氢氟酸疯狂地向他们猛泼,孙瑞林高呼让战友们撤出办公室,挣扎着说"罪犯还在里面,把住门,不要让他跑掉",并艰难地捡起散落在地上的案件相关罪证。剧毒品造成他伤势很快加重,终因抢救无效,以身殉职,时年31岁。

不畏磨难,我用青春守护我们的家

殷巧玲,33岁,中专文化。每每看到这个名字,我们的心都无比刺痛,不仅仅是因为这名警嫂的背后我们陨落了一位优秀的人民警察,还是因为我们这位警嫂命运多舛、历经坎坷却永不放弃的经历。

殷巧玲的丈夫孔兴君生前是镇江市公安局丹徒分局辛丰派出所的一位骨干民警,2011年1月6日在一次打假统一行动中遭遇车祸,车上5名公安民警全部遇难。孔兴君时年仅30岁,而他的遇难日也是他与殷巧玲结婚三周年的纪念日。

殷巧玲独自照顾两个幼小的女儿,为了让两个女儿能健康成长,殷巧玲在家里挂满孔兴君的照片,面对照片时她暗自垂泪,在孩子面前却高兴地指着照片说:"爸爸爱你们。"她以孔兴君的名义送给孩子礼物,又当娘又当爹。

眼看大女儿可以进幼儿园、20个月的小女儿也能送去托儿所了,殷巧玲想着要找个工作贴补家用,谁知命运的转盘又一次把厄运推向这个瘦弱的母亲。小女儿两周岁检查时发现患有晚期肝母细胞瘤,肿瘤大小已有14公分,镇江市第一人民医院专家说这种病例镇江无法医治,可以到上海北京试试。不认输的殷巧玲当天下午就抱着女儿来到上海,一连跑了好几家医院。终于,上海新华医院被她的遭遇所感动,收治了小女儿,当时小女儿已不吃不喝、呼吸困难、奄奄一息了。经过一段时间化疗,女儿情况有所好转,看到又能自己走路、知道吃喝的女儿,殷巧玲感到欣慰,仿佛看到了希望。为方便女儿医治,她在医院附近租了十来平方米的简易房,一住就是一年多。化疗毕竟不是根治,殷巧玲通过网络求助、亲友帮忙打听、向医生咨询等各个渠道搜集信息,后来通过病友打听到北京有个名医对这类手术很有把握。2014年2月,殷巧玲带着女儿踏上了开往北京的列车,前后在北京治疗1个月的时间,女儿肝脏的三分之二成功切除。殷巧玲又带女儿回到上海,继续第七次、第八次的化疗。2014年4月女儿暂时康复了,殷巧玲每个月都要带女儿到市医院验血,每半年到上海做一次复查。

丈夫因公殉职、女儿罹患绝症,一个个打击迎面袭来,抚育两个幼儿、侍奉年老的双亲,岁月的磨难使殷巧玲不足80斤,她始终抗击着命运的磨难。

潘磊是龙潭监狱十五监区教导员,2009年2月,他和妻子陈琳娣一起庆祝了7周年结婚纪念日,共同畅想着美好的未来。然而2个月后,潘磊却在工作岗位上因公牺牲,连一句遗言都没有留下。那一年,陈琳娣35岁。

当时陈琳娣没有工作,丈夫走后,家里唯一的住房还有几十万元的房贷,为了减轻经济压力,她把这套住房卖了,换了一套小房子,提前偿还了房贷。经过领导关心,她来到龙潭监狱后勤服务中心工作,终于有了稳定收入。

7年来,陈琳娣既当娘又当爹,她坚持再苦再难也要把孩子培养好,每月2 000多元的工资全部用来养育孩子。每过一段时间,就会买条鱼、买点肉,给儿子补充营养,自己却一点也舍不得吃;儿子需要购买学习教材,她二话不说掏钱就买,宁愿自己过得苦一点,也不能委屈了孩子。

陈琳娣的公公婆婆在徐州沛县老家,每逢节假日,她都尽量抽时间和孩子一起带着大包小包的营养品回沛县看望公婆。

到了公婆家,陈琳娣忙着给老人家打扫卫生、收拾屋子,做他们最喜欢吃的红烧肉。为了缓解公婆悲伤的情绪,陈琳娣总是让孩子带上奖状展示自己的成绩,现场表演诗朗诵等才艺,让公婆看到孩子的成长和进步,让他们看到希望。每次离开公婆家,陈琳娣都要塞两百块钱在老人的枕头下面,老人知道陈琳娣的不易不肯要,而陈琳娣总是坚持要他们收下,钱虽不多,但要让老两口感受到儿媳的这份真情。每当提到陈琳娣,老人总会笑呵呵地说:"能有这个好儿媳,都是上辈子修来的福气!"

为了传承,我们无怨无悔选择与你同行

1961年出生的曾淑萍,面容清癯,目光坚毅,举手投足间干脆利落,带着一股刚毅之气,完全是一副干练的女警官形象,和孙瑞林刚牺牲时那个沉浸在悲痛中、柔弱无助的女子判若两人。

孙瑞林牺牲时,曾淑萍只有30岁,还有一个6岁的儿子。这一切,对一个年轻的妈妈而言,无异于晴天霹雳。但也正是从那一刻起,她在最初的震惊、悲痛过后,用坚强的毅力慢慢地振作起来,走出悲伤的沼泽。

1992年扬州市公安局邗江分局招录合同制民警,曾淑萍心里燃起了希望。她想,如果有一天,自己能够和丈夫一样穿上警服,做丈夫热爱的有意义的工作,孙瑞林地下有知,一定会高兴的!局领导看出了她的想法,鼓励她积极备考,到孙瑞林工作的地方来!为了完成丈夫未竟的事业,曾淑萍开始了日日夜夜的备考,1992年11月,她终于如愿穿上了警服,来到了孙瑞林工作的刑警队,成为一名内勤。

在刑警队工作4年后,曾淑萍主动提出调离。她不想在丈夫战斗过的地方享受着大家发自内心的照顾。1997年1月,曾淑萍调到了交警队,成为事故处理科的一名普通内勤民警,负责事故数据的处理。虽然她现在已经不年轻了,但是她依然和大家一起值班巡逻,参与重大活动安全保卫。

事故处理科作为交警大队的一个重要业务部门,负责各种重大事故、疑难事故的处置和矛盾纠纷化解,事故发生时间也存在较大的不确定性,她经常加班加点,协助事故民警整理事故卷宗,对各类档案、台账进行归档整理,及时报送相关事故信息、各类事故数据统计报表等,同时为事故民警、事故当事人做好后勤保障工作。她用勤奋的工作、优良的品质,赢得了同事们和事故当事人的赞誉和尊重,大家都亲切地喊她一声"老大姐"!

杨松林牺牲后,这些年来,一个坚定的信念始终支撑着徐爱云:"活,就活出个人样来,丈夫不在啦,我不能让这个家垮下去!"

清贫的生活,深沉的母爱,严格的家教,使一双儿女茁壮成长起来。在她的精心培养下,儿子在部队顺利考上军校,现在部队任职。女儿学习一直优秀,2004年高考填报志愿时,徐爱云与女儿促膝谈心,希望她继承父亲的事业,报考江苏警官学院。当时,杨红一直希望自己能成为一名白衣天使,想报考医学院。但是,在母亲的劝说下,女儿毅然报考了江苏警官学院,当年7月被警官学院录取,在校期间勤奋学习,如今在省公安厅工作。

徐爱云在杨红找对象时明确提出一个条件,就是要让女儿找一名警察。当时杨红的婶子就反对,说:二哥不在啦,您还让小红找个警察,你不是不知道当警察的危险和辛苦。但是徐爱云坚持让杨红找一名警察。杨红理解妈妈的心愿,后来嫁给一位刑警。

每次看到母亲脸上的皱纹、鬓角的白发,女儿杨红就一阵酸楚,这是伟大而慈祥的母亲为了一双子女长期操劳的见证啊!

2009年8月21日上午,在《中国骄傲——共和国的公安英烈》

主题晚会录制现场,尽管已有心理准备,但看着舞台大屏幕上闪过丈夫壮烈牺牲时的一幕幕画面,徐爱云还是忍不住泪水涟涟,"丈夫牺牲后,我觉得一定要完成他的遗愿,让女儿继续走他没有走完的路。我想在天堂的丈夫看见女儿穿上警服,他一定会无比欣慰!"

"你从民族解放的烽火硝烟走来/如同江河奔腾的澎湃……""新的起点新的征程/我们扛起父辈的旗帜初心不改……"2017年2月23日晚上,在《忠诚绽放》全省政法机关忠诚奉献主题教育暨迎三八妇女节活动中,激情澎湃的《父辈的旗帜》,让我们听到了政法先辈们铿锵前行的步伐声,听到了英雄后代继往开来的深情心声,大家为英雄儿女的坚强和担当感到骄傲,现场很多观众都流下了感动的泪水。中共江苏省委常委、政法委书记王立科为4位壮烈牺牲的公安英烈颁发"特别贡献荣誉勋章",请他们的儿女代受这份荣誉,这是根据2017年初公安部刚刚出台的《公安机关人民警察荣誉仪式规范》,专门设定的特别贡献荣誉勋章,在全省是第一次颁发。

政法巾帼,美丽绽放。她们的故事像一首首悠扬婉转的歌曲,唱出了女干警的无限忠诚。她们用热血和青春谱写的忠诚之歌,必将成为激励全省政法干警进一步坚定信念、昂扬斗志、做好本职工作的强大精神动力。

尾　声

追梦征程再出发

疲倦的老人，坐在警车里，双手紧紧抓住警察的右臂，放心地依靠在他的身上，安详地睡着了……

2019年1月10日，第33个全国110宣传日，这张来自南京鼓楼公安版MV《往后余生》里的照片，在网上火了！

南京鼓楼分局临近退休的民警李宗庆，在接处警后救助了这位陌生老人。半路上，老人抱着他的右手睡着了，他用左手举起手机记下这个瞬间。

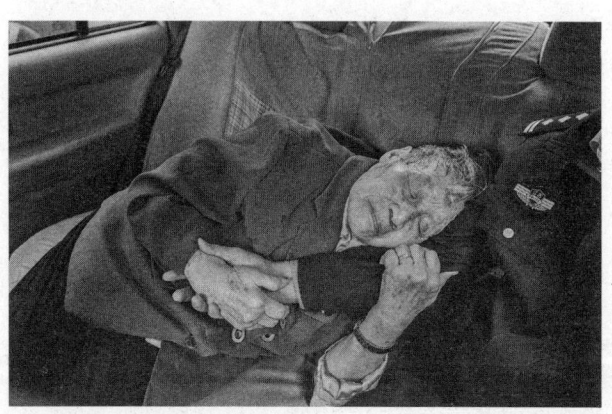

我不知道你是谁，但我知道依靠着谁！李宗庆摄影

如今,这位民警已经退休,但是,他记录的职业生涯中的最后一个瞬间,已然温暖了一座城。

"我不知道你是谁,但我知道依靠着谁!"有网友评论说。

其实,这张照片拍摄于 2017 年 4 月 26 日。当天上午,南京市鼓楼公安分局巡特警盐仓桥警务站接到报警求助,有一位 90 多岁的老太太倒在萨家湾公交站台附近。民警李宗庆和同事接到报警后,立即出动,并用警车将老人送往医院,最终老人转危为安。

李宗庆告诉笔者,事发当天,90 多岁的王奶奶由家里保姆陪着外出,当到达萨家湾公交车站附近时,王奶奶突然喊起肚子疼,接着就倒在了路边,不能活动,保姆急得手足无措,赶紧报警。李宗庆和同事上前,看到王奶奶脸色苍白、两眼紧闭,而且手脚冰凉。情况紧急,不容延误,李宗庆与同事立即将王奶奶扶上警车,紧急送往医院。由于送医及时,经医院抢救,老人转危为安。最后,王奶奶指着民警,告诉家人:"他们就是我的救命恩人。"

"拍那张照片的时候,我坐在后排,那个老太太就靠在我身边,紧紧抓住我的胳膊,我举起相机,拍了好几张。"李宗庆说,让他没想到的是,事情过去一年半了,这张照片在网上引发了大量关注。

这温暖的一幕,发生在他警察一线生涯结束前。笔者了解到,2018 年 6 月,李宗庆从警察岗位退休。

"其实,类似的救助,几乎每天都在发生,我们的民警每天都在做这样的事。"李宗庆说。

人民警察是新时代最具奉献精神的英雄群体。正是人民警察一个个朴实的身影、一个个感人的瞬间,为我们的社会浇筑了和谐稳定的基石,为我们撑起了平安祥和的蓝天。

我不知道你是谁,
但我愿意安心地靠着你。

这是一份信任,
更是一种情谊!

有些黑暗你之所以看不见,
是因为有人用生命,
把黑暗挡在了你看不见的地方。

白昼黑夜,四季轮换
是他们守护着我们!
……

初心不改,方得始终。中华人民共和国成立70年来,江苏广大政法干警履职尽责、开拓创新,切实担负起党和人民赋予的维护国家政治安全、确保社会大局稳定、促进社会公平正义、保障人民安居乐业的重大职责使命。

伟大的事业需要伟大的精神,伟大的征程需要伟大的力量。

新时代是奋斗者的时代,看!政法队伍勇立潮头,迎风踏浪。

新时代的号角已经吹响,听!政法队伍步履铿锵,誓言响亮。

党的十九大将加强和创新社会治理提上了新高度,强调提高社会治理社会化、法治化、智能化、专业化水平。

党之所指,民之所望,施政所向。

从顶层设计到基层试点,从"天网"工程到"智慧警务",从严防严打严控到形成常态化震慑机制,从群众被动响应到群众主动共建共享,从网格到全要素网格,从"一站式"服务到群众少跑腿、数据多流转……在深入推进平安江苏建设进程中,江苏政法机关一件件民心实事蕴藏着真挚的警民关系,广大干警一个个英勇壮举饱含着深沉的家国情怀,在人民群众心中矗立起永远的丰碑,江苏各界一系列举措让人民群众见证着平安江苏的与时俱进,感受着平安江苏的底气,享受着平安江苏的成果!

回望过去,平安江苏是一首激情澎湃的诗,上下齐心、众志成城是其鲜明主题。

立足当下,平安江苏是一曲高昂的歌,与时俱进、努力向前是贯穿始终的主旋律。

放眼未来,平安江苏是一幅充满希望的画,徐徐展开的是经济健康发展、社会和谐稳定的壮丽画卷。

走过千山万水,仍需跋山涉水。平安江苏只有起点,没有终点,每天都是新起点。

附录

平安江苏建设大事记

2003 年

8月1日,中共江苏省委、省政府召开电视电话会议,对全省开展"建设平安江苏、创建最安全地区"活动进行动员部署。随后,省委办公厅、省政府办公厅转发省综治委《关于在全省开展"建设平安江苏、创建最安全地区"活动的意见》。

8月13日,省委印发《关于在全省开展"建设平安江苏、创建最安全地区"活动的决定》,确定全省"建设平安江苏、创建最安全地区"活动的奋斗目标是:通过3年的努力,全省80%以上的县(市、区),其中90%以上的市辖区、70%以上的县(市)达到"社会治安安全县(市、区)"的创建标准,使江苏省社会治安秩序良好,人民安居乐业;投资环境良好,企业平安经营。

8月22日,省委成立"建设平安江苏、创建最安全地区"活动领导小组。

8月26日,江苏在全国率先启动社区矫正工作试点。

9月10日,省综治委印发《江苏省社会治安综合治理一票否决的若干意见的通知》《江苏省社会治安综合治理检查督促办法》。

9月25日,省"建设平安江苏、创建最安全地区"活动领导小组下发《全省"建设平安江苏、创建最安全地区"活动考评表彰暂行办法》。

10月27日,省委政法委、省委宣传部联合下发《关于开展"建设平安江苏、创建最安全地区"活动宣传工作的意见》,要求各地、各部门紧紧围绕创建工作的目标任务,坚持"以人为本"和"三个贴近"的宣传工作指导思想,组织专门力量,制定宣传方案,充分发挥广播、电视、报刊等新闻媒体的优势,采取群众喜闻乐见、丰富多彩的形式,大力宣传创建活动,使"平安江苏"创建活动家喻户晓,深入人心。

10月28日,省综治委和省禁毒委联合印发《关于围绕"建设平安江苏、创建最安全地区"活动进一步推进创建"无毒社区"工作的通知》。

11月4—7日,全省"建设平安江苏、创建最安全地区"现场会在徐州、盐城、南通、无锡等地召开。

11月28日,省综治委、省编办联合转发中央综治委、中央编办《关于加强乡镇、街道社会治安综合治理基层组织建设的若干意见》的通知。

12月2日,省综治委召开五部门联席会议通过《省综治委成员单位参与综合治理开展创建平安江苏活动2003年检查考核方案》。

12月12日,省综治委组织考核组对各省辖市社会治安综合治理工作和首批申报社会治安安全县(市、区)的地方进行考核验收,共有18个县(市、区)通过省社会治安安全县(市、区)考核验收。

2004年

3月25日,省综治委召开本年度第一次全委会,部署"联系点共建工程",进一步落实综治委成员单位的职责任务。

4月24—25日,省综治委召开全省社会矛盾纠纷调解工作会议,总结推广南通等地社会矛盾纠纷"大调解"工作的经验,对全省开展"大调解"工作进行全面部署。

5月8—14日,省人大常委会组织部分省人大常委、代表,对全省"建设平安江苏、创建最安全地区"活动进行视察。

6月22日,省委办公厅、省政府办公厅转发省委政法委《关于进一步加强社会矛盾纠纷调解工作的意见》的通知,对全省构建"大调解"工作作出了具体安排。

7月14日,省委印发《法治江苏建设纲要》,明确提出了"法治江苏"的概念。

7月28日,省综治委召开本年度第二次全委会,讨论《2004年度社会治安综合治理和平安创建工作检查考核方案》《关于修改末位警示暂行办法的建议》和《关于本年度社会治安综合治理先进评选表彰的建议方案》。

8月28日,省综治委印发《省综治委、省纪委、省委组织部、省监察厅、省人事厅关于印发〈江苏省社会治安综合治理警示制度〉的通知》,对于存在或发生比较严重的社会治安问题,或在上级综治部门组织的社会治安综合治理年度检查考核中成绩明显落后的地区,给予警示,促使其整改转化。

8月31日,省委、省政府召开全省深入推进"平安建设"创建活动工作会议,总结平安创建取得的经验,对全省创建活动进行再动员、再部署。全省各地、各部门将平安创建工作纳入经济和社会发展总体规划,做到与经济发展同部署、同检查、同考核,促进了创建各项措施的落实。

9月27日,省综治委、司法厅、公安厅、劳动和社会保障厅、民政厅、财政厅、地方税务局、工商行政管理局等8部门联合制定《关于贯彻实施中央8部委〈关于进一步做好刑满释放、解除劳教人员促进就业和社会保障工作的意见〉的意见》,在完善服刑在教人员的教育技能培训机制、广辟就业渠道、落实扶持政策和保障政策等6个方面作出了具体规定。

10月15日,省综治委、省法院、省检察院、省公安厅、省司法厅、省教育厅、省劳动和社会保障厅、团省委等8个部门联合制定下发《关于兼职法制副校长工作规范的意见》,对法制副校长的选聘、任职条件、工作职责等作了明确规定。

11月25日,省委首批省级"民主法治示范村""民主法治示范社区"命名大会在南京召开。

2005年

1月12日,省综治委印发《关于表彰2004年度全省社会治安综合治理和创安工作先进集体的决定》。

2月25日,省委召开全省社区矫正扩大试点工作部署会议。

3月14日,省综治委召开本年度第二次全委会。省流动人口治安管理领导小组办公室、省刑释解教安置帮教领导小组办公室、省预防青少年违法犯罪领导小组办公室、省校园周边治安治理工作小组办公室分别报告了全年工作的安排意见;省综治办通报了2004年开展联系点共建的情况,并提出了全年的工作意见。

4月26日,省委、省政府在大丰市召开全省未达标县(市、区)平安创建工作推进会,对44个尚未建成社会治安安全县(市、区)的地方如何深入推进创建工作进行了专题部署。会后,各地对本地区的平安创建工作进行专题研究和部署,并严格按照省社会治安安全县(市、区)考评标准落实整改,其中33家在当年通过了安全县(市、区)考评验收。

6月8日,省委政法委在南京召开全省政法系统"规范执法行为,促进执法公正"专项整改活动领导小组会议。

6月13日,省综治委印发《2005年度对各省辖市社会治安综合治理工作检查考核办法》的通知。

10月20日,省综治办印发《关于江苏省铁路沿线乡镇、街道护路联防工作责任制考核办法》的通知。

11月23日,省委、省政府召开"全省深入推进法治江苏建设"电视电话会议。省委作出了《关于在全省开展建设"法治江苏合格县（市、区）"活动的决定》，提出了从 2006 年起，要以依法行政、公正司法为重点，以开展建设"法治江苏合格县（市、区）"活动为载体，贯彻落实依法治国基本方略和《法治江苏建设纲要》，努力实现法治江苏建设的软着陆。

11 月 30 日，省综治委召开年度第三次全委会，学习《中央政法委员会、中央社会治安综合治理委员会关于深入开展平安建设的意见》，讨论 2005 年综治创建工作检查考核方案的建议和关于加强社会治安综合治理基层基础工作的意见。

12 月 1 日，省综治委印发《2005 年度省综治委成员单位参与综合治理与平安创建工作检查考核方案》。

2006 年

1 月 6 日，省综治委召开本年度第一次全委会，通报 2005 年度全省社会治安综合治理和平安创建工作检查考核情况，讨论 2006 年全省社会治安综合治理和平安创建工作要点及 2006 年度社会治安综合治理责任书建议文本。

2 月 5 日，省综治办印发《关于 2005 年江苏公众安全感及对政法综治工作满意度的调查报告》，江苏省公众安全感认可度达 95.8%。

2 月 24 日，全省预防青少年违法犯罪暨保护流浪未成年人工作会议在通州市举行。

3 月 24 日，省委办公厅、省政府办公厅转发《江苏省社会治安综合治理委员会关于进一步加强社会治安综合治理基层基础工作的意见》的通知，对乡镇（街道）综治组织建设提出了新的更高的要求。

3 月 27—28 日，全省社会治安综合治理基层基础工作会议在扬州召开。

4 月 28 日，全国社会治安综合治理工作会议在苏州召开，总结推广平安江苏建设经验。

5月11日,省委、省政府召开全省深入推进平安江苏建设电视电话会议,贯彻全国社会治安综合治理工作会议精神,对在全省开展新一轮平安江苏建设进行动员部署。

5月18—19日,全省建设法治江苏合格县(市、区)工作推进会在南京召开。

5月23日,中央政法委、中央维稳办在江苏省徐州市和山东省济宁市举行全国创建平安边界现场会。

6月2日,省综治办印发《关于继续做好全省学校周边治安工作的通知》。全省实施"校园净化工程",开展"平安校园""和谐校园"创建活动,有3 100所学校通过了安全文明校园验收。

7月29日,省委、省政府召开全省法制宣传教育工作会议。

8月20日,省委、省政府召开全省深入推进新一轮平安江苏建设电视电话会议,要求"建设平安江苏一刻不松懈、保证和谐发展在全国领先"。

9月12日,省综治办印发《关于深入推进基层科技防范建设的意见》。

9月16日,省委、省政府印发关于表彰平安江苏建设先进集体和先进个人的决定,授予200个部门和单位平安江苏建设先进集体的荣誉称号;给予100名同志记个人一等功奖励(享受市级劳动模范和先进工作者待遇);给予160名同志记个人二等功奖励;给予74名领导干部嘉奖奖励;给予10个省辖市党政主要领导通报表扬。

9月19日,省委、省政府召开全省平安江苏建设总结表彰暨深入推进会,出台《关于在全省开展新一轮平安江苏建设的意见》,在3年平安江苏建设的基础上,按照"标准更高、要求更严"的原则,对维护国家安全和社会政治稳定、预防和化解社会矛盾纠纷、构建现代治安防控体系、开展严打整治斗争、推进社会治安综合治理基层基础工作、加强组织领导和机制建设等各项工作措施,提出了新的要求。同日,省委、省政府召开全省平安江苏建设总结表彰暨深入推进会。

12月26日,省综治委、省纪委、省委组织部、省监察厅和省人事厅等省综治五部门负责人,听取了年初与省委、省政府签订综合治理部门责任书的13个省综治委成员单位履约情况的述职汇报,并就进一步加强省综治委成员单位开展综治和平安建设工作提出了要求。

2007年

1月2日,省综治委印发《关于表彰2006年度全省社会治安综合治理工作先进集体的决定》。

1月5日,省委办公厅、省政府办公厅下发《关于表彰2006年"法治江苏合格县(市、区)"创建工作先进单位的决定》,对太仓市等17个2006年"法治江苏合格县(市、区)"创建工作先进单位予以表彰。

1月31日,省综治委印发《关于2006年度全省公众安全感及对政法系统工作满意度调查情况的报告》。2006年,江苏省公众安全感认可度达96.7%。

2月28日,省依法治省领导小组在南京召开全省法治江苏建设工作现场会,总结推广南京市抓实事求实效、深入推进法治建设的经验,部署2007年法治江苏建设工作。

3月10日,省综治委召开本年度第一次全体会议,对流动人口治安管理、刑释解教人员安置帮教、预防青少年违法犯罪、学校及周边治安综合治理和铁路护路联防等项工作进行了专门部署。

5月15日,省综治委印发《关于转发中央综治委〈关于深入开展农村平安建设的若干意见〉和〈关于深入推进农村平安建设的若干意见〉的通知》。

6月25日,省委、省政府在泗阳召开全省深入推进法治江苏合格县(市、区)创建工作现场会。

8月20日,省委、省政府召开全省深入推进新一轮平安江苏建设电视电话会议,总结交流新一轮平安江苏建设开展以来取得的新成效、新经验,对深入推进大调解机制、大防控体系和基层基础"三大建设"进行了部署。

9月13日,省委办公厅、省政府办公厅下发《关于在新一轮平安江苏建设中深入推进"三大建设"的意见》。

10月31日,省综治委召开了本年度第二次全委会,讨论对全省各地以及对省综治委成员单位综治和平安建设工作考评办法。

11月2日,省综治委制定《2007年度全省社会治安综合治理和平安建设工作考评办法》,在原有基础上增加了10项新的内容,提高了"大调解"机制建设、防控体系建设、基层系列创安活动等年度重点工作的考核权重,对一些指标进行了调整和细化,使其具有更强的指导性和可操作性。

12月16日,省综治办印发《关于转发中央社会治安综合治理委员会办公室等部门〈关于开展平安边界建设的意见〉的通知》。

2008年

1月11日,省综治委召开本年度第一次全委会,总结回顾一年来的工作,研究分析全省综治和平安建设所面临的新形势、新任务,部署当前和今后一个时期的综治与平安建设工作。

2月4日,省综治办印发《关于2007年江苏省社会安全感及对政法工作满意度调查情况的报告》。2007年,全省公众安全感认可度达97.55%。

3月1日,印发《江苏省社区矫正工作办法》,这是全国首家省级层面制定的社区矫正工作规范性文件。

6月10日,省委办公厅、省政府办公厅转发《省综治委关于进一步加强流动人口服务和管理工作的实施意见》。各地加大外来人口就业和保障力度,外来人员集中住宿、集中服务、集中管理率达60.85%;大多数农民工子女解决入学问题,75%以上在公办学校就读。

6月24日,省综治委印发《关于转发中央综治委〈关于充分发挥社会治安综合治理作用全力做好抗震救灾和恢复重建工作的通知〉的通知》和《关于深入开展系列平安创建活动的意见》。

6月28日,省综治委召开本年度第二次全委会。省经贸委、省卫生厅、省工商局和无锡市、连云港市在会上介绍了开展系列平安创建活动的经验。

8月1日,省综治委印发《关于印发〈全省社会治安综合治理工作中存在问题的整改方案〉的通知》。

8月2日,省综治办印发《关于江苏省对集中开展学校及周边治安秩序专项整治行动情况进行督察的情况报告》。全省学校都设立了校园警务室或"校园110",配备了专职保卫人员,学校内部治安重点要害部位报警或监视装置安装率达100%。

8月11日,省综治办印发《关于做好将打击传销纳入社会治安综合治理目标考核工作的实施意见》。

8月21日,省综治委印发《2008年度全省社会治安综合治理和平安建设工作考评办法》。

9月17日,省综治办印发《2008年度江苏省铁路沿线乡镇(街道)护路联防工作考核办法》。

11月7日,省综治委印发《关于全省开展系列平安创建活动情况的通报》。

11月14日,省综治委印发《省有关部门在流动人口服务和管理工作中的重要职责》。

11月25日,省综治委召开本年度第三次全委会,通报中央综治委对江苏省社会治安综合治理检查验收情况,查找问题,分析形势,研究部署落实中央综治委检查组反馈意见的措施和当前综治与平安建设工作。

12月8日,省综治委印发《关于加强领导干部履行社会治安综合治理职责情况考核的通知》。

12月15日,省综治办印发《关于江苏省出台加强领导干部履行社会治安综合治理职责情况考核实施意见的报告》。

2009 年

3月17日,省综治委制定《省综治委成员单位联系点平安共建工作制度》。

3月31日,省综治委召开年度第一次全委会。会议总结开展系列平安创建活动的情况,研究部署新形势下深入推进系列平安创建工作。

3月,省综治委制定出台《全省社会治安和社会稳定情况信息分析例会制度》。

5月5日,南通市、南京市、苏州市、常州市、镇江市、无锡市被中央综治委表彰为全国社会治安综合治理优秀地市,太仓市、江阴市、江都市、泰州市高港区、灌南县、铜山县、泗阳县被表彰为全国平安建设先进县(市、区),苏州市被授予全国社会治安综合治理"长安杯"。

5月26日,第二届长三角政法综治工作论坛在浙江省杭州市举行。

7月21日,省综治办、省公安厅联合在全省启动"红袖标"工程建设。

9月4日,省委、省政府在南通市召开全省深入推进社会矛盾纠纷大调解工作会议,总结交流经验,分析当前形势,研究部署深入推进社会矛盾纠纷大调解工作,进一步夯实平安江苏、和谐江苏根基。

9月26日,省委办公厅、省政府办公厅转发《省社会治安综合治理委员会关于深入推进社会矛盾纠纷大调解工作的意见》的通知。

9月28日,省委政法委、省法院、省公安厅、省司法厅举行省政法系统荣获"新中国成立以来感动江苏人物"及道德模范干警座谈会。

11月2—3日,省综治办、预防办、关工委在无锡联合召开"未成年人零犯罪社区(村)"创建工作推进会,全面实施"为了明天——预防青少年违法犯罪工程"。

11月6日,省综治办、省公安厅在江阴召开全省技防工作推进会,提出通过5年左右的努力,把江苏建设成为技防省份。

12月9日,全国公安机关执法规范化建设现场会在南通召开。

12月23日,全省民主法治村(社区)创建工作现场会在吴江召开。

12月30日,省委办公厅、省政府办公厅转发《省社会治安综合治理委员会关于进一步加强社会治安综合治理基层基础建设的实施意见》。

2010年

1月,省委政法委与省委党史工作办公室共同编写的《建设美好江苏丛书(平安建设在江苏)》出版。

3月29日,省综治办在昆山市召开省综治部门上海世博会"环沪护城河"工作会议。

4月7日,省综治委、省维稳工作领导小组在淮安市召开全省深入推进社会稳定风险评估工作会议。会议总结交流近年来全省开展社会稳定风险评估工作情况,分析存在的问题,对当前和今后一个时期深入推进社会稳定风险评估工作进行研究部署。

6月12日,省综治办、省维稳工作领导小组联合印发《江苏省社会稳定风险评估办法(试行)》。

6月30日,省委、省政府印发《关于深入推进社会矛盾化解、社会管理创新、公正廉洁执法的实施意见》,着力解决影响国家安全和社会稳定的源头性、根本性、基础性的问题。

7月14日,全省法治县(市、区)创建工作总结表彰大会在南京召开。昆山、江阴、如皋及南京建邺区等38个创建工作先进县(市、区)受到了表彰。自此,经过"法治江苏"建设6年来的努力,江苏省已有超过1/3的县域获得了这个蕴含法治政府建设工作中具有标杆性的荣誉。

8月2日,省综治办召开综治工作创新座谈会。

8月13日,全省打黑除恶专项斗争领导小组会议在南京召开。

9月3日,省综治委召开全省集中开展社会矛盾纠纷大排查活动电视电话会议。

9月27—28日,全省人民调解工作会议暨诉调对接工作推进会在南京召开。

10月15日,省委政法委、省综治委联合印发《关于加强乡镇(街道)政法综治工作中心规范化建设的意见》。

2011年

4月24日,省综治办召开全省社会管理创新综合试点工作推进会。

5月21日,省委、省政府在南京召开全省创新社会管理、加强群众工作会议。按照省委十一届十次全会贯彻"六个注重"、实施"八项工程"的部署,对加强社会管理创新、做好新形势下群众工作进行专题研究和部署。

6月13日,全省婚姻家庭纠纷调解工作推进会在常州召开。

6月22日,省委政法委召开全省政法系统先进基层党组织、优秀党务工作者和优秀党员干警表彰大会。

6月26日,江苏省和南京市禁毒委在南京大学附属中学举行"不让毒品进校园"主题宣传教育活动启动仪式。

7月20日,全省"未成年人零犯罪社区(村)"创建工作现场推进会在淮安市召开。

7月31日,省委、省政府召开深化平安江苏建设大会,会上表彰了2006—2010年社会治安综合治理先进集体和先进个人,并对2011—2013年深化平安江苏建设作了全面部署。

8月5日,省委政法委印发《关于认真贯彻落实省委省政府推进社会管理创新工程深化平安江苏建设部署要求的通知》。

8月19日,省委政法委召开省涉法涉诉联合接访工作领导小组成员会议,要求建立省政法部门领导干部到省联合接访中心接访制度。

11月17日,省综治办会同省法院、省检察院等十七个部门,联合下发《关于深化矛盾纠纷化解大调解工作的实施意见》。

11月27日—28日,全国加强和创新社会管理工作座谈会(南通片会)在南通召开。

12月16日,省综治委在南京召开社会治安、社会矛盾化解工作领导小组第一次全体会议。

12月25—26日,省委政法委、省委组织部在南京联合举办全省政法委书记专题培训班。

2012年

1月7日,全省政法工作会议暨社会管理创新工程推进会在南京召开。

2月18日,省委政法委印发《关于深入开展全省政法系统领导干部"三解三促"和大接访活动的意见》。

2月21日,全国社会管理创新典型城市培育动员大会在南通召开。

3月23日,省委、省政府在南京召开深化法治江苏建设大会。会议提出,努力实现"一个先导区、五个位居前列"的目标,即着力构建法治建设先导区,力争使法治政府建设水平、公正廉洁司法水平、社会管理法治化水平、法制宣传教育工作水平、法治创建绩效位居全国前列,为又好又快推进"两个率先"创造公平正义、规范有序的法治环境。

4月25日,全省涉法涉诉进京访案件推进会在南通市召开。

6月14日,全省党委政法委执法监督工作会议在宁召开,会议表彰了全省首批公正司法示范点和公正廉洁执法先进集体、先进个人。

7月3日,省综治委、省委创先争优活动领导小组在泰州市召开全省"社会管理创新先锋行动"推进会。

7月4日,省委政法委召开政法干警核心价值观教育实践活动和政法领导干部"三解三促"和大接访活动推进会。

8月16日,全省党政机关执行人民法院生效裁判专项积案清理工作动员部署会议在宁召开。

9月,以"践行法治理念、弘扬法治文化、传播法治精神、推进法治进程"为主旨的江苏省首届"十大法治事件、十大法治人物"评选活动结果揭晓。

9月7日,省委政法委、省综治委在南京召开全省社会管理创新工程推进落实会。

9月13日,中央维稳办在无锡市召开全国社会稳定风险评估工作座谈会。

2013年

2月28日,省综治委社会矛盾化解工作领导小组召开会议。

4月6—8日,中央政法委在江苏苏州市召开深化平安建设座谈会。

5月,江苏公安在全省全面部署推行流动人口居住证制度,并于2015年底覆盖全省。

5月29日,省委政法委、省委宣传部、省委外宣办联合召开平安江苏建设新闻发布会,通报平安江苏建设情况。

5月31日—6月1日,中央政法委、中央综治办在江苏苏州市召开深化平安中国建设工作会议,全面推广江苏平安建设经验。

5月31日,盐城市被中央综治委表彰为全国综治工作优秀市,南京市、苏州市、常州市、镇江市、无锡市继续保留全国综治工作优秀市荣誉称号,泰州市海陵区、海门市、淮安市清河区、东海县被表彰为全国平安建设先进县(市、区、旗),继续保留太仓市、扬州市江都区、徐州市铜山区的全国平安建设先进县(市、区、旗)荣誉称号,镇江市、常州市、苏州市、太仓市被授予"长安杯"。

6月29日,第六届"中国无锡·法治论坛"在无锡举行。

7月29日,全省反对家庭暴力促进家庭平安工作交流会在宁召开。

7月30日，省委、省政府在南京召开全省法治城市创建工作会议，对深入开展法治城市创建活动、深化法治江苏建设进行动员部署。

11月12日，全省"未成年人零犯罪社区（村）"创建工作经验交流会在南京召开。

11月25日，省委政法委、省教育厅在江苏警官学院联合召开实施法律人才互聘"双千计划"动员部署会。

11月29日，省委政法委印发《关于切实防止冤假错案的实施意见》。

11月，省综治办印发《关于江苏省社会治安重点地区整治管理办法的通知》。

12月12—13日，省农民工法律援助典型案例报告会在南京举行。

12月12日，中央政法委在江苏南京召开政法队伍建设座谈会。

12月，中央政法委在江苏南京市召开全国推进涉法涉诉信访改革试点工作座谈会。

12月23日，省综治办印发《关于社会矛盾纠纷排查"零报告"制度的通知》。

2014年

1月3日，省委政法委召开省综治法治创建考核评查工作动员会，明确我省首次将法治县（市、区）创建考核与综治平安建设检查合并进行。

1月15日，省政法系统关工委成立大会在南京举行。

1月16日，省十二届人大常委会第八次会议审议通过了《江苏省社区矫正工作条例》，并于同年3月1日起正式实施。这是全国首部在省级出台的社区矫正地方性法规，初步解决了社区矫正这项刑罚执行工作在省域范围内"无法可依"的局面。

1月25日，全省反恐工作会议在南京召开。

3月,江苏公安机关集中开展为期10个月的打击治理"两盗一骗"犯罪专项行动,用破大案的手段和方法集中力量破民生案件,最大限度压降发案率,切实维护群众利益。

4月11日,省综治办印发《全省影响社会稳定重大问题专报及督办制度》。

4月21日,召开省委全面深化改革领导小组社会体制改革专项小组成员会议暨省委政法委委员会议,研究讨论我省《关于深化司法体制和社会体制改革的实施意见》及《分工方案》,部署推进落实工作。

5月15日,省综治委联合有关部门出台《关于加强肇事肇祸等严重精神障碍患者救治救助工作实施意见》。

5月26日,省委政法委印发《关于加强全省县(市、区)社会管理服务中心规范化建设的指导意见(试行)》。

6月8日,省委、省政府在南京召开以防范打击暴恐犯罪为重点的社会治安综合整治专项行动部署会议。

6月20日,省综治办在南京召开全省矛盾纠纷排查化解专项行动工作会议。

7月28日,时任国务委员、公安部部长郭声琨在南京实地检查南京青奥会安保维稳工作。

8月14—16日,中央政法委、公安部领导在南京检查指导南京青奥会安保维稳工作,召开南京青奥安保决战动员会。

9月1日,省委政法委印发《关于建立依法处理涉法涉诉信访问题领导体制和工作机制的意见的通知》《关于政法机关加强协作配合依法处理涉法涉诉信访问题的决定的通知》《关于建立涉法涉诉信访依法终结制度的通知》《关于建立涉法涉诉联合接访中心工作规定的通知》等涉法涉诉改革四个配套文件。

9月18日,省委召开法治江苏建设座谈会。

9月21日,省委政法委、省依法治省办在北京举行《法治江苏建设指标体系》专家评审座谈会。

9月30日,省综治办印发《关于完善社会治安形势分析研判机制的意见》。

10月23日,省综治办印发《关于全面推进城乡社区网格化服务管理的指导意见》。

10月30日,省综治办、省妇联联合召开全省"和谐婚姻幸福家庭"引导工作现场推进会。

11月27日,省委政法委、省综治办在南京召开深入推进平安江苏建设会议。会议提出要发挥法治的引领保障作用,推动平安江苏建设再上新台阶。

12月31日,省综治办印发《关于创新发展社会矛盾纠纷大调解机制的指导意见》。

2015年

1月28日,省委办公厅、省政府办公厅印发《关于加强社会治安防控体系建设的实施意见》。

4月8日,省司法厅联合南京市司法局、建邺区区委政府在建邺区和平广场启动全省"12348法润千万家"大型宣传服务活动,省司法厅决定将每年4月8日确定为法律服务专题活动日。

5月29—30日,省政协召开十一届十次常委会议,协商讨论全面推进依法治省、努力建设法治江苏。

7月28日,省十二届人大常委会第十七次会议审议通过《江苏省人民调解条例》。

7月30日,全省12348公共服务平台"7×24小时"话务服务开通。

9月6日,省委常委会和省委全面深化改革领导小组召开会议,审议通过《关于贯彻执行〈领导干部干预司法活动、插手具体案件处理的记录、通报和责任追究规定〉的实施办法》。

10月13日,省依法治省办与省社情民意调查中心签订《社情民意调查委托协议书》,双方协议确定于2015年11月启动江苏法治建设满意度电话调查。

10月15日,省司法体制改革试点工作领导小组会议在镇江句容市召开。会议审议了《江苏省法院人员分类管理办法(试行)》《江苏省人民检察院检察人员分类管理办法(试行)》《江苏法院审判责任制改革实施细则(试行)》《江苏省人民检察院关于深入推进司法责任制改革的实施意见(试行)》等10份司法体制改革试点工作配套文件,审议通过了南京市、苏州市、泰州市以及南京市玄武区、张家港市、淮安市清河区、淮安开发区、泰州市姜堰区法院、检察院等16个司法体制改革试点单位试点实施方案。

10月31日,中国法治现代化研究院在南京师范大学成立。

11月5日,省综治办正式启用江苏综治信息系统网上客服热线"800075679"。

11月6日,省委政法委印发《关于深入推进系列平安建设活动的意见》。

12月31日,省委全面深化改革领导小组会议召开,审议通过省委政法委提交的《关于进一步规范司法人员与当事人、律师、特殊关系人、中介组织接触行为的实施办法》。

2016年

3月31日,首届"江苏最美警嫂"推选活动结果揭晓仪式在南京举行,王瑾瑜等12名警嫂当选首届"江苏最美警嫂",徐爱云等4名因公牺牲警察遗孀被授予首届"江苏最美警嫂"特别奖,孙青等18名警嫂获得首届"江苏最美警嫂"提名奖。

4月22日,江苏公安在全国率先建立省市县三级公安机关移动互联网"微警务"服务平台集群,群众不用去窗口,只需用手机登录微信平台,便可轻松办理业务、享受服务,真正实现了"让数据多跑路,让群众少跑腿"。

6月24日,全省综治办主任会议在南京市召开,会议总结推广南京市加强平安志愿者队伍建设经验做法,对打造全省综治工作特色亮点作出部署。

7月30日,省涉法涉诉联合接访中心信访信息系统正式上线运行。

9月6日,省委办公厅、省政府办公厅印发《关于完善矛盾纠纷多元化解机制的实施意见》。

9月14日,省委、省政府召开深入推进法治江苏建设暨政法队伍建设工作会议。深入贯彻落实中央关于全面依法治国决策部署和习近平总书记对政法队伍建设的重要指示精神,提出要努力让法治成为江苏发展核心竞争力的重要标志,在新起点上开创法治江苏建设新局面。

9月28—29日,中央媒体"江苏综治和平安建设"采访组在省公安厅、省司法厅以及南通、苏州等地调研采访。

10月26日,省综治办在南京举行全省首届综治信息化实战应用技能比武决赛。

11月1日,省公安厅深化户籍制度改革,修订出台《江苏省常住户口登记管理规定》,进一步落实放宽户口迁移政策。

11月23日,省依法治省领导小组办公室印发《关于江苏省第三届"十大法治人物""十大法治事件"评选情况的通报》。

11月29—30日,2016年法治江苏建设高层论坛在南京举行,论坛主题是"地方科学民主立法与法治江苏建设"。

11月30日,省综治办印发《关于印发〈关于建立健全社会矛盾纠纷分析研判机制的意见〉的通知》。

12月6日,江苏公安执法公示平台正式上线运行。报警群众可随时查询案件办理情况,在线参与监督评价公安执法活动。此平台为全国首创,目的是让人民群众在公安机关每一项执法活动、每一起案件办理中都能感受到公平正义。

12月16日,省委政法委召开首届"平安江苏"微电影微视频优秀作品评审工作会议。来自南京大学、南京师范大学、省电影家协会、省影视评论学会等单位的知名专家、学者应邀参加评审工作。

12月26日,省综治委印发《关于创新特殊人群服务管理机制的指导意见》。

12月30日,省委办公厅、省政府办公厅印发《江苏省健全落实社会治安综合治理领导责任制实施办法》。

12月30日,省反通讯网络诈骗中心正式组建运行,全天候应对各类通讯网络诈骗,着力提升打击治理通讯网络诈骗犯罪实战能力,切实保障人民群众财产安全。

2017年

2月8日,省政协十一届五次会议举行联组会议,围绕深入推进法治江苏、平安江苏建设,全面提升社会治理现代化水平进行建言献策。

3月27日,省委常委会审议通过《江苏省贯彻落实〈党政主要负责人履行推进法治建设第一责任人职责规定〉实施办法》。

4月1日,省综治办印发《关于开展"平安江苏"手机客户端推广应用工作的通知》。

4月13日,省国家安全领导小组成员会议在南京召开。

4月13日,国家安全教育进校园暨《中小学国家安全教育》读本赠书活动在江苏国家安全教育馆举行。

7月6日,省委政法委印发《关于进一步加强省政法部门领导干部接访工作的通知》。

7月24—31日,省委省政府部署在全省范围内开展社会矛盾和安全隐患大排查大整治行动。

7月26日,省委政法委、省综治委在南通市召开全省基层社会治理创新推进会。会议还表彰了全省政法系统"忠诚卫士"代表。

8月1日,省检察院召开"案管机器人"新闻发布会,江苏检察机关智能辅助办案系统"案管机器人"正式对外公开亮相。

8月16日,省委政法委印发《关于成立江苏省创新网格化社会治理机制工作领导小组的通知》,省委常委、政法委书记、公安厅厅长王立科担任领导小组组长。

8月30日,省委政法委在宿迁召开全省涉法涉诉信访问题排查化解工作推进会。

9月8日,省委举行法律顾问聘任仪式,聘任公丕祥、刘旺洪、方晓林、朱建新、薛济民同志为省委法律顾问,王腊生等20名同志为省委法律专家库成员。

9月8日,省委政法委印发《关于全力推进创新网格化社会治理机制工作的通知》。

9月18日,省综治办印发《关于开展"全要素网格"试点工作的任务书》。

9月22日,全省城市治理与服务工作现场推进会在扬州市举行。

9月25日,江苏省检察机关"案管机器人""小苏"受邀参加由中宣部组织策划的"砥砺奋进的五年"大型成就展。

9月26日,省创新网格化社会治理机制工作领导小组办公室召开"全要素网格"试点工作会议。

9月26日,省综治委印发《关于成立公共安全视频监控建设联网应用工作领导小组的通知》。

9月28日,江苏省第十一次见义勇为先进分子表彰大会在南京召开。省委书记李强作出批示。

9月28日,省创新网格化社会治理机制工作领导小组办公室召开全省网格化社会治理信息化建设座谈会。

10月26日,省委政法委印发《全省政法大数据共享应用服务平台业务协同系统建设规划实施方案》。

11月1日,省委政法委、省法院、省检察院、省公安厅、省财政厅联合印发《江苏省刑事诉讼涉案财物跨部门集中管理办法(试行)》。

11月10日,省委政法委在南京召开全省政法委系统学习贯彻党的十九大精神、推进基层社会治理创新汇报交流会。

12月5日,省委、省政府办公厅印发《关于创新网格化社会治理机制的意见》。

12月5日,省委政法委在南京市江宁区召开全省第二批"全要素网格"试点县(市、区)工作推进会。

12月26日,省委政法委、省关工委召开全省关工委预防和减少青少年违法犯罪重点推进工作经验交流会。

2018年

1月5日,省委政法委举行法律顾问聘任仪式,30名同志被聘任为法律顾问、法律专家库成员和公职律师。

1月10日,全省政法专用网络和共享服务平台正式开通,这标志着全省政法大数据应用进入了一个新阶段。

2月,成立由省委、省政府主要负责同志任双组长的省扫黑除恶专项斗争领导小组,下设实体化运作的扫黑办。在省领导小组的统筹协调下,省委政法委牵头组织,省纪委监委、省委组织部、省委宣传部等密切配合、协同推进,全力做好惩治黑恶、打伞破网、固本强基、宣传引导等工作。

2月8日,省委、省政府专门召开会议,对扫黑除恶专项斗争工作进行部署,及时出台《关于深入开展扫黑除恶专项斗争的实施方案》,为江苏各地、各部门迅速掀起斗争热潮,打赢扫黑除恶这场硬仗绘就了一份明确的"行动指南"。

3月28日,为贯彻落实省委省政府关于创新网格化社会治理机制的决策部署,省创新网格化社会治理机制工作领导小组办公室制定《全省网格化社会治理信息化建设总体方案(暂行)》。

4月11日,省扫黑除恶专项斗争领导小组召开第二次会议,总结前期工作,分析当前形势,研究部署下阶段专项斗争重点任务。

5月14日,南京市委、市政府举行南京网格学院成立揭牌仪式暨全市创新网格化社会治理机制工作推进会。

5月23日,省委政法委印发《关于全省政法机关服务保障高质量发展走在前列的指导意见》,分别围绕政法机关服务保障经济发展、改革开放、城乡建设、文化建设、生态环境、人民生活"六个高质量"发展,制定了22条具体措施。

5月26日,上海、江苏、浙江、安徽等省市党委政法委在上海市联合召开推进更高质量平安长三角法治长三角建设座谈会。

6月6—8日,中央政法委领导先后到徐州、镇江、南京等地调研考察政法工作,并在南京召开华东地区6省市政法委书记座谈会。中央政法委秘书长陈一新、中央政法委副秘书长雷东生参加调研。

6月15日,全省创新网格化社会治理机制工作现场推进会在宿迁市泗阳县召开。

6月15日,省委政法委召开第三届"平安江苏"微电影微视频微动漫优秀作品评审会,遴选优秀作品代表江苏省参加第三届"平安中国"微电影微视频微动漫比赛角逐。

7月2日,省综治办召开网格化社会治理试点县(市、区)考核验收工作动员会。

7月17日,省委政法委印发《关于在政法工作中做好依法处理、舆论引导和社会面管控"三同步"工作的实施办法》,对"三同步"工作的原则、责任、方法等作出规定。

7月18日,全省维护稳定工作会议在南京召开,省委书记娄勤俭作出批示。省委常委、政法委书记王立科讲话。

7月20日,省教育厅、省综治办、省公安厅在南京联合召开全省教育系统平安建设工作会议。

8月1日,省扫黑办印发《关于全省扫黑除恶专项斗争进展情况的报告》和《全省扫黑除恶专项斗争督导情况通报》。

8月17日,省扫黑办举办第二期全省扫黑除恶专项斗争视频培训班。

8月30日,全省加强和改进信访工作联席会议机制电视电话会议在南京召开。

9月6日,省扫黑办印发《关于认真学习贯彻娄勤俭书记吴政隆省长批示精神扎实深入推进扫黑除恶专项斗争的通知》。

9月13日,省综治办召开全省网格化信息化建设座谈会,进一步推动网格化信息化建设应用工作。

10月22日,省扫黑办印发《关于全国扫黑除恶专项斗争推进会精神及贯彻意见的报告》。

10月26日,省委政法委制定下发《深入推进全省网格化社会治理信息化建设工作的意见》。

11月15日,省监察委员会、省法院、省检察院、省公安厅、省司法厅联合发布《关于进一步敦促涉黑涉恶违法犯罪人员投案自首的通告》。

11月15日,省委政法委组织召开第二期省网格化专班全体人员会议,对专班工作进行部署。

11月,省纪委监委、省领导小组在全国率先制定出台《关于在扫黑除恶专项斗争中严肃查处黑恶势力"保护伞"的指导意见》,明确黑恶势力"保护伞"11条具体认定标准、5条处置原则,得到中纪委和全国扫黑办充分肯定。

11月22日,省政协召开以加强和创新网格化社会治理发展为主题的民生专题协商座谈会。

2019年

1月7日,省委召开全面依法治省委员会第一次会议,省委书记、省委全面依法治省委员会主任娄勤俭主持会议。会议传达学习习近平总书记在中央全面依法治国委员会第一次会议上的重要讲话精神,审议通过省委全面依法治省委员会工作规则、协调小组工作规则、办公室工作细则和人员名单,审议通过《江苏省法治社会建设指标体系(试行)》。

1月28日,省社情民意调查中心调查结果统计显示,2018年江苏公众安全感提升到97.6%,创历史新高。

2月12日,省创新网格化社会治理机制工作领导小组办公室召开全体成员会议,部署2019年创新网格化社会治理机制工作。

2月13日,省委政法委向中央政法委报送《关于江苏省2018年创新网格化社会治理机制工作的报告》。中央政法委秘书长陈一新和副秘书长陈训秋先后进行批示,充分肯定江苏网格化社会治理工作的做法与经验。

2月22日,省委书记、省委国家安全委员会主任娄勤俭主持召开省委国家安全委员会第一次会议,省委常委、政法委书记王立科就江苏省重大风险排查化解有关情况作综合汇报。

2月22日,省委常委会召开会议,听取全省重大风险排查评估和防范化解措施制定情况汇报,研究部署有关工作。

2月26日,全省创新网格化社会治理部署推进会在常州举行。会议提出以网格化创建达标为抓手,持续打造网格化社会治理"江苏品牌",加快推进社会治理现代化。

4月12日,全省扫黑办主任培训会议在南京召开,会议通报了中央督导对接会的有关情况,对各地各部门做好配合中央督导工作提出部署要求。

4月28—29日,省委政法委、省委国安办联合举办全省政法领导干部学习贯彻习近平总书记重要讲话精神专题研讨班。

5月6—10日,省委政法委从法院、检察院抽调业务骨干,对专项斗争开展以来的涉黑涉恶案件进行调卷审查。省委政法委于5月15日印发《关于对涉黑涉恶案件进行调卷审查情况的通报》。

5月16日,省委政法委牵头组织省教育厅、省财政厅、省公安厅、省检察院、省司法厅、团省委等单位在南京市建宁中学召开了专门学校建设座谈会,研究贯彻中央关于专门学校建设工作的有关要求。

5月17日,省委召开全面依法治省委员会第二次会议,省委书记、省委全面依法治省委员会主任娄勤俭主持会议。会议传达习近平总书记在中央全面依法治国委员会第二次会议上的重要讲话精神,研究部署2019年全面依法治省重点工作。会议审议通过《中共江苏省委全面依法治省委员会2019年工作要点》《江苏省法治政府建设示范创建实施办法》。

5月24日—6月24日,中央扫黑除恶督导组进驻江苏督导,并于5月24日在南京召开督导工作动员会。中央扫黑除恶第17督导组组长盛茂林、副组长王春峰就做好督导工作分别作了讲话,江苏省委书记娄勤俭主持并作动员讲话。

后　记

　　回眸过去,我们见证了平安建设、法治建设的江苏样本,我们因看见而相信!

　　展望明天,愿平安法治成为我们共同的信仰,我们因为信仰而看见!

　　我们相信,网上谣言可以再少一些,事实真相能够来得更快一些;

　　我们相信,人们能够更加重视规则,给予生活以文明的姿态;

　　我们相信,包容能够化解暴躁戾气,纯良温暖可以保留内心;

　　我们相信,正义一定能够战胜邪恶,幸福生活可以得到保障;

　　我们相信,严格执法将捍卫公民权益,平安法治社会必会充满真情;

　　我们相信,刚性制度能树立法治预期,平安法治信仰必将会生根发芽;

　　我们的"相信"并不遥远,但得努力才能实现,需要每个人的点滴力量!

感谢省委宣传部的精心部署,感谢江苏人民出版社的跟踪指导。

在编写过程中,各设区市委政法委、省政法各单位给予了大力支持,积极提供素材;省委政法委各相关处室出谋划策,提出了诸多宝贵修改意见。

本书的编写还吸纳和参考了人民日报、新华社、法制日报、人民法院报、检察日报、人民公安报、新华日报、江苏法制报等媒体的有关报道,以及有关单位的内部刊物、文件汇编、图书资料等,在此向那些记者和原作者表示诚挚的谢意!

由于时间仓促,有一些好经验好做法、好人好事没写到,敬请谅解。错误疏漏之处,期待大家批评指正!

对历史的最好纪念,是书写、创造新的历史。

初心一如来时路,山高路远再启程。在这春的气息还有余味、初夏扑面而来的季节里,就让我们打起行装重新集结出发,向着未来,向着明天,努力谱写深化平安江苏建设新篇章,为平安中国贡献更多的江苏探索、江苏经验!

2019 年 6 月·南京